二見文庫

甘い蜜に溺れて

トレイシー・アン・ウォレン／久野郁子＝訳

His Favorite Mistress
by
Tracy Anne Warren

本作もまた、レスリーに捧げる

謝辞

いつも変わることなくわたしを信じ、徹底したプロ意識で本作の執筆を支えてくれたシャーロット・ハーシャー、シーニュ・パイク、ヘレン・ブライトウィーザーに謝意を表する。わたしを静かに見守ってくれたことにお礼を言う。また、シャーロットの今後の幸せと成功を心から祈っている。あなたと一緒に仕事ができなくなることは寂しい。

リンダ・マロー、キム・ハビー、ケイト・ブラムの尽力に感謝する。

よき理解者である作家仲間のモニカへ。素晴らしい友でいてくれてありがとう。

わたしを励ましてくれた兄のリック、姪《めい》のケリーとオリビアにハグを贈る。

そして執筆中、わたしのそばにいてくれた三匹のネコ科の〝助手〟たち――クリストファー、ヴィオレッタ、ジョージアナ――に感謝する。

甘い蜜に溺れて

登　場　人　物　紹　介

ガブリエラ・セント・ジョージ（ガビー）	子爵の庶子
アンソニー・ブラック（トニー）	第二十三代ワイバーン公爵
レイフ・ペンドラゴン	ガブリエラの伯父。トニーの友人
ジュリアナ・ペンドラゴン	レイフの妻
キャンベル・ペンドラゴン	レイフの息子
ステファニー・シャーロット・ペンドラゴン	レイフの娘
バートン・セント・ジョージ	ミドルトン子爵。ガブリエラの父。レイフの異母弟
フィリス・マンロー	ガブリエラの叔母
モード・ウッドクラフト	ガブリエラの同居人。女優
イーサン・アンダートン	ヴェッセイ侯爵。トニーの友人
リリー・アンダートン	イーサンの妻
ハリー・デイビス	アラートン伯爵。トニーの友人
クランプ	トニーの執事
エリカ・ヒューイット	トニーの愛人
レジー	トニーのいとこ
ミセス・アームストロング	ブラック邸の女中頭
ディッキー・ミルトン	社交界の有力者

1

一八一五年二月、ロンドン

〝心臓を一発で撃ちぬくのよ〟　ガブリエラ・セント・ジョージは、拳銃をぐっと握りしめた。

射撃の腕には自信がある。なんといっても、射撃の天才として有名な、あのモンクリーフ本人から手ほどきを受けたのだから。心配なのは、その場になって計画を実行する度胸がはたして自分にあるのか、激しい手の震えを抑えられるかどうかということだ。

だが、緊張で震えが止まらないのも当然のことだろう。これまで銃で命を奪ったことがあるのは動物だけなのだ——国じゅうを旅してまわりながら、食料にするウサギや鳥を撃った。ときには飢えをしのぐため、シカを密猟したこともある。でも今夜は、いままでとまったくわけが違う。

人間を撃ち殺すのだ。

ガブリエラは暗い書斎の隅に身をひそめ、まもなくやってくるはずの相手を待った。この一週間、あの男を観察し、一日のだいたいの行動を把握した。あの男は毎夜、二階にある寝室に向かう前に、かならずこの書斎に立ち寄っている。

ある日、使いで外に出てきたメイドに親しげに話しかけ、それとなく探りを入れてみたところ、この立派な邸宅《タウンハウス》にはいま男と使用人しかいないことがわかった。夫人と幼い子どもたちは、イングランド北部にある領地に滞在中だという。

罪のない人間を巻き添えにしたくはなかったので、それを知ってガブリエラはほっとした。罪を犯したのはあの男なのだ。罰を受けるのは本人だけでいい。それでも自分がこれからすることで、男の家族が悲しみのどん底に突き落とされるのだと思うと、罪悪感を完全にぬぐい去ることはできなかった。ガブリエラは気持ちを奮い立たせた。

〝命は命で償《つぐな》ってもらうしかないわ〟

二時間前、絶好の位置にある窓からここに忍びこむと、低い男性の話し声とともに、ときおり大きな笑い声が聞こえてきた。どうやら男は友人を何人か招き、夕食を一緒にとっているらしかった。食事が終わると、男とその友人たちは酒を飲みながらカードゲームに興じた。幼いころから忍耐というものが身についていたガブリエラは、銃を手に持ったまま、書斎の隅で静かにそのときが来るのを待った。

やがて招待客が口々に別れの挨拶をして帰路につき、使用人たちが自室に下がると、屋敷はしんと静かになった。聞こえてくるのは、部屋に置かれた上等なサテンノキの時計が規則正しく時を刻む音と、暖炉で火がはぜるぱちぱちという音だけだ。一時間ほど前、メイドがやってきて暖炉に薪《まき》を足した。そろそろあの男が現われるにちがいない。ガブリエラはわずかに体を動かし、こわばった筋肉と関節をほぐそうとした。

それから五分がたったころ、ようやく足音が近づいてきた。ガブリエラは背中を壁に押し当てて息を殺し、男が部屋にはいってくるのを見ていた。

男が足を踏み入れた瞬間から、圧倒的な存在感が部屋を支配した。男は息を呑むほど背が高く、全身から気品をただよわせている。たくましい肉体に、強い精神を兼ねそなえているのがよくわかる。部屋は暗かったが、それでも男の身のこなしの優雅さと、高貴な身分の人間が持つ独特の雰囲気ははっきりと感じ取れた。もしガブリエラが男の素性《すじょう》を知らなかったら、間違いなく貴族だと思いこんでいただろう。これまで彼のことは遠くからしか観察したことがなかったが、こうやって間近で見てみると、思った以上に長身で髪の毛の色も濃い。限りなく黒に近いダークブラウンだ。あるいは部屋が暗いせいで、そう見えるのかもしれない。

ガブリエラの背中がぞくりとし、動悸《どうき》が激しくなった。いままでこの男を前にして、こうした感覚に襲われたことは一度もない。だがそれも、極度の緊張のせいに決まっている。ついに待ち望んだ瞬間がやってきたのだ。ガブリエラは落ち着くよう自分に言い聞かせ、銃を握る手にぐっと力を入れて男の動きを目で追った。

男は机の前に立ち、マッチとろうそくを探した。まもなくろうそくに火が灯《とも》り、温かみのある黄色い光が室内を照らした。ガブリエラは震えそうになるのを懸命にこらえ、じっとその場に立っていた。男が本棚の前に行き、ずらりと並んだ背表紙に目を走らせている。

ガブリエラは銃を構え、足を前に踏みだした。「レイフ・ペンドラゴン」迷いのない、きっぱりとした声で言った。「覚悟を決めて罪を償いなさい」

男は肩をこわばらせ、ゆっくりとふり向いてガブリエラを見た。

ガブリエラはそのとき初めて、男の顔をはっきり見た。そしてその端正な顔立ちに、思わず目が釘付《くぎづ》けになった。高い頬骨《ほおぼね》にすっと通った鼻筋をしている。秀でた額とがっしりしたあごは、古くから続く名家の血筋を感じさせる。あの官能的な唇を見れば、女は進んで罪を犯そうとするだろう。肌の色は浅黒く、伸びはじめたひげがかえって男の色気をかもしだしている。どこを取っても非の打ちどころのない顔立ちだが、そのなかでもとくに印象的なのは目だ。吸いこまれるようなその目は、少しくぼみ、混じりけのない青をしている。濃紺といってもいいほど深みがありながら、同時に夏の海のように明るく澄んだ色合いだ。その瞳がいま、まっすぐこちらに向けられている。ガブリエラをじっくり観察し、どんな人間かを読み取ろうとしているらしい。ガブリエラもまた、男の顔から目を離さなかった。

次の瞬間、ガブリエラははっとし、悲鳴にも似た小さな声をもらしたが、それでも銃を構えた姿勢を崩さなかった。「ペンドラゴンじゃない！」

男は片方の眉を上げた。「ああ、そのとおりだ。がっかりさせて申し訳ないが、腹立ちまぎれに撃つのは勘弁してくれないか。きみは……」声が尻すぼみになった。「男のような格好をしているが、本当は女だろう？」

ガブリエラはその日の夕方、少年の服に着替えていた。ドレスやコルセットやペチコートを身に着けていては、屋敷に忍びこんで人を殺すことはむずかしいだろうと思ったのだ。

ガブリエラは男の言葉を無視した。「あの男はどこ？」

「レイフのことかな？　悪いが、きみに彼の居場所を教えるつもりはない。それにしても、どうしてレイフを狙ってるんだ？　目的は金かい？」

ガブリエラは肩をいからせた。「わたしは泥棒じゃないわ。もしそうなら、あなたたちが夕食をしているすきに、とっくに金目のものを盗みだしていたでしょう」男がけげんそうに首をかしげるのを見て付け加えた。「そうよ、しばらく前からここに隠れていたの」

「なるほど、きみは猫のように足音を消して歩くことができるわけだ。なかなか役に立つ才能を持っている」

「わたしにはほかにも役に立つ才能がたくさんあるわ。でも今夜ここに来たのは、名前も知らないあなたと無駄話をするためじゃないのよ」

「おっと、これは失礼」男はのんびりした口調で言った。「ぼくの名前はワイバーンだ。きみが絶対に引き金を引かないと約束してくれるなら、お辞儀をしたいところだが」

「あなたが変なまねをしなければ、撃ったりしないわ」ガブリエラは銃を構えた手を、ほんの少し上に動かした。「でも安全のために、そこの椅子《いす》に座ってちょうだい」そう言うと、机のそばに置かれたアームチェアをあごで示した。

「いや、遠慮しておこう。ぼくは立ったままでかまわない」

「いいから座って」

男はガブリエラよりずっと背が高く、六フィート以上あると思われた。予想もしていなかった展開のなかで、ガブリエラはなんとしても自分の優位を保たなければと考えた。椅子に座らせてしまえば、彼もおかしなことはできないだろう。一見、愛想のいい人だが、だまされてはいけない。

男はガブリエラの目を見ると、肩をすくめた。「わかった、そうしよう。なんといってもきみは武器を持っている。だがその前に、どうしてぼくの友人に恨《うら》みを持っているのか教えてくれないか。あいつがそこまで人から憎まれるようなことをするとは、どうしても信じられない。相手が女性となればなおさらだ」

くたびれたシャツの下で、ガブリエラの胸が大きく上下した。のどの奥に冷たい塊《かたまり》がつかえているような気がした。「あの男はわたしとわたしの大切な人を傷つけたわ。理由はそれだけで充分でしょう。あの男は恨まれて当然のことをしたのよ」

「ご家族が大変な思いをしたのかい？　家を失い、それでレイフを恨んでいるとか？」

「とにかく、あの男が悪党であることはたしかよ」

トニーことワイバーン公爵は胸の前で腕を組み、さりげなく机に浅く腰かけた。「きみはいくつなんだ？　まだ少女といってもいい年ごろのようだが」

ガブリエラはぐっと胸を張った。「年は関係ないでしょう。わたしはもう大人よ。十七歳だもの」

「そうなのかい？　いや、そいつは驚きだ。きみぐらいの年ごろの娘は、ひとりで外を出歩いたりしないで、おとなしく家にいるものだろう。男の格好をして拳銃をふりまわす若い女性の話など、聞いたこともない」

「わたしはそこいらにいる若い女性とは違うのよ」

トニーが微笑《ほほえ》み、明るいブルーの瞳を輝かせた。「ああ、どうやらそのようだな」

ガブリエラの背筋がまたもやぞくりとした。だがそれは緊迫した状況のせいではなく、目の前にいる男性のせいだった。いままでこんなに魅力的な男性には会ったことがない。でもそんなことを考えるなんて、自分はいったいどうしたというのだろう。ここに来たのは復《ふく》讐《しゅう》を果たすためではないか。いまさら計画を中止するわけにはいかない。

「さあ、ミスター・ワイバーン。訊きたいことがそれだけなら、椅子に座ってもらえるかしら」

「ワイバーンと呼んでくれ。ミスターはいらない」

「わかったわ、ワイバーン――」

「それよりも」トニーは口をはさんだ。「きみのことがますます知りたくなった。まだ名前も教えてくれてないじゃないか」

「ええ、教えてないわ」ガブリエラは強い口調で言った。

トニーはうなずいた。「きみに教える気がないのならしかたないな。さて、どの椅子に座ればいいんだい?」

ガブリエラはきょとんとした。一瞬ためらったのち、姿勢をほんの少し崩し、椅子のひとつを身ぶりで示した。「それよ。そこにあるやつ」

「これかい?」トニーは腕を伸ばして指さした。

ガブリエラは眉をひそめ、この人はもしかしたら耳が悪いのだろうかと考えた。「ええ、それよ」

そのときトニーが電光石火《でんこうせっか》の速さでガブリエラの手首をつかみ、ぐいと自分のほうに引き寄せた。そして驚くガブリエラに体勢を立てなおす暇を与えず、銃を手からもぎ取ってその背中にしっかり両腕をまわした。あっという間に形勢が逆転し、ガブリエラはとらわれの身となった。

「やめて!」悲鳴をあげ、必死でもがいた。「放してちょうだい!」

トニーは両腕に力を入れ、ガブリエラの体をきつく抱きしめた。「しっ、静かに。抵抗するんじゃない」

ガブリエラはトニーの足を思いきり踏んだが、その衝撃で自分の足の甲に痛みが走った。

「やめたほうがいい」トニーは困ったような、おもしろがっているような顔をした。「そんなことをしても、きみが痛い思いをするだけだ。しばらくはきみを自由にするつもりはない。念のために言っておくが、ぼくはきみより体が大きく、力も強い。きみを生かすも殺すもぼく次第だ」

そう言うと息もできないくらい強くガブリエラの体を締めつけながら、背中をそらして片手を後ろに伸ばし、銃を机の上に置いた。そして彼女を引きずるようにして何歩か前に進み、銃に手が届かないところまで離れてから腕の力をわずかにゆるめた。ガブリエラはようやく普通に呼吸ができるようになった。ひとつ大きく息を吸うと、その乳房がトニーの厚い胸に押しつけられた。

トニーはガブリエラの顔を見下ろし、片方の眉を上げた。「たしかにきみの言ったとおりだな」

「なんのこと？」ガブリエラは息を切らしながら訊いた。

「もう立派な大人の女性だ」トニーはガブリエラを抱き寄せ、背中から腰まで手をはわせた。

「きみはまだ若いが、女らしく丸みを帯びた体をしている。こうして抱き合っているんだから、名前ぐらい教えてくれてもいいだろう」

ガブリエラは身をよじり、トニーの腕から逃れようとした。「放して！」

トニーはくすくす笑った。「なるほど、ここは無理やり答えを聞きだすより、きみを口説《くど》いてその気にさせたほうがよさそうだな」ガブリエラの唇に視線を落とし、かすれた声で言った。「ぼくは人をその気にさせる天才だ」

「あいにくだけど、あなたみたいな口のうまい詐欺師《さぎし》の言うことに、わたしは簡単にだまされたりしないわ。いくらがんばったところで無駄よ」

「ほう、ぼくに挑戦しようというわけか。挑戦は大好きだ。きみのようにかわいい女性が相手となれば、喜んで受けて立とう」

ガブリエラがその言葉の意味について考える間もなく、トニーがいきなり唇を重ねてきた。ガブリエラは驚き、逃げようと身をよじったが、彼の腕をふりほどくことはできなかった。そして必死で抵抗しているうちに、甘いキスにだんだんうっとりし、呼吸も荒く速くなってきた。

それでも意志の力をふりしぼり、もう一度、トニーの腕から逃れようともがいた。ところが彼はかえってそれに刺激されたのか、ガブリエラの両手をつかんで背中にまわし、体と体をさらに密着させた。ガブリエラの胸がトニーの胸に押し当てられた。

トニーは顔を少し斜めにし、間髪《かんはつ》を容《い》れずにまたもやガブリエラの唇を奪った。そして彼女を降伏させようとするように、ますます激しいキスをした。ガブリエラはこれまでも、何度か男性に言い寄られたことがある。そのつどうまくかわしてきたのに、今回は逃げることができなかった。

キスをするのは、これが初めてだ。

ああ、なんて素敵なんだろう！　手足から力が抜け、全身がとろけていくようだ。こんなことはいますぐやめるべきだと、頭のどこかで声がするが、体は反対のことを命じている。トニーに唇を開かされると、肌がかっと火照《ほて》って全身がぞくりとした。

彼が舌の先を使い、こちらの唇を愛撫《あいぶ》している。ガブリエラの心臓が早鐘《はやがね》のように打ちはじめた。そして信じられないほどの快感に身を震わせ、すすり泣くような声を出しながら、トニーが舌を入れて口のなかをまさぐるのに任せた。

やがてトニーは始めたときと同じくらい唐突にキスをやめ、ガブリエラの目をじっとのぞきこんだ。彼の瞳もまた、うっとりしたように潤んでいる。思いもよらず素晴らしいキスに夢中になり、まだその余韻のなかにいるようだ。それでもガブリエラがここにやってきた理由を忘れてはいないらしく、背中にまわした腕をほどこうとはしなかった。

「これでどうだい？　それとも、もう一回したほうがいいかな？」

トニーは訊いたが、ガブリエラの返事がどうであれ、最終的に勝つのは自分だと確信しているような顔をしていた。ガブリエラはあきらめ、質問に答えることにした。「ガブリエラよ」小さな声で言った。「わたしの名前はガブリエラ」

トニーの唇に笑みが浮かんだ。「きみにぴったりの名前だ。会えて嬉しいよ――」そこでいったん言葉を切り、彼女をあらためてぎゅっと抱きしめた。「ガブリエラ」

ガブリエラははっと息を呑み、電流のような衝撃が全身に走るのを感じた。

トニーは腕に入れた力をゆるめると、ほんの少し体を離した。「さてと」のんびりした口調で言った。「これからどうしようか?」

そのときドアのところで足音がし、レイフ・ペンドラゴンが大またで部屋にはいってきた。

「遅れてすまない。ジュリアナから手紙が届いたんだ。もう遅い時間だとわかっていたが、すぐに返事を書きたかったんでね。ところで、本は見つか……」レイフの声が尻すぼみになって消えた。視線はガブリエラに向けられている。「これはいったいどういうことだ? その娘はどうした?」

「これはガブリエラだ。お前を射殺するつもりでここに忍びこんだらしい。だが見てのとおり、武器は取りあげた。机の上に置いてある」

「なんてことだ」レイフはゆっくり部屋の奥に進んだ。「彼女がここに忍びこんだだと?」

トニーはうなずいた。「ぼくたちが夕食をとっているあいだにはいってきたらしい。窓に鍵をかけたほうがいいと、これでよくわかっただろう。なにがどうやってはいってくるかわからないぞ」

「窓は開いていなかったわ」ガブリエラは言い、トニーの腕から逃れようともがいた。「わたしが錠《じょう》を開けたのよ。言っておくけれど、わたしはものじゃないわ。それから、まるでわたしがこの場にいないみたいな話しかたをするのはやめてもらえないかしら」

「ほら、おっかないだろう?」トニーがおどけた口調で言った。

「それに決意も固そうだ」レイフはもう一本ろうそくに火をつけると、ふたりの前に立ち、ガブリエラの顔を見た。「さて、きみはどうしてこの屋敷に侵入したんだい? きみがどんな誤解をしているのかは知らないが、ぼくを撃ち殺したいと思うほどの理由とはなんだろう?」

「わたしは誤解なんかしてないわ、この人殺し!」ガブリエラは悲しみと怒り、そして復讐が失敗に終わったことへの強い苛立《いらだ》ちを覚えた。ペンドラゴンは血も涙もない人間だ。すぐにでも自分を投獄しようとするだろう。逮捕され、じめじめした牢屋に入れられるのだと思うと身の毛がよだつが、その前にせめて言うべきことは言っておこう。

「あなたは罪を償うべきよ」ガブリエラは激しい口調でまくしたてた。「残念だけど、わたしはこの手であなたに復讐を果たすことができなかった。でもあなたには、自分がどれだけひどいことをしたのか、ちゃんと自覚してもらいたいわ」

レイフは仰天した。「きみがぼくに深い恨みを持っていることはわかった。たしかにぼくは清く正しい生きかたをしてきたわけじゃないが、人を殺したことは一度もない。きっとぼくを誰かと間違えているんだろう」

「嘘つき！　あなたがやったことはわかっているのよ。あなたが父を破産に追いやったあげく、田舎《いなか》におびきだしてとどめを刺したんでしょう。母が一部始終を教えてくれたわ」

レイフはガブリエラの顔を凝視した。「ガブリエラと言ったね？　ああ、どうしてすぐに気がつかなかったんだろう」

「なんのことだ？」トニーが訊いた。

「お前の腕のなかにいるのは、バートン・セント・ジョージの娘だ」

2

第二十三代ワイバーン公爵ことアンソニー・ブラックは、口があんぐりと開くのを感じた。

自分はものごとに動じない人間のはずだ――窮地《きゅうち》に立たされても冷静さを失わず、耳を疑うようなことを聞いても表情ひとつ変えることはない。だがたったいまレイフが言ったことには、さすがに足もとがぐらりと揺れるほど驚いた。自分の腕のなかにいるのが友人の宿敵の娘だと聞かされることなど、一生のうちにそうそうあることではないだろう。

トニーは視線を落としてガブリエラの顔をあらためて見つめ、いまは亡《な》きミドルトン子爵ことバートン・セント・ジョージの面影《おもかげ》を探した。目のあたりが似ているようだ。といっても、瞳の色はまったく違う。子爵の目はブルーだったが、ガブリエラの瞳は普通のブルーではない――一度見たら忘れられない、花びらのように柔らかなすみれ色をしている。髪の毛も薄茶色ではなく、クロテンのようにつややかなブルネットだ。ゆるやかにウェーブしたその髪は、結んだリボンがほどけそうなほどたっぷりしている。理想的な卵型の顔に美しい鼻とふっくらした唇をし、最上級の磁器よりも白く透きとおった肌色だ。首から下については、さっきじっくりと調べさせてもらった。華奢《きゃしゃ》な体型ながら胸と腰の線は豊かな丸みを帯びているが、日常的に運動でもしているのか、筋肉は驚くほどしなやかで引き締まっている。その点は父親に似たのだろう。ミドルトンもひとところにじっとしていられず、体を動かすことが好きな男だった。あの邪悪な性格も受け継いでいるのかどうかは、いまの段階ではわからない。

トニーは腕に入れた力をゆるめないよう注意しながら、ガブリエラの体を抱きなおして自分の横に立たせ、レイフの顔を見た。「ぼくはミドルトンに娘がいたことさえ、いままで知らなかった。お前はどうしてわかったんだ?」

「ぼくは以前、ミドルトンのことを徹底的に調べあげたことがある。そうするのが安全だと思ったからだ」レイフはガブリエラの目を見た。「それできみの存在を知ったんだが、わかったのは名前ぐらいのものだった。ミドルトンはきみのことをひた隠しにしていたから、親しい友人でさえ彼に娘がいることを知らなかったんじゃないかと思う。母上は女優だろう?」

「女優だったわ」ガブリエラはあごを上げ、レイフをにらんだ。「母もあなたのせいで死んだのよ」

レイフはゆっくりと息を吸った。「それは気の毒に。だが母上が亡くなったのは、ぼくのせいじゃない」

「あなたのせいよ！」ガブリエラは叫んだ。「父が亡くなってから、母は生きる気力をなくしたわ。お酒を飲むようになり、それまでなら相手にしなかったような男たちと付き合うようになったの。そしてある晩、そのうちのひとりに死ぬほど殴られたわ。でも母は抵抗しなかった。もうそんな力も残っていなかったのよ。父の死によって母の心は壊れたの。それもこれも、あなたが父を殺し、わたしたちからすべてを奪ったせいだわ！」

「ぼくからもお悔《く》やみを言う」トニーが静かな声で言った。「だがきみは責める相手を間違えている。きみの母上からすべてを奪ったのはレイフじゃない。娘のために将来の備《そな》えをしておかなかったのは、きみの父親の落ち度だ」

「こうなることがわかっていたら、父だってわたしたちに財産を残す手続きをしてくれたはずだわ」ガブリエラは言ったが、その口調にはかすかな迷いがあった。「父はまだ若かったの。まさか自分が死ぬなんて思ってなかったのよ」

トニーは首をふった。「死はいつ訪れるかわからない。思慮深い人間であれば、まず愛する者のことを考えるはずだ。ミドルトンが血も涙もない悪党でなかったなら、きみと母上が困らないようにちゃんと手を打っていただろう。それからきみはレイフを人殺しとなじったが、殺人を犯したのは彼じゃない」

「トニー――」レイフが口をはさんだ。

「人殺しはきみの身内のほう――」

「トニー、やめるんだ」

トニーはレイフを見た。「彼女にも教えてやるべきだ。このままでは本当のことも知らず、ずっと苦しむことになる。ガブリエラ、きみは若いが聡明な女性だ。真実を知りたいだろう？　きみの目をおおっている嘘のベールを取りはらいたいと思わないか？」

ガブリエラは険《けわ》しい表情を浮かべ、トニーとレイフを交互に見た。「真実なら知ってるわ。この男が父の胸をナイフで刺して殺したのよ。あなたは友だちだから、この人をかばおうとしているだけでしょう」

「たしかにレイフは友だちだし、彼を守るためならぼくは喜んで命を懸けるだろう。だがこれはまぎれもない事実だ。きみが望むなら、神に誓ってもいい。残念ながらきみの父上は、善人ではなかった。何人もの人間を殺している」

「違うわ！　そんなの嘘よ！」ガブリエラの目がきらりと光った。「母から聞いたわ。子爵で正当な跡継ぎだった父のことを、ペンドラゴンはとても憎んでいたそうね。嫉妬《しっと》に駆られるあまり、父につきまとってありとあらゆる方法でいやがらせをし、最後には罠《わな》にかけて死に追いやったんでしょう」

「きみの父親がレディ・ペンドラゴンを誘拐したことを、母上は話してくれたかい？」トニーは言った。「レイフは妻とお腹の子どもを助けるため、ミドルトンを田舎まで追いかけていった。きみの父親はレイフから身代金《みのしろきん》をせしめ、国外に逃亡するつもりだったんだ。それに、有罪の証拠となる日記を必死で取り戻そうともしていた。彼が犯した数々の恐ろしい罪が、こと細かに記された日記だ。そのなかには前妻の殺害や無垢《むく》な若い女性のレイプと拷問《ごうもん》、父親殺しも含まれている」

ガブリエラの口から小さな悲鳴がもれ、顔からさっと血の気が引いた。

「そうだ」トニーは続けた。「ミドルトンはじつの父親を殺した――きみの祖父を！」

ガブリエラは唇を震わせ、世界がまっぷたつに割れでもしたような絶望的な表情を浮かべた。そう、彼女の世界はいま、がらがらと音をたてて崩れているにちがいない。トニーは思った。愛する父親の復讐を果たすため、今夜ここにやってきたのに、その父親が自分の思っていたような人間ではなかったことがわかったのだ。

「でたらめよ」ガブリエラはトニーの腕のなかでもがいた。「父はそんな人じゃないわ。あなたが言ったような恐ろしいことができる人じゃない」こみあげる感情を抑えられず、最後のほうはかすれ声になった。

「すべて本当のことだ。おまけに犯罪の証拠を隠滅《いんめつ》するため、長年付き合っていた仲間まで手にかけた」

「嘘よ！　嘘に決まってるわ」ガブリエラは真実から目をそらそうとするように、激しくかぶりをふった。

「評判の高い法廷弁護士が証拠の日記を持っている。もし見たかったら、借りてきて見せてやろう」

「そんなの偽物よ」

「きみの父親の死亡事故についての調査で、その日記は本物だと断定されている。レイフはあの日、ナイフをはさんで彼と闘った。だが相手を殺そうとしていたのはきみの父親のほうだ。きみの父親が最初にレイフに襲いかかり、取っ組み合いのなかで胸を刺されたんだ。レイフが殺したわけじゃない」

「あなたがそう言っているだけでしょう。そんな話、どうやったら信じられるというの？」

ガブリエラは声を荒らげて反論した。

「どうして信じられないんだ？　ぼくがわざわざ、これほど手の込んだ作り話をすると思うのかい？　ハーストの筆跡《ひっせき》で書かれた日記を、ぼくが捏造《ねつぞう》したとでも？」

「ハーストですって？」ガブリエラの声が小さくなった。「そういえば……」

「彼を知ってるのか？」

ガブリエラは首をふった。「いいえ、でも……父が昔、その人のことを話しているのを聞いたことがあるわ。酔っぱらいのろくでなしで……いつか父の足を引っぱるだろうって。だからその前に……なんとかしなくちゃいけないと言ってた。そのときは、まさかそんな……ああ、なんてことなの」ガブリエラは床に視線を落とした。頬にひと筋の涙が伝った。

「これで納得してくれたかな。それとも、もっと聞きたいかい？」トニーは静かな声で言った。「レイフはこれまでひと言も弁解していないだろう。もちろん彼にはなんらやましいことがないから、その必要もないわけだが」

「やめて！　もうたくさんよ。これ以上聞きたくない。耐えられないわ」ガブリエラは叫び、横を向いて顔を隠そうとした。

「そうだ、トニー。もうやめろ。お前を止めなかったのは、真実はどのみちいつかあきらかになると思ったからだ。でももう今日のところは充分だろう。これほどむごい真実を一度に聞かせるのは、あまりにひどすぎる。彼女を放してやってくれ。ずっとお前に体を拘束され、疲れているはずだ」

「お前がそう言うなら」ガブリエラがこの期におよんで反撃することはないだろうと思い、トニーはレイフの言うとおりにした。腕を放したとたん、ガブリエラはさっと脇によけ、暗い窓のそばに置かれた椅子につまずきそうになった。トニーは長いあいだ泣きじゃくるガブリエラを見ながら、残酷なことを言わざるをえなかった自分を呪《のろ》った。やがてふと思いだして机に近づき、銃を拾いあげてガブリエラの手が届かない本棚の上に置いた。

レイフがガブリエラに歩み寄った。「ぼくとは口もききたくないかもしれないが」優しく声をかけた。「ワインでも持ってこようか？　それともブランデーのほうがいいかな？　なにか飲めば、少しは気持ちが落ち着くだろう」

ガブリエラは涙をぽろぽろこぼしながら、レイフの顔を見ずに首をふった。

「ハンカチを貸そう」トニーが近づいてきた。そしてポケットに手を入れ、シルクのハンカチを取りだした。ガブリエラが動こうとしなかったので、その手に押しつけるようにしてハンカチを握らせた。

しばらくしてガブリエラはハンカチで頬をぬぐった。

「もう夜も更けた。みんな疲れただろう」レイフはトニーを見た。「お前の働きには感謝しているが、もう帰ってくれ。姪の面倒はぼくが見る」

トニーはガブリエラとレイフに血のつながりがあることに、あらためて気づいてはっとした。だがレイフはミドルトンの異母兄なのだから、考えてみれば当たり前のことだ。

「いやよ、帰らないで！」ガブリエラは顔に当てていたハンカチを下ろし、トニーを見た。頬は涙で濡れて赤くなっているが、それでも美しい娘であることに変わりはない。雨に打たれた野生のスミレのような瞳をしている。「でも……その……いまさら関係ないわね。どうせすぐに警察がやってきて、わたしを牢屋に入れるんでしょうから」

トニーとレイフはほぼ同時に眉をしかめた。

「警察？　誰がきみを投獄すると言った？」ふたりは声をそろえて言った。

ガブリエラはきょとんとし、ふたりの顔を交互に見ると、やがてレイフに視線を据えた。

「でもわたしは……逮捕されるんでしょう。わたしは今夜、あなたを撃つつもりでここに来たのよ。もしミスター……つまり、ワイバーンが止めなかったら、わたしはあなたを殺していたわ」

「そうかもしれないな」レイフは穏やかな口調で言った。「だがたぶん、きみにはできなかっただろう。ぼくを撃って父親の復讐を果たそうと、頭では思っていたかもしれない。それでもきみは結局、引き金を引けなかったんじゃないかという気がする」

「どうして？　わたしにはそんな勇気はないというの？」

レイフは片頬で笑った。「きみはとても勇敢だが、人は殺せないはずだ」

ガブリエラは一瞬、まつ毛を伏せた。「あなたたちの話によると、父は人殺しだったわ」

「ああ、でもきみは彼じゃない。きみは誰とも違う独立したひとりの人間だ。この日を境《さかい》に、きみは自分のことを自分で考えて決め、人生をその手で切り開いていくんだ。今回のことは見逃そう。きみは監獄にはいることも、罰を受けることもない」

ガブリエラははっと息を呑んだ。レイフの言葉の意味を噛《か》みしめるにつれ、のどになにかがつかえているように苦しくなった。わたしは今夜、激しい憎悪を胸に彼の家に忍びこんだ。ペンドラゴンほどの悪党は、ほかにいないと信じこんでいた——だから残酷な方法でこの世から消えてもらっても、かまわないと思ったのだ。だが彼は、わたしが思っていたような人間ではなかった。そしてわたしは、父のことも思いちがいをしていたらしい。

いまでもワイバーンとペンドラゴンの言ったことが、どうしても信じられない。わたしが愛していた父は、とてもそんなおぞましいことのできるような人ではなかった。でもわたしは、本当に父のことを知っていたのか？　それとも自分に都合のいい父親像を、勝手に作りあげていただけなのだろうか。父はふらりとわたしたちを訪ねてきては、気まぐれのように優しい言葉をかけてくれた。わたしは父の愛情を信じたい一心で、その本当の姿を見ようとしていなかったのかもしれない。母もきっと同じだったのだろう。ただひとつだけ言えることは、ワイバーンの言葉で、いままでずっと信じてきたものが揺らぎはじめているということだ。耳をふさぎたくなるような内容だったが、そこには真実だけが持つ響きがあった。

では、復讐相手のペンドラゴンはどうだろう。父の死が本当に正当防衛によるものなら、ペンドラゴンを責めることはできない。彼はまったく弁解がましいことを言わず、ワイバーンが事情を説明するあいだもずっと黙っていた。それはなにもやましいことがないからだったのだろうか。考えれば考えるほど、ペンドラゴンが父を殺したのではないと思えてくる――被害者は父ではなく、ペンドラゴンのほうだったのだ。

しかも罰を受ける覚悟を決めたわたしに対し、ペンドラゴンは驚くべきことを言った。まさか彼がわたしを許し、優しさと思いやりを示してくれるとは思ってもみなかった。「でも、どうして？」ガブリエラはいまにも消え入りそうな声で訊いた。

レイフはガブリエラの目を見た。「すべてを失い、愛する人を次々に亡くすということがどういうことか、ぼくはよく知っている。とてつもなく広く凍《い》てついた世界に、自分がたったひとり取り残されたような気持ちになるものだ。ぼくも若いときに両親を亡くした。そのとき感じた悲しみと怒り、立ちなおる日など二度と来ないと思ったほどの衝撃は、いまでも忘れられない」

〝そのとおりよ〟ガブリエラは驚き、胸のうちでつぶやいた。どうして彼にそこまでわかるのだろう。まるでわたしの内側にはいりこみ、心のなかを読んだようだ。ガブリエラがふとふり向くと、トニーはふたりの邪魔をするまいというように、少し離れたところに立っていた。その濃いブルーの瞳には、はっきりと同情の色が浮かんでいる。

ガブリエラは目をそらした。

「ガブリエラ」レイフの言葉にガブリエラははっとした。「突然のことで驚くだろうが、数少ない身内のひとりであるきみに、ぼくからひとつ提案がある」

ガブリエラは身構えた。「なにかしら？」

「きみに住む場所を提供したい」

「な――なんですって？」

「ぼくたち家族と一緒に暮らさないか。子どもはいるが、このロンドンの屋敷にもウェスト・ライディングの屋敷にも、部屋はまだたくさん余っている。きみがいまどういうところに住んでいるのかは知らないが、ここのほうが快適な住まいであることは間違いないだろう」

ガブリエラは肩をいからせた。「わたしのことならご心配なく」本当のことを言うと、生活はひどく苦しい。母の宝石や衣服を担保にして借りたお金で、どうにかこうにか食いつないでいるありさまだ。同居人のモードと倹約に努めてきたが、そのお金ももうじき底をつきそうになっている。

「どうか気を悪くしないでくれ。レディ・ペンドラゴンもきみを心から歓迎するだろう」

ガブリエラは眉根を寄せた。「でもあなたはわたしのことをなにも知らないし、父を憎んでいたんでしょう。たしかに血のつながりはあるかもしれないけど、あなたがわたしを喜んでこの家に迎えるなんて信じられないわ。寝首《ねくび》をかかれるかもしれないとは思わないの?」

レイフは声をあげて笑った。「いや、さっきも言ったとおり、きみはそんなことのできる人間じゃないはずだ」

「あなたの狙いはなんなの? わたしは使用人になるつもりはないわ」

「きみを使用人にする気などない。もし申し出を受けてくれるのなら、家族として迎えたいと思っている」

「もしわたしが途中で出ていきたいと言ったら?」

レイフは肩をすくめた。「この家が気に入らなかったら、いつでも出ていけばいい」

素晴らしい申し出ではないか——少しばかり話がうますぎるほどだ。ガブリエラは思った。自分は国じゅうを旅してまわる劇団のなかで育ち、利用できるものはなんでも利用して生きてきた。住むところ——しかも豪邸だ——を無償で提供してもらえるなど、まるで夢のような話ではないか。だが自分にもプライドというものがある。貧しい親戚の娘として扱われることには耐えられない。ガブリエラは背筋を伸ばした。「ありがとう、伯父様。でも、お断わりするわ。その……つまり……これからのことについては、わたしなりに考えていることがあるの」

「舞台に立つのかい？」

「ええ、まあ」ガブリエラは言葉を濁した。「わたしを自由の身にしてくれるというのが本当なら、そろそろ帰ってもいいかしら」

　レイフはうなずいた。「もちろんだ」

「ガブリエラ」トニーがふたりの会話に割ってはいった。「申し出を受けたほうがいい。レイフは善良な男だ。少々つまらない感傷にひたっている気がしないでもないが、きみのためによかれと思って言っていることは間違いない」

「おい、トニー。ぼくがつまらない感傷でものごとを決めたりしないことを、お前はよく知っているだろう」レイフはうんざりしたように言った。

「ジュリアナと結婚して子どもができてからは、そうとも言いきれなくなったんじゃないか」

　レイフの口もとに笑みが浮かんだ。

　ガブリエラは一瞬考えなおすべきかと思ったが、すぐに迷いをふりはらった。「やっぱり答えはノーよ」

レイフの顔にちらりと落胆の表情がよぎった。「わかった。だが気が変わったら言ってくれ。いつでも歓迎する」

ガブリエラは長いあいだ、レイフの顔をしげしげと見ていた。「あなたはわたしが思っていたのとは正反対の人だわ。銃で撃とうとしたりして、ごめんなさい」

レイフは微笑んだ。「撃たないでくれて心から感謝する」

ガブリエラはトニーに向きなおり、ハンカチを差しだした。「どうもありがとう」熱いキスの余韻がまだ唇に残っていたが、そのことについては触れないことにした。

トニーはくしゃくしゃに丸まったシルクのハンカチを見た。「それはきみにあげよう。ハンカチならたくさん持っているから、一枚ぐらいなくても別に困ることはない。さあ、ぼくが家まで送っていこう」

胸の鼓動が速まり、ガブリエラは落ち着くよう自分に言い聞かせた。彼に送ってもらえるのは嬉しいが、家を見られたくはない。紳士であるワイバーンは、上品で優雅な世界に生きている。自分が住んでいる粗末な下宿を見たら、きっとびっくりするだろう。

「ひとりでだいじょうぶよ。ロンドンの街のことはよく知ってるから、ちゃんと帰れるわ」

トニーは眉根を寄せた。「ばかなことを言うんじゃない。もうすぐ夜中の二時だぞ。きみがなんと言おうと、この時間の通りは危険だ。いくらきみがロンドンの街に慣れていても、ひとりで帰すわけにはいかない。ぼくの馬車で送っていく」
ガブリエラはかすかに笑みを浮かべ、首を横にふった。「お気持ちはありがたいけれど、結構よ」そう言うとトニーに反論する暇を与えず、軽やかな身のこなしで出口に向かい、人《ひと》気《け》のない玄関ホールに消えた。

トニーは困惑顔でそれを見ていた。そしてすぐにガブリエラのあとを追おうとした。だがそのとき、レイフが腕をつかんでトニーを止めた。「放っておけ。素直に言うことを聞くような娘じゃない」

トニーはレイフの手をふりはらった。「まったく、なんて扱いにくいんだ」

「彼女は別に扱いにくいわけじゃない。たしかに頑固で、こうと決めたらてこでも動かないところはあるようだが、なかなか頭の切れる娘だ。そもそも男の格好をしているんだから、危ない目にあうことはないだろう」

「どうしてそう言えるんだ」

「本人に気づかれないよう、ハンニバルがこっそりあとをつけている」

ハンニバルはレイフが全幅《ぜんぷく》の信頼をおいている男だ——使用人であり、友でもある。巨人のように大きな体をし、初めて彼を見た者は恐ろしさに震えあがるのが普通だ。頭は禿《は》げ、片方のこめかみからあごにかけて大きな傷がある。だが幸いなことに、ガブリエラが今夜、彼を見て腰を抜かす心配はない。レイフの言うとおり、ハンニバルは尾行の天才なのだ。

トニーの肩からふっと力が抜けた。「そうか、ハンニバルが一緒なら安心だ」だがトニーは心のどこかで、ガブリエラに銃を返してやればよかったと思っていた。彼女が現在置かれている状況を考えると、いずれ本当に武器が必要な場面が出てくるのではないだろうか。彼女を危険な目にあわせたくない。今後の見通しは立っていると本人は言っていた。いまはただ、それが安全なものであることを祈るだけだ。

ガブリエラがこっそり失敬しておいた鍵を使い、コベント・ガーデン劇場から数ブロック南にある下宿に戻ったのは、夜警が三時を告げるころだった。ガブリエラはドアを閉めて鍵をかけると、女家主を起こさないように足音を忍ばせ、きしむ木の階段をのぼった。唇が薄く気が短いミセス・バックルズは、どんな難癖をつけてふたたび家賃を吊りあげようとするかわからない。つい先月も、モードが部屋でソーセージと玉ねぎを料理したことを理由に、賃料を上げたばかりなのだ。ミセス・バックルズは部屋ににおいがしみついたにちがいないと言い、いますぐ出ていってもらうとすごんだが、最終的には毎月の部屋代と賄《まかな》い代を数シリング上げることで話がついた。

階段を上がるにつれ、気温がどんどん下がるのを感じた。屋根裏部屋の前に到着したときには、真冬の夜気で体の芯《しん》まで冷えるようだった。だが、なかにはいったとたん暖かな空気がガブリエラを包んだ。

〝モードに感謝しなくちゃ。暖炉に炭を足しておいてくれたんだわ〟女優のモードは夜遅くまで働くこともあるが、さすがにこの時間はもう床《とこ》についているはずだ。ガブリエラは借り物の上着を脱いで木の椅子の背にかけ、あくびをしながら寝室に向かおうとした。

「こんな時間までどこに行ってたの！」

ガブリエラは跳びあがり、もう少しで悲鳴をあげそうになった。ネグリジェ姿のモードが怖い顔でこちらをにらんでいる。ガブリエラはどきどきしている胸に手を当て、落ち着きを取り戻そうとした。「ああ、びっくりさせないでちょうだい」

年上のモードが舌打ちをし、くたびれた青いウールの肩掛けを引きあげた。「理由も言わずに明け方近くまで帰ってこないなんて、いったいどういうつもりなの。あなたの身になにかあったらどうしようと、心配でたまらなかったわ。強盗やならず者に襲われたんじゃないかとか、あれこれ恐ろしいことが頭に浮かんで気が気じゃなかったのよ」

「わたしは逃げ足が速いから、そういう連中に簡単につかまったりはしないわ。でも心配をかけてごめんなさい。そんなつもりじゃなかったの」

モードは小さな暖炉に近づき、腰をかがめてろうそくに火を灯した。獣脂《じゅうし》のつんとするにおいが広がり、黄色みがかった弱い光が狭い部屋を照らした。モードはろうそくを掲げ、ガブリエラの全身に視線を走らせると、またもや舌打ちした。「それはジョーの服ね？　なくなったんじゃなくてよかったわ」

「すぐに返すつもりよ。明日の朝、誰にも気づかれないうちに劇場に戻しておくわ」

「誰かが気づいたらどうするの？」

ガブリエラは肩をすくめた。「縫《ぬ》い目がほつれているのを見つけたとでも言うわ。わたしは最近、劇団の人たちの服を直して小銭を稼いでるから、誰も疑わないでしょう」

「そうね」モードは部屋の奥に向かい、小さな戸棚を開けた。「なにか食べた？」

そのときガブリエラのお腹が鳴った。今夜は夕食などとる暇はなかったし、朝食はとっくに胃から消えている。「ううん」

「なにか用意してあげるから、そこに座ってなさい。お湯も沸かしましょう。わたしも紅茶を飲むことにするわ」

食事と飲み物を用意してくれるという言葉に、ガブリエラはモードの怒りが解けたことを知ってほっとした。彼女はガブリエラが三歳になったときから、そうやってなにかと面倒を見てくれている。モード・ウッドクラフトは怒ると怖いが、いつまでも機嫌を損ねていることはない。怒りを一気に爆発させたあとは、すぐにいつもの彼女に戻るのだ。

モードはひとつに束ねた白髪《しらが》交《ま》じりの長い赤褐色の髪を背中にはらい、皿に黒パンとチーズを載せると、テーブルの上を滑らすようにしてガブリエラに渡した。「ところで」ガブリエラが食べ物を口に入れたとたんに切りだした。「あなた、あの男性の家に行ったんでしょう。もう復讐なんてことは考えず、彼には近づかないと、わたしに約束してくれたんじゃなかったかしら」

ガブリエラは口のなかのものを飲みこんでから言った。「どうしてもあきらめられなかったの。あの人と対決せずにはいられなかった」

モードはテーブルに両のこぶしをどんとついた。「まさか彼を撃ったなんて言わないでちょうだい、ガビー」

「撃ってないわ。その寸前までいったけど」

ガブリエラは食事をしながら、レイフ・ペンドラゴンの自宅に忍びこみ、彼の友人に計画を止められたことをモードに話して聞かせた。だがその男性に唇を奪われたことについては触れなかった――とても甘く情熱的だったあのキスのことは、きっといつまでも忘れられないだろう。そしてそれは、たんに初めてのキスだったからというだけの理由ではない。

「取り返しのつかないことになる前に、ペンドラゴンの友だちが銃を取りあげてくれてよかったわ。もし撃っていたら、いまごろあなたはニューゲート監獄に入れられていたわよ」

ガブリエラは急に食欲が失せ、皿を脇に押しやった。「本当なら撃たなくても、投獄されていたはずだわ。でもペンドラゴンは、わたしを逃がしてくれたの。ああ、モード、ペンドラゴンとワイバーンから、父がどんなひどいことをしたかを聞いたわ！　いまでもどうしても信じられない」ガブリエラはモードの目を見た。「ふたりによると、父は獣《けもの》のように残酷な人間だったというの」のどになにかがつかえたような気がし、声が聞き取れないほど小さくなった。「女性をレイプしたばかりか、殺人を犯したんですって——しかもひとりだけじゃなくて、自分の父親まで手にかけたというのよ。ねえ、ふたりの話は本当だと思う？　父におかしなところがあると、あなたも思っていた？」モードが目を伏せ、なにも答えないのを見て、ガブリエラの胸は張り裂けそうだった。「どうして言ってくれなかったの？」

モードはため息をつき、ガブリエラと視線を合わせた。「確信があったわけじゃないのよ——少なくとも、殺人のことは知らなかった。それでも彼の奥さんが階段から落ち、首の骨を折って亡くなったのは不可解だと、誰かがひそひそ噂《うわさ》するのを耳にしたことは何度かあるわ。でも、あまり真剣に考えたことはなかったの。たしかにときどきいやな人だと思うことはあったけど、あなたに危害を加えることはなさそうだったから。というより、あなたとはほとんど一緒にいなかったでしょう。たまにふらりとやってきては、小さな女の子が喜びそうなお土産をあなたに渡し、お母さんとふたりで何日かべったり過ごしていたもの」

ガブリエラの脳裏《のうり》にぼんやりとした記憶がよみがえった。父はいつも満面の笑みを浮かべてわたしをぎゅっと抱きしめたあと、レモンドロップやキャラメル、豪華なシルクのドレスを着た愛らしい陶磁器製の人形をくれた。そうした贈りものは愛情の証《あかし》だと思いこんでいたが、本当にそうだったのだろうか。もしかすると、母とふたりきりになりたくて、わたしの気をそらすために用意した小道具だったのかもしれない。ガブリエラは胃のあたりに不快感を覚えた。

「もっと早く言ってくれればよかったのに。父の正体を知らずに浮かれていた自分がばかみたい。しかも、もう少しでとんでもないことをするところだったわ」

「わたしはペンドラゴンへの復讐を思いとどまらせようとしたはずよ。それにあなたもあなたのお母さんも、子爵の優雅な物腰に目がくらみ、彼の本当の姿が見えなくなっていたでしょう。もしわたしが忠告したところで、あなたは耳を貸さなかったと思うわ。でもそれよりなにより、わたしはあなたを傷つけたくなかった。あの人はいなくなり、あなたのお母さんも天に召されたわ。これ以上、傷口に塩を塗るようなことを言う必要はないと思ったの」

ガブリエラは今夜わかった数々の事実に思いをめぐらせ、つらい現実を受け止めようとした。ふいに胸が悲しみに押しつぶされそうになった。「なにもかも、いつわりだったのね」

モードはガブリエラの手をそっと握った。「子爵のことはともかく、それ以外のことはいつわりなんかじゃないわ。あなたのお母さんは気性が激しく頑固な人だったけれど、あなたのことを世界じゅうの誰よりも愛していたのよ。それだけは絶対に忘れないで」

ガブリエラはまばたきをして涙をこらえ、こくりとうなずいた。「ママに会いたいわ、モード」

「ええ、そうね」

ガブリエラはこみあげる感情で胸がいっぱいになり、一瞬口をつぐんだ。「住む場所を提供すると言われたわ」

モードはきょとんとした。「なんの話?」

「ペンドラゴンよ。わたしの伯父。彼の家で、奥さんや子どもたちと一緒に暮らさないかと言われたの。もちろん断わったけど」

「まあ、どうして断わったりしたの?」

ガブリエラはぱっと顔を上げた。「ペンドラゴン一家のことを、わたしはまったく知らないのよ」そう言って肩をこわばらせた。「第一、あの人の情《なさ》けにすがるつもりはないわ」

「ばかなことを言わないで。ペンドラゴンという人は王よりも裕福で、しかも男爵の肩書きを持っているというじゃないの。彼の住んでいる豪邸のほうが、この屋根裏部屋よりもずっと住み心地がいいはずよ」

ほんの一部をのぞいただけだが、たしかにモードの言うとおり、ペンドラゴンの自宅は〝豪邸〟と呼ぶにふさわしいところだった。いままで足を踏み入れたなかで、いちばん豪華な屋敷だ。

「口ではうまいことを言っても、きっとわたしを使用人にするつもりなのよ。お給料を払う気もないに決まってるわ。裕福な家庭は、貧しい親戚をただ働きさせようとするものでしょう」

モードは手をふった。「たとえそうだとしても、いまの生活よりはましじゃないの。それにペンドラゴン卿夫妻がついているとなれば、いい人と出会って結婚することも夢ではないわ。お母さんと同じ道に進み、女優になる気はないんでしょう。あなたさえその気になれば、舞台主任のハケットは主役でもなんでも喜んでやらせてくれるでしょうけれど」

モードの指摘は当たっている。ガブリエラは胸のうちでつぶやいた。ミスター・ハケットはわたしを舞台に立たせたくてしかたがないらしい。もちろんお芝居は大好きだし、長いあいだ繰り返し耳にしてきたのでせりふは一言一句覚えているが、わたしは女優になる気はさらさらないのだ。

母と同じ人生を歩くつもりはない。幼いころから町から町へと巡業する生活を送り、家というものを知らずに育ってきた。どこかひとところに落ち着き、自分の居場所を作りたい。それにモードの言うとおり、いつか家庭も持ってみたい。信頼できる夫と子どもたちに自分の時間を捧げ、たっぷりの愛情を注ぐのだ。そしてなにより、わたしの心の奥には愛への憧れがある――ひとりの男性に、愛し愛されることを望んでいる。けれども、そんなことは夢のまた夢だ。そうに決まっている。

ガブリエラの脳裏に、どういうわけかトニー・ワイバーンの魅力的な笑顔と、うっとりするようなブルーの瞳が浮かんだ。生ぬるい風に吹かれたように肌がぞくりとし、鼓動が乱れた。あんなふうに強引にキスを奪われ、本当なら怒るべきなのだ。だがガブリエラが抱いている感情は、怒りとは正反対のものだった。

〝わたしったら、どうかしているわ!〟放蕩《ほうとう》者の男性には注意していたはずだった。ワイバーンと会ったのは短い時間だったが、彼が女たらしであることはすぐにわかった。美女をとっかえひっかえし、ひとりと長く付き合おうとはしないタイプの男性だ。それでも彼の心を奪い、愛を得ることに成功した女は、このうえない幸福に包まれるだろう。古いことわざにもあるとおり、改心した放蕩者は最高の夫になる。

だがワイバーンを改心させるのはわたしではなく、誰か別の女性だ。おそらく彼とは、もう二度と会うこともない。ガブリエラはなぜか胸がふさぐのを感じながら、モードの顔を見た。

「ペンドラゴン卿の申し出を受けなさい。わたしと同じあやまちは犯さないで」

ガブリエラは眉を寄せた。「どういう意味？」

ため息をついたモードの顔は、ふいにくたびれ、少し老けたように見えた。目尻にしわが寄り、口もとの肌がかすかにたるんでいる。三十代後半のいまでも充分美しいが、それでも年月と激務、そして貧しさには勝てず、容姿に衰えが見えはじめている。

「つまり」モードは言った。「あなたと同じ年だったとき、わたしにはふたつの選択肢があったわ。両親の農場にとどまり、近くに住む若者の誰かと結婚するか、それとも家出して女優になるか。わたしは結局、冒険する人生を選び、劇団にはいることにしたの。そのことを基本的に後悔はしていないわ。最初のころは、なにもかも順調で楽しかった。みんなの注目を浴び、有名になるのは気持ちがいいものよ。次々に派手好きな男性が現われ、美しいドレスやきらきらした装飾品をくれたわ。みんなわたしの歓心を買おうと必死だった。あなたのお母さんも、全盛期は同じだったはずよ——でもそんなとき、ミドルトン子爵と出会ったの。あの人に会ってからは、ほかの男性にはほとんど目をくれなかったんじゃないかしら」

そのとおりだ、とガブリエラは思った。母は父に恋い焦がれ、ふたたび会いに来て抱きあげてくれる日をずっと待っていた。

モードはティーポットに手を伸ばし、ぬるくなった紅茶の残りをカップに注いだ。「でもまたたく間に月日は流れ、出番はだんだん少なくなり、たいした役をもらえなくなるわ。ついこの前までジュリエットを演じていたのに、子守係の役を与えられるの。それでも役があるだけ、ありがたく思わなくちゃならない。言い寄ってくる男性もぐんと減るわ。少なくとも、ハンサムな人や、豪華なシルクのドレスを喜んで買ってくれるような裕福な人は寄ってこなくなる」モードはガブリエラの目をじっと見た。「それが現実だと、あなたもちゃんとわかっているはずよ。だからこそ、華やかな舞台に立つという誘惑にいままで屈しなかったんでしょう。家族のところに行きなさい、ガビー。血のつながった身内がいるのは幸せなことよ。意地を張らないで、素直に伯父さんの厚意に甘えるの」

ガブリエラは胸が締めつけられる思いだった。「でも、あなたをひとりで置いていくわけにはいかないわ。ふたりで力を合わせれば、きっとうまくやっていけるはずよ。わたしももっと裁縫の仕事を増やすし、なんだったら舞台に立ってもいいわ。ハケットは新しいオフィーリア役をずっと探していたでしょう。その役なら、目をつぶっていても演じられるもの」

「ええ、あなたならできるでしょうね。でもあなたは女優になることを望んでいないし、わたしもそんなことはしてほしくないわ」そして一瞬、間《ま》をおいてから続けた。「いままで黙っていたけれど、いとこから手紙が来たの」

「ジョセフィーヌから？」

モードは微笑んだ。「そうよ。わたしたちは昔から仲がよかったの。わたしにシュロップシャーに来てほしいんですって。子どもが八人いるから、子育てを手伝ってもらいたいらしいわ。このところ、せりふもお給料も減る一方だし、彼女のところに行くのも悪くないかと考えていたところなの。またみんなと一緒に巡業に出ることもできるけど、あなたも知ってのとおり、旅ばかりの生活は疲れるものでしょう。荷馬車《にばしゃ》や粗末な宿屋で寝るのは、もうごめんだわ」

「ちっとも知らなかった」ガブリエラは沈んだ声で言った。

「ええ、あなたには言わないつもりだったの。でも伯父さんがあなたの面倒を見てくれるとなれば、わたしも安心してジョセフィーヌのところに行けるわ」

ガブリエラは動揺し、胃がぎゅっと縮むのを感じた。

「なにかあったらいつでも訪ねていらっしゃい」モードはガブリエラの不安な気持ちを読み取ったように言った。「歓迎するわ」

「だったらわたしも一緒に連れてって。子どもが八人もいるなら、人手はいくらあっても足りないでしょう」

モードは眉根を寄せた。「子どもたちはひと部屋にぎゅうぎゅう詰めで寝ているの。それにジョセフィーヌは軍人の夫が送ってくれるお金だけで暮らしているから、わたしとあなたの両方を養《やしな》う余裕はないと思うわ」

「だいじょうぶよ。わたしも仕事を見つけるから。裁縫の腕を生かして、服の修理やドレスの仕立てを請け負うわ」

「向こうにもそういう仕事をしているお針子がいるの。彼女があなたを雇ってくれるとは思えないわ。とても小さな村だもの」

「だったら商店で働くわ。工場でもいいし……なにかわたしにも、できることがあるはずよ」

モードは優しい目でガブリエラを見た。「家族のところに行きなさい。商店や工場で働いたってつまらないわ。それなら舞台に立ったほうがまだいいと、あなただって思うでしょう」

たしかにそうかもしれない。ガブリエラは心のなかでつぶやき、現実を噛みしめた。自分はシュロップシャーより、ロンドンのほうがのびのびと生きられるだろう。もしここでペンドラゴンのところには行かないと言い張れば、モードは自分と一緒にロンドンにいてくれるにちがいない。けれども、彼女の人生の邪魔をするのはあまりに身勝手ではないか。それにおそらくモードの言うとおりなのだ。不安はあるが、ここはペンドラゴンの厚意に甘えたほうがいいのだろう。もし彼の家が気に入らなければ、いつでも出ていけばいい。

「ええ、そうね。伯父の家に行くことにするわ」ガブリエラは覚悟を決めた。「すぐにここを出なくちゃいけないかしら？　賃貸契約はあと二週間残っているけれど」

モードは笑みを浮かべた。「わたしも引っ越しの準備に二週間ぐらいかかるわ。第一、あの意地悪なミセス・バックルズに余分に部屋代を払うなんて、しゃくにさわるじゃないの。さあ、あなたも疲れたでしょうから、そろそろ寝ることにしましょう。朝日が昇れば、なにもかもが明るく輝いて見えるわ」

ガブリエラはうなずいたが、モードのように前向きな気分にはとてもなれなかった。もうすぐ始まる新しい一日だけでなく、それから先の日々も、そんなに明るく希望に満ちたものになるとは思えない。

3

　それから十日後の夜、トニーはふっくらした羽毛のマットレスと枕に裸で寄りかかっていた。暖炉の燃える寝室は暖かく、官能的でロマンチックな雰囲気を演出するため、そこかしこにろうそくが置かれている。ジャスミンオイルの香りがただよい、ナイトテーブルの上に飲みかけの赤ワインのグラスがふたつ置いてある。

　トニーはそのひとつを手に取り、残りを一気に飲み干した。ふいに耳鳴りがしたが、それはたったいま飲んだワインのせいでも、激しい愛の営みのせいでもなかった。隣りには愛人のエリカが金色の長い髪を枕に広げ、片方の乳房をむきだしにして眠っている。トニーはその豊かなふくらみをちらりと見たものの、覚えたのは欲望ではなく倦怠感《けんたいかん》だった。唇からため息がもれた。

　二月のロンドンは退屈すぎる。レイフとイーサン・アンダートンがいないとなればなおさらだ。三日前、レイフは家族の待つウェスト・ライディングに発《た》った。イーサンもクリスマスに挙げたリリーとの結婚式以来、誰も姿を見かけていないという。先日、一通だけ届いた手紙の内容からすると、たぶんまだハネムーン中なのだろう。その短い手紙によれば、イーサンとリリーはヴェッセイ侯爵家の領地であるアンダーリーに戻り、元気に過ごしているそうだ。手紙にはまた、三月上旬に行われるペンドラゴン家の長女の洗礼式のときに、レイフの領地で会えるのを楽しみにしているとも書かれていた。

それまではひとりで無聊《ぶりょう》を慰めるしかないわけか。友人たちが恋に落ち、いそいそと祭壇に立つのを黙って見ているということは、つまりはこういうことなのだ。ふたりが選んだ花嫁に異論があるわけではない——ジュリアナもリリーも素晴らしい女性だ。ただ、少年時代からの友ふたりと気ままに過ごしていた日々は、もう二度と戻ってこない。結婚して子どもを持つと、なにもかもががらりと変わってしまうらしい。そうした罠にはひっかかるまいと思っている自分のような人間は、ときどきぽつんと取り残され、暇を持てあますことになる。

いや、その気になりさえすれば、いくらでも楽しみを見つけることはできるのだ。自分にはたくさん友人がいるし、女性にも不自由していない。だがいまは上流階級の人びとのほとんどがロンドンを離れ、パーティなどの気晴らしになる催《もよお》しが、いつもに比べて極端に少ない季節だ。それでも先日、ペンドラゴン邸の書斎で久しぶりに心はずむ出来事があった。

魅力的で愛らしい娘に出会った。〝ガブリエラ〟 トニーはおいしい砂糖菓子を舌で転がすように、声には出さずにその名前を口にした。

ふいに落ち着かなくなり、マットレスの上でもぞもぞした。彼女の美しさを思いだし、体が熱くなってきた。妖精のような顔立ち、思わず引きこまれるすみれ色の瞳、ふっくらとした唇——焼きたてのチェリーパイのように甘い味がした。つかの間のキスを交わしてからもう何日もたつが、あのときのことがいまでも頭から離れない。

彼女がレイフの姪でさえなければ、いまごろはきっと狙いを定めて口説いていただろう。だがレイフは大切な友だちだ。親友の身内の女性に、ちょっかいを出すわけにはいかない。しかも相手は、まだ学校を出たばかりの年ごろの少女なのだ。ガブリエラはたしかに勇敢で自立心が強く、世のなかのことを熟知しているようにふるまっていた。だが彼女が無垢であることはすぐにわかった——唇を重ねた瞬間、それを確信した。激しい情熱を内に秘め、官能の世界の扉を開けたくてうずうずしているものの、ガブリエラが男女のことについてまだなにも知らないのは間違いない。

自分はバージンには手を出さないと固く心に決めている。きらきら輝く瞳とあどけない笑顔に心は惹かれるが、うっかり関係を持ったりすれば、どんな厄介なことになるかわかったものではない。もしかすると結婚するはめになるかもしれないのだ。社交界にデビューしたばかりのはつらつとした若いレディが、次から次へとこちらの気を引こうとして近づいてくるが、いつもうまく身をかわしている。自分は一生、独身を貫くつもりだ。娘を玉の輿《こし》に乗せようと虎視眈々《たんたん》と狙っている母親や、目をきょろきょろさせて獲物を探し、公爵夫人になることを夢見ている娘の罠にうっかりはまってはたまらない。

そういうわけで、情事の相手は経験豊かな女性と決めている——こちらの求めているものを理解し、別れるときにもすがりついてきたりしない未亡人や人妻だ。エリカも人妻で、しょっちゅう愛人を作っている。いまはたまたま、その相手が自分だというだけだ。エリカの夫は、不実な妻の旺盛な性欲を満足させることができないらしい。

関係が始まったばかりのころ、エリカとの密会はとても刺激的だった。ふたりでいろんな工夫をし、さまざまな場所で情事を楽しんだ。一度などは、大英博物館の書庫で結ばれたこともある。だが最近はだんだん彼女との関係にも飽き、以前のようには夢中になれなくなっている。とくにエリカの夫のヒューイット卿を避けるのに、しだいにうんざりしてきた。このごろは妻にだまされた哀れなヒューイット卿に、罪悪感のようなものさえ覚える。陰でどんな裏切り行為をされているかも知らず、妻を溺愛《できあい》するその姿を見ると胸が痛むほどだ。

ふいにさっきの激しいセックスの記憶がよみがえり、トニーは石けんとお湯で体をごしごし洗いたい衝動に駆られた。そして顔をしかめ、隣りで丸くなっているエリカを見た。そろそろうちに帰ろう。自分のベッドと、ジャスミンオイルなど一滴もついていない糊《のり》のきいた清潔なシーツが恋しい。トニーは起きあがり、床に足をついた。

背後でエリカが伸びをし、猫のような小さな声を出した。トニーの動きで目が覚めてしまったらしい。「ねえ、どこに行くの?」眠そうな声でささやき、トニーの裸の腰に手をはわせた。

「もう時間も遅いことだし、家に帰る」

「そんなに遅くないわ」エリカはトニーの太ももをなでた。「ヒューイットは明日まで帰ってこないの。それまでたっぷり楽しみましょう」

トニーはなにも答えず、エリカの手から逃れて立ちあがった。部屋を横切って椅子にかけておいた服を拾いあげ、身に着けはじめた。

「ねえ、どうしたの？」エリカが子どものように唇を突きだした。そのすねた口調をかわいいと思ったこともあったが、いまでは金属がきしむ音のように耳にさわる。「まだ疲れたわけじゃないでしょう？　あなたは満足するということを知らない人だもの。わたしが知っている男性のなかで、あなたのように何時間も果てない人はそうそういないわ」

トニーはシャツのすそをズボンに入れてボタンをかけた。「もう充分満足だ」

「ここにいらっしゃいよ。そうすればあなたの気も変わるわ」エリカはなまめかしい笑みを浮かべ、マットレスをぽんと叩いた。

トニーは一瞬、ベッドに横たわっている美しい女性に目をやったが、すぐにタイを手に取って首に巻いた。

欠点のほとんどないエリカの顔に、小さなしわが寄った。「どうして黙っているの？　今夜のあなたは変よ」

「なんでもない。さっきも言ったとおり、もう遅い時間だから帰ろうと思っただけだ」トニーはタイを結び終えると、靴を履いて身支度を整えた。

エリカはまたもや唇を突きだし、枕にどさりともたれかかった。「そこまで言うなら好きにしたらいいわ。どのみちあさって、オペラに行ったときに会えるものね」そこで言葉を切り、しばらく沈黙した。「そのころにはいつものあなたに戻っているでしょうから、また思いきり楽しみましょうよ」

トニーはエリカとふたたびベッドをともにするところを想像した。だがいつものように期待で胸が躍ることはなく、代わりになんともいえない倦怠感を覚えた。「残念だが、オペラには行けない」

エリカは眉根を寄せた。「あら。ほかになにか約束があるの？」

「いや、そういうわけじゃない。聞いてくれ、エリカ。本当は今夜、こういう話をするつもりじゃなかったが、こんなことをいつまでもずるずる続けていてもしかたがないと思わないか」トニーは外套《がいとう》をさっと肩に羽織って留め金《フロッグ》をかけた。

エリカのグリーンの瞳の色が濃くなった。「こんなことって、なんのことかしら？　あなたの言っている意味がわからないわ」

「きみもわかっているはずだ。最近のぼくたちのあいだには、以前ほどの情熱がなくなっている」

エリカの頬が紅潮した。「そんなことはないわ。わたしはいまでもあなたを求めているし、あなたも同じくらい強くわたしを求めているはずよ。さっきもあれだけ激しくわたしを愛してくれたじゃないの。情熱がなくなったなんてありえないわ」

トニーはため息を呑みこんだ。どうやら期待していたような展開にはなりそうにない。だが情事というものは、もめごともなくすんなり終わることのほうが珍しい。だいたいにおいて、片方が別れたがっているのに対し、もう片方は関係を終わらせたくないと思っているからだ。エリカはあきらかに、こちらとの関係を続けることを望んでいる。

「いままで楽しかったよ。きみは情熱的で楽しい女性だが、そろそろ別れる潮時だ」

「ほかに愛人ができたの？」

「いや、そうじゃない」トニーの脳裏にふとガブリエラの顔が浮かんだ。暖かい春の陽射しのようにすがすがしく、愛らしい顔だ。トニーの胸のうちを読んだように、エリカが目を細めた。美しい顔が醜くゆがんだ。

「やっぱり誰かいるのね。その女の名前を教えてちょうだい。わたしの目を盗んであなたをたぶらかしているあばずれが誰か知りたいの。あなたが今夜、わたしを一度しか愛してくれなかったのも、これで合点がいくわ」

「ぼくは誰とも付き合っていない」トニーは落ち着いた口調で言った。「だがもしそうだったとしても、きみが怒る理由はないだろう。ぼくたちは夫婦じゃない。ぼくもきみも、お互い誰と付き合おうと自由なはずだ。第一、人妻のきみがぼくに貞節を求めるのはおかしいとは思わないか」

「ヒューイットのことはどうでもいいの」エリカはベッドを出ると、裸であることもかまわずトニーに近づいた。「あの人のことなんか、なんとも思ってないわ。わたしがあの人と結婚したのは、ただ肩書きが欲しかったからよ。あなたを愛してるの、トニー。いままで言ったことはなかったけれど、本当よ。わたしは……あなたのためなら、喜んであの人と別れるわ。あなたがそうしろと言うのなら」

トニーは片方の眉を上げた。「本気で言ってるのか？　ぼくのためにヒューイット卿を捨てるつもりかい？　そんなことをすれば、どれほどのスキャンダルになるかわかっているだろう」

エリカは目を輝かせた。「わたしはかまわないわ。同じような困難を乗り越えて幸せになったカップルなら、たくさんいるじゃない。たしかに簡単なことじゃないけれど、もしわたしが離婚すれば、本当の意味であなたと一緒になることができるのよ。死ぬまでずっと」

「死ぬまでずっとということは、ぼくとの結婚を考えているということかな？　きみは公爵夫人になりたいのかい？」

エリカは興奮のあまり、トニーの口調のとげとげしさに気づかなかった。

「女なら誰だって公爵夫人になりたいと思うものよ。ああ、いまの言葉はプロポーズだと受け取っていいのね？」エリカは甘い声を出し、トニーの胸に手をはわせた。「あなたと一緒になれるなら、いつまでだって待つわ。どんなに時間がかかっても平気よ」

「申し訳ないが」トニーはエリカの手をゆっくりと下ろした。「ぼくは結婚に興味がない。そのことならきみもよくわかっているはずだ。というより、ぼくは自分が独身主義者であることを隠していないから、社交界じゅうがそのことを知っていると思うが」

エリカは挑むようにあごを上げた。「男性はみんな、結婚する前は同じようなことを言うわ」

「ぼくは口先だけで言ってるんじゃない」

「でも子どもはどうするの？　跡継ぎは必要でしょう？」

トニーはエリカの顔をじっと見た。「いとこが爵位を継ぎ、息子を持てばすむことだ。ぼくはいまの生活を変えるつもりはない」

「だったら子どもを作るのはやめましょう」エリカは必死で追いすがった。「そうすればふたりで過ごす時間も増えるわ。ふたりきりの時間が」そう言うとトニーに抱きついた。

トニーは背中に手をやり、エリカの手をほどいた。「もうふたりきりの時間を過ごすことはない。わかってくれ、エリカ。ぼくたちの関係は終わりだ」

エリカの顔が真っ青になった。「いやよ、別れたくないわ。い――いまは結婚する気がないというなら、それはそれでいいの。そのことについてはまたいつか話し合いましょう。次にいつどこで会うか、明日じゅうに手紙を送るわ。オレンジの温室もおもしろいんじゃないかしら。果物の木に囲まれて愛し合うのよ。想像してみて！」

トニーはその場面を頭に思い浮かべた。だがその相手はエリカではなかった。「失礼する」話はこれで終わりだというように、きっぱり言った。

エリカの顔色がさっと変わり、怒りで目が光った。「このろくでなし！ あなたが血も涙もない冷血漢だという友だちの忠告に、ちゃんと耳を貸すべきだったわ。あなたは女の心を踏みにじって喜ぶような人だと、みんなから言われたのよ」

「きみの友だちはそんなふうに言ってるのかい?」トニーはうんざりした。「ぼくがきみに約束したのは快楽だけだし、その約束は充分果たしてきたつもりだ。ぼくを愛しているときみは言うけれど、それがただの肉欲にすぎないことは、お互いによくわかっているだろう。もっとも、きみにとって公爵夫人の座は魅力的にちがいないな。いまはつらいだろうが、きみならすぐに新しい愛人が見つかるはずだ。記念にダイヤモンドのブレスレットを贈ろう。それで少しは気が晴れるんじゃないか?」

エリカはあたりを見まわし、飲みかけのワイングラスに目を留めた。そしてそれをトニーの顔めがけて投げつけた。幸いなことに狙いははずれ、ワイングラスはトニーの顔から少し離れた壁に当たって割れた。黄色いフロック壁紙に、赤ワインが血のように流れた。

トニーはしばらく汚れた壁を見ていたが、やがて出口に向かい、ドアを開けた。

エリカが金切《かなき》り声をあげた。「覚えてなさいよ！ あなたはいつかこのことを後悔するわ、

閣下、

トニーは片方の眉を上げ、優雅なお辞儀をした。「オペラをお楽しみください、レディ・ヒューイット」

屋敷を出ていくトニーの耳に、エリカの泣き叫ぶ声とグラスの割れる音が聞こえてきた。

それから一週間後、ガブリエラを乗せた二輪馬車が、両脇を石垣にはさまれた長い私道の端で止まった。そこはロンドンから北に遠く離れたウェスト・ライディングだった。ガブリエラは目の前に建つ豪邸と、その向こうに広がる雪でおおわれた大地をしげしげと見た。ゆるやかに起伏した丘陵に裸の木々が並ぶ、いかにもヨークシャーらしい景色のなかで、その大きな屋敷はまるで宝石のように輝いて見える。

「ほら、ペンドラゴン邸に着いたよ」御者席に座った男が言った。駅馬車宿からここまで乗せてきてくれた、感じのいい農夫だ。本当は駅馬車宿で貸し馬車かなにかを雇おうと思っていたが、ポケットに五シリングしかはいっていない状況では、ペンドラゴン邸までの交通手段を探すのは至難の業だった。するとたまたまそこに居合わせた農夫が、自分が乗せていこうと言ってくれたのだ。その日のうちにペンドラゴン邸にたどりつくためにはほかに方法はないと思い、ガブリエラは男の言葉に甘えることにした。

ウールの外套の内側に手を入れ、ガブリエラは有り金すべてを農夫に渡そうとした。だが彼は受け取ろうとしなかった。「金ならいらないよ。男爵はおれたちの面倒をよく見てくださるんだ。あんた、新しい女中かなんかだろう？」

そう、そんなところよ。ガブリエラは胸のうちでつぶやいた。といっても、これから自分がペンドラゴン家でどういう役割を与えられるのかはまだわからない。ガブリエラは敏捷《びんしょう》な身のこなしで馬車を降り、旅行かばんを手に取った。この小さなかばんのなかにはいっているものが、わたしの全財産だ。ガブリエラは手をふりながら、馬車で走り去る農夫を見送った。そして不安でいっぱいの心をなだめ、くたびれた青い外套の前を合わせて屋敷に向かって歩きだした。

歩きながらロンドンを発つ前の数日間のことを思いだした。モードにさよならを言うときは、涙があふれて止まらなかった。だが貴重な収入源を失うミセス・バックルズのがっかりした表情を見て、感傷もどこかに吹き飛んだ。苦虫を嚙みつぶしたような女家主の顔に、モードとふたりでひとしきり笑ったものだ。そして自分たちはしっかり抱き合ったあと、別々の道に向かって歩きだした。お互いに手紙を書こうと約束したものの、モードの姿が見えなくなったとたん、寂しさで胸がいっぱいになった。

それからわたしはモードが去ったのとは反対方向の伯父の家に向かったが、牡牛《おうし》のような大男に、ペンドラゴン卿はウェスト・ライディングの領地に滞在中でここにはいないと告げられた。顔についた傷が、荒っぽい海賊を連想させる巨漢だ。それでも意外なことに、大男はなかにはいって男爵に手紙を書いたらどうだと勧めてくれた。けれどわたしは首を横にふり、逃げるように屋敷をあとにした。

そしてここウェスト・ライディングまでの旅費を作るため、最後に残った母の宝石もとうとう質に入れた――ルビーがひとつついた金のブレスレットで、母が父から贈られたものだ。その父が本当はどういう人間だったのかということが、ずっと心に重くのしかかっていたせいか、それを手放すのは思ったほどつらいことではなかった。

それから四日がたち、わたしはついにペンドラゴンの地所に到着し、新しい人生に踏みだそうとしている。この先に待ち受けているのは明るい未来なのだろうか、それとも暗い未来なのだろうか。ガブリエラは玄関ドアの前に立ち、勇気を出すのだと自分に言い聞かせた。刺すように冷たい空気を胸いっぱいに吸いこむと、どこにでもありそうな毛糸の手袋をはめた手を上げてドアをノックした。

しばらくしてドアが開き、きちんとした身なりの男の使用人が現われた。年長のその使用人は、質素な麦わら帽をかぶった頭のてっぺんから、履き古して足になじんだ黒い革のハーフブーツに包まれた足の先まで、ガブリエラの全身にさっと視線を走らせた。そして一瞬、長旅で汚れのこびりついた外套のすそに目を留めた。

「使用人の通用口は裏にある」男は前置きもなしに言った。「きみは仕事の口を探しに来たんだろう。言っておくが、いまは誰も募集していないはずだ」

男がドアを閉めようとしたので、ガブリエラはすかさず足をなかに滑りこませた。「仕事を探しに来たんじゃありません。わたしは……ペンドラゴン卿の姪で、ガブリエラ・セント・ジョージといいます」といっても、普通の伯父と姪に比べると血のつながりは半分だし、関係が法的に認められているわけでもない。ガブリエラは心のなかで付け加えたが、この場でそんなことを口にしても意味がないことはわかっていた。「わたしが来たことを伯父に伝えてもらえますか」彼が自分を追い返すようペンドラゴンに進言しないことを、ただひたすら祈るような気持ちだった。

使用人は驚いたような顔をすると、後ろに下がってドアを大きく開けた。「どうも失礼いたしました。すぐに奥様に伝えてまいります」

ガブリエラはぎくりとした。「いいえ、奥様の手を煩わせることはありません。お——伯父のペンドラゴン卿に取り次いでください」

「ペンドラゴン卿は小作人の家の状態を見に行かれ、しばらくお戻りにはなりません。奥様にお取り次ぎいたします。どうぞ応接室でおかけになってお待ちください。でもまずは、お荷物をお預かりしましょう」

ガブリエラはもう少しで、どこに持っていくつもりなのかと訊きそうになった。自分の目の届かないところにかばんを持っていかれたくはない。「ありがとう、でも結構です。しばらくこのまま持っていたいので」この後の展開が望ましいものにならなかったときのため、荷物は手もとに置いておきたかった。

　使用人は一瞬けげんそうな顔をしたが、かすかにうなずいて後ろを向き、先に立って歩きだした。ガブリエラは旅行かばんの擦り切れた革の取っ手を両手で握りしめ、急いでそのあとを追った。

　まもなく応接室に通されると、磨きこまれたクルミの木の大きなドアが背後で閉まった。ガブリエラはかばんを下ろし、その場でくるりとまわって部屋のなかをしげしげと見た。そしてその美しさに言葉を失った。全体の色調は優しいグリーンとブルーでまとめられ、洗練された家具が午前の遅い太陽の光を受けて輝いている。部屋を暖めている大きな暖炉から、いいにおいがただよってくる。汚くくすぶる炭ではなく、本物の薪を使っているのだ。それに、彩色を施した三フィートの高さの対の磁器のつぼに、惜しげもなく生花が活けられている。ガブリエラはつぼに近づき、バラとユリの香りを胸いっぱい吸いこんだ。まだ二月だというのに、ありえないわ！

　そのとき背後で静かにドアが開き、シルクのきぬずれの音がした。ガブリエラはふり返り、部屋にはいってきた女性の顔をじっと見た。いままで会ったなかでも指折りの美女だ。レディ・ペンドラゴンがどういう容姿をしているのかは想像もつかなかったが、まさかこれほどエキゾチックな美女だとは思っていなかった。女らしい優美な曲線を描いた体に、豊かなダークブラウンの髪をしている。その温かみのあるコーヒーのような色合いの目に優しい表情が浮かんでいるのを見て、ガブリエラの緊張がふっと解けた。

「はじめまして」ジュリアナは穏やかな口調で言い、ふかふかのじゅうたんの上を進みながら手を差しだした。「ジュリアナ・ペンドラゴンよ。マーティンからあなたが夫に会いに来たと聞いたわ」

「はい、あの……お邪魔して申し訳ありません……」

「あら、お邪魔だなんてそんな」ジュリアナは微笑んだ。「赤ちゃんを寝かしつけていただけよ。息子は子ども部屋でフランス人を退治しているわ――おもちゃの人形だけど」そう言うと声をあげて笑った。「長旅でさぞ疲れたでしょう。さあ、どうぞ座って」

ガブリエラはすぐ後ろに置かれた椅子をちらりとふり返り、見事なダマスク織りのグリーンの張り地を見て眉をひそめた。こんな格好で座っては、せっかくの美しい布地が汚れてしまう。「立ったままでだいじょうぶです」

「少々の汚れなんて気にしないでちょうだい。でも上着は脱いだほうがいいわね。マーティンったら、気が利かないんだから」

「玄関のところにいた男性のことですか?」

「ええ、うちの執事よ」ジュリアナはさあ早くというような顔をし、ガブリエラが外套を脱ぐのを待った。ガブリエラは言われたとおりにし、ジュリアナがそれを廊下にいる使用人に手渡すのを見ていた。やがてジュリアナが戻ってきて、椅子を手で示した。「さあ、おかけなさい」

ガブリエラは椅子に腰かけた。レディ・ペンドラゴンの豪華で洗練された瑠璃《るり》色のベルベットのドレスに比べると、自分の着ている黄色いウールの服はひどく見劣りがするが、そのことについては考えまいとした。

ジュリアナが向かいの席に腰を下ろし、ガブリエラの目をじっと見た。「それで、あなたがガブリエラなのね」静かな声で言った。「ガブリエラ・セント・ジョージ。マーティンからそう聞いたわ」

ガブリエラの肩がこわばった。父に認知されていない自分がセント・ジョージ姓を名乗る資格はないと、誰かに指摘されるかもしれないことはよくわかっている。だがこれまでの人生で、自分はずっとセント・ジョージと呼ばれてきた。まだ幼い少女だったころ、母からそう名乗るように言われたのだ。

「パパとわたしが結婚していないからといって、あなたがその名前を使っていけないことはないわ」母はよくそう言っていた。「あなたは一族のほかの人たちと同じように、セント・ジョージという名前なの。これから先もずっとそうよ」母がみずからの姓――スモレット――を嫌っていたこともあり、自分はセント・ジョージを名乗ることになった。

父が生前どんなことをしたかを知り、姓を変えようかと悩みもした。男優や女優がよくやるように、自分で新しい名前をつけるのもいいだろうと考えた。母もアナベル・ラ・フルールという芸名で通していた。でもそうした派手で凝った名前は自分らしくないと思いなおし、結局、セント・ジョージのままでいることにした。そもそも、それ以外の名前で呼ばれてもぴんとこないのだ。もっとも、いつか結婚する日が来たら、いやでも新しい名前に慣れなければならないだろう。

ガブリエラはあごを上げ、ジュリアナの目を見た。「ええ、そのとおりです。わたしはガブリエラ・セント・ジョージといいます。父はミドルトン卿ことバートン・セント・ジョージでした」

ガブリエラは夫婦という神聖な関係の枠内で生まれたジュリアナが、庶子であるこちらを非難と軽蔑《けいべつ》の入り混じった目で見るだろうと覚悟していた。だがジュリアナの顔にはそうしたものがいっさいうかがえず、代わりにこちらを優しく受け止めるような表情が浮かんでいた。

「ええ、あなたがロンドンの屋敷を訪ねてきたことを、レイフから聞いているわ。お母様のことは残念だったわね。あなたがどんなにつらかったか、よくわかるわ。お父様のことは……まあ、それについてはなにも言わないでおきましょう」

「父は本当にあなたを誘拐したんですか?」その言葉が考えるより先に、ガブリエラの口をついて出た。

ジュリアナは一瞬、間をおいてから答えた。「ええ、そのとおりよ。そして身代金目的でわたしを監禁したの。けれどそもそも、あの人にはわたしを解放する気などなかったんじゃないかしら。それに、夫のことも殺そうとしたわ。あなたのお父様は、善良とは言いがたい人だった」

ガブリエラは目を伏せた。「みんながそう言います」そしてひざの上で両手を握り合わせた。「ですから奥様がわたしを追い返したいと思っても、それはしかたのないことです。ペンドラゴン卿……その……お――伯父は自分のところに来たらいいと言ってくれたけど、こうやって押しかけてきたのは間違いでした」

「どうして？　話は全部レイフから聞いたわ。わたしもあなたを迎えることに賛成したのよ。お父様がどんなにひどいことをしたとしても、それは娘のあなたの責任ではないわ」ジュリアナはそこでいったん言葉を切った。「今回は銃を持ってきたわけじゃないわよね？」

ガブリエラは目を丸くし、口をあんぐり開けた。「いいえ、まさか」

「よかった。それならば大歓迎よ。それにしても、ここに来るつもりならそう言ってくれればよかったのに。ロンドンの屋敷でハンニバルから逃げたんですってね――ええ、そうよ、彼が手紙で教えてくれたの。あの禿げた大男のことよ」

「顔に傷もありました」ガブリエラが言った。

ジュリアナはうなずいた。「ええ、そのとおり。そのままあそこにいてくれたら、レイフが馬車を用意したのに。あなたが郵便馬車でここまでやってきたなんて、考えただけでぞっとするわ。しかも召使もいなくて、たったひとりだったんでしょう。無事に着いて本当によかった。体はだいじょうぶ？」

「はい、奥様。わたしなら元気です」

「奥様と呼ぶのはやめて。わたしたちは家族なのよ。これからはジュリアナかジュールズと呼んでちょうだい。弟や妹はわたしのことをそう呼んでるの。レイフだって、伯父様ではなく、名前で呼ばれたいと思うんじゃないかしら。伯父様というのは白髪頭の老人のことで、自分はまだそんな年じゃないと言いそうだわ」ジュリアナは表情豊かなダークブラウンの瞳を愉快そうに輝かせた。

ガブリエラはまばたきした。ふいに胸に熱いものがこみあげ、目に涙がにじんだ。まさかこんなに温かく、思いやりに満ちた言葉が返ってくるとは考えてもいなかった。ここに来てよかったと、心から思った。

「さてと、お腹が空いたでしょう。ここに下りてくる前に、料理人にお茶とお菓子の用意を頼んでおいたわ。もうすぐ運ばれてくるはずよ。それとも長旅の疲れで、食べるより先に横になって休みたいかしら？　いま家族の住居棟にあなたの部屋を用意させているところなの。ブルーの色調でまとめた部屋よ」

家族の住居棟に自分のための部屋がある。ガブリエラのなかから、ここに来るまで感じていた不安が吹き飛んだ。そしてその顔に心底嬉しそうな笑みが広がった。「お茶とお菓子のほうがいいです、奥様……じゃなくて、ジュリアナ。じつを言うと、今朝は……朝食がとれなかったので」お金がなくて食べられなかったのだということは、黙っておくことにした。

ジュリアナは微笑み返した。「そう、だったらたくさん食べてちょうだい。食べながらあなたの話を聞かせて。お母様は女優だったとレイフが言ってたけど」


それから二週間後、アンソニー・ブラックは、長旅が終わったことにほっとしながら馬車を降りた。三月なかばの午後の風はまだ冷たいが、空はすっきりと晴れわたっている。こうした日には寒さも忘れ、思いきり深呼吸して早春の空気を味わいたくなるものだ。

「こんにちは、閣下。ようこそいらっしゃいました」ペンドラゴン家の執事が言い、ふたりの従僕とともに駆け寄ってきた。「道中はいかがでしたか？　順調な旅だったらよろしいのですが」

「なにもなさすぎて退屈するぐらいだったよ、マーティン。だがとくにハートフォードシャーを過ぎてからこっちは、ところどころ道がぬかるんでいてうんざりした。でもようやく着いてほっとした。洗礼のお祝いが楽しみだな。ほかの招待客は？　湿地を無事に通りぬけた人は、ぼくのほかにもいるのかい？」

執事は微笑んだ。「おひとりだけいらっしゃいます。奥様のご親戚のミセス・メーヒューが昨日到着され、リウマチの症状を訴えてすぐにお休みになりました。夕方までにご気分がよくなり、みなさまと一緒にお食事ができればいいのですが。今日か明日には、ご招待したお客様全員がそろう予定です」

トニーはうなずき、あたりを見まわした。「それで、ペンドラゴン卿夫妻はどこだい？」

いつもならトニーが訪ねてくると、レイフとジュリアナが出迎えてくれるのだ。

「閣下は今朝ロンドンから訪ねてきたふたりの投資家と、書斎で打ち合わせをなさっています。奥様はたしか、キャンベル坊ちゃまをお庭に散歩に連れていかれました。すぐにお伝えしてまいります」

「いや、いいんだ」トニーは軽く手をふった。「ぼくが自分で庭に行こう。行きかたならよく知っている」

マーティンは白髪交じりの頭を下げた。「かしこまりました、閣下」

トニーは分厚い外套のポケットに手を入れ、笑みを浮かべて歩きだした。ブーツが冷たく軟らかな地面に沈む感触が心地いい。木々や茂みで小鳥がさえずっている。鮮やかな黄色い羽をしたそのなかの一羽が枝にとまり、トニーの侵入に文句を言うように鳴いていた。のどを震わせ、仲間に警告を発しているらしい。トニーは一瞬足を止め、愉快そうにその小鳥を見たが、すぐにまた歩きだした。目の前には広い庭が広がっている。まだ眠そうな白いマツユキソウと、黄色のラッパズイセンが少し咲いているだけで、その他の花はまだ固くつぼみを閉じていた。本格的な春の到来を感じたら、いっせいに咲きはじめるのだろう。

庭には人の気配がなかった。ジュリアナも、そのいたずら盛りの二歳の息子も見当たらない。トニーはそのまま歩きつづけ、ふたりを捜した。そのときふいにジュリアナの姿が目に飛びこんできた。美しいダークグリーンのマントを着ているせいで、芝生に落ちた緑の葉のように周囲の景色に溶けこんでいる。トニーは足を止めてしげしげと見つめ、いつもの彼女らしくないその格好に驚いた。地面にひざをついて丸みを帯びたヒップを天に向かって突きだし、常緑の茂みの下に上半身を潜りこませている。まさかジュリアナ・ペンドラゴンがそんなことをしている現場を目撃するとは、予想もしていなかった。

「失礼なことをお訊きしますが」トニーは気取った口調で言った。「奥様はいったいなにをなさっているんでしょう？」

彼女がびくりとし、ぼそぼそとなにかをつぶやいて茂みの下から出ようとした。

トニーは吹きだしそうになるのを懸命にこらえた。「このことをレイフが知らないことを祈るよ。自分の妻が冷たい地面に手とひざをついているところを見たら、きっと絶句するだろう」ふいにあることが頭にひらめいた。「まさかキャムがその下にはいりこんだんじゃないだろうな？」

「違うわ」その声はおよそジュリアナの声らしくなかった。しばらくして彼女が茂みの下から頭を出し、ひざをついたまま上体を起こした。「子猫のきょうだいを助けようとしているの。この下にみんなで縮こまっているんだけど、寒さで凍えるんじゃないかと心配で」

彼女がこちらをふり向いたとき、トニーの顔からからかうような笑みが消え、代わりに驚きの表情が浮かんだ――こちらを見返す瞳は茶色ではなく、吸いこまれるようなすみれ色だった。

4

「きみだったのか!」

ガブリエラは陽射しをさえぎるように額に手をかざし、トニーを見上げた。さっき茂みの下にはいりこんでいたときも、彼の声はすぐにわかった。低くなめらかで、少しかすれたその声に、それまでマントを揺らす寒風に凍えていた肌が火照った。

ガブリエラはトニーの前でひざまずきながら、鼓動が乱れるのを感じ、もう少しで感嘆のため息をつきそうになった。明るい陽射しのなかに立つ彼は、あの夜、暗いレイフの書斎で会ったときよりも、どういうわけかいちだんとハンサムになったようだ。髪はあのときと変わらず限りなく黒に近い色をしているが、太陽の光を受けてきらきら輝くと、そこに炎のような赤い色合いがかすかに交じっているのが感じられる。うっとりするような濃紺の瞳は、あの夜に見たときよりも深みがあり、生命力にあふれている。ガブリエラはトニーの整った高貴な顔立ちに思わず見とれ、まるで神々の姿を描いた絵画から抜けでてきたようだと思った。それにこうして下から見上げているせいだろうが、背も記憶のなかの彼より高いような気がする。上質そうな黒い外套に包まれた肩はがっちりし、磨きこまれた革のヘシアンブーツを履いた二本の長い脚は、大地に根を張った大木のようにたくましい。

「ええ、わたしよ」ガブリエラはようやく声を出した。「でもここにいるあいだは、わたしのことを〝きみ〟じゃなくて、ガブリエラかミス・セント・ジョージと呼んでもらえるかしら。あなたも洗礼式に出席するために来たんでしょう」大勢の招待客が来ることは知っていたが、まさかそのなかにトニーがいるとは思っていなかった。

「そうだ。ぼくも洗礼の証人になる。でもまずは、挨拶のやりなおしをさせてくれ」トニーはそこで言葉を切ってお辞儀をした。「こんにちは、ミス・セント・ジョージ。思いがけずまたこうしてお目にかかれて光栄です」

「ありがとう、ミスター……、じゃなくて、ワイバーン――それとも閣下《マイ・ロード》と呼ばなくちゃいけないのかしら？」

トニーの顔に謎めいた表情が浮かんだ。「いや、とりあえずいまはワイバーンでいい。それにしても、ここできみに会うなんて驚いたよ。あれから考えを変え、レイフの申し出を受けることにしたんだね」

ガブリエラはうつむいて両手に視線を落とした。「ええ、その……つまり……いろいろ事情があって、こうするのがいちばんいいと思ったの」そして顔を上げてトニーの目を見た。「レイフとジュリアナはとても優しくしてくれるわ。こんなに親切にしてもらえるなんて、思ってもみなかった。わたしにはもったいないくらい」

トニーの口もとにゆっくり笑みが浮かんだ。「いや、もったいないなんてことはないだろう。きみには親切を受ける資格がある。もっとも、今回も武器を隠し持っているのなら話は別だ。少なくともぼくは、そんなことはないと信じているが」

「ええ、そうね。たしかこの前、誰かに取りあげられたもの。それでもいざとなったら、屋敷のなかに銃のひとつやふたつはあると思うわ。わたしにも身を守るものが必要かしら、ワイバーン？」

トニーは吹きだした。「いや、いまのところはまったく必要ない。だがきみがまた銃を手にするようなことがあったら、ぼくがいつでも喜んで取りあげよう」

その言葉にガブリエラは、トニーの腕に抱かれ、とろけるようなキスをしたことを思いだした。体がかっと熱くなり、あわててその記憶を頭からふりはらった。「それはそうと、レディ・ペンドラゴンを捜しに来たんでしょう？　彼女ならさっきキャムを子ども部屋に連れていったわ」

「きみはずっとここにいたのかい？」

「もちろんよ。子猫を見つけたのに、そのまま置いてはいけないわ。だからキャムを屋敷に連れていってもらったの。茂みの下にはいって子猫を捕まえたがったから」そのとき子猫の甲高い鳴き声が聞こえてきた。

トニーはわずかに腰をかがめてなかをのぞきこもうとしたが、子猫は茂みの陰に隠れて見えなかった。「放っといても、母猫が戻ってきて面倒を見るだろう」

「それはわかってるけど、今朝、母猫の目の前で子猫の一匹が馬に踏まれそうになったらしいの。それで母猫は厩舎《きゆうしや》を出て、この茂みの下に子猫を隠したのよ」

「母猫がついていれば心配ない」

「でも料理人が言ったように、今夜雪が降ったら危険だわ」ガブリエラは首を大きく横にふった。「暖かくて安全な場所に移さなくちゃ。さあ、両手を出して」

トニーはいたずらっぽい目でガブリエラを見た。「なにをするつもりだい？」

「いいから。早く出してちょうだい」

トニーは誰かに命令口調でものを言われるのは、何年ぶりだろうという顔をした。そしてかすかに笑みを浮かべ、ガブリエラにまっすぐ両手を差しだした。

「ううん、そうじゃないわ。軽く胸を抱くようにするの」ガブリエラはひざまずいたまま、自分でやってみせた。

「なるほど、そういうことか」トニーはガブリエラのまねをし、胸の前で軽く腕を組んで即席の揺りかごを作った。「でも、ひとつ言わせてもらってもいいかな？　ぼくを入れもの代わりに使うより、屋敷から本物のバスケットを持ってきたほうがいいんじゃないか？」

だがガブリエラはその先の言葉を聞かず、茂みの下に頭を突っこんで腹ばいになった。トニーは驚いてその姿を見ていた。そして自分を抑えられずに身を乗りだし、ガブリエラの魅力的なヒップがマントの下で左右に揺れるのを間近でながめた。

こんなことをしてはいけない。そう自分を叱《しか》った。彼女はレイフの姪ではないか。だがこんなに素晴らしい光景が目の前で繰り広げられているというのに、顔をそむけられる男がどこにいるだろう。

数分後、ガブリエラが不安げに鳴く三匹の子猫を胸に抱き、猫のようにすばやい身のこなしで茂みの下から出てきた。「さあ」ガブリエラはいったんひざまずいてから立ちあがった。「この子たちをお願い。まだ残ってるの」逃げようともがく子猫たちをトニーの腕にそっと託し、ふたたび茂みの下にもぐりこんだ。

「なんてことだ!」トニーはいったいあと何匹いるのだろうかと考えた。子猫を抱きながら、頼むから逃げないでくれとはらはらした。だが白黒模様の子猫たちは丸いグリーンの目に恐怖の色を浮かべ、ただ鳴いているだけだった。「よしよし、いい子だ」トニーはささやいた。「だいじょうぶ、なにも怖がることはない」

「これで全部よ」しばらくしてガブリエラがかすかに息を切らし、はずむような声で言いながら茂みの下から現われた。その腕には二匹の子猫が抱かれている——一匹は明るい茶色の縞《しま》模様で、もう一匹は灰色にところどころ白い毛が交じった子猫だ。新たに二匹が加わったことで、甲高い鳴き声がさらに大きくなった。

「その二匹も持とうか？」トニーが声を張りあげた。

「いっぺんに五匹は多すぎるわ。この子たちはわたしが運ぶから」

「どこに運ぶつもりなんだ？　厩舎に戻るのかい？」

ガブリエラは目を大きく見開いた。「まさか！　そんなことをしても、また母猫がどこかに隠すだけよ。屋敷に連れていくわ」

トニーは笑った。「おいおい、本気かい？　もうすぐたくさんの招待客が到着するんだし、子猫たちに足もとでうろうろされては使用人も困るだろう。レイフとジュリアナも迷惑だと思うが」

ガブリエラの愛らしい顔に、一瞬傷ついたような表情が浮かんだ。「レイフもジュリアナも動物が大好きよ。さっきジュリアナ本人がそう言ってたもの。この子たちはわたしの寝室で飼うわ。そうすれば誰の邪魔にもならないでしょう」

寝室で飼うだと！　トニーはそれは無理だろうと言おうとしたが、ガブリエラの表情を見て、とりあえず黙って従うことにした。「わかった。さあ、案内してくれ」

ガブリエラがにっこり笑った。その笑顔にトニーは全身がかっと火照るのを感じ、両手が子猫でふさがっていてよかったと思った。ガブリエラが後ろを向き、屋敷に向かって歩きだした。トニーもふわふわの子猫を落とさないよう注意しながら、ガブリエラのあとに続いて裏庭の出入口に向かった。ドアノブを回そうと手を伸ばしたとき、茶色と黒のまだら模様をしたなにかが目の隅に映った。左を向くと、数フィート離れたところに三毛猫が座り、じっとこちらを見ている。

「あれが母猫だな」トニーは小声で言った。

ガブリエラはうなずいた。「アジーよ。いつか現われると思ってたわ。ドアを開けたままにしておいて。ついてくるかもしれないから」

トニーは今回も言いたいことを呑みこみ、黙ってなかにはいった。ふたりが階段を途中まで上がったところで、母猫が屋敷に走りこんできた。そして一定の距離を保ったまま、ガブリエラの寝室までついてきた。

部屋にはいると、ガブリエラは二匹の子猫をふかふかしたオービュッソンじゅうたんの上にそっと下ろした。危なくないよう暖炉からは少し離れた場所だが、それでも充分暖かいはずだ。

「はい、着いたわ」ガブリエラは母猫に優しく語りかけた。「赤ちゃんもいるわよ」

トニーは部屋の奥に進み、ガブリエラが一匹ずつ子猫を抱きあげてきょうだいの横に置くあいだ、じっとおとなしく立っていた。ようやく五匹がそろうと母猫が駆け寄り、嬉しそうに鳴いた。

「バスケットのなかに古毛布を敷いて、寝床を作らなくちゃ。それから子猫が用を足せるように、園芸用の砂を入れた木箱も必要だわ。もう少し大きくならないと母猫と一緒に外には行けないでしょうから」ガブリエラはふり返り、トニーに笑いかけた。「手伝ってくれてありがとう、ワイバーン」

トニーは微笑み返した。「どういたしまして。でも明日の朝になったら、ぼくのことを恨めしく思うかもしれないぞ。目が覚めると、ベッドに猫が六匹もいるんだから」

「あら、そんなことはないわ。この子たちはちゃんと自分の寝床で寝るわよ」

いや、それは怪しいものだ。トニーは心のなかでつぶやき、美しいブルーの上掛けのかかった天蓋《てんがい》付きベッドをちらりと見た。そして知らず知らずのうちに、ガブリエラが上質なリンネルのシーツにくるまれてそこに横たわっている姿を想像した。つややかな長い髪が絹のように枕に広がっている。枕もとで子猫がじゃれ、それを見て彼女が笑う。トニーの下半身が反応した。明日の朝、そうした絵のような光景がはたしてここで繰り広げられるのかどうか、この目で見てみたい。トニーはあわてて夢想をふりはらった。「そろそろ失礼する」

ガブリエラはトニーとふたりきりで寝室にいることにそのとき初めて気づいたように、頬をぱっと赤らめた。「ええ、そうね」

だがトニーはすぐに立ち去ろうとせず、しばらくのあいだガブリエラの美しい顔をじっと見ていた。透きとおるような肌がうっすらとピンクに染まっている。だがよく見ると、頬になにかがついていた。「泥がついている」

「まあ、本当？　どこに？」ガブリエラはあわてて顔に手を当てたが、泥は取れなかった。

「ぼくがやってあげよう」トニーはガブリエラに近づき、二本の指の先でごく軽く右の頬骨のあたりをなでた。ガブリエラの目が潤み、唇が開いて聞き取れないほど小さなため息がもれた。トニーはその唇の動きを目で追いながら、もう一度キスをしても、やはり最高に甘くておいしい砂糖菓子のような味がするだろうかと考えた。

ああ、確かめたくてたまらない！　あと数インチ近づけば、ふたたび唇を重ねることができる。だが、それはしてはならないことだ。トニーはひそかにため息をつき、ガブリエラには兄のように接すると心に誓ったはずではないかと自分を叱った。もちろんそんな誓いがばかげていることは重々承知している。どんなにがんばったところで、彼女を妹として見ることなど無理だ。でもだからといって、最初から努力を放棄していいわけではない。

トニーは手を下ろして後ずさった。「よし、これでいい」そっけない口調で言った。「取れたよ」

ガブリエラは夢から覚めたような顔をし、目をしばたいた。「あら……そう……ありがとう……ワイバーン」

トニーはお辞儀をした。「お役に立てて光栄だ、ミス・セント・ジョージ。夕食のときにまた会おう」

「ええ。ではまたあとで」

トニーはうなずき、最後にもう一度ガブリエラの唇に目をやると、きびすを返して大またで部屋を出ていった。

「この子をステファニー・シャーロットと名づけます」ジュリアナ・ペンドラゴンが言った。教区教会に響くその優しい声には、母としての誇りと喜びがあふれている。

ガブリエラはたくさんの招待客とともに木でできた信徒席に座り、祭壇の前に何人かの人たちが集まって洗礼式を執り行うのを見ていた。そのなかにはレイフとジュリアナ、そしてもちろん夫妻の小さな娘がいる。ジュリアナの右隣りには妹のマリスと、友人のリリー・アンダートンことヴェッセイ侯爵夫人が立っている。ふたりは赤ん坊の教母なのだ。名づけ親は本来ひとりでいいはずだが、ステファニー・ペンドラゴンにはさらに教父もふたりいた。ヴェッセイ侯爵ことイーサン・アンダートンとトニーだ。仕立てのいい黒の燕尾服《えんび》とズボン、真っ白なシャツを身に着けたトニーは、穏やかながらおごそかでまじめな顔をしている。

「父と子と聖霊の御名《みな》により、汝《なんじ》に洗礼を施す。アーメン」司祭が赤ん坊の額にそっと水をかけた。ステファニーが水の冷たさに驚いて泣きだすと、その声が教会の石の壁に響いた。人びとは顔を見合わせて微笑み、アーメンと唱えた。

ガブリエラは司祭と両親、名づけ親が儀式を続けるのを見守った。そしてある人物に目が留まるたび、唇をぎゅっと結んだ。ワイバーンだ――いや、ワイバーン公爵と呼んだほうがいいのだろう。昨日の夕食のときのことを思いだすと、いまでも顔から火が出そうだ。

最初はなにもかも順調だった。十五人の親族や友人が食卓を囲み、なごやかな雰囲気のなかでおいしい料理と飲み物を味わった。ガブリエラもくつろいで食事を楽しみ、自分がすっかりペンドラゴン家に溶けこんでいることにあらためて驚いた。二週間前にここにやってきて以来、屋敷のみなからとてもよくしてもらっている。レイフやジュリアナはずっと昔から知っていた本物の家族のように接してくれるし、使用人たちもとても親切だ。自分のことは自分でやるからだいじょうぶだと言っても、いつでも進んで手を貸そうとしてくれる。

夕食が終わると、全員で居間に移った。昨夜は男性陣も、自分たちだけで葉巻を吸いながらポートワインを飲むのをやめることにしたのだ。まもなく果実風味《コーディアル》の甘いお酒や紅茶やコーヒーとともに、さまざまな種類のお菓子が運ばれてきたが、どれもみなおいしそうでガブリエラは手がうずうずした。そのなかでもとくに絶品のペカン入りの卵白《フアッジ》のお菓子を食べているとき、執事のマーティンがトニーに近づいて、ぴかぴかの銀のトレーに載ったブランデーを勧めた。

「ほかになにかお持ちいたしましょうか、閣下《ユア・グレイス》？」

「いや、とりあえずこれだけでいい」トニーはブランデーグラスを受け取った。

ガブリエラはかすかに眉をひそめ、手に持ったお菓子を皿に置いてトニーを見た。「ねえ、ワイバーン、どうしてみんなあなたのことを閣下《ユア・グレイス》と呼ぶの？　まるで公爵かなにかみたいだわ」

一瞬、その場がしんと静まりかえった。長椅子に座っていたジュリアナがガブリエラのほうに身を乗りだし、優しい声で言った。「彼は公爵なのよ。あなた、知らなかったの？」

ガブリエラの顔が真っ赤になった。自分がみなの注目を浴びていると思うといたたまれず、うつむいて床を見つめた。

「ときどき思うことがある」トニーが静寂を破った。「公爵じゃなかったらどんなによかっただろうと。用を足そうとしているときにまでお世辞を言われるのは、心底うんざりするものだ」

ガブリエラもみなと一緒に声をあげて笑ったが、本当は穴があったらはいりたい気分だった。そしてだんだん、腹立たしくなってきた。たくさんの人が見ている前であんな質問をして大恥をかいてしまったが、そもそも彼が本当のことを教えてくれてさえいれば、こんなことにはならなかったのだ。爵位を持っていることを教える機会がなかったとは言わせない。なんといってもその日の昼間、自分は彼に〝閣下《マイ・ロード》〟と呼んだほうがいいかと訊いたのだから。

〝ワイバーンと呼んでくれ〟なのにあの人は、のんびりした口調でそう答えた。なにがワ、ワ、ワイバーンだ！

そして今朝になり、ガブリエラはトニーの姿を見るたびに、人前で恥をかかされたことを思いだしていらいらした。みんな昨夜の出来事は忘れているようだし、自分もそうすべきだた。

　ガブリエラは顔を上げ、終わりに近づいた洗礼式に意識を集中させようとした。だがそのときトニーとふと目が合った。全身がかっと熱くなり、腹立たしさがよみがえってきた。目をそらそうとしたができず、トニーがなんだいと尋ねるように片方の眉を上げるのを見ていた。

　ガブリエラは唇を結んだまま、そっちこそなにかしらという顔をしてあごをつんと上げてみせた。

　トニーは口もとをぴくりと動かし、驚いたように目を丸くしたが、その瞳はどこか愉快そうに輝いていた。公爵だと知ってこちらが気後れすると思っているなら、それは大きな間違いだ。ガブリエラは心のなかでつぶやいた。公爵だろうとごみ収集人だろうと、自分は相手の肩書きで態度を変えるような人間ではないのだ。それでも彼に関してだけは、ほかの人と同じように接すると言いきれる自信がない。ガブリエラの肌がなぜかぞくりとした。

　赤ん坊が絶妙のタイミングで、またもや大きな泣き声をあげた。ガブリエラはトニーから目をそらし、淡いブルーのベルベットのスカートに視線を落とした――この二週間でジュリアナが注文して作ってくれた、五着の美しいドレスのうちの一着だ。そのとき司祭が最後の式文を唱え、洗礼式が終わった。ガブリエラはほかの招待客とともに立ちあがり、教会をあとにした。

その日の午後遅く、トニーはペンドラゴン邸の居間に立ち、ジュリアナの弟のハリーとその義理の弟で退役したウィリアム・ウェアリング少佐、さらに友人のイーサンが馬の繁殖について話すのを聞いていた。トニー自身、国内屈指と評判の素晴らしい厩舎を持っているので、いつもなら進んで話に加わっているはずだった。けれども今日は上の空で、気がつくと部屋の奥にいるブルネットの女性に目がいき、彼女のことばかり考えている。

トニーは赤ワインを口いっぱいに含んでごくりと飲み、ガブリエラが椅子に腰かけてほかのレディと談笑しているのをこっそり盗み見た。今朝、教会にいるとき、彼女がおかしな目配せをしたので、あとで直接話をしてみようと思っていた。だが自分が近づこうとすると、彼女はどういうわけかすっとその場を離れるのだ。

こちらをわざと避けているわけではないだろうが、そういえば昼食のときも、ガブリエラは自分から遠く離れたテーブルの反対側の席に座っていた。それでもローズマリー風味のチキンとローストビーフを食べているとき、一度か二度、彼女の視線を感じた。そしてブランデーに浸けたジンジャーケーキのデザートを頬張っていると、またしてもガブリエラがこちらを見ていることに気づいた。そこで自分はフォークについたホイップクリームをなめながら、ウィンクをしてにっこり笑ってみせた。ガブリエラは顔をこわばらせ、唇をぎゅっと結んだが、その表情は教会で見せたときと同じく愛らしかった。自分は頬をゆるめ、もうひとロケーキを食べながら、とりあえずいまはガブリエラをこれ以上からかうのはやめようと思った。

「どう思うかい、トニー？」ハリー・デイビスことアラートン伯爵の声に、トニーの思考は中断された。

はっとして目をしばたき、こちらの返事を待っている三人の顔を見た。「なにをどう思うって？」のんびりした口調で言い、ゆっくりとワインを飲んだ。

「明日、射撃をしようかという話だよ」ハリーが言った。「聞いていなかったのかい？」

トニーは話題が馬から射撃に移ったことさえ知らなかった。イーサンがどうしたんだというような顔で見たが、トニーはあわてることなく平然と答えた。「ああ、そうだな。明日も今日のように風がなくていい天気だったら、射撃に行ってみるのもいいだろう」

ハリーがうなずいた。「よし、決まりだ。じゃあ午後に出かけよう。レディたちにもアーチェリーをするように言ってみようか」

「いい考えだ」

部屋の奥でガブリエラが立ちあがった。そして飲み物の置かれたテーブルに向かった。テーブルの上には紅茶やコーヒー以外の飲み物が欲しい人のため、レモネードとワインも用意してある。

「ちょっと失礼」トニーは空のワイングラスを軽くふった。「お代わりをもらってくる」

ハリーとイーサンとウィリアムは笑みを浮かべてトニーを見送ると、ふたたび話を始めた。今度は政治の話題だ。部屋の向こうではベアトリス・ネヴィルの夫がレイフをつかまえ、なにやら話しこんでいる。レイフの真剣な表情からすると、経済の話をしているにちがいない。自力で成功して大金持ちになったレイフは、ロスチャイルドにも匹敵する資本家だ。その嗅覚の鋭さを知っているので、ネヴィル卿はレイフに会うと、かならず投資についての助言を求めるのだ。トニーはレイフがいるのとは反対側の方向に向かった。

飲み物の置かれたテーブルの前で、ガブリエラは注いだばかりのレモネードのグラスを口もとに運んでいた。ずっと暖炉の近くに座っていたため、冷たいレモネードがのどに心地よかった。もうひと口飲もうとしたとき、背中に誰かの気配を感じた。グラスを持った手を下ろしてふり向くと、ワイバーン公爵の濃いブルーの目とぶつかった。彼の肩書きを思いだし、ガブリエラは唇を固く結んだ。「閣下」

「ミス・セント・ジョージ」トニーは微笑み、クリスタルガラスのデカンターに手を伸ばしてワインのお代わりを注いだ。グラスのなかの赤ワインと同じような色をしたルビーの印章指輪《シグネット・リング》が、右手の小指できらりと光った。「レモネードだね」トニーはデカンターに栓をした。「台所女中は砂糖を入れ忘れたのかな?」

ガブリエラはけげんそうな目でトニーを見た。「いいえ、ちゃんと甘いわ。どうしてそんなことを訊くの?」

「きみの顔を見て、そういう気がしたんだ。なにかいやなことがあったように、口がへの字になってるじゃないか。どうしたんだい、ミス・セント・ジョージ？」トニーは目をきらきら輝かせ、からかうように言った。

こちらが怒っていることを、おもしろがっているというわけね。ガブリエラはあごをこわばらせた。「なんでもないわ、閣下。でももしわたしが不機嫌だとしたら、その理由はあなたがいちばんよくわかっているはずよ、閣下」

トニーは片方の眉を上げ、ワインを飲んだ。「へえ、そうなのかい？　それよりなにか言うたび、最後にいちいち〝閣下〟をつけるのはやめてもらえないかな」

ガブリエラはすました顔で言った。「どうしてかしら、閣下？　それが正しい作法というものでしょう、閣下。だってあなたは公爵なんですもの、閣下。あなたに無礼なことをするわけにはいかないわ、閣下。そういうことよ……閣下」

「もういい」トニーはグラスをテーブルに置いた。「きみの言いたいことはよくわかった。だがぼくが覚えているかぎり、こちらが公爵であることを知って文句を言った女性はきみが初めてだ」

「あら、つまりあなたは、女性に肩書きを伝えるのをしょっちゅう忘れているのね？　〝ワイバーンと呼んでくれ〟」ガブリエラはわざと低い声を出した。

トニーはガブリエラのものまねに、思わずにやりとした。

「ちゃんと教えてくれればよかったのに」ガブリエラはいつもの声で言った。「そうすれば、わたしもみんなが見ている前で恥をかかずにすんだわ」

トニーが真顔になり、口もとから笑みが消えた。「そうだな。そのことについては心からすまなかったと思っている。でもきみが公爵としてではなく、ひとりの人間としてぼくを見てくれたのが嬉しかったんだ」

「まあ」

それはガブリエラが思ってもみないことだった。だがお世辞を言われるのはうんざりだという昨夜の言葉を考えれば、いままで彼は公爵である自分に気に入られようとおべっかを使う人たちに、数えきれないほど会ってきたのだろう。世間とはそういうものだ。身分の高い貴族であるというだけで、人から特別な目で見られるのは、たしかに悲しいことかもしれない。でもだからといって、それほど同情する気にはなれない。特権階級である彼は、ほとんどの人にとって夢でしかない生活を手に入れている。暖炉の石炭を節約しながら使わなければならないことも、ふところが寂しくて昼食を抜かなければならないこともないはずだ。

ペンドラゴン家にやってきてからは、自分もそうした苦労から解放された。不安を捨ててペンドラゴンの厚意に甘えろと言ったモードは正しかった。そしてワイバーンが父について語ったことも正しかったわけだ。いまでもそのことを考えると、胸が張り裂けそうになる。本当ならワイバーン公爵閣下を恨み、顔も見たくないと思っていてもおかしくないところだが、どういうわけかそうした気持ちは湧いてこない。むごい真実を聞かされても怒らなかったのに、向こうが公爵であることを言わなかっただけで、いつまでも腹を立てているわけにもいかないだろう。そう考えると、ガブリエラの怒りがだんだん和らいできた。

「たとえそうだとしても」ガブリエラは言葉を続けた。「やはり教えてほしかったわ」

「ああ、わかっている。でもワイバーンと呼んでほしいと言ったのは嘘じゃなかった。知り合いはぼくのことをそう呼んでいる。もっとも、親しい人たちはファーストネームで呼ぶことが多い。アンソニーという名前だが、ぼくはトニーと呼ばれるのが好きだ」トニーの魅力的な唇にゆっくりと笑みが浮かび、低く甘い声になった。「きみもトニーと呼んでくれたらいい。とくにふたりきりでいるときは」

ガブリエラは心臓がどきりとした。そして胸の鼓動を鎮めようとしながら言った。「ふたりきりになることなんて、そうそうないと思うわ」

「さあ、どうだろうか」トニーがまたもや微笑むと、ガブリエラの全身がぞくりとした。

レモネードを飲みながら、ガブリエラは自分がトニーとふたりきりになる機会を心待ちにしていることに気づいた。

5

「すごいな、トニー！　また命中だ」翌日の午後、レイフが声をあげた。その場にいたほかの五人の男たちも、口々にトニーを褒めそやした。一行は予定どおり、屋敷の外の芝地で射撃の試合をしているところだった。

「いや、じつに見事だ」ネヴィル卿が言った。「マントンも自分の作った銃をこれほどの腕前の人物に使ってもらえれば本望《ほんもう》だろう」年長のネヴィル卿は練習のとき、三回撃って一回当たればいいほうだった。その彼の称賛の言葉を、トニーはありがたく受け取った。

「褒めてもらって恐縮だ」そう言うと銃身に火薬と弾丸を装塡《そうてん》した。柔らかな布で拳銃をふき、慎重な手つきで脇に置いた。「でもぼくは二位を二ポイント上まわったにすぎない。最終的に誰が一位になってもおかしくなかった」

「ただの運なわけがないだろう」イーサンが言った。今回はたまたま運がよかっただけだ」二位のイーサンと三位のレイフは、トニーに数ポイントずつ負けていた。「トニー、お前はまさに射撃の名手だ」

「そのとおり。ボーニー《ナポレオン》との戦いに、ぜひ参加してもらいたかったな」ウィリアム・ウェアリングが言った。先日ヨーロッパ大陸で終わったばかりの戦闘で腕を片方失ったウィリアムだが、それでも射撃の技量には目を瞠《みは》るものがある。「きっとフランス軍は尻尾を巻いて逃げていただろう」

「ああ、間違いない」ハリーが言った。

「わかったから、もうそのへんにしてくれ」トニーは片手を挙げた。「これ以上おだてられたら、うぬぼれで頭がふくれあがって破裂してしまう」

みなの笑い声がそよ風に乗って運ばれた。青く澄みわたった空から太陽の光が降り注ぎ、薄手の上着でも充分暖かい陽気だ。

「レディたちも楽しんでいるようだ」ネヴィル卿が左側に目をやった。少し離れた場所に、アーチェリーの的がいくつか設置されている。「驚いたな、すごい腕前だ!」

「誰の矢だ?」トニーもそちらを見た。

「どうやらミス・セント・ジョージらしい。なんてことだ、また命中させたぞ」

トニーは興味をそそられ、ガブリエラが悠々と矢を弓につがえて弦を引くのを、みなと一緒に見守った。今回もまた、先の二本と同じように的の真ん中に命中した。トニーはなにも言わず、女性たちのいる場所に向かって歩きだした。ほかの男たちもそれに続いた。

「いったいどこで習ったの?」近づくにつれ、リリー・アンダートンがガブリエラに尋ねるのが聞こえてきた。

「そうよ」ジュリアナが言った。「こんなにうまい人は見たことがないわ。まだ一度も的をはずしてないでしょう」

ガブリエラは構えの姿勢を崩し、弓を体の脇に下ろした。「そうね、昔たくさん練習したから」

「そうなの？　どうやって？」マリス・ウェアリングが自分の的の正面に立ったまま、興味津々の顔で訊いた。

「わたしの……その……母の劇団は、夏のあいだサーカス団と同じ町で公演をすることがあったわ。サーカス団のなかに、走る馬の背に立ったまま、火のついた矢を放って輪の真ん中をくぐらせる人がいたの」

「すごいわ！」ベアトリス・ネヴィルが弓を脇に置き、会話に加わった。「信じられない！」

ガブリエラは小さく微笑んだ。「ええ、ミスター・スタンレーは本当にすごい人だったわ。〝ステューペンダス《驚くべき》・スタンレー〟と呼ばれ、文字どおりどんなものでも矢で射ることができたのよ。わたしは毎日午後になると、ずっと彼のことを見ていたわ。それで一週間たったころ、とうとう勇気をふりしぼってアーチェリーを教えてほしいと頼んだの」

「それで、頼みをきいてもらえたのね」リリーが言った。

「ええ、何度も何度も頼みこんで、ようやく教えてもらえることになったわ。わたしはそのときまだ十歳だったから、向こうは内心、そんな小さな女の子を相手に教えるのは時間の無駄だと思っていたみたい」

トニーは大またで歩き、ガブリエラの前で立ち止まった。「きみに教えたのは無駄じゃなかったな」

ガブリエラはさっと顔を上げ、パンジーのように美しく柔らかな色の瞳でトニーを見た。

「あらどうも、閣下。みんなおそろいでどうしたの？ 射撃をしているはずじゃなかったかしら」

「ああ、でもきみの優れたお手並みをどうしても近くで見てみたくなってね。本当に素晴らしい腕前だ」

ガブリエラの愛らしい唇にかすかに笑みが浮かんだ。「それは光栄だわ」

「どれくらい遠くの的まで当てられるのかい？ とても興味がある」もっとも、興味があるのはアーチェリーの腕前のことだけではない。トニーはひそかに言い添えた。

ガブリエラはためらい、こちらを見ているみなの顔を見まわした。「さあ、どれくらいかしら。せいぜい数ヤードだと思うわ」

「いや、数ヤードということはないだろう。いまの的は二十フィートばかり離れているようだ。三十フィートでも当てられるかな？」

「あの、わたし――」

「やってみるといい。挑戦するだけなら、なにも問題はないだろう？ おい、そこのきみ」

トニーは一行についてきていた従僕のひとりを呼んだ。「ミス・セント・ジョージの的を十フィート後ろに動かしてくれ」

従僕はうなずき、俵《たわら》の的のところに急いだ。

「閣下、わたしにはたぶん無理――」

「ワイバーンだ」トニーは声をひそめて言った。「なにも恥ずかしがることはない。ぼくはただ、きみの腕前を知りたいだけだ。みんなもそうだろう」

「ぼくも見てみたい」レイフが胸の前で腕組みした。「がんばるんだ、ガブリエラ」

「さあ、早く」みなが声をかけた。

ガブリエラはもう一度みなの顔を見まわすと、不安げな顔をした。「みんながそう言うなら、やるだけやってみるわ」

従僕が俵の位置を後ろにずらし、安全な場所に離れた。ガブリエラは弓を上げて矢をつがえた。そしてゆっくりと弦を引き、腕にしっかり力を入れたまま、ひじを曲げて的を見据えた。次の瞬間、矢が飛びだし、鈍い音をたてて的の中央に突き刺さった。

「ブラボー！」レイフが言うと、ほかの人たちも口々にガブリエラを褒めた。

トニーはしばらくのあいだ的を見ていた。「きみなら朝飯前だと思っていた。今度は五十フィートでやってみようか？」

的がふたたび後ろに動かされた。ガブリエラは今回も真ん中に命中させた。

「次は百フィートだ！」トニーは言った。「できるかい？」ガブリエラの顔を見ると、紫がかったブルーの瞳がきらきらと輝き、すっかり乗り気になっているようだ。

「的を動かして。やってみるわ」ガブリエラは言い、トニーに向かって自信ありげに微笑んだ。

それから二分後、ガブリエラはまたしても矢を的に命中させた。みなの称賛を浴びながら、嬉しさに笑いが止まらなかった。そのときトニーがまたもや言った。「距離を二倍にしよう。今度こそ本当の力試しだ」

みなの話し声や笑い声がぴたりと止まった。

「ちょっとやりすぎじゃないか、ワイバーン？」ネヴィル卿が言った。「それだけの距離を飛ばすのは、男でもなかなかできないぞ。そこまでしなくても、ミス・セント・ジョージのアーチェリーの腕が一流であることは、ここにいる誰もが認めるだろう」

トニーはしばらく考えこんだ。自分が言っていることはやはり無謀すぎるのか。たしかに二百フィートはとてつもない距離だし、今度こそ彼女が失敗する可能性は高いだろう。それでも、なぜだか自分でもよくわからないが、ガブリエラの本当の力を試したくてたまらない。次も見事な一矢を放って的に命中させるだろうか、それともいくら素晴らしい腕を持った彼女でも、さすがに当てることはできないだろうか？

「二百フィートだ。もっとも、きみがやりたくないならしかたがない、ミス・セント・ジョージ。挑戦するかどうかはきみ次第だ」

　ガブリエラがちらりとトニーを見た。どうしようか迷っているように、かすかに目を細めている。「もしわたしが勝ったら？」

「おや、賭《か》けるのかい？」ハリーが口をはさんだ。「おもしろい。賭けは大好きだ」その言葉にレイフとジュリアナがふり向き、ハリーをじろりと見た。「いや、ぼくは別に賭けごとにはまってるわけじゃない。それでも誰かがやるのを見るぶんには、なんの害もないだろう？」ハリーはあわてて言い添えた。

「そうだな」レイフが言った。「金がからんでいなければ、なおのこと問題はない」

　トニーは笑いを噛み殺した。「それではミス・セント・ジョージに、二百フィート離れた的に矢を当てられるかどうかやってもらおう。もし命中したら、ぼくが褒美として彼女の望むものをなんでも差しだすことにする」

「失敗したときは？」ガブリエラがほんの少しあごを上げた。

　そうだ、もし失敗したら、彼女になにをしてもらおうか。ある考えが頭をよぎり、トニーの体がかすかに火照った。だが賭けに勝った見返りとして、無垢な若い女性に熱いキスを求めることはできないだろう。親戚や友人が見ているとなればなおさらだ。美しいガブリエラ・セント・ジョージのことに関しては、理性をしっかり保って自分を抑えなければならない。どんなにそうしたくとも、抱きしめたりキスをしたりといったことを考えてはいけないのだ。

トニーは上を向き、流れる雲を見ながら考えた。「そうだな」視線を落としてガブリエラの目を見ると、のんびりした口調で言った。「きみが的をはずしたら、明日の午後、居間でお茶に付き合ってもらおうか」

「お茶に付き合う？　それだけなの？」ガブリエラの肩から力が抜け、目が驚きで丸くなった——もしトニーの見間違いでなければ、そこにはかすかに失望の色が浮かんでいた。こちらがなにを要求すると思っていたのだろう、とトニーはいぶかった。

「ああ」口もとがゆるみそうになるのをこらえて答えた。「お茶だけだ」

ガブリエラはしばらくのあいだ、じっとトニーの顔を見ていた。「わかったわ。それなら受けて立ちましょう」

みながわくわくしながら、わらの俵が動かされるのを待った。的を運ぶのを手伝おうと、屋敷からもうひとり、別の従僕が駆けだしてきた。

「あなたならできるわよ、ガブリエラ！」リリーが言った。その期待に満ちた表情が、燃えるように赤い髪の色を引き立てている。

「そうよ、わたしたちがついてるわ」ジュリアナがすっかり興奮した顔をし、胸の前で両手を握り合わせた。

「なんだか裏切られた気分だな」トニーはすねてみせた。「もう長い付き合いなんだから、きみたちはぼくを応援してくれると思っていた」

「あら、別のことだったらもちろんそうするわよ」ジュリアナが言った。「でも勝負で勝つのはたいてい男性なんだから、女は女同士で結束しなくちゃならないの。ガブリエラの矢が的に当たるのを早く見たいわ」

「わたしもよ」マリスが言った。「みんなあなたを応援しているわ、ガブリエラ」

「ぎゃふんと言わせてやりなさい、ミス・セント・ジョージ」ベアトリス・ネヴィルが加勢した。

みながどっと笑った。

「きみたちはどうなんだ？　もちろんぼくの味方だろう？」トニーは男たちの顔を見まわした。

「ああ、決まってるじゃないか。だが正直に言うと、彼女が的に命中させるのを見てみたい気もする」イーサンが言った。

レイフは首を横にふった。「ぼくは中立の立場でいよう。どちらが勝っても、喜んでお祝いを言うよ」

口にこそ出さなかったが、トニーもひそかにガブリエラが成功することを願っていた。といっても的がこれだけ遠くては、命中する確率は低いだろう。

ガブリエラはひどく真剣な面持ちになった。無言のままじっと的を見つめ、頭のなかで矢の軌道を計算した。体を動かしやすいように外套《ペリース》まで脱ぎ、指をなめて風向きを調べた。しばらくしてようやく弓を手に取ると、新しい矢をつがえた。そしてみながかたずを呑んで見守るなか、弓を構えた。場はしんと静まりかえり、小鳥のさえずる声だけが聞こえている。ガブリエラはひとつ大きく息を吸い、弦を引いた。

時間の流れが遅くなり、一秒がひどくゆっくりに感じられた。

次の瞬間、ガブリエラが手を放した。矢が俵の真ん中についた丸い円を目指し、空気を引き裂くような音をたてて飛んでいった。みなが立っている場所からは、小さな点のようにしか見えない円だ。矢が鈍い音をたてて俵に突き刺さった。だがそれが的の中央に当たったのかどうか、すぐにはわからなかった。従僕が的に駆け寄り、両腕をふって大声で命中していることを告げた。

どっと歓声が沸きあがり、女性たちがガブリエラを取り囲んで抱きしめた。ガブリエラは声をあげて笑いながら、喜びと驚きを隠せない顔をしている。男性陣も彼女のもとに急ぎ、手を取ってお辞儀をした。レイフがよくやったというように、ガブリエラの背中をぽんと叩いた。

「信じられないな、ミス・セント・ジョージ」ハリーが言った。「さながらウィリアム・テルじゃないか。リンゴがあったら、誰かの頭に乗せて射てもらいたいぐらいだ」

ガブリエラはくすくす笑った。「そうね、アラートン卿。誰かがリンゴを乗せる役を買ってでてくれるなら、ぜひそうしてみたいわ」そう言うとにっこり笑い、トニーの顔を見た。「やっていただけないかしら、閣下？」

みなの笑い声があたりに響いた。トニーは愉快そうに微笑んだ。「きみが優れた腕の持ち主であることは間違いない。だがリンゴを頭に乗せて矢を受けるのだけは、勘弁してもらいたいな」

「でも、それがわたしの望むご褒美だと言ったら？」

予想もしなかったガブリエラの言葉に、トニーは一瞬絶句した。「わかった。そういうことなら、特大のリンゴを探してこよう」

みながまたもや笑った。

ガブリエラは嬉しさで目をきらきらさせながら、声をひそめて言った。「心配しないで、ワイバーン。ご褒美はまた今度にするから。楽しみは先に取っておくわ」

「いいだろう。こちらも楽しみに待っている」

ネヴィル卿が前に進みでた。「じつに素晴らしい、ミス・セント・ジョージ！　レディは普通、銃を手にしないものだということはわかっていますが、これまでに撃った経験はおありですか？」

ガブリエラはまずトニーを、それからレイフをちらりと見ると、ネヴィル卿に向きなおった。「ええ、閣下。射撃の名手のモンクリーフから手ほどきを受けました」

「いやはや、すごいな！　とても女性とは思えません。銃もアーチェリーと同じくらいの腕前でしょうか？」

「人並みの腕だと思います」

「いや、人並み以上にうまいにちがいありません。そうだ、ワイバーンと勝負をしてみたらどうでしょう。ぜひ見物したいな。どうだろう、閣下？」

トニーが口を開く前に、ジュリアナが割ってはいった。「それはまた別の機会にしましょう。ちょうど軽食の用意ができたようですわ。遅くなると料理人が気を悪くしますし」

ネヴィル卿はすぐに引き下がり、小さくお辞儀をした。「もちろんです、レディ・ペンドラゴン。使用人には逆らえませんからな。とくに相手が料理人となれば、怒らせるわけにはいきません。いつかミス・セント・ジョージに、銃の腕前を披露してもらえる日が来ることを楽しみにしています」

一行は屋敷に向かって歩きだした。リリーがアーチェリーの技についてもっと詳しく話を聞こうと、ガブリエラの腕に手をかけた。トニーはその少し後ろを歩いていたが、ふたりの声は聞こえなかった。

レイフがトニーの横に並んだ。「お前にあらためて感謝する」

トニーは片方の眉を上げた。「なんのことだ？」

「あの夜、ロンドンでガブリエラから銃を取りあげてくれたことだ。彼女はアマゾンの女王のように正確に矢を的に当てただろう。銃を撃ったらどうなっていたか、考えただけでぞっとする」

トニーはくすくす笑った。「彼女には撃てなかったはずだと、お前自身が言っていたじゃないか」

「そうだな。ガブリエラは心の優しい娘だ。それでもあの日の夜、お前がいてくれてよかった。あの子ならワインボトルを割ることなく、コルク栓を撃てるんじゃないだろうか」

「今度ぜひやってもらおう」

レイフはためらい、ポケットに両手を入れた。「こんなことは言うべきじゃないのかもしれないが、ガブリエラはお前を特別な目で見ている」

「ほう？」トニーは努めてさりげなく言った。「どういう目だ？」

「お前に恋をしかかっている。気をつけてくれ、トニー。あの子が傷つくところを見たくない」

「だいじょうぶだ、安心していい。ガブリエラはあまりに若すぎる。それにぼくが無垢な若い娘に手を出さない主義であることは、お前もよく知っているだろう」少なくとも、以前はそうだった。トニーは心のなかでつぶやき、かすかに覚えた罪悪感をふりはらった。「彼女は恋に恋をし、ちょっと浮かれているだけだ。お前が心配するようなことはなにもない」

「そうだな」レイフは表情を和らげ、トニーの肩をぽんと叩いた。「お前のことは信用している。ジュリアナとぼくは来月、ガブリエラをロンドンに連れていき、社交界にお披露目するつもりだ。彼女が新しい世界を気に入り、パーティや晩餐会《ばんさん》を楽しんでくれるといいんだが。もしかすると、誰かいい相手に出会うかもしれないだろう。あの子の出自を気にしない若者がいるかもしれない。もしガブリエラがそいつと恋に落ちたら、結婚させてもいいと思っている。もっとも、それは本人の気持ち次第だ。ジュリアナもぼくも、ガブリエラを急いで嫁《とつ》がせようとは思っていないからな」

結婚だと！　トニーはガブリエラが誰かと結婚するかもしれないとは、それまで考えたこともなかった。自分もつくづくおめでたいものだと、ひそかに苦笑した。彼女ぐらいの年ごろでも結婚する娘はたくさんいる。だがたとえそうだとしても、こちらにはなんの関係もないことではないか。そもそも自分は、彼女とどうこうなろうという気はないのだ。それでもガブリエラほど美しく、生き生きとした魅力にあふれた若い女性に、これまで会ったことがあっただろうか。

だめだ、一刻も早くここを離れてロンドンに戻らなければ。幸いなことに、ハウスパーティはあと三日で終わる。

「……そういうわけで、お前に頼めないかと思って」レイフの言葉に、トニーははっとして顔を上げた。

「頼むって？」

「ガブリエラを守ってもらいたい。たしかに世慣れてはいるが、彼女はまだ無垢で男のことについてはなにも知らないも同然だ。あの子が庶子であることに目をつけ、よからぬ魂胆で言い寄ってくる男がいるかもしれないだろう。そういう男をあの子に近づけたくない」

「わかった」トニーは言い、片方の手を体の脇でぐっとこぶしに握った。「ぼくが目を光らせて、そういう連中を追いはらってやる」

「お前にまた借りができたな」レイフは微笑んだ。

やがて屋敷に到着し、ふたりは玄関ホールに足を踏み入れた。トニーは服を着替えようと階段をのぼって寝室に向かいながら、さっきのレイフとの会話を思い浮かべ、ガブリエラを守ろうとあらためて心に誓った。だが来客用の豪華な寝室に着いたとき、ある危険な考えがふと頭をよぎった。

〝ぼくはかならずガブリエラを悪い男から守ってみせる。だがそのガブリエラを、いったい誰がぼくから守ってくれるのだろう？〟

6

それから二日後の朝、ガブリエラは水彩画の筆を放り、画用紙を脇に押しやった。「ああ、なんてひどい出来なのかしら！　もうお手上げだわ」

「あら、そんなこと言わないで」ジュリアナが筆を動かしていた手を止めて顔を上げた。女性たちは朝食室に集まり、花びんに活けられた花束を描いているところだった。「あなたが思うより、ずっとよく描けているはずよ」

「いいえ」ガブリエラは苦笑いをした。「うまくなんてないわ。ほら、見てみて」画用紙を持ちあげ、なにが描かれているのかよくわからない絵を見せた――花のつもりのピンクと黄色の筋が、紙を汚している。白っぽい灰色の塊は、豪華なマイセンの花びんではなく、いびつな形をした雨雲のように見える。花びんに描かれたヒツジでさえ、判別できないありさまだ。

ジュリアナはじっと絵を見つめ、どこか褒められるところがないかと探した。ほかの人たちも顔を上げ、ガブリエラの絵を見て目を丸くすると、困ったような笑みを浮かべてふたたび絵筆を動かしはじめた。

「がんばってるじゃない」ジュリアナは励ますように言った。「初めての絵なんですもの、うまく描けなくて当たり前よ」

「これは絵なんてものじゃないわ。慰めてくれるのは嬉しいけど、わたしにはまったく芸術の才能がないみたい」

「練習するのよ。そうすればうまくなるわ」

「五十年か六十年練習すれば、もしかするとうまくなるかもしれないわね」ガブリエラはため息をつき、絵の具で汚れた手を布でふいた。「このへんでやめておいたほうが無難だわ。時間の無駄だもの」

ジュリアナは時計に目をやった。針は九時半を指している。「昼食まで絵を描くつもりだったけれど、あなたがそう言うならなにか別のことをしましょうか」

「ううん、いいの。わたしのために絵を中断したりしないでちょうだい。そんなことをされても嬉しくないわ」

「でも、あなたをひとりにするわけにはいかないでしょう」ミセス・メーヒューが優しい笑みを浮かべた。

リリーとマリスとベアトリスが、そのとおりよというようにうなずいた。

「二時間ぐらいひとりでいたって平気よ」ガブリエラは立ちあがった。「わたしのことは心配しないで。図書室に前から読みたいと思っていた本があるの。ちょうどいい機会だから、それを読むことにするわ」

ジュリアナは眉根を寄せた。「本当にだいじょうぶなのね。絵をやめて、みんなでほかのことをしてもいいのよ」

「だいじょうぶよ。そのまま続けてちょうだい。そうしないと、せっかくのみんなの楽しみを邪魔してしまったみたいでかえって気が重いわ。じゃあ昼食のときに会いましょう」

「わかったわ。でも午後は外出する予定だから、忘れないでね」ジュリアナが言った。「馬車で近くの村に行って買い物をしましょう。お店に新しいブラッセルレースが入荷しているんですって」

「ええ、楽しみにしているわ」ガブリエラは小さく手をふって部屋を出た。だが玄関ホールに足を踏み入れたとたん、ぽつんと取り残されたような寂しさを覚えた。さっきはああ言ったものの、今日はあまり本を読みたい気分ではない。天気もいいことだし、散歩にでも行ってみようか。寝室に戻って上着を取ってこなければならないが、どうせほかにやりたいことがあるわけではない。ガブリエラは廊下を進んで階段に向かった。

そのときイーサンが屋敷の後方にある通路に現われた。リンネルのシャツをところどころ胸に張りつかせ、首にかけたタオルで汗ばんだ肌をふいている。ガブリエラの姿を見ると足を止め、整った顔に親しみのこもった笑みを浮かべた。「やあ、ミス・セント・ジョージじゃないか。こんな格好で申し訳ない。フェンシングの試合をしてきたんでね」

「まあ、フェンシングですって！　楽しそうね。閣下は伯父と一緒に農場を見に行かなかったの？　今朝は伯父がみなさんを農場に案内することになっていると、ジュリアナが言ってたわ」

イーサンは首をふった。「レイフの農場はたしかに素晴らしいが、ぼくはもう何度も訪ねている。だからぼくたちは誘いを断わって、剣《レイピア》で少しばかり体を動かすことにした。たったいま、武具室から出てきたところだ」

イーサンのその言葉に、沈んでいたガブリエラの心がぱっと明るくなった。「ということは、公爵もここにいるのね」

「ああ、そうだ。さてと、そろそろ部屋に戻ることにしよう。ところでリリーを見なかったかい？　今朝はみんなで水彩画を描く予定だと言っていたが」

「侯爵夫人なら、ほんの五分ほど前に絵筆を一生懸命動かしているところを見たわ。みんな朝食室に集まっているの」

イーサンは愛妻の様子を聞いて相好を崩した。「そうか、ありがとう。服を着替えたら、朝食室に行ってみんなの絵を見物させてもらうことにしよう」

ガブリエラは笑った。「ええ、そうするといいわ」

「じゃあまた」イーサンは優しい声で言い、くるりと後ろを向いた。

ガブリエラはさようならとつぶやき、イーサンが階段を駆けあがるのを見ていた。その姿が視界から消えたとたん、ガブリエラは彼のことを忘れ、トニーのことを考えた。まだ武具室にいるのかどうか、確かめに行ってみよう。ガブリエラはためらうことなく、まっすぐ武具室に向かった。急がなければ、いなくなってしまうかもしれない。

だが一分後、心配する必要はなかったとわかった。トニーはまだ、鏡板の張られた広い部屋のなかにいた。蜜蠟《みつろう》の光沢剤と油を塗った金属のにおいに混じり、かすかに男性の汗のにおいがする。ガブリエラはそのにおいを深く吸いこむと、部屋にはいってドアのすぐ内側に立った。

トニーはガブリエラがはいってきたことに気づかず、フェンシングの練習を続けていた。優雅ですばやく、詩のように美しい動きだ。剣をひとふりするたび、しゅっという小さな音がする。鋭い刃が、穏やかな海に現われたサメのように空気を切り裂いている。部屋そのものが男性的で鬼気迫る雰囲気をたたえていた。壁には古代から現代までの武器がかかっている。レイピア、サーブル、短剣、幅広の刀、いくさ斧《おの》、宝石で飾られた短刀などに加え、とがった釘がついた棍棒《こんぼう》もある。重そうな鎖かたびらが数点まとめて飾られ、隅にはまるで歩哨《ほしょう》に立っているように、いかめしいかぶとをかぶった鎧《よろい》一式が飾られていた。

ガブリエラの脳裏に、トニーが中世の甲冑《かっちゅう》を身に着け、大きな幅広の刀を片手に襲撃者から民と城を守ろうとしている姿が浮かんだ。彼の先祖は本当にそうしていたのだ。先日、ベアトリス・ネヴィルから、初代ワイバーン公爵は征服王ウィリアムとともに戦ったのだと教えられた。エドワール・ブラックはその忠誠と勇敢さを称えられ、公爵位とともにベッドフォードシャーの北部に広大な領地を与えられたという。それ以来、一族はその公爵領をずっと守ってきたらしい。

ガブリエラはトニーの屋敷にもこのような部屋があるのだろうかと考えた。きっとあるはずだ。ブラック家は何百年にもわたって代々受け継がれてきた膨大な数の武器を所蔵しているにちがいない。それでも、中世の騎士の格好をした公爵も素敵だろうが、自分は力強さと気品のただようがっしりした体に、薄手の白いシャツとぴったりした淡黄褐色のズボンをまとったいまの彼のほうがずっと好きだ。ガブリエラはうっとりした目でトニーを見つめた。剣の構えも、力強い大きな体も、息を呑むほど美しい。

ガブリエラは知らないうちに音——たぶん感嘆のため息だ——をたてていたらしかった。トニーがふいに動きを止め、入口をふり返った。

ふたりの目が合った。トニーは息切れした様子もなく、剣を体の脇に下ろした。「ガブリエラ」

ガブリエラは微笑み、白と黄褐色の縞模様のデイドレスのひだに両手を隠した。「どうも」

「きみがいることに気がつかなかった。ずっとそこに立っていたのかい？」

「ずっとというわけじゃないけれど」勇気を出して部屋の奥に進んだ。「廊下でばったりヴエッセイ卿に会って、あなたがここにいると聞いたから」

「なるほど」トニーは壁際に置かれた細長いテーブルに近づいて剣を置くと、椅子にかかったタオルに手を伸ばした。まず両手をぬぐい、次に汗で湿った剣のつかをふいた。それからガブリエラに向きなおった。「午前中はほかのレディと一緒に楽しんでいると思ってた。絵を描くんじゃなかったかな？」

「ええ、水彩画を描いていたの。でもその途中で、大変な事実が判明したわ」

トニーはダークブラウンの眉を片方上げた。「大変な事実とは？」

「わたしには絵の才能がまったくないということ」

トニーは口もとをほころばせ、目を輝かせながらくすくす笑った。「そんなことはないだろう」

「いいえ、ひどいものよ。ジュリアナは懸命に励まそうとしてくれたけど、本当に無残な出来だったわ。絵だけはどうしてもだめみたい」

トニーはこぶしを腰に当てた。「それでもいいじゃないか。きみにはほかに素晴らしい才能がたくさんある」

「でもわたしが得意なのは、レディがあまりやらないようなことばかりだわ。アーチェリーや射撃がそうでしょう。それからもうひとつ、わたしはフェンシングもできるのよ」

「本当かい？　どこで習ったんだ？」ガブリエラが口を開こうとすると、トニーが片手を挙げてそれを止めた。「いや、待ってくれ。たぶんまたサーカスの団員から教わったんだろう」

ガブリエラは下唇を突きだし、茶化すような顔をした。「はずれよ」そしてゆっくりとテーブルに向かい、トニーの練習用の剣を手に取ると、何歩か後ろに下がって剣をさっとふった。「劇団にいた剣の達人に教えてもらったの。ムッシュー・モンタギューという人で、立ったろうそくを倒さずまっぷたつに斬ることができたのよ」

「そいつはすごいな」

「ええ。彼は恐怖時代に家と家族を失い、フランスから亡命してきた人なの。本人は詳しいことを話したがらなかったけれど、どうやら貴族の末息子で、愛する家族が公安委員会からギロチン刑に処せられるのを目撃したという話よ。ときどきワインを浴びるほど飲んでいたのを覚えてるわ。でもそれ以外のときは、見事な剣の使い手だったの」

「彼に教えてもらったわけか」

ガブリエラは笑みを浮かべながら、トニーに向けた刃先をゆっくり円を描くようにまわした。左手を頭の後ろに上げ、構えの姿勢をとった。「構えて《アンガルド》」

すその長いドレスを着ているにもかかわらず、ガブリエラは剣をさっと突きだし、三歩前に進んで丸く削られた刃の先端をトニーの胸に当てた。「降参なさい、閣下！」芝居がかった声で叫んだ。「あなたを生かすも殺すも、わたしの気持ちひとつよ」

トニーはシャツに押し当てられた刃をちらりと見下ろした。「ああ、そうらしいな」いつものようにのんびりした口調で言った。「前にも似たような状況があったのを思いだすよ」

　彼はレイフのロンドンの屋敷でのことを言っているのだ。ガブリエラは銃を取りあげられたあとになにがあったかを思いだし、肌がぞくりとするのを感じた。そして知らず知らずのうちに、舌の先で下唇をなめていた。

　トニーがガブリエラの唇に視線を落とした。瞳の色が濃くなり、その奥がきらりと光った。だがすぐにその光は消え、代わりに愉快そうな表情が顔に浮かんだ。

「たしかあの夜、あなたはわたしをだまして銃を取りあげたんじゃなかったかしら」

「それには正当な理由があった」

「そうね。でもだからといって、わたしのプライドが傷つかなかったわけじゃないわ。男なら男らしく、わたしに挽回のチャンスを与えてちょうだい」

「きみと勝負しろと？」

　ガブリエラはうなずいた。

「普通の男はレディと勝負などしないものだ」

「でもあなたは普通の男性じゃないでしょう、閣下？」

「ワイバーンだ。それから、ぼくはたしかに因習にとらわれない人間だが、あまり無茶なことを言われても困る。そもそも、こうやって刃を突きつけられているのに、どうやって勝負を受けられるんだ——きみが持っているのはぼくの剣だろう？」

勝負が受けられないなんて、よく言うわ。ガブリエラは心のなかでにやりとした。彼は部屋のほぼ真ん中にいるのだから、その気になれば後ろに下がってこの〝危機〟を脱することができるはずだ。

「壁にたくさん剣がかかってるわ。どれか選んで」

トニーは首をかしげ、やれやれという顔をした。「自分の剣がいい。使いなれたものでないとしっくりこなくてね」

ガブリエラはトニーの言うとおりだと思い、剣を下ろした。「わかったわ。だったらわたしが別の剣を選ぶことにしましょう」器用な手つきで剣を持ちかえ、つかをトニーに向けて差しだした。

トニーは小さくお辞儀をし、それを受け取った。「ありがとう、ミス・ガブリエラ」

ガブリエラは奥の壁に向かうと、背中にトニーの視線を感じながら剣を選びはじめた。

「まさか本気じゃないだろう?」しばらくしてトニーが言った。

「もちろん本気よ」ガブリエラはふり返った。「闘いがいのある相手とは、もうずっと剣を交えてないわ」

「だったらなおさら、ここで勝負をするのはやめたほうがいい。長いこと練習していなければ、腕がなまっているはずだ」

「あなたと一試合すれば、すぐに勘が戻るわ。あれなんかどうかしら?」ガブリエラは一本の剣を指さした。

「安定感はあるようだが、イーサンの使っていた剣のほうがよさそうだ。それなら先端も丸く削られている」

「どの剣なの？」

トニーは胸の前で腕組みした。「それを聞いてもしかたがないだろう。ぼくはきみと勝負をするつもりはない」

ガブリエラはトニーに向きなおり、腰に手の甲を当てた。「わたしの腕を疑ってるのね？」

「そういうわけじゃない」トニーはガブリエラの全身にさっと視線を走らせた。「いくらきみでも、その格好がフェンシングにふさわしくないことぐらいはわかるだろう。ドレスのすそを踏んでつまずくに決まっている」

ガブリエラは肩をすくめた。「わたしはドレス姿でもいろんなことができるから、心配はいらないわ。さあ、ワイバーン、わたしと勝負して。もしやあなた、女に負けるのが怖いの？」男のプライドを逆なでするようなことを言い、トニーを挑発した。

トニーはくすくす笑った。「きみは本当におもしろいな。ぼくが恐れているのは、もし誰かに見られたらきみの評判が傷つくんじゃないかということだ」

「ここにいるのは家族や友人だけよ。誰も気にしないわ」

トニーは疑わしそうな顔をした。「そうだろうか。たとえばレイフは快く思わないかもしれないぞ」

「あら、彼はそんなに頭の固い人じゃないわ。でもたとえそうだとしても、どうしてそんなに心配なの？　わたしは伯父に怒られてもちっともかまわない。なのに、どうしてあなたがびくびくしなくちゃならないの？　それともあなたは、伯父が許可したことしかやらないのかしら？」

トニーはにっこり笑った。「いや、そうじゃない。ぼくは自分の信念に従ってものごとを決めている。さあ、もういいだろう、お嬢さん」

「わたしはただ、ちょっと楽しみたいだけなのに」ガブリエラはトニーを挑発しても無駄だと悟り、今度は哀願するような声を出した。「それくらい、いいでしょう？　フェンシングをするのが、そんなに悪いことかしら？」

トニーがなにも言わないのを見て、ガブリエラは言葉を続けた。「それにきっと誰にも見られないわ。みんな別のところで忙しくしているのよ。男の人たちはほとんど屋敷にいないし、ジュリアナたちも水彩画に没頭しているわ。お願い、十五分だけでいいの。このことはわたしたちだけの秘密にしましょう」そう言ってとびきりの笑顔を浮かべた。

夜空にまたたく星のように、トニーの濃いブルーの瞳がきらりと光った。「きみも言いだしたら聞かない性格だな」トニーは根負けしてうなずいた。「いいだろう、勝負しよう」

ガブリエラは手を叩き、小さく歓声をあげながら跳びはねた。

「だが十五分じゃなくて十分だ」

「わかったわ、閣下。十分きっかりね」ガブリエラはいたずらっぽく微笑んだ。「それだけあれば、充分あなたを倒せるわ」

トニーは声をあげて笑った。「口の減らないお嬢さんだ」

「ヴェッセイ卿の剣を持ってきてもらえるかしら？」

「ああ、わかった」

トニーが剣を取りに行くと、ガブリエラは近くにあった椅子に腰を下ろした。

トニーは部屋を横切りながら首をふり、どうしてガブリエラの頼みを聞き入れてしまったのだろうかと考えた。いつもの自分なら、女性の懇願に負けたりはしない。相手が無垢な若い娘であればなおさらだ。だんだんわかってきたことだが、ガブリエラ・セント・ジョージはそこいらにいる娘とはまったく違う。自分は文字どおり何百人もの女性を知っている。だがそのなかに、こちらにフェンシングの勝負を挑んでくるほど大胆で型破りな女性がいるだろうか。男でもその勇気がない者はたくさんいる。たとえ練習試合であっても、社交界屈指の剣の使い手と呼ばれる自分と勝負をしたがる男は少ない。ガブリエラはおそらくそうした事実を知らないのだろう。トニーはやんちゃな子の相手をするトラになったような気分だった。彼女の言うとおり、ほんの少し剣を交えるくらい、どうということもないだろう。

トニーはイーサンの剣を手に取って後ろをふり返った。そして思わず剣を落としそうになった。あんぐりと口を開け、目を丸くしてガブリエラを見つめた。これほど驚いたのは、いったいいつ以来のことだろう。「なんて格好をしてるんだ！」

ガブリエラが顔を上げ、スカートのすそをさっと下ろすと、美しいひざとふくらはぎが一瞬にして隠れた。あっという間の出来事だったが、それでもトニーの全身で脈が速く打ち、両手がうずうずした。この手であのスカートをめくりあげ、すべすべした白い肌をなでれば、きっと最高の気分になるにちがいない。

だめだ、いったいなにを考えているのだ。相手はガブリエラだということを忘れたのか。友人の姪で、絶対に手を出してはならない相手だ。たとえレイフの姪じゃなかったとしても、普通に考えれば彼女に触れるなどもってのほかだろう。トニーはしっかりしろと自分を叱りつけ、夢想をふりはらった。ガブリエラのことは妹と思うのだと自分に言い聞かせたが、それが無理な話であることはわかっていた。トニーは自嘲《じちょう》の笑いをもらすと、かすかなうめき声をあげた。

ガブリエラはトニーのそんな胸のうちにも気づかず、脱いだ靴にストッキングを入れ、椅子の下にきちんとそろえて置いた。「ほら」つま先を動かしてみせた。「ドレスを着てフェンシングをするときは、こうやるのよ。靴を履いたままだと、転んでけがをしてしまうから」

そう言うとぱっと立ちあがった。「準備はいい？」

トニーはガブリエラの愛らしさにうめきたくなるのをこらえ、先端が木でおおわれた剣を差しだした。「ああ。きみがよければ始めよう」

　ガブリエラはすぐに構えの姿勢をとり、剣を上げた。トニーも同じようにした。

「アンガルド」ガブリエラが言った。

　最初にガブリエラが動いて攻めると、ふたりの剣が高い金属音を出してぶつかった。ガブリエラは難なくトニーの剣をはらって手を止めた。

「どうしたの、ワイバーン？　ぜんぜん勝負をする気がないみたいだわ」

「きみに肩慣らしをさせようと思ってね。しばらくフェンシングをやってないと言ってただろう」

「ええ、そうだけど、まだ勘は鈍ってないわ。さあ、子ども扱いするのはやめてちょうだい。本気で勝負して」

　トニーは片方の眉を上げた。「わかった、本気でやろう」その言葉にガブリエラがうなずき、ふたたび構えの姿勢をとった。

　ガブリエラが突いてくると、トニーはさっきより少しだけ力を入れてその剣を受けた。だが自分のほうが圧倒的に力が強く、その気になれば簡単に彼女を負かせられることがわかっていたので、手加減は忘れなかった。そして受けと突きを三回繰り返したのち、ガブリエラにポイントを取らせた。

「手を抜いてるのね。わたしにわざと勝たせようとするのはやめて」

「男と勝負するときと同じようにしろと言われても無理だ。きみは男じゃないし、力と力の対決になるとぼくが勝つに決まっている」

「そうかもしれないけど、フェンシングは力だけじゃなくて頭も使う競技よ。もっと本気を出してちょうだい。自分がどこまでできるか試したいの」

トニーはガブリエラが言ったことについて考えた。もしかするとこうして手加減することで、自分はかえってガブリエラから実力を試すチャンスを奪っているのではないだろうか。勝負を約束したのに、これではまともに剣を交えていないも同然だ。「わかったよ、ガブリエラ。きみが本気でやれというならそうしよう。覚悟はいいかな」

トニーは剣を上げ、ガブリエラが構えの姿勢をとるのを待った。

今回はトニーもそれほど手加減しなかった。目にもとまらぬ速さで剣を突きだすと、ガブリエラがそれを果敢に受けた。刃と刃が激しい音をたててぶつかった。
一、二、三。ふたりの剣がぶつかりあっている。
四、五、六。トニーは受けにはいっている相手のすきを狙ってすばやく剣を動かし、まずは腰を、次に肩を軽く突いた。
そして剣を下ろして後ろに下がった。「これでどうだい？」

ガブリエラは大きく目を見開き、肩で息をした。「さっきよりずっといいわ」

「どうする？　まだ続けるかい？」トニーはガブリエラが負けを認めて引き下がるのを待っ

た。

「ええ」ガブリエラはくたくただったが、乱れた息を整えて剣を上げた。

トニーはうなずき、構えの姿勢をとった。「アンガルド」

ガブリエラはトニーに先に攻めさせると、その動きをじっと見て次の手を予測し、反撃の機会をうかがった。だが当然ながら今回もさっきと同じくらいすばやく決着がつき、トニーがポイントを取った。それでもガブリエラのフェンシングの技術は、トニーの予想をはるかに超えていた。

「やるじゃないか」トニーは本心からそう言った。彼女は度胸だけでなく、才能もある――まだ粗削りで磨きをかける必要があるが、それでも才能は才能だ。たぶんムッシュー・モンタギューという人物もそれを見抜いたからこそ、若い娘に剣術の基礎を教えようという気になったのだろう。

「このへんにしておこうか？」

ガブリエラはきっぱりと首をふり、ふたたび剣を構えた。「もう一度」

そして今回はじっとトニーの動きを観察し、すぐにはポイントを取らせなかった。だが結局、トニーが一瞬のすきを突いてガブリエラを負かした。「いまのはどうやったの？」剣を下ろすやいなや、ガブリエラは訊いた。

「得点のチャンスをじっと待っただけだ。きみは剣をふるたびに手を下ろすだろう。突くときはもっと剣をしっかり持ち、相手にかわされないと思ったときだけ攻撃するんだ」

「でも、あなたはいつだって剣をかわすじゃないの」

「だからこそ、もっとすばやく動く必要がある」トニーはガブリエラに微笑みかけた。「それから、体の力を抜いたほうがいいな。きみの姿勢はがちがちだ」

ガブリエラは眉間にかすかにしわを寄せた。「そんなことはないと思うけど」

「いや、固まっている。そんなに緊張せず、体をのびのびと動かせばいい」

「自分ではそうしているつもりだったわ」

「まだ力がはいっている。きみの体は少しばかりなまっているようだが、それでも勘は失われていない。もっと自信を持ち、頭であれこれ考えないようにするんだ。ところで、子猫たちはどうしてる？」

ガブリエラはきょとんとし、目をしばたいた。「子猫なら元気にしているわ——健康そのものよ」

「よく遊び、よく食べているかい？」

「ええ。毛の生えた小さなボールみたいに、そこらを跳ねまわっているわ」

「寝るときに困った問題はないのかな？」

ガブリエラはにっこり笑った。「だいじょうぶよ。母猫のアジーが死んだネズミを持ってくることと、じゅうたんに汚れた足跡がつくことを除けば、なにも問題はないわ。でもメイドがぶつぶつ言うし、気候もよくなってきたから、明日にはあの子たちを一階の食品室のなかの居心地のいい場所に引っ越しさせるつもりなの。そうすれば、いつでも好きなときに庭に行けるでしょう」

「それはいい考えだ」トニーはだしぬけに剣を上げた。「アンガルド、ガブリエラ。もうひと試合しよう」

ガブリエラが剣を上げたとたん、トニーが突いてきた。ガブリエラは対等に剣を交え、トニーの突きをそのつどかわした。そしてトニーがさっきと同じようにわざと剣を下に向けても、今度は罠にかからず、ベテランの戦士のように防御に徹した。最終的にはやはりトニーがポイントを取ったが、それまでの勝負とは違って少しばかりてこずった。

「いい出来だ！」剣を離したとたん、トニーが喝采した。「びっくりするほど上達した。さっきまでとの違いがわかるかい？　自分を信じて体の力を抜けば、うまくいくだろう？」

「やったわ！」ガブリエラは嬉しそうな声をあげた。「あなたに言われたとおり、直感に従ったの。それから、下ろしてはいけないときに腕を下ろさないように気をつけたわ。短いあいだだったけど、あなたの剣をよせつけなかったでしょう」

トニーはにっこり笑った。「そうだな」

ガブリエラはすぐに構えの姿勢をとり、トニーが同じようにするのを待った。

トニーは剣先を床に向けた。「残念だが、もう十分たったようだ」

ガブリエラはがっかりしたように、剣を持った手を少し下げた。「いやよ、いまやめるわけにはいかないわ！　まだ試合は始まったばかりじゃないの。冷たいことを言わないで」

「ぼくのことをそんなふうに思ってるのかい？」トニーは愉快そうに尋ねた。「冷たい人間だと？」

「そうよ。わたしに一ポイントを取るチャンスもくれないなんて、あんまりだわ」

「自慢するつもりはないが、きみがぼくから一ポイントを取るには、かなり長い時間がかかるだろう。また別の機会にしよう」

「こんな機会はもう二度とないわ。お願い、ワイバーン、あと三勝負だけでいいの。三回勝負したら、結果がどうであれ、それで終わりにするから」

ガブリエラは真剣な顔で哀願した。瞳の色が濃くなり、信じられないほど美しいすみれ色に輝いている。トニーはまぶしい太陽の光を浴びたような気分になり、若い娘らしいひたむきな訴えに心を動かされた。

「わかった、あと三勝負だけだ」低くぶっきらぼうな声で言った。「それが終わったら、勝っても負けても文句を言わずに剣を置いてくれ」

ガブリエラは片手を挙げた。「名誉にかけて誓うわ」

トニーはその言葉に驚いた。女性は普通、名誉にかけて誓ったりはしない――それが社交界の男の常識だ。でもどういうわけか、ガブリエラが誓いの言葉を口にしても違和感がない。

頼みごとをしている状況だからというだけでなく、彼女自身にその言葉がよく似合うのだ。

自分の技術をもってすれば、二分で片をつけられるだろう。向こうに気づかれないようにわざとすきを見せ、ポイントを取らせてやることができる。でもそれでは、あんなに真剣に向かってきているガブリエラをだますようなものではないか。もちろん全力を出すつもりはないが、彼女にわざと勝たせるようなことはやめよう。もしガブリエラが三ポイントのうち一ポイントでも取れれば、それは本人の腕と努力によるものだ。トニーは剣を上げ、次の剣の結び《アンガジュマン》に備えた。

ガブリエラの最初の攻撃は失敗に終わり、数回パリー（剣を受け流すこと）とカウンターパリー（剣を巻きながらよけること）を繰り返しただけで決着がついた。トニーが斜めからのリポーステ（相手の突きをよけてすばやく突き返すこと）を繰りだし、剣先がガブリエラの左肩に当たる寸前で手を止めた。相手にポイントを取られたことがわかり、ガブリエラは大きなため息をついて悔しそうに剣を離した。それでもすぐに縞柄のスカートをひるがえし、果敢に構えの姿勢をとった。まったくひるむ様子もなく、ただひたむきに剣を構えている——男でもこれほど勇気のある者は、そうそういないだろう。

トニーはガブリエラに先に攻めさせた。ガブリエラはしばらくのあいだじっと相手の動きを観察し、どこか弱点はないかと探した。そしてふいに剣を突きだすと、腕を上にあげると見せかけてすぐに下に向け、トニーの裏をかこうとした。トニーはすばやくガブリエラの手を読み、自分も剣を下に向けた。刃と刃がぶつかり、金属音があたりに響いた。トニーはガブリエラの攻撃をかわすことに成功し、剣を離した。腕の力を抜き、ガブリエラが体勢を整えるのを待った。彼女の目が燃えるように輝いている。ふたりは円を描くように剣先をまわした。ガブリエラがもう一度フェイントをかけると、なにも履いていない足が磨きこまれた木の床を滑るかすかな音がした。それをかわすトニーの足もとからも、靴底が床をこする小さな音がした。ガブリエラは攻撃の速度を上げ、相手のわずかなすきを探した。だが剣を交えているうちに、今回もトニーがガブリエラの攻撃をはらい、剣先で彼女の体に触れてポイントを取った。

「ああ、もう」ガブリエラは悔しそうな声をあげた。「あと一歩だったのに」

トニーは優しく微笑んだ。「残念だが、あと一歩というのは勝負の世界ではなんの意味もない。さて、最後の勝負をしようか」

「ええ、でもそんなに勝ち誇ったような顔をしないでもらいたいわ」

「きみの勘違いだ。ぼくはちっとも喜んでなどいない。それとも、手加減してきみに勝たせたほうがよかったのかな？」

ガブリエラはむっとしたように唇を結んだ。「わざと勝たせてもらうのも、同情されるのもごめんだわ」

「そうだろうと思った」

ガブリエラはふたたび剣を構えた。「覚悟はいいかしら、閣下」

トニーは頬がゆるみそうになるのをこらえ、構えの姿勢をとった。

ガブリエラは腕をいっぱいに伸ばし、円を描くように剣先をまわした。トニーも同じようにした。ふたりはひとつの獲物を狙う二羽のタカのように、互いの顔から目をそらさなかった。

「教えて、ワイバーン」ガブリエラが落ち着いた口調で言った。「あなたは猫を飼ってるの？」

「猫だって？　檻《おり》に入れるような種類のやつなら飼っている。どうしてそんなことを訊くんだい？」

「ちょっと知りたかっただけよ。さっき子猫のことを尋ねたでしょう」

「なるほど」

剣と剣がぶつかり、三度ほど突きと受けが繰り返された。一、二、三――剣を相手の剣の反対側に移し替える。一、二、三――体勢を整えて剣先をまわす。

「そろそろ新しい飼い主を探さなくちゃならないわ。一匹もらってちょうだい」

ガブリエラの突きを受けると、トニーの剣が耳障りな音をたてた。「なんだって？　子猫をかい？　いや、断わる」

「お願い」ガブリエラはにっこり笑った。「家が狭いからなんて言わせないわ。あなたの領地のお屋敷は、とてつもなく広いらしいじゃないの。猫にとっては理想の住まいよ。そうだわ、一匹と言わずに二匹もらってちょうだい。そうすれば子猫たちも寂しくないでしょうから」

子猫を二匹飼えだと？ トニーは面食らった。彼女はこちらを動揺させ、調子を狂わせようとしているにちがいない。「うちには犬がいるんだ。マックスとディガーという名前の犬だが、子猫なんかを連れて帰ったらきっと大騒ぎになるだろう」

「子猫は順応性が高いから、すぐに慣れるわ。犬たちともたちまち仲良くなるわよ。まだ乳離れしてないけれど、帰る前にどの子がいいか選んで。その二匹は予約済みにしておくから」

トニーはガブリエラの突拍子もない言葉に思わず吹きだした。その瞬間、ガブリエラが突きを放ち、剣と剣が激しくぶつかった。うっかり油断していたトニーは懸命に応戦し、どうにか相手の受けと突きに応じた。そしてすばやく後ろに下がると、ガブリエラがふりおろした剣先をすんでのところでよけた。

相手の形勢が不利であることを察知し、ガブリエラはたたみかけるように攻撃した。トニーはまたもや一歩後ろに逃げたが、ガブリエラは攻撃の手をゆるめず、二度大きく剣を突きだした。そのとき空を切るような音がしたかと思うと、ガブリエラが目を大きく見開き、前によろけて悲鳴をあげた。

ドレスのすそにつまずいたのだとわかり、トニーはガブリエラのもとに駆け寄って床に倒れる前にその体を胸で受け止めた。そしてもうだいじょうぶだというように、彼女をしっかりと抱きしめた。ガブリエラは震えながらトニーの胸にもたれかかった。剣が大きな音をたてて床に落ちた。

トニーも剣を持っていた手を離すと、ガブリエラを両手で強く抱きしめた。「ガブリエラ、だいじょうぶかい？」

ガブリエラは顔を上げ、トニーの目を見た。「ええ。だいじょうぶだと思うわ」

「どこか痛むところはないか？　足首は？　指にけがはなかったかい？」

「いいえ、どこも痛くないわ。けがはしていないはずよ。でも、もしあなたが助けてくれなかったら——」

「そのことは考えるんじゃない。きみは無事だったんだ」

「あなたのおかげだわ、閣下」

「ワイバーンだ」トニーはガブリエラの顔をじっと見つめた。すべすべした白い肌を赤く染め、花びらのような唇を開いて荒い息をついている。その素朴な美しさに目を奪われ、トニーは顔をそらすことができなかった。女らしく柔らかな体が、こちらの体に押しつけられている。なかば無意識のうちに両腕にぐっと力を入れ、ガブリエラの首筋に顔をうずめて蜂蜜のように甘い肌のにおいを吸いこんだ。香水などつける必要のない、ありのままの彼女のにおいだ。

「ワイバーン」ガブリエラの声が優しい愛撫のようにトニーの背筋をくすぐった。トニーは湧きあがる欲望をどうすることもできなかった。だが唇を重ねる寸前に、なんとか自分を押しとどめた。

だめだ、お前はなにをしているのか。ガブリエラに手を出してはいけないことは、わかっているはずだろう。彼女には絶対に触れてはならないのだ。だがトニーが意志の力をふりしぼって体を離そうとしたとき、ガブリエラが彼の頬にほっそりした手を当てた。

「トニー」ガブリエラはささやき、切ない想いを込めた目でトニーを見た。

トニーは体を震わせて欲望と闘った。だがこめかみと頬骨を指先でなぞられたとたん、なにもかもが頭から吹き飛んだ。くぐもったうめき声をあげ、ガブリエラに唇を重ねた。

ガブリエラはトニーに身を任せ、甘く激しいキスを返した。胸と胸、腰と腰が密着しているにもかかわらず、それでは足りないというように両腕を彼の首にまわしてしがみついた。トニーはガブリエラのウェストに手をかけ、その体を軽く持ちあげた。そして自分の靴の上に立たせた。全身で脈が速く打ち、貝殻のなかで波の音を聞いてでもいるような鈍い耳鳴りがする。トニーはガブリエラの口を開かせると、彼女のなめらかな唇を吸い、舌と舌をからませた。そのうっとりするような感触に頭がくらくらしている。これまで最上級のブランデーを何度も飲んだことがあるが、これほどこちらを酔わせてくれるものはなかった。彼女の存在そのものが自分を酔わせ、夢中にさせるのだ。

そう、自分はすっかり夢中になっている。こんなに狂おしい気持ちになったのは、いったいいつ以来のことだろうか。肉の悦びに目覚めたばかりの若者だったときでさえ、これほどの気持ちになったことはなかった。いまのガブリエラとたいして年が違わなかったころのことだ。

ガブリエラの年齢を思いだしてぎょっとすると同時に、屋敷のどこかでドアが閉まる音が聞こえた。トニーはふとわれに返った。唇を離し、ガブリエラの顔を見下ろした。夢でも見ているようにまぶたを閉じ、濡れた唇を開いてキスをせがんでいる。

なんということだ。トニーは心のなかで叫んだ。そしてそっとガブリエラの体を引き離した。ガブリエラが目を開け、両手でシャツの袖《そで》をつかんだ。「トニー？」

トニーは二度ほど咳払いをし、なんとか声を出した。「もうやめなければ」

「もっとキスがしたいわ」

そうできたらどんなにいいだろう。トニーはガブリエラを床に押し倒してドレスのボタンをはずすところを想像した。だがすぐに、しっかりするのだと自分に言い聞かせた。「だめだ。そろそろ時間切れだ」

「でも、わたし……」

「いいから、ここでやめよう。そろそろ昼食だから、みんなが戻ってくる。きみとぼくがふたりきりでいるところを見られてはいけない」彼女のボディスの縫い目がほころび、赤く濡れた唇をしているとなれば、なおさら見られるわけにはいかない。これではたったいま情熱的なキスをしたばかりであると、すぐにわかってしまうだろう。

トニーは子どもに命じるように言った。「さあ、早く。ストッキングと靴を履き、部屋に戻るんだ」

「いやだと言ったらどうするの」

「それ以外に選択肢はない」ガブリエラが動こうとしないのを見て、トニーは言葉を続けた。「ガブリエラ、さっきのことは……」片手をくるりとまわし、考えをまとめようとした。「ただのキスだ。楽しかったが、それ自体にはなんの意味もない」ガブリエラの顔が、がっかりしたように曇るのが見えた。「きみがどんな気持ちでいるにせよ、これだけははっきり言える。きみはいま、熱いキスをしてのぼせあがっているだけだ。その気持ちはすぐに消える。さあ、ぼくの言うとおり、早く部屋に戻って身支度をするんだ。今回のことはなかったことにしよう」

「今回だけじゃないわ」ガブリエラは怒ったように目を光らせ、甲高い声で言った。

「なんだって?」

「前回のことも今回のことも、なかったことにしろと言うのね。前にも一度、キスをしたことを忘れたの?」

いや、忘れたくても忘れられない。トニーは胸のうちで答えた。

「正直に言うと、ほとんど忘れていた」トニーはさりげない口調で言い、ガブリエラがその嘘を信じることを祈った。「でも心配しなくていい。きみもすぐに忘れるはずだ」

ガブリエラは唇を震わせ、トニーの腕から手を離してくるりと後ろを向いた。

トニーはしばらくして剣を拾いあげ、手入れをして片づけようと部屋の奥に向かった。まもなく背後でガブリエラの鈍い足音が聞こえ、部屋を出ていく気配がしたが、ふり返ることはしなかった。

さっきはついわれを忘れ、情熱に溺《おぼ》れてしまっただけだ。ただの肉欲なのだから、いつものようにすぐに忘れられるだろう。それでも、一日も早くここを離れたほうがよさそうだ。ガブリエラの姿を見ていると、誘惑に負けてしまいそうになる。ロンドンに戻って遊びに仕事にと忙しくしていれば、魅力的なガブリエラ・セント・ジョージに感じている禁断の欲望も、じきに消えてしまうにちがいない。そして社交シーズンが始まって再会するころには、彼女のことはただのレイフの姪で、大勢いる美しい娘のひとりにすぎないと思うようになっているだろう。それぞれの友人たちに囲まれ、別々に楽しく過ごすのだ。

ガブリエラは階段を駆けあがった。廊下を走って寝室に向かう途中でひとりの若いメイドに出くわしたが、幸いなことにそれ以外は誰にも会わなかった。小さな音をたてて部屋のドアを閉めると、ベッドに倒れこんでうつぶせになり、震える息を吸ってなんとか胸の鼓動を鎮めようとした。

わたしとのキスは、彼にとってなんの意味もなかったというわけね。心のなかでつぶやいた。あの人はわたしのことなんか、すぐに忘れられるというの？　どうしてそんなひどいことが言えるのだろう？　熱い抱擁を交わしたその直後に、退屈なキスだったみたいなことを言うなんて。あの人の体は石でできていて、わたしが感じていた悦びの半分も感じていなかったにちがいない。それでも彼がキスに夢中になり、わたしをしっかり抱きしめていたことは事実だ。ということは――つまり彼は嘘をついている。

ガブリエラははっとし、トニーの甘くとろけるキスのひとつひとつを頭によみがえらせ、その体から真夏の太陽のような情熱がにじみでていたことを思いだした。そうだ、やはりあの人は嘘をついている。でも、どうしてだろう？　なぜ急にそっけない態度をとり、わたしを冷たく突き放したのだろうか。

きっと、わたしに欲望を感じてはいけないと思っているのだ。あの人は放蕩者だが、理性ある行動をとろうとしたのだろう。でも、わたしが喜んでキスを受けているのに、突然やめなければならなかった理由って？　そう、伯父との友情があるからだ！　それ以外の理由は考えられない。

彼がまだ無垢なわたしの心を傷つけまいとして自分を抑えてくれたことを、嬉しく思うべきなのかもしれない。でもわたしは、あの人に近づきたい。もっと親しい関係になりたいのだ。

それがわたしの望みなの？　ガブリエラは自問した。わたしはトニー・ブラックと、親しい間柄になりたいと思っているのだろうか？

寝返りを打って仰向けになり、しっくいで仕上げられた天井の豪華なアカンサスの葉飾りをじっと見た。〝そうよ〟頭のなかでささやく声がした。

でも、どんな間柄になりたいのだろう？　ただの友だちということはありえない。もうキスまでしたのだから、プラトニックな関係でいることは無理だ。けれどもわたしは、母のように愛人になるつもりもない。だとしたら、あとはなにが残っているだろうか。

戯れを楽しむ？　もちろん、そうしたい。

キスと愛撫は？　それも望んでいる。

付き合いたい？　そう、たぶん。

結婚は？

だがあの人に対する自分の本当の気持ちすらわからないのに、どうしてそこまで先のことを考えてしまうのだろう。彼の言ったことはたぶん当たっている――わたしはすっかりのぼせあがっているようだ。彼のように男気にあふれ、楽しく明るい性格でありながら洗練された人にはこれまで会ったことがない。そしてわたしはいままで誰かに対し、こんなふうな気持ちを抱いたことがない。公爵と一緒の部屋にいるだけで心臓がいつもの二倍の速さで打ち、甘い蜜をたたえた花に近づくハチドリのように、彼に吸い寄せられてしまう。

気をつけなければ、恋に落ちてしまうかもしれない。しっかりしないとあの人に心を完全に奪われてしまうだろう。彼の警告に耳を傾け、これ以上近づかないほうがいいことはわかっている。さっき本人から言われたとおり、公爵のことを頭から追いはらうのだ。

でももう、それには遅すぎる。幸か不幸か、いまさら彼のことを忘れるのは無理だ。というより、わたしは彼のことを忘れたくない。ふたりの関係がどう発展するかもわからないというのに、始まる前からあの人と離れることはできない。自分の心が傷つくことを恐れ、無難な道を選ぶのはごめんだ。この気持ちの行きつく先を見届けたい。そしてあの人が、わたしにどういう気持ちを抱くようになるかも知りたいのだ。

そしてそれを確かめる方法は、たったひとつしかない。

7

　翌朝、まだ夜が明けて間もないころ、ガブリエラはベッドを出て大きなマホガニーの衣装だんすに向かった。新しいブルーの乗馬服を取りだして着替えはじめたが、軍服のような留め金が前についているデザインだったので、メイドの手を借りる必要はなかった。頑丈な黒い革のブーツを履いてひもを結ぶと、鏡台の前に行ってブラシを手に取った。二、三度さっととかして豊かな髪をひとつにまとめ、頭の高い位置にピンで留めた。姿見をのぞいて仕上がりを確認し、部屋を出て廊下を進んだ。

　ガブリエラはきびきびと歩き、トニーの寝室の前で立ち止まった。ためらうことなく片手を上げ、ドアを静かにノックした。そしてそわそわしながら待った。もしかするとまだ寝ていて、ノックの音が聞こえなかったのではないだろうか。ぼさぼさの髪をしたトニーが、裸《はだ》足《し》のまま薄いシルクのローブだけを羽織ってドアを開けるところを想像し、ガブリエラはうっとりした。わたしったら、なにを考えているのだろう！　でも想像するだけなら、なにも問題はないはずだ。

もう一度手を上げてノックをしようとしたとき、ドアが勢いよく開いてひとりの男性が現われた。だがそこに立っているのは、ガブリエラが期待していた人物ではなかった。トニーの近侍が、すました顔に不思議そうな表情を浮かべてこちらを見ている。

「誰だ、ガル？」トニーの低い声が部屋のなかから聞こえた。

「レディです、閣下」近侍はそちらをふり返って答えた。「ミス・セント・ジョージがお見えです」

短い沈黙に続き、じゅうたんの上を歩くくぐもった足音がした。近侍が脇によけてドアを大きく開くと、ガブリエラの目の前にトニーが現われた。とっくに起きていたらしく、完全に身支度を整えている。

「それを一階に運んでくれ」トニーは近侍に言い、旅行かばんふたつを指さした。「それからヒッチコックに、すぐに発ちたいと伝えてくれないか」

「かしこまりました、閣下」ガルはお辞儀をし、革のかばんを手に取った。そしてガブリエラに軽く頭を下げ、部屋を出ていった。

「ヒッチコックって誰なの？」ガブリエラは一歩なかにはいった。

「ぼくの御者だ」トニーは革の手袋を取り、形のいい大きな手にはめた。「まだ屋敷じゅうが寝静まっている時間に、きみはなにをしているんだい？」

「わたしは早起きが好きなの。この時間が一日のなかでいちばん気持ちがいいわ」ガブリエラは部屋のなかを見まわした。「どうして荷造りをしたの？　まさか帰るつもりじゃないでしょう？」

「いや、帰るんだ」トニーはふいに目をそらした。「領地で急用ができてね」

ガブリエラは落胆した。こんな早朝に、いったいどんな〝急用〟ができたというのだろう。もしかすると彼が突然帰ることに決めたのは、昨日の衝動的な熱いキスとなにか関係があるのだろうか。

「あら、それは残念だわ」ガブリエラは自分ががっかりしていることを悟られないよう、わざとのんびりした口調で言った。「一緒に乗馬をしないかと思ったのに。新しい乗馬服を着てみたかったの。村の仕立屋が、昨日届けてくれたばかりなのよ」ほら見てというように、スカートを持ちあげた。

トニーはガブリエラのドレスをしげしげとながめると、口もとにかすかな笑みを浮かべた。

「きれいなドレスだが、着ている本人の美しさにはかなわないな。朝の乗馬なら、誰かほかの人が喜んで付き合ってくれるだろう――もっとも、みんなが起きてくる時間まで待たなくちゃならないが」

「ええ、そうね」ガブリエラは言った。公爵ともっと一緒に過ごす機会を作るつもりだったのに、その計画もだめになってしまった。唇の端を噛み、なんとか彼が出ていくのを引き延ばそうとした。「朝食はとった？　なにか食べるくらいの時間はあるでしょう？」

「部屋でもうすませた。紅茶とトーストに、厚いハムステーキを食べたよ」

「ふうん。だったら、またロンドンで会えるわよね。社交シーズンには戻ってくるんでしょう？　ジュリアナとレイフは、わたしを社交界にお披露目してくれるそうよ。社交界というのがどういうところなのか、よく知らないけれど」

「足がくたびれるまで踊り、パーティに出かけるんだ。舞踏会や夜会などの集まりが数えきれないほどある。それが社交シーズンだ。きみもきっと楽しい時間が過ごせるだろう」トニーはおどけた口調で言った。

「わたしはダンスが大好きなの。あなたはどうかしら、閣下？」

トニーは首をふった。「ぼくは滅多に踊らない」

「それではパーティの主催者が残念がるわね」

「みんなぼくが踊らないことを知っているから、どうということはない」

ガブリエラはしばらく考えこんだ。「でも、たまには踊ることだってあるはずだわ。忘れていないでしょうけど、あなたはわたしの頼みを聞くと約束したのよ」

トニーは片方の眉を上げた。「きみの頼みはダンスをすることなのかい？」

「そうね、でも一回のダンスじゃ足りないわ。最低でも二回よ」

トニーは吹きだした。「ダンスを二回だって？　わかった、いいだろう。ぼくはけちな男じゃないから、三回にしてもいい。それでどうかな？」

ガブリエラはうなずいた。「三回なら文句はないわ。楽しみにしているわね。でも」もったいぶったように言った。「ダンスはダンスとして、賭けのご褒美はまた別にくれたらもっと嬉しいんだけど」

「なにが欲しいんだい？」トニーは濃いブルーの瞳をきらきらさせた。

ガブリエラはいたずらっぽく微笑んだ。「さあね」

トニーは声をあげて笑った。「さてと、ミス・セント・ジョージ、長旅だからそろそろ行かなければ。これで失礼する」

ガブリエラはがっくり肩を落とした。それまでのうきうきした気持ちが、石けんの泡のようにはじけて消えてしまった。それでも沈んだ心を懸命に隠し、笑顔を作ってみせた。「気をつけて」

「きみも気をつけてロンドンに帰ってくれ。じゃあまた」トニーがさっそうとお辞儀をすると、ガブリエラの体の奥がざわざわした。トニーはうなずき、帽子を軽く持ちあげて部屋を出ていった。

「ええ、トニー」ガブリエラはひとり言のようにつぶやいた。「またね」

「角砂糖はひとつ、それともふたつお入れしましょうか、ミス・セント・ジョージ？」

それから三週間半後、シルクの張り地の椅子に座っていたガブリエラは、セフトン伯爵夫人の言葉に顔を上げた。そこは伯爵夫人の自宅の広い応接室だった。

「ふたつお願いします」本当は三つ入れてもらいたかったが、そう頼むのは上品なことではないとわかっていたのでしかたなく答えた。

紅茶が注がれるのを待っていると、ジュリアナと目が合った。ジュリアナはガブリエラを励ますように小さく微笑んだ。そして向かいに座っているレディに話しかけられ、そちらを向いた。

まもなくガブリエラはゆらゆらと湯気をたてているカップを受け取り、懸命に感じのいい笑みを浮かべて小声でお礼を言った。全員が紅茶を受け取ったのを確認してから、手が震えないよう気をつけながらカップを口に運んだ。ジュリアナによると、今日の午後のお茶会で、わたしが社交界で成功するかどうかが決まるらしい。ここでいい印象を持ってもらえれば、どんな場所に行っても歓迎されるだろうということだ。だがもしも悪い印象を与えてしまったら……いや、いまはそのことを考えるのはよそう。

ジュリアナはわたしの緊張をほぐそうとして、社交シーズンそのものを大々的なハウスパーティだと思えばいいと言った。たしかにそのとおりなのかもしれないし、レイフとジュリアナの領地近辺に住む貴族の友人や親戚とはもうすっかり打ち解けているが、ロンドンの社交界となると話はまたがらりと変わってくる。

わたしは上流階級の人びとに囲まれて生きてきたわけではない。というより、その一員として暮らしたことはない。もともと人のすることを見てまねるのはうまいほうだが、いままでも人前に出たときはへまをしないよう、言動のひとつひとつに絶えず神経を使っている。

社交界というのは、堅苦しい規則とあやふやなしきたりに縛られた複雑な迷路のような場所だ。高貴な家柄に生まれなかった者にとっては、歩くことすらむずかしい、とげだらけのやぶのようなところといっていい。それでもジュリアナがけっして批判めいたことを言わず、つねに優しく支えてくれるおかげで、わたしは必要なことをどんどん身に着けている。少なくとも、その努力はしてきたつもりだ。

こちらに戻ってきてから、ドレスをたくさん作ってもらったことは本当に嬉しかった。ロンドンに到着するとすぐ、ジュリアナとふたりで買い物に行った。自分の人生がこれほどまでに激変したことが、いまでもまだ信じられない。優雅で洗練された服が自分の衣装だんすに並んだのは、生まれて初めてのことだ――夢に見ていたような美しいドレスが自分のものになったのだ。さまざまな色合いの豪華なシルクや贅《ぜい》を凝らしたサテン、繊細な綿モスリンの生地に、縞柄や斑紋《はんもん》や水玉模様などがついている。仕立屋で服にピンを打って寸法を合わせてもらっては、帽子屋から手袋屋、そして靴屋へとめまぐるしく店をまわった。その間、わたしはすっかり夢見心地だった。店のみんなが力を合わせ、わたしを本物のレディに変身させようとしてくれた。

驚いたことにジュリアナは、わたしを宮殿にも挨拶に連れていった。それが社交界に正式にデビューするために、欠かせないことだからだ。そしていまは社交界随一の聖地ともいえる〈オールマックス〉への出入りを認めてもらおうと、あちこちに働きかけている。

レイフとジュリアナからは、愛のこもった贈りものを数えきれないほどたくさんもらった。ふたりにはどれだけ感謝してても足りないくらいだ。だから今日は尻ごみしたくなる気持ちを奮い立たせ、いい印象を与えられるように精いっぱいがんばらなければならない。

ジュリアナによると、セフトン伯爵夫人は〈オールマックス〉に君臨する社交界屈指の女性実力者《パトロネス》のなかで、いちばん親しみやすくおっとりした性格だという。そこで〈オールマックス〉への入場許可を得るため、まずは彼女にわたしを引き合わせようと考えたらしい。もし伯爵夫人が難色を示せば、ほかのパトロネスがわたしを歓迎してくれる可能性はほとんどないということだ。

「ケーキをいかが？」伯爵夫人が言った。

ガブリエラはカップの受け皿がぐらつかないようしっかり指で支えながら、なんと答えるべきかと考えをめぐらせた。即座に断わるのは失礼なことのように思え、こくりとうなずいた。「はい、ありがとうございます、奥様。とてもおいしそうなケーキですね」

伯爵夫人は微笑んだ。「ええ、そうですとも。わたくしの料理人はデザートを作ることにかけては、ロンドンでも一、二を争うほどの腕ですの。うっかりしていると、つい食べすぎてしまうくらい」

「それでは我慢して、ひとつだけにしておきます」ガブリエラは銀のトングで砂糖衣の四角いケーキをひとつつかみ、取り皿に載せた。伯爵夫人の視線を感じながら、ごく小さく切り分けて口に運んだ。ケーキが舌の上でとろけ、ガブリエラは思わず正直な感想を口にした。

「まあ、本当だわ。なんておいしいのかしら！」

伯爵夫人は笑い声をあげ、口もとにちらりと謎めいた笑みを浮かべた。「そうでしょう」

ガブリエラが唇をナプキンでぬぐい、紅茶をひと口すすると、伯爵夫人がようやく目をそらした。

いまのは試験だったのだろうか？　ガブリエラは思った。そしてわたしは、無事に合格できたのだろうか。確信が持てないまま、じっと黙っていた。

「ところでワイバーン卿が今夜、ホックスリー邸の舞踏会にいらっしゃると聞きましたわ」隣りに年ごろの娘を座らせたレディが言った。「あの方がついにばかげた考えを捨てて、花嫁を探す気になられたのならいいんですけれど」

ガブリエラの頭からケーキのことが吹き飛んだ。あの人が今夜の舞踏会に来るですって？　とうとう待ち望んだときがやってきたわ！　ガブリエラは紅茶を飲みながら、自分が耳をそばだてていることに気づかれないようすました顔を作った。

ロンドンに帰ったら会おうと言っていたにもかかわらず、公爵はあれ以来まったくわたしの前に姿を現わさない。最初は領地での仕事が忙しく、なかなか戻ってこられないのだろうと思っていた。だが先週の終わり、レイフが彼と会った話をしたのだ。ほかの友だち何人かも一緒に、〈ブルックス・クラブ〉でお酒を飲みながらカードゲームに興じたらしい。

そのことを聞いた翌日、わたしは彼がきっと屋敷を訪ねてくるにちがいないとわくわくしながら待っていた。だが彼は来なかった。その翌日も翌々日も、姿を見せることはなかった。本当ならジュリアナに挨拶に来るのが礼儀にかなったことなのだ。ほんの数分の時間を作って立ち寄るくらいのことが、どうしてできないのだろう。本人と会わないことには、自分の本当の気持ちを確かめることもできない。

でもついに今夜、舞踏会であの人に会える！　ガブリエラの胸が躍った。

「どうでしょうか、レディ・ペンドラゴン？」先ほどのレディが言った。「ご主人は公爵の親しいご友人でしたよね？　なにかお聞きになっていませんか？」

ジュリアナはカップを受け皿に置いた。「結婚相手を探す気になったかということでしょうか？　いいえ、わたしの知るかぎり、公爵は相変わらず結婚するつもりがないようですわ。今夜の舞踏会に、あまり期待は持たないほうがよろしいかと思います」

「わたくしも同じ意見よ、レノーラ」セフトン伯爵夫人が言った。「ワイバーン卿はずっと前から独身主義を貫いていらっしゃるの。もしも〈オールマックス〉に足しげく通われるようになったら、少しは望みが持てるかもしれないわね」

レノーラはがっかりしたようなため息をつき、娘の手をぎゅっと握って慰めた。「でもわかりませんわ。男性は誰でも、妻と跡継ぎを必要とするものでしょう。いくら結婚したくなくても、公爵家を存続させるためにはしかたがないことでしょうに」

「わたくしたちレディと違って、紳士は結婚を先延ばしにすることが許されていますから。それに聞いた話によると、公爵は爵位をいとこに譲ってもかまわないとお思いだそうよ」伯爵夫人が言った。

「お母様からどんなに説得されても、公爵は頑として折れないそうです」別のレディが口をはさんだ。「公爵未亡人は毎年、結婚するつもりはないのかと閣下にお訊きになるそうですが、その気はないという答えが毎回返ってくるとのことですわ」

「でも、わたくしはあきらめません」レノーラが言った。「いつか公爵も考えを変え、結婚しようと思う日が来るでしょう」

あの人がその気になるとしたら、それは特別な女性のためだけよ。ガブリエラは心のなかでつぶやいた。でもわたしが、その女性になることがあるだろうか？　そもそも、わたしはそうなりたいと望んでいるの？

まもなく話題は別のことに移り、穏やかな午後の時間が流れていった。そろそろ帰るころになり、ガブリエラとジュリアナは立ちあがって別れの挨拶をした。伯爵夫人が応接室の出口まで送ってくれた。ドアの一歩手前で、伯爵夫人はジュリアナの腕をそっと引くと、ガブリエラにも聞こえるように言った。

「姪御《めいご》さんは気取らない素敵なお嬢さんですね、レディ・ペンドラゴン。たしかに家柄は立派ではないかもしれませんが、社交界は姪御さんを歓迎してくれるでしょう。水曜日の舞踏会の入場券をお渡しできると思いますわ。近いうちにおふたりと〈オールマックス〉でお目にかかれることを楽しみにしています。そうそう、ご主人にもお越しいただけないでしょうか。ダンスのとき、いつも男性の数が足りませんの。既婚の紳士でも大歓迎です」

ジュリアナは一瞬黙り、目をきらきら輝かせた。「ええ、わかりました。主人に話してみます」

「とにかく、お願いだけでもしていただけるとありがたいですわ。夫というものは、なかなか妻の言うことを聞いてくれない生き物ですけれど」伯爵夫人はガブリエラに微笑みかけた。

「ではまたお会いしましょう、ミス・セント・ジョージ」

「はい、奥様」ガブリエラはひざを曲げてお辞儀をした。「今日はお招きいただき、ありがとうございました」

伯爵夫人はにっこり笑った。「どういたしまして。ああ、なんてかわいいお嬢さんなんでしょう！　お父様が犯罪者でお母様が女優だったのが、つくづく惜しまれますわね。でも、人は両親を選ぶことはできませんもの。そうでしょう？」

ガブリエラの肩がこわばり、肉親をかばう言葉がのどまで出かかった。だがなんとか笑みを浮かべたまま、目の奥に燃えているにちがいない怒りの炎を隠すため、ほんの少しまぶたを伏せた。「ええ、おっしゃるとおりです」

「では、ごきげんよう《アデュー》」伯爵夫人は無邪気に小さく手をふった。

ジュリアナがさっと前に歩みでてガブリエラの腕に手をかけると、ドアを開けて待っている従僕の横をすり抜けて廊下に出た。

階段を下りて馬車に乗りこんだところで、ガブリエラが口を開いた。「よくもあんなことを！」その頬は怒りで真っ赤に染まっていた。「さっきの言葉を聞いた？」

「ええ、あなたにはかわいそうなことをしたわ。でも、あの人もきっと悪気はなかったのよ」

「そうかしら？　まあ、そうかもしれないわね、〈オールマックス〉への入場を認めてくれるそうだから。それでもわたしの両親のことをあんなふうに言うなんて、あまりにも失礼だわ」

「たしかにあれは無神経な発言だったわね」ジュリアナはいったんそこで言葉を切った。御者が馬車を動かすと、メイフェアの通りに車輪の回転する低い音がした。「残念だけど、これからもっとひどいことを言われると覚悟しておいたほうがいいわ。社交界のなかには、血筋や財産に恵まれていない人に偏見を持ち、つらく当たる人間がいるの」

「そんな人たちと付き合わなくちゃならないのなら、社交界になんてはいらなくていいわ。ばかにされて見下されるなんて、まっぴらごめんよ」

ジュリアナが手を伸ばし、ガブリエラの手を優しく握った。「あなたにはひけめに感じなければならないことなんて、なにもないわ。あなたはわたしが大切にしている、とても素敵な女性だもの。他人の悪口ばかり言っている意地悪な人に会っても、絶対に気にしてはだめよ。社交界には親切で優しい人もたくさんいるわ。そういう人たちと付き合うようにするの。つまらないことでせっかくの社交シーズンを台無しにしちゃだめ。だいじょうぶ、きっと楽しいことが待っているはずよ。まだ始まってもいないうちに、ゲームを降りることはないわ」

ガブリエラは大きくため息をつき、傷ついた心をなだめた。ジュリアナの言うとおりかもしれない。思いやりに欠けることをちょっと言われたぐらいで、せっかくのチャンスを自分から捨てることはないだろう。それに考えてみると、レディ・セフトンは本当のことを言ったにすぎないのだ。

父はハンサムな貴族だったが、血も涙もない犯罪者でもあった。いまでもその事実を、うまく受け止めることができない。そして母は——そう、たしかに女優だった。女優という職業は、社交界では見下されているのかもしれないが、わたしまで同じようにしなければならない理由はない。母は美しくて心が温かく、娘であるわたしや周囲の人たちと一緒に人生を思いきり楽しみたいと願っていた。もし母がいまも生きていたら、もっと自分に誇りを持ち、幸せになるためならなんでもしなさいと言っていただろう。

「まあ、ガビーったら」母の声が聞こえてくるようだ。「わたしのかわいい娘が、まるで自分もその一員みたいな顔をして、上流階級の人たちと付き合っているなんてね。華やかなパーティや舞踏会に出かけ、豪華なドレスを着て、大邸宅に住んでいるんですもの。しかもそのために、男性の機嫌をとる必要もないんでしょう。なんて素晴らしい人生なのかしら」

そう、わたしは天下のレディ・セフトンになにか言われたぐらいで負けるような、やわな人間ではないはずだ。第一、わたしがいまになって社交界にはいりたくないと言いだしたら、ジュリアナはどんなにがっかりするだろう。ペンドラゴン夫妻がこれまでわたしのために費やしたお金と労力を考えたら、どれだけ謝っても謝りきれない。ふたりを失望させるわけにはいかない。それにここでデビューをやめれば、わたし自身も後悔するだろう。周囲がわたしのことをどう思い、なんと噂しようと、やはりこのまま前に進もう。

ガブリエラが顔を上げると、ジュリアナが向かいの座席から心配そうにこちらを見ていた。

「それで、入場券が届くのはいつかしら？　そのときまでに、ボディスに小粒の真珠をあしらった新しいドレスが出来上がるといいんだけど。仕立屋のデザイン画を見たら、とても素敵だったわ」

ジュリアナの顔にほっとしたような表情が浮かんだ。「あなたにとてもよく似合うはずよ。男性はきっと目が釘付けになるわね」

公爵もそうだろうか、とガブリエラは思った。もしかすると男の人たちの注目を浴びているわたしを見て、嫉妬さえ覚えるかもしれない。本当にそうなったらおもしろいのに。

「今夜はなにを着るつもりなの？」ジュリアナが言った。「ピンクのポロネーズかしら、それともクリーム色のシフォンのドレス？」


その日の夜遅く、もうすぐ日付が変わろうというころ、トニーはホックスリー邸の混んだ広間に足を踏み入れた。主催者が入口で招待客を出迎える時間はとうに過ぎ、ダンスももうずいぶん前に始まっている。あまり人に気づかれたくなければ、この時間になるまで待ち、こっそり目立たないように会場にはいるのがいちばんいい。

とりあえず計画はうまくいったようだ。娘の結婚相手を血眼《ちまなこ》になって探している母親は、みな椅子に腰かけて噂話に夢中になり、当の娘たちもパートナーの腕に抱かれてフロアで踊っている。彼女たちのダンスカードは、すでに申しこみで埋まっているにちがいない。そうであれば自分は心置きなく酒を飲んで友人と話をし、カードゲームに興じることができる。こちらの気を引こうとして話しかけてくる女性たちを、そのつどかわす面倒から逃れられるのだ。

トニーは広間のなかを見まわし、誰か友人がいないかと探した。イーサンは来ていないのだろうか。レイフはどうだろう。彼とはピケットの再勝負を約束している。人びとの顔に視線を走らせていると、ふとある人物に目が留まった。

記憶のなかの彼女より、もっと美しいではないか。トニーは目を細め、つややかな暗褐色の髪をし、生き生きした魅力を放っているガブリエラ・セント・ジョージをじっと見た。下腹部がかっと熱くなり、あわてててそれを抑えようとした。

ガブリエラがここに来ているかもしれないことは想像がついたはずだ。いつか社交の場でばったり出会うことはわかっていたし、むしろもっと早く顔を合わせていてもおかしくはなかった。ペンドラゴン家の地所を一カ月近く前に発ってからというもの、ずっと忙しくしていたので、ガブリエラのことを考える時間もだんだん減っていた。そしてそれこそが、自分の狙いだったのだ。

ローズミードに二週間帰っていたときは、領地にかかわるさまざまな仕事をした。秘書と一緒に出入金の明細を調べ、手紙の返事を書き、小作人に会ってその訴えに耳を傾け、四半期の手当を上げてほしいという母の求めに応じた。それらが終わると、文字どおり袖をまくりあげ、先日の激しい暴風雨で流れが堰《せ》きとめられた近くの川の底をさらった。

管理人にやらせてもよかったのだが、自分は昔から肉体労働が好きだった。体を動かしていると頭のなかが空っぽになり、ともすれば顔を出しそうになる傲慢《ごうまん》な気持ちも戒《いまし》められる。十歳のときに公爵位を継いだ自分は、人間というものが見せかけの権力を手にして周囲にちやほやされているうちに、いかに簡単に堕落できるかを知っている。川床をさらったり屋根を草でふいたりしていると、ものごとは自分が頭で考えているほど複雑ではなく、どんなこともたいしたことではないように思えてくるのだ。

ローズミードを出てロンドンに戻ってきてからの一週間は、馬や馬車に乗ったり、クラブに行ったり、友人に会ったりして時間を過ごした。ブルームズベリーのペンドラゴン邸を訪ねてもよかったが、やめておくことにした。このままガブリエラ・セント・ジョージに会わなければ、彼女のことで頭をいっぱいにしなくてもすむ。

だがいま、すぐそこに彼女がいる。人気《ひとけ》のない小部屋やろうそくの灯った寝室にいるわけでもないのに、その姿をひと目見ただけで、禁断の暗い欲望がよみがえってくる。

ガブリエラは天使なのだろうか、それとも男を惑わす妖婦《ようふ》なのだろうか。彼女の生気にあふれた美しさと紫色の瞳から、どうしても目が離せない。ほっそりした体に淡いピンクのシルクのドレスをまとった姿は、思わず息を呑むほど素晴らしい。カントリーダンスの複雑なステップを踏みながら、頬を紅潮させている。こうして見られていることにも気づかず、パートナーの男がなにか言ったことに首を後ろに倒して笑っている。

トニーは一瞬、奥歯をぎりぎりと嚙んだ。だがすぐに、ガブリエラが楽しそうにしているのはいいことではないかと自分に言い聞かせた。やはり思っていたとおり、ガブリエラは自分のことなど忘れ、ほかのことに夢中になっているようだ。華やかなロンドン社交界にすっかり魅了され、新しい友人を作って男たちと戯れているらしい。そう、相手は自分よりもずっとガブリエラに年が近く、結婚を考えはじめている年齢の若者だ。

そうした男たちが、よからぬことを考えているのでないことを祈ろう。だがもしそうだとしても、彼らはすぐにこちらの逆鱗《げきりん》に触れて痛い目にあい、考えを改めることになるだろう。ここしばらくガブリエラのそばにいなかったからといって、自分は彼女を守るという約束を忘れたわけではない。少し遠くからにはなるが、彼女の周囲に目を光らせるつもりだ。

トニーは腰に当てていたこぶしをほどき、くるりと後ろを向いて歩きだした。どのみちガブリエラも、もうしばらくフロアで踊っているだろう。

だがダンスが終わると、トニーはワインを飲み干し、通りかかった使用人に空のグラスを手渡した。そして広間を横切って、ジュリアナと立ち話をしているガブリエラのもとに向かった。

「こんばんは。ご機嫌いかがですか？」そう言ってお辞儀をした。

女性ふたりが顔を上げた。ガブリエラとトニーの目が合った。「閣下」ガブリエラは小声で言い、微笑みを浮かべてお辞儀をした。

「トニー」ジュリアナは親しみのこもったキスを頬に受けながら言った。「いつ着いたの？今夜はあなたが現われるともっぱらの噂だったのに、もう来ないのかと思っていたわ。幽霊みたいにこっそり忍びこんだのね」

トニーは悪びれた様子もなく、にっこり笑った。「ああ」

「まったく、あなたって人は」

「あいにくぼくは、品行方正な人間にも、行動が予測しやすい人間にもなりたくないんだ」

「だいじょうぶよ、あなたはそのどちらでもないわ。そう思わない、ガブリエラ？」

「ええ、そのとおりだわ。閣下は人をからかってやきもきさせるのが大好きなんですもの。だからもう何日も前からロンドンに戻ってきているのに、なかなか姿を見せなかったんでしょう」

トニーはこちらをあからさまに責めるようなその言葉に、片方の眉を上げた。ガブリエラは相変わらず、歯に衣着《きぬ》せぬ物言いをする。「申し訳ない、ミス・セント・ジョージ。きみに挨拶をしなかったのはたしかに失礼だった。だがロンドンに戻ってきてからは、誰かがひっきりなしにきみを訪ねてきていると聞いたが」

「ええ、でもそれはジュリアナのとりなしのおかげよ」

「あら、そんなことはないでしょう」ジュリアナが言った。「紳士が屋敷に顔を出したり、花を贈ってきたりしているのは、わたしが頼んだからなんかじゃないわ。ガブリエラはとても人気があるの。今年の社交シーズンが終わるまでに、何人もの男性から結婚を申しこまれたとしてもわたしは驚かないわ。もちろん、ガブリエラがそのなかの誰かと結婚したいと思うかどうかは、また別問題だけど」

トニーは体の脇に下ろした手を、知らず知らずのうちにこぶしに握っていた。「ああ、ミス・セント・ジョージならあちこちからひっぱりだこだろうな。これほど美しい女性を勝ち取れる男は幸せだ」そう言うとガブリエラの目を見た。「そんなきみのことだから、ダンスカードはもういっぱいだろう?」

「それが、次のダンスはたまたま空いてるの。今度ロンドンで会ったら一緒に踊ると、約束してくれたわよね」

トニーは自分が墓穴を掘ったことに気づき、しかたなくうなずいた。だが正直に言えば、ガブリエラと踊れると思うと悪い気はしなかった。「ああ、そうだったな。ではミス・セント・ジョージ、次のダンスをわたしと踊っていただけますか?」

ガブリエラが唇をぎゅっと結んだ。トニーは一瞬、彼女が断わるのではないかと思ったが、すぐにその口もとに笑みが浮かんだ。「ありがとう、ワイバーン。喜んでお受けするわ」

「ジュリアナ、ちょっと失礼してもいいかな?」

ジュリアナはダンスフロアをさっと手で示した。「もちろんよ、どうぞ楽しんでいらっしゃい。わたしはレイフを探しに行ってくるわ。どこかでカードゲームか政治の話でもしているんじゃないかしら。たぶん話題はボナパルトのことね。あの暴君はエルバ島を脱出し、ヨーロッパ大陸でまた戦争を始めたんですもの。じゃあ、またあとで会いましょう」

ジュリアナがにっこり笑って歩き去ると、トニーとガブリエラはふたりきりになった——もっとも混んだ広間には、ほかにもたくさんの人がいる。それでもガブリエラが顔を上げてこちらの目を見たとき、トニーは彼女とふたりきりでいるような錯覚に陥った。透きとおるようなすみれ色の瞳を見つめると、肌がかっと熱くなったり冷たくなったりする。全身で脈が速く打ち、股間《こかん》がまたもや硬くなっている。

トニーは目をそらして腕を差しだした。「行こうか？」ガブリエラが黒い上着の袖に華奢な手をかけるのを待ってから歩きだした。

「ところで、社交シーズンはどうだい？　すべて順調かな？」ほかのカップルに交ざってフロアに進みでながら、トニーは訊いた。

「もともとこれといった期待はしていなかったから、なにもかもが順調で夢を見ているようだわ。毎日が驚きの連続よ。カナリアだらけのかごに飛びこんだスズメみたいな気分」

トニーはおやおやというように微笑んだ。「きみがスズメのわけがないだろう」

「ううん、誰にも言わないでほしいんだけど、ときどき自分がきれいな羽で着飾ったスズメになったような気がすることがあるのよ。レイフとジュリアナから、豪華なシルクやサテンのドレスをたくさん買ってもらったわ。けれどいまでも、質素で丈夫な綿の服しか持っていなかったときのことを思いだすの」

「シルクを着ようと綿を着ようと、きみの美しさは変わらないはずだ」

ガブリエラは目を輝かせ、返事をしようと口を開きかけた。だがそのとき音楽が流れ、ダンスが始まった。

ふたりは決められたダンスの動きに合わせて、近づいたり離れたりしながら踊った。彼がこちらの手をしっかり握ったかと思うと、またすぐに離れていく。ガブリエラは嬉しさとともどかしさを同時に覚えた。公爵とこうして人前でおおっぴらに踊るのは、なんだかくすぐったい気分だ。これまで誰かと踊って、こんな気持ちになったことは一度もない。

「馬にも乗らなくちゃね」トニーと手を握ると、ガブリエラは言った。「この前の洗礼式のとき、あなたがあわてて領地に戻ったせいで乗れなかったもの」

トニーは眉を高く上げた。「急用ができてしかたがなかったんだ」

ふたりはそこで離れた。ガブリエラは次の機会をじっと待った。「でももうそれは片づいたんでしょう？」ふたたびトニーに近づくと陽気な声で言った。

トニーは目をきらきらさせた。「ああ、とりあえず終わった。でも、またいつ突発的な仕事ができるかはわからない」

「仕事って骨が折れるわよね」

トニーは吹きだした。「たしかに厄介なものもあるが、全部がそうとはかぎらないさ。ときには楽しい仕事もある」

「楽しいことなら世のなかにたくさんあるわ。乗馬もそのひとつよ。ところで、あのブルーの乗馬服は持って帰ってきたの。でもこっちに戻ってきてからもう一枚、ラベンダー色のとても素敵な乗馬服も作ったわ。薄い紫がわたしの瞳の色によく似合っていると、カーロー卿とミスター・ヒューズに褒められたのよ」

　ガブリエラの手を握ったトニーの手に、ぐっと力がはいった。ふたりは手を離し、それぞれ後ろに下がった。ガブリエラは頬がゆるみそうになるのをこらえ、心臓が激しく打つのを感じながらステップを踏んだ。向かいの列に並んだ公爵がこちらをじっと見ている。ガブリエラの全身がぞくぞくした。

「つまり、もう乗馬はしたんだね？」やがてふたたび近づくと、トニーが深みのある低い声で言った。

「ええ、一度だけ。でもまだブルーの乗馬服をおろしていないわ。早く着て出かけたいから、付き合ってちょうだい。あなたがいやなら、誰かほかの人に頼むから」

　トニーはまたもやガブリエラの手をぎゅっと握りしめ、目に暗い光を宿らせた。「付き合う相手はよく選んだほうがいい。一見無害そうな顔をしていても、なかには下心を持った男もいるかもしれないぞ」

「あなたはどうなの、閣下？　どんな下心があるのかしら？　あなたこそ、とても無害そうな男性には見えないけれど」

　トニーの口もとにゆっくり笑みが浮かんだ。そのとき音楽が止み、ダンスが終わった。だがトニーはガブリエラの手をすぐには放そうとせず、その顔をじっと見た。「そのとおりだ。ぼくが無害という言葉にはほど遠い男だということを、よく覚えておいたほうがいい。けがをしたくなければ、トラには近づかないことだ」

ガブリエラの肌がぞくりとした。「ええ、気をつけるわ。でもトラといったって、しょせんは大きな猫じゃないかしら。ただ少しばかり、飼いならす必要はあるけれど」

トニーはまたしても吹きだすと、ガブリエラに腕を差しだした。「なるほど。さあ、もうダンスは終わりだ。レイフとジュリアナを探しに行こう」

「そうね、閣下」ガブリエラはがっかりしたように言うと、トニーの上着の袖に手をかけた。

8

三日後、トニーはペンドラゴン夫妻の屋敷を訪ねた。ガブリエラが言っていたとおり、いつまでも挨拶に出向かないのは失礼だろう。なんといってもレイフとジュリアナは友人なのだから、自分が急にペンドラゴン邸に顔を出さなくなったら、ふたりが不審に思うのは目に見えている。そもそも、自分はガブリエラ個人を訪ねるわけではなく、一家のご機嫌伺いをしようと思っているだけなのだ。だからこうして、朝食には遅すぎ、普通に誰かの家を訪問するには早すぎる昼前の時間を選んだ。

午後になるとこの屋敷には、ガブリエラ目当ての若者たちが猟犬の群れのように押しかけてくるらしい。たしかに自分はガブリエラを守ると約束はしたが、そんな現場に居合わせることだけはごめんなので、午後を避けることにした。ここはジュリアナの家だ。彼女がちゃんと目を配ってくれるだろうから、わざわざ自分まで監視役をする必要はない。それにガブリエラに気のある男たちがたくさんやってくる時間帯に訪ねたりすれば、社交界の人びとにこちらもそのひとりだと誤解されてしまうかもしれない!

トニーが石でできた玄関の階段を上がると、執事がドアを大きく開けて出迎えた。

「やあ、マーティン」トニーは言い、屋敷のなかにはいった。「元気かい？」

「はい、おかげさまで。閣下はいかがですか？」

トニーは帽子を取った。「ああ、元気だ。レイフはいるだろうか？　書斎かな？」

「いいえ、それが証券取引所に用事があるとのことで、少し前にお出かけになりました。債券仲買人とお会いになるそうです」

「そうか。では、奥様はどうだろう？　会えるかい？」

「申し訳ありません、奥様もお留守になさっています。ミス・セント・ジョージとレディ・ヴェッセイがご一緒です。朝食会に出席なさるとお聞きしました」

「なるほど。どうやら間が悪かったようだな」トニーは帽子をかぶり、上着の内ポケットに手を入れて小さな銀の名刺入れを取りだした。「ぼくが訪ねてきたことを伝えてくれ」そう言って黒いインクで名前が書かれた名刺を差しだした。

マーティンがそれを受け取ろうとしたとき、開いたドアの向こうから風に乗って楽しそうな笑い声が聞こえてきた。トニーは聞き覚えのあるその声に、外をふり返った。

「おっしゃったとおりでしたわ」ガブリエラの声だった。「閣下の馬車は、スプリングがとてもよくきいていますね」

「またぜひ一緒に出かけましょう、ミス・セント・ジョージ」低い男の声がした。「春の晴れた午後に、メイフェアを馬車で走るほど楽しいことはありません」

「ええ、喜んで」ガブリエラが言った。ひとりの従僕が彼女に手を貸すため馬車に駆け寄ろうとした。だがそれより先に長身の男が馬車から飛び降りると、従僕をはらいのけるようにしてガブリエラのウェストに手をかけ、その体をふわりと持ちあげて地面に降ろした。

トニーは苦々しい顔をした。そしてとっさに外に出て、階段のいちばん上に立った。

ガブリエラは人の気配を感じ、ふり返ってトニーの顔を見ると、かすかに目を丸くした。

「閣下、こんなところでなにをしているの？」

「そちらこそなにをしているのかな、ミス・セント・ジョージ。レディ・ペンドラゴンはどこだい？　レディ・ヴェッセイは？　今朝は三人で出かけたと聞いたが」

「ええ、そうよ。でもこのドレスを見ればわかるとおり、ちょっとした災難に見舞われて、家に帰ることにしたの。そうしたらカーロー卿が、せっかく園遊会《ガーデンパーティ》を楽しんでいるジュリアナとリリーの邪魔をすることはないから、自分が送っていこうと言ってくださったのよ」

トニーはガブリエラの白いドレスにさっと視線を走らせ、ボディスとスカートに桃色の大きな染みがついていることに気づいた。「いったいどうしたんだい？　なにかでびしょ濡れになったみたいじゃないか」

「そのとおりよ。オレンジジュースのはいった水差しとぶつかっちゃったの。それでこのありさまというわけ」

トニーはにやりとした。「それは冷たかっただろう」

「ええ、おまけにべたべたするわ」ガブリエラはトニーに微笑みかけると、隣りに立っている男性に向きなおった。「ご親切にありがとうございました。わざわざ送ってくださって、心から感謝しています」

どこか危険なにおいのするカーロー卿の顔に、笑みが広がった。「これぐらいお安いご用です、ミス・セント・ジョージ。着替えがすむまでお待ちしていますから、一緒にパーティ会場に戻りましょう」

「ありがとうございます。でもわたしが身支度を整えるころには、パーティもとっくに終わっているでしょう。さあ、もう行ってください。わたしのせいで閣下の楽しみを台無しにしたくはありません」

「そうだ、カーロー」トニーが口をはさんだ。「ミス・セント・ジョージを早く解放して、服を着替えさせてやるんだ。そうしないと、どんな虫が寄ってくるかわからないだろう」

カーロー卿は〝虫〟がなにを指しているのかに気づき、トニーに鋭い一瞥《いちべつ》をくれた。「ミス・セント・ジョージとぼくのことなら心配しないでくれ。それより、そちらこそここでなにをしているのかな、閣下《ユア・グレイス》？」

トニーは無造作に肩をすくめた。「ぼくはペンドラゴン一家の友人として、いつでも好きなときにこの屋敷に出入りしている。きみがミス・セント・ジョージの言うことを聞かず、彼女をいつまでも外に立たせていることを知ったら、ペンドラゴンはどう思うだろうな」

カーロー卿は険しい顔をし、目を細めてトニーをにらんだ。

トニーは片方の眉を上げ、カーロー卿をにらみ返した。

しばらくしてカーロー卿はくるりと後ろを向き、ガブリエラの手を取って慣れた仕草でお辞儀をした。「ミス・セント・ジョージ、本当にお待ちしなくてもいいのですか？　わたしならちっともかまいませんよ」

「ええ、お気持ちはありがたいのですが、これ以上ご迷惑をおかけするわけにはいきません」

「迷惑だなんてとんでもない。今日こうやってあなたのお役に立てたことは、わたしにとってこのうえない喜びです。それから前にも申し上げたかもしれませんが、あなたを見ていると目がくらむようだ。あなたはまるで太陽のようにまぶしく美しい女性です。言葉も仕草も、うっとりするほど魅力的だ。あなたと一緒にいると、時間が夢のように過ぎていきます」

トニーは鼻先でせせら笑いたくなるのを我慢した。カーローはなんのつもりだ？　詩人のバイロン卿でも気取っているのか？

だがガブリエラを見ると、彼の歯の浮くような褒め言葉にまんざらでもなさそうな顔をしている。そして朗らかな声で笑うと、カーロー卿に向かって微笑んでみせた。「もうおやめください、閣下。さあ、そろそろ部屋に戻らなくては。ハチやハエが寄ってくると困りますから」

「虫もあなたの近くを飛びまわり、その甘い香りを吸いこむだけで夢見心地になるでしょう」

ガブリエラはまたもや笑い声をあげた。「ではまたお会いしましょう」

「次にお目にかかれるのが、いまから待ち遠しくてたまりません」

いまから待ち遠しくてたまらないだと！　トニーはふんと鼻を鳴らした。つくづく陳腐なことしか言えないやつだ！

トニーは胸の前で腕を組み、カーロー卿がガブリエラにもう一度別れの挨拶をし、二頭立て二輪馬車に乗りこむのを見ていた。やがてカーロー卿はふたりに向かって帽子を軽く上げてみせ、馬車で走り去った。

トニーは脇によけてガブリエラを先に通し、彼女のあとから屋敷にはいった。「軽薄な男だ！」マーティンが玄関ドアを閉めたとたん、そう小声で言った。

「あら、そうかしら？」ガブリエラは広い玄関ホールを横切り、階段に向かった。「素敵な人じゃないの」

「あれを素敵な人と呼ぶのかい？　うんざりするほどきざな男じゃないか。きっときみも歯が浮いているだろうから、一度診てもらって抜いたらどうだ」

ガブリエラは足を止め、舌で歯を確認するような仕草をした。「だいじょうぶよ。まったく浮いてないわ」

「ほう、それはよかった」

ガブリエラはにっこり笑い、階段をのぼりはじめた。

トニーは一瞬ためらったが、すぐにそのあとに続いた。「聞いてくれ、ガブリエラ」階段をのぼりきったところで言った。「あいつとは付き合わないほうがいい。口はうまいが、あまりいい評判を聞かない男だ。とくに女性関係ではいい噂がない」

「口がうまいかどうかはともかく、あなたも似たようなものでしょう。あなたとも付き合わないほうがいいのかしら？」

「ぼくの話をしているんじゃない」トニーは怒ったように言った。「ジュリアナとリリーがどうしてきみを彼とふたりきりで帰したのか、正直、理解に苦しむよ。あのふたりなら、きみの安全と評判をもっと気にかけてくれると思っていたが」

ガブリエラはぐっと胸を張った。「午前中に温厚な紳士と屋根のない馬車に乗ったくらいで、わたしの評判が傷つくとは思えないわ。それにあなたは安全がどうのと言うけれど、こうしてかすり傷ひとつなく戻ってきたじゃないの」

「もしかすると無事じゃすまなかったかもしれない。あの男は——」

そのときメイドが洗濯したてのリンネルを腕いっぱいに抱え、角を曲がって現われた。そして立ち止まってふたりにお辞儀をし、そそくさと歩き去った。ここにいてはまた邪魔がはいったり、誰かに話を立ち聞きされたりするかもしれないと思い、トニーはあたりを見まわすと、ガブリエラの腕を引いてたまたまいちばん近くにあった書斎にはいった。それから後ろ手にドアを閉めた。

「さっきの話の続きだが、カーローにどこかへ連れていかれたとしてもおかしくなかっただろう」

ガブリエラはばかばかしいというように鼻を鳴らした。「だったら、わたしを馬車での外出や散歩に誘う紳士のみんなが危ないということになるじゃないの。その人たちとカーロー卿のなにが違うというのかしら」

「ジュリアナが家できみの帰りを待っているかどうかという点が問題だ」

「彼はどこにも寄り道せず、まっすぐ家まで送ってくれたわ」

「そうかもしれないが、屋敷のなかにはいりたがっていたじゃないか」

「わたしが服を着替えるのを待つつもりだったのよ」

「それだけかな？　もしかするとほかの狙いがあったのかもしれないだろう？　きみがひとりきりであるのをいいことに、なにをしていたかわからないんだぞ」

ガブリエラはかぶりをふった。「そんなことはないわ。あなたってとんでもなく疑り深い人なのね、閣下」

「疑り深いんじゃない。ただ経験が豊富なだけだ。未婚の若いレディがなぜ男とふたりきりになってはいけないのか、きみにはわからないのか？」

ガブリエラは一瞬口をつぐみ、トニーに言われたことについて考えた。「仮にカーロー卿があなたの言うとおりの人だったとしても、わたしが危険な目にあうことはなかったはずよ。使用人が守ってくれるもの」

「きみを助けてくれると？」

「ええ、そうよ」ガブリエラは胸の前で腕組みした。

「たしかにきみの悲鳴を聞いたら、誰かがすぐに駆けつけてくるだろう。だがそのときはもう、あとの祭りだ」

「ばかばかしいわ、つまらないことを言わないで。さあ、そこをどいてちょうだい。部屋に戻って着替えるから」

だがトニーは道をふさぐようにガブリエラの前に立った。「だめだ。きみがわかってくれるまではここから出さない」そして足を前に踏みだし、がっしりした大きな体でガブリエラを圧倒した。

ガブリエラは逃げ場がなく、後ずさりした。「もうやめて、閣下」

トニーはさらにガブリエラに迫り、壁際に置かれた本棚のところまで追いつめた。「まだ話は終わっていない。きみが使用人をすぐに呼べるかどうか、確かめてみよう」

「どういうことなの？」

「こういうことだ」

そう言うとガブリエラに息をつく暇も与えず、荒々しくその唇を奪って激しいキスをした。ガブリエラの目を覚まさせるためなのだから、彼女がわかってくれさえしたらすぐにやめるつもりだった。だが唇と唇が触れた瞬間、トニーは自分がとんでもないあやまちを犯してしまったことに気づいた。それまでの彼は、ガブリエラとの夢のようなキスの記憶は頭のなかで書きかえられたものだと思いこんでいた。実際にはそれほど素晴らしくもなかったのに、勝手に思い出を美化しているだけだと自分に言い聞かせていたのだ。

だがそれは間違っていた。距離と時間、そして彼女を忘れなければという焦りが、彼にそう思いこませたのだろう。そしていま、ガブリエラと唇を重ねながら、トニーは欲望の炎に全身を焼かれていた。彼女が欲しくてたまらず、うめき声をあげてその体を強く抱きしめた。

なんということだ。ガブリエラの唇はつみたての桃のように甘く熟した味がする。それに、とても柔らかい。このまま彼女を床に横たえてスカートをまくりあげ、むきだしの肌に触れてなかにはいりたい。そこは唇以上に柔らかく、なめらかだろうか。

トニーは、やめろと自分を叱りつけた。さあ、いますぐ彼女を放すのだ！　だが意志の力をふりしぼって体を離そうとしたとき、頭のなかでもう少しいいじゃないかと悪魔のささやく声がした。あと一回だけキスをし、それからやめればいい。トニーは顔を傾けて斜めから唇を当てると、ガブリエラの口を開かせて舌を奥まで入れた。心のどこかでは彼女が抵抗して自分を突き飛ばし、この愚行を終わらせてくれることを願っていた。

ところがガブリエラは抵抗するそぶりもなく、トニーの首にしがみついてキスを返してきた。まるで甘いお菓子でも味わうように舌を動かしている。トニーは身震いし、さらに激しいキスを浴びせた。そしてガブリエラがもらしたすすり泣くような声に、肌をぞくぞくさせた。うめき声をあげながら、ぼうっとするような快感に酔いしれた。

唇を重ねたまま両手を上げ、ガブリエラの乳房を包んだ。彼女が荒い息をつくたび、手のなかで乳房が上下する。ガブリエラがくぐもったあえぎ声を出して背中をそらし、彼に体を押しつけてきた。トニーが親指の腹でゆっくりと円を描くように愛撫すると、彼女の乳首がつんととがった。

やがてトニーは、ドレスの上から触れているだけでは我慢できなくなった。背中に並んだボタンに手を伸ばしてボディスとコルセットをゆるめ、あらわになった胸を両手で包んだ。そして顔を離して視線を下に移すと、股間がますます硬くなった。まるでギリシャ神話の女神のように、ふっくらと張りのある美しい乳房だ。クリーム色がかった白い肌の先端に、愛らしいピンクの乳首がついている。

ガブリエラも視線を落とし、体を震わせた。少し黒ずんだ大きな手が自分の青白い乳房を包んでいる。ガブリエラの目が丸くなった。そして彼がふたたび指を動かすと、口から小さな声がもれた。快感ともどかしさで、頭がどうにかなりそうだ。そのときトニーが親指と人差し指で乳首を優しくつまんだ。ガブリエラが目を閉じて首を後ろに倒すと、頭が本棚に当たった。

トニーはもっと先に進みたいという衝動を抑えられなかった。頭をかがめて乳房を口に含み、情熱的に愛撫した。彼女の肌は陽光の降りそそぐ花畑のように、甘いにおいがする。さらに激しく乳首を吸いながら、もう片方の乳房に手をはわせているとき、なにかが頭にひっかかった。

これはオレンジのにおいだ。そうだ、間違いない。ガブリエラの肌はオレンジの味と香りがする。だがどうしてなのか？　それは……オレンジジュースがドレスにこぼれたからだ。

いい、いい、いい、
なんということだろう！

トニーはあわてて上体を起こした。体を離すと、ガブリエラが腕のなかでほんの少しふらついた。

自分はいったいなにをしていたのだ！

ドレスにこぼれたオレンジジュースが肌まで染みているのに気づき、正気に返っていなければ、そのうち彼女を床に押し倒して奪っていただろう。こんなことを続けてはいけない。ここはいつ誰がはいってきてもおかしくない書斎なのだ。もしかすると、レイフがはいってくるかもしれない。

トニーはさっと血の気が引くのを感じた。あわただしい手つきでコルセットとドレスを引きあげると、ひもを締めてボタンを留めた。

「さあ、できた」一分後、トニーは懸命に落ち着きを取り戻そうとしながら、ドレスの最後のボタンをかけた。

「なにができたの?」ガブリエラはかすれた声でけだるそうに言った。まだ情熱的な愛撫の余韻に包まれているらしく、頭をはっきりさせるように何度かまばたきをした。

「そろそろ失礼する。きみも部屋に戻るといい」

「もう帰るの?」

「そのほうがいいだろう。ジュリアナとレイフが留守なのに、ぼくがここにいるわけにはいかない。すまなかった、ガブリエラ。こんなことになるとは……思っていなかった」

ガブリエラはまつ毛を伏せた。「わかってるわ。でも、あなたの言ったとおりだったわね」

トニーは眉根を寄せた。「どういう意味だい?」

「お目付け役がいなければ、男性が女性に手を出すのは簡単だということよ。わたしは声を出さなかったわ。少なくとも、助けを呼ぼうとはしなかった」

トニーはその言葉を聞くまで、ガブリエラを抱きしめた理由をすっかり忘れていた。罪悪感で胸が締めつけられた。「そうだな。きみはぼくをひっぱたいてでも止めるべきだった」

「でもわたしたちのどちらも、途中でやめることを望んでいなかったはずよ」

トニーは口を開いたが、なにを言いたいのか自分でもわからず、またすぐに閉じた。そして結局、いちばん無難な言葉を口にした。「さようなら、ガブリエラ」

「ええ。さようなら、閣下」

「パンチをお持ちしましょうか、ミス・セント・ジョージ？」

ガブリエラはふり返り、ついさっきまで一緒にダンスを踊っていた若い男性の期待に満ちた顔を見た。「ありがとうございます。お願いしてもよろしいでしょうか」

男性が歩き去るのを見ながら、ようやくひとりになれることにほっとした。このところずっとこんな毎日が続いている。この二週間というもの、パーティや晩餐会に数えきれないほど出席し、ほっとひと息つく暇もない。

毎日、朝から晩までぎっしり予定が詰まっている。朝食会から昼食会、お茶会に出たあとは、公園で散歩をし、それから舞踏会やパーティや夜会に出かける。自分がどこに行ってなにをしたのか、たまにわからなくなることもあるほどだ。それ以外の時間のほとんどは、着替えに費やしているような気がする。メイドの手を借り、朝食用ドレスからデイドレス、デイドレスから散歩用ドレス、馬車での外出用ドレスからイブニングドレス、そして最後にようやくイブニングドレスからネグリジェに着替え、疲れはててベッドに倒れこむ毎日だ。皮肉なことだが、こうしてめまぐるしく衣装を替える生活は、劇場の芝居に妙に似ている。まるで自分が舞台に立ち、人生という芝居を演じているように思えてならない。

レディ・セフトンの言葉どおり、〈オールマックス〉の入場券も届いた。わたしはペンドラゴン夫妻と一緒に、誰もが行きたがる水曜日の夜の舞踏会に出かけ、それなりに楽しく過ごしている。だが行く前こそ期待と不安で胸がいっぱいだったものの、実際に足を踏み入れてみると、〈オールマックス〉は拍子抜けするほど月並みで退屈なところだった。みなすました顔を作り、絶対にはめをはずさない。

外出していないときには、入れ替わり立ち替わり紳士が訪ねてくる。カーロー卿もいい香りのする花束を手にたびたびやってきては、しばらく談笑したあと、公園で馬車に乗るか散歩をしようと誘うのだ。だがただひとり、わたしの前に姿を現わさない男性がいる。ワイバーン公爵だ。ペンドラゴン邸にはよく出入りしていると言っていたくせに、滅多に来ることはない。たまに訪ねてきたとしても、なぜかわたしがいないときばかりだ。

最初はそのことをあまり気にしていなかった。彼に会わなければ、図書室での熱い出来事で揺さぶられた心も落ち着くだろうと思い、むしろほっとしているくらいだった。日中もふと気づくと、あの燃えるようなキスと愛撫のことばかり考えてぼうっとしている。頰が赤くなることもしょっちゅうで、誰かに具合が悪いのではないかと訊かれないのが不思議なほどだ。夜はもっと始末におえない。彼に激しく愛される夢に悩まされ、朝になって目覚めると体が欲望でうずいている。

だが彼にほとんど会わず、せいぜいパーティ会場でカードゲームに興じたり、友人と談笑したりしている姿をたまに見かけるくらいの日々が続くにつれ、怒りがふつふつと胸に湧いてきた。あんなキスをしておきながら、なにごともなかったようにわたしを無視するなんて！　こちらの欲望をかきたてておいて、よくもそしらぬ顔で背を向けられるものだわ！　たぶんあの人は、誘惑に負けないためにわたしを遠ざけようとしているのだろう。たしかにふたりでいると、情熱の炎が一気に燃えあがりそうになる。だがなにも、ここまであからさまにこちらを避けなくてもいいのではないか。

彼につかつかと歩み寄り、面と向かって文句を言いたい気持ちはやまやまだ。ところがプライドが邪魔をし、どうしてもそれができない。わたしに言い寄ってくる男性ならたくさんいる。なにもあの人にまで追いかけてもらわなくても困ることはない。

でも悔しいことにわたしは、公爵に追いかけてほしいと内心で思っている。そして彼にわたしを勝ち取ってもらいたくてたまらないのだ。

ガブリエラはパンチを飲む気が失せ、ジュリアナを探して早めに帰ることにした。招待客のあいだを縫うようにして歩きだしたが、少し注意力が散漫になっていたため、ひとりの女性を避けようとして別の女性にぶつかってしまった。

「まあ、ごめんなさい」ガブリエラは女性に手を差しだした。

だが女性は傍目《はため》にもわかるほど身を固くしてその手をはらいのけると、ブルーの目に軽蔑の色をありありと浮かべてガブリエラの顔を見据えた――どこか妙に父を思わせる目だ。

女性が唇をぎゅっと結んだ。「ええ、ちゃんと謝ってちょうだい。これほど無礼なことはないわ。あなた、わざとやったのね」

ガブリエラは一瞬言葉を失い、相手の顔をじっと見た。「いいえ、そんなことはありません。奥様がいらっしゃるのが見えなかったものですから」

薄茶色の髪を美しく結ったその女性は、ふんと鼻を鳴らし、それから不快なにおいでも嗅いだように鼻にしわを寄せた。「なるほどね。それで次は、わたしが誰かを知らなかったとでも言うつもりかしら」

ガブリエラは困惑と屈辱で体をこわばらせた。なんとなくいやな予感を覚えながら、女性の顔をしげしげとながめた。この人はわたしが自分のことを知っているはずだと思っているらしい。だがいくら記憶をたどっても、この人にいままで会ったことはない。

たぶん向こうの勘違いなのだろう。彼女はわたしを誰かと間違えているのではないか。だが自分より十歳以上も年上の女性の顔をじっと見ているうちに、その特徴のひとつひとつに見覚えがあるような気がしてきた。薄茶色の髪の毛に青い瞳、そしてこの鼻の形……ああ、この人は父とそっくりの鼻をしている！　わたしともよく似た形の鼻だ！

「あら、やっとわかったようね」

「あなたは……もしかして、わたしの叔母様ですか？」

女性はさらにきつく唇を結んだ。「まさか。いくらあなたがその卑しい体に兄の血が流れていると言い張ったところで、わたしは認めないわ」

やはりこの人は父方の身内なのだ。ガブリエラは胸のうちでつぶやいた。ふたりいるという叔母の片方で、わたしの存在を絶対に認めようとしなかったたくさんの親戚のうちのひとりだ。

「わたしが勝手に言い張っているんじゃありません」ガブリエラは穏やかだが毅然《きぜん》とした口調で言った。「わたしの父はミドルトン子爵ことバートン・セント・ジョージでした。それはまぎれもない事実です。父はまだわたしが幼いころから、母とわたしのもとをたびたび訪ねていましたし、ちゃんとじつの子だと認めてくれていました。最後に父に会ったのも、亡くなるほんの数カ月前のことです」

女性は気色ばんだ。「よくもそんなふうになれなれしく、故ミドルトン子爵のことを語れるわね！　しかも、ずうずうしくもセント・ジョージの名前をかたるなんて！　あなたにそんな資格はないわ。母親がどんなあばずれだったかは知らないけど、さすがその娘ね」

近くにいた人びとが、はっと息を呑む音がした。そのとき初めてガブリエラは、周囲が自分たちの話に聞き耳をたてていることに気づいた。全身から血の気が引き、顔を思いきりぶたれたように耳鳴りがしはじめた。そして考えるより先に口が動いた。「わたしもあなたと同じセント・ジョージという名前なのよ。叔母様！」

今度は相手がひっぱたかれたような顔をし、不快そうに目を細めた。「あなたみたいなあばずれは社交界の恥よ。あなたが大きな顔をしてこうした場所に出入りするのを、どうしてみんなが認めているのか不思議でたまらないわ。身分の高い知り合いがいるらしいけれど、いますぐ社交界から姿を消すべきよ。わたしもセント・ジョージ家の誰も、あなたのことを絶対に認めないわ。あなたに家族なんかいないのよ」

「家族ならちゃんといます」ガブリエラの右の後方から、堂々とした声がした。後ろをふり返らなくても、それがトニーの声であることはすぐにわかった。ガブリエラはそれまで彼に怒っていたことも忘れて安堵《あんど》のため息をつき、その胸に飛びこみたい衝動を覚えた。だがそれを我慢し、ぐっと胸を張ったままその場を動かなかった。

「ペンドラゴン夫妻は、彼女のことを家族の一員だと思っていますよ。それからあなたのおっしゃるとおり、ミス・セント・ジョージには社会的身分の高い友人がたくさんいます。わたしもそのひとりですが」

トニーはそこで言葉を切り、いかにも公爵らしく傲然《ごうぜん》と肩をそびやかして女性を見た。嫌悪感もあらわなトニーの冷たい目を見て、ガブリエラは思わず身震いしそうになった。「レディ・マンロー」トニーはうんざりした口調で言った。「あなたと最後にこうしておおやけの場でお目にかかったのは、いったいいつのことだったでしょう。今夜の主催者のアプトン夫妻には、もう少し人を見る目があると思っておりました。今後はどのパーティに出席するか、もっと慎重に考えることにいたします」

人びとがいっせいに息を呑み、ことのなりゆきを見守った。

女性の顔が紫色になり、釣りあげられた魚のように口が開いたり閉じたりした。「閣下、どうしてそんなひどいことを――」

トニーはそれを無視し、ガブリエラに向きなおって腕を差しだした。「ミス・セント・ジョージ、行きましょうか？　向こう側のほうが、ここよりずっと空気がさわやかです」

ガブリエラは、ここはなにも言わないほうがよさそうだと思い、黙って黒い夜会服の袖に手をかけ、トニーにエスコートされてその場を離れた。そして周囲に声が聞こえないところまで離れると、彼の耳に口を近づけた。「ありがとう、ワイバーン。本当に助かったわ」

「きみも彼女に負けてはいないようだったが、ぼくが役に立てたのならよかった。でも残念ながら、安心するのはまだ早い」

ガブリエラはけげんな顔をした。「どういうことかしら？」

トニーは女性を身ぶりで示した。「きみの叔母のフィリスは、社交界でそれなりの影響力を持っている。その気になれば、きみの足を引っぱることなど簡単だろう」

「でもどうして？　わたしは今日まであの人に会ったこともなかったのよ」

トニーは角を曲がり、壁に沿って広間を歩きつづけた。「彼女はきみの存在が、自分の評判を傷つけるのではないかと恐れているはずだ。きみを見ていると、兄の無分別な行動をいやでも思いだすからな。それに彼女はもともと心が狭く、意地悪な人間だ」

ガブリエラはトニーの腕に手をかけて歩きながら、人びとの視線を痛いほど感じていた。みんなが自分に注目している。

トニーもそのことに気づいていた。「あごを上げて微笑むんだ」低い声で言った。「彼女の悪意に満ちた言葉で傷ついたと、誰にも思われないようにしなければ」

ガブリエラは無理やり口角を上げ、にっこり笑ってみせた。「ほら！　これでどうかしら？」

トニーは笑い声をあげた。「最高だ。だが気をつけないと、そのまぶしい笑顔に通りすがりの誰かの目がくらむかもしれないな」

「冗談はやめてちょうだい、閣下」

「少し冗談でも言ったほうがいいと思ってね」トニーは優しい目でガブリエラを見た。ガブリエラは笑みを浮かべたが、今度は心からの笑顔だった。

「うん、それでいい」トニーは空いたほうの手を伸ばし、腕にかかったガブリエラの手をぎゅっと握った。「だいじょうぶだ、ガブリエラ。ここまで順調に来たんだし、これから先もきっとうまくいくだろう。今夜の事件できみの社交界デビューが台無しになるようなことは、ぼくが絶対にさせない」

「あなたが？」

トニーはうなずいた。「ああ。こちらがすぐに手を打てば、レディ・マンローやその友人がどんな手を使ってきみの邪魔をしようとしたところで無駄だ。ぼくの爵位だけでも社交界には大きな影響力がある。ほかにも社会的地位の高い人間が何人か味方になってくれれば、今夜の騒動もすぐに人びとの記憶から消えるはずだ。さっそく明日、公園で乗馬をすることから始めよう」

乗馬ですって？　ガブリエラは驚いた。ここしばらくほとんど顔も見せなかったのに、今度はいきなり公園で馬に乗ろうと誘うなんて、この人はいったいどういうつもりだろう。感謝して素直に申し出を受けるべきであることはわかっていたが、ガブリエラの胸に忘れていた怒りがふたたびこみあげてきた。

「へえ。急に暇な時間ができたのね。最近のあなたはとても忙しそうだったのに」

トニーは返す言葉が見つからずに口ごもった。「その……たしかに……このところとても忙しくしていたのは本当だ。でもそれはきみも同じだろう。エスコートしてくれる男にはまったく不自由していないように見えたが」

ガブリエラはつんとあごを上げた。「そうよ。カーロー卿も相変わらず屋敷を訪ねてくるわ」

トニーは眉根を寄せた。「そうなのか？」

「ええ」ガブリエラは努めて明るい声を出した。

トニーのあごがこわばり、目つきが険しくなった。

「でもあの人とも誰ともふたりきりにならないよう、ちゃんと注意しているわ。あなたが教えてくれたとおり、男の人は豹変《ひょうへん》することがあるものね」

前回トニーとふたりきりになったときの出来事が、ガブリエラの脳裏にあざやかによみがえってきた。トニーもどうやら同じらしく、ふいに足を止めると、人混みに背を向けるかたちでガブリエラに向きなおった。そして彼女の背中を壁につけるようにして、周囲の視線をさえぎった。

「そのとおりだ」トニーは目を細めてささやいた。「きみが慎重に行動していると聞いて安心した」

ガブリエラの脈が速くなり、にぎやかな広間の音がだんだん意識から遠ざかっていった。

「ええ。そのほうがいいと思ったの」

トニーはさらに身をかがめ、ぞくりとするような甘くかすれた声でささやいた。「そうか。とにかく明日、馬に乗りに行こう」

ガブリエラは一瞬、トニーが言っているのは本当に乗馬のことだけだろうかと考えた。もちろんそうに決まっている。それ以外にはありえない。まつ毛を伏せ、落ち着くよう自分に言い聞かせた。「いいわ。行きましょう」

トニーはガブリエラの目をしばらくじっと見ていたが、おもむろに背筋を伸ばした。「そろそろ晩餐が始まるようだ。一緒に食べながら、作戦を立てようか？」

「まるで戦争みたいね」

「そうだ。戦うに値しないことなら、最初からする必要はない」

ガブリエラはその言葉について思いをめぐらせ、この人は愛についても同じことを言うのだろうかと考えた。だがすぐにそれを頭からふりはらい、トニーの腕に手をかけた。そしてダイニングルームに向かって歩きだした。

9

「いまのを見た？」翌日の午後、ガブリエラは馬の背にまたがり、トニーと並んでハイドパークのロットン通りをゆっくり進んでいた。「前方にいるあのレディったら、わたしたちとすれちがうのがいやでわざと馬の向きを変えたみたい」

トニーもその女性が自分たちを無視したことに気づいていたが、内心の懸念を顔には出さず、無造作に肩をすくめてみせた。「きっとレディ・マンローの友人なんだろう。気にすることはない」

だが三十分前に公園に着いてからというもの、そこまであからさまではないにせよ、誰かに無視されたのはそれが初めてではなかった。レディ・マンローはさっそくガブリエラの悪口を言いふらしているらしい。それに加え、昨夜の一件が人びとのあいだで噂になっているのだろう。

ガブリエラの生い立ちは別に秘密ではなかったが、わざわざ公表されているわけでもなかった。社交界というものは、スキャンダルや不品行を毛嫌いするものだ。その両方を目の前に突きつけられては、それまでガブリエラの出自について見て見ぬふりをしていた人たちのなかに、彼女への態度を変える者がいてもおかしくない。もちろん周囲から白い目で見られることを承知のうえで、こちらに手を貸してくれそうな友人や知人に心当たりはある。だが数こそ少ないが、社交界には自分の仲間以外にも、強い影響力を持った一匹狼《おおかみ》のような人物がいる。彼らにはガブリエラを引きあげる力も、簡単に踏みにじる力もあるのだ。まずはそうした人物に近づき、こちらの味方になってもらわなければならない。

どんなことが噂されているのかは知らないが、ガブリエラの外見にけちをつける者はいないだろう。彼女はレディそのものだ。柳色《ウィローグリーン》の乗馬服に身を包んだその姿は、王女のような気品にあふれている。すべすべした肌が健康的な赤みを帯びて輝き、瞳は雨に打たれたスミレのように柔らかな色合いだ。白い羽根飾りのついたしゃれた形の麦わら帽子に、アップにまとめた髪をたくしこみ、ゆるやかなカールを幾筋か額とこめかみに垂らしている。

なんて美しいんだろう！　トニーはひそかにため息をついた。だが美しいのは見た目だけではない。ガブリエラは容姿に負けないくらいきれいな心を持っている。快晴の夏の日のように温かく明るい心だ。そのことだけでも、レディ・マンローの怒りや社交界の冷たい視線から彼女を守ってやりたくなる。そもそも人間は両親を選べないのだから、大切なのはどういう態度で人生に臨むかということなのだ。自分の目に映るガブリエラは、立派に人生を歩いている。

そのときガブリエラが横を向き、トニーの顔を見た。愛らしいピンクの唇に親しみのこもった笑みが浮かんだ。トニーも微笑み返したが、ガブリエラの無邪気な笑顔に体が反応し、ふいに股間が硬くなった。トニーはガブリエラの唇に視線を据えたまま、身を乗りだしてキスをしたい衝動と闘った。

だがそんなことをすれば、ゴシップ好きな人びとにまた新たな話題を提供してしまう。トニーは欲望を抑え、鞍《くら》の上で姿勢を正して目をそらすと、めかしこんで公園に集まっているレディや紳士を見るともなしに見た。そのときディッキー・ミルトンが馬にまたがり、こちらにやってくるのが見えた。

伊達男《だておとこ》のミルトンは、摂政皇太子《プリニー》の不興を買ってヨーロッパ大陸に渡ったブランメルに代わり、われこそが流行の最先端を行く紳士だと自負している人物だ。彼を味方につけることができれば、ガブリエラの社交界での立場は盤石《ばんじやく》になるだろう。ミルトンがいったん手綱を引いて通りかかったカップルと言葉を交わすと、こちらに近づいてきて馬を止めた。トニーとガブリエラも同じようにした。

「ワイバーン」濃い金色の髪をしたミルトンがうなずいて挨拶をした。「今日は気持ちのいい日だな。元気かい？」

「ああ、ありがとう、ミルトン。きみも元気そうでなによりだ」

「ぼくはいつものとおり元気だ。とくに今日は、〈ウェストン〉の上着が仕上がったばかりで、上々の気分だよ」ミルトンは紺の上着の袖を引っぱった。「服は仕立てのよさが肝心だ。人間はこだわりを持っていれば、道を誤ることはない。さて、レディがいるのだから、ぼくの話はこのへんにしておこう。紹介してもらえないか、ワイバーン」

ミルトンの目がきらりと光るのを見て、トニーは彼がガブリエラの素性に気づいているのだとわかった。それに昨日から飛び交っている噂も、耳にはいっているにちがいない。だがガブリエラのため、そしらぬ顔をすることにした。そして手短にガブリエラを紹介した。トニーの言葉が終わると、ミルトンは片眼鏡を持ちあげ、ガブリエラの頭のてっぺんから足の先まで視線を走らせた。ガブリエラはわずかに体をこわばらせたが、それでも落ち着きを失わなかった。

「わたしの格好は合格でしょうか?」ミルトンが眼鏡を下ろすやいなや、ガブリエラは訊いた。ベストについたそろいのブルーのひもの先で、眼鏡がぶらぶら揺れている。口うるさいミルトンが片方の眉を上げた。トニーはガブリエラのぶしつけな言葉に、ミルトンが気を悪くしたのではないかと心配になった。もしかすると冷たい反応が返ってきて、すぐにこの場を立ち去らなければならなくなるかもしれない。

だがミルトンはすぐにはなにも言わず、もう一度ガブリエラをじっと見た。「グリーンの色合いがあなたの黒っぽい髪を引き立て、顔色も明るく見せています。デザインも素晴らしい。そのドレスを作った仕立屋に、わたしが褒めていたと伝えてください」

ガブリエラはうなずいた。「ありがとうございます。さっそく伝えます」

「ところで、お母様は女優だったそうですね？」

「ええ、そのとおりです」ガブリエラは凛《りん》として答えた。

「なるほど。わたしは女優が大好きでしてね。彼女たちは茶目っ気たっぷりで、じつに愉快です。あなたにもその気質が受け継がれているようにお見受けしました。舞台に立つおつもりはないのですか？」

「ええ」ガブリエラはミルトンから目をそらさず、ひと呼吸して答えた。「社交界そのものが舞台のようなものだとわかりました。ドルーリー・レーン劇場もコベント・ガーデン劇場も、社交界に比べたらたいしたものではありません」

ミルトンは一瞬間を置き、首を後ろに倒して大声で笑った。「そうですね。いや、まったくそのとおりだ」そう言うとトニーの顔を見た。「そのへんにいる若い退屈なレディと違い、彼女にはウィットと勇気がある。きみが彼女を気に入った理由がわかるよ、ワイバーン。ぼくも彼女が気に入った」

トニーがじっと見ている前で、ミルトンはガブリエラににっこり笑いかけると、おおげさなウィンクをしてみせた。

ガブリエラは笑った。

手綱を握るトニーの手に、わずかに力がはいった。「きみの言うとおりだ、ミルトン。ぼくはミス・セント・ジョージが気に入っている。そこで折りいって頼みがあるんだが、彼女の力になってやってくれないか。噂は聞いているだろう」

ミルトンの骨ばった顔から笑みが消えた。「ああ、いろいろ聞いている。昨夜のことは気の毒だった。心から同情しますよ、ミス・セント・ジョージ」

「ありがとうございます」ガブリエラは言った。

ミルトンはうなずき、ふたたびトニーに向きなおった。「喜んで力にならせてもらおう。レディ・マンローはユーモアの通じない堅物で、もともとあまり好きじゃなかったんだ。彼女の鼻をあかすのは、とてもおもしろそうじゃないか」

「本当にそんなことができるのでしょうか？」ガブリエラは訊いた。

ミルトンは胸を張り、むっとしたような顔をした。「もちろんできるに決まっています。心配はいりません、ミス・セント・ジョージ。ワイバーンとわたしが力を合わせれば、あなたの叔母上など敵ではありません。あなたへのいやがらせはすぐになくなるでしょう」

ガブリエラはほっとし、ミルトンに微笑みかけた。

三人はそれからしばらく雑談をしていたが、やがてミルトンが陽気な声で別れを告げた。ミルトンがいなくなると、トニーとガブリエラもふたたび馬を歩かせた。

少し進んだところでガブリエラが横を向き、トニーの目を見た。「ありがとう」

「なんのことだい？」

「なにもかもよ。こうして公園に付き合ってくれたことも、ミスター・ミルトンのような人に紹介してくれたことも。今日いろんな人から冷たい態度をとられたことを考えると、あなたが叔母の影響力について心配しているのも、けっしておおげさなことではないとわかったわ。でもどんな結果になったとしても、あなたが優しくしてくれたことは忘れない」

トニーはいいんだというように手をふった。「前にも言ったと思うが、ぼくは親切な人間じゃない。だから礼は不要だ。それと今後のことだが、なにもかもうまくいくから心配しなくていい。このぼくに大胆にも銃を突きつけ、アマゾンの女王も顔負けの弓の腕前を持った女性なら、少しぐらい周囲の風当たりが強くても負けはしないだろう。きみならきっと乗り越えられる。ぼくが力になるからだいじょうぶだ」

翌週の水曜日の夜、ガブリエラは〈オールマックス〉で椅子に腰かけ、何組ものカップルが踊るのを見ていた。自分がそのなかにはいっていないからといって、つまらないと思っているわけではない。さっきのダンスのときも、一緒に踊ろうと誘ってきた紳士はいなかったが、そのことで別に傷ついたりもしていない。今夜はもう何回か踊ったのだから、壁の花になったような寂しさを覚えることもないだろう。

それでもあれ以来、わたしに言い寄ってきていた紳士のうち、何人もがころりと態度を変え、屋敷を訪ねてくる男性は数えるほどしかいなくなった。わたしを見捨てなかった人のなかにはカーロー卿がいる。ほかに四人の若い男性もいるが、みな社交界のしきたりなどばかばかしいと考えている、どこか奔放な感じのする人たちだ。そしてもちろんワイバーン公爵とミスター・ミルトンも、なにかにつけてわたしを引き立てようとしてくれる。あのふたりがわたしの味方でなかったら、今夜の舞踏会の入場許可も取り消されていたにちがいない。

人びとはひそひそ声をひそめて話をし、わたしが近づくとぴたりと口をつぐむ。そしてわたしが立ち去り、自分たちの声が聞こえないところまで離れたとたん、噂話を再開するのだ。でもわたしはなるべくそのことを気にしないようにしている。いままでの人生のなかで、もっとひどい侮辱を受けたことなら何度もある。けれども、ジュリアナがわたしのことで心を痛めている姿を見るのはつらい。叔母との一件があってからというもの、ジュリアナはわたしのそばを離れようとしない。リリー・アンダートンとマリス・ウェアリングも同じだ。いくらわたしがだいじょうぶだと言っても、三人はなんとかして励まそうとしてくれる。

だがさすがのわたしも、今夜は少しばかり弱気になっている。早く家に帰り、この舞踏会のことを忘れてしまいたい。わたしをこの場にとどめているのはプライドだ。プライドと〝きみなら周囲の風当たりの強さに負けたりしない〟という彼の言葉が、わたしを支えている。あの人が今夜、ここにいてくれたらどんなにいいだろう！　でもワイバーン公爵が〈オールマックス〉にけっして顔を見せないことは、社交界の誰もが知っていることだ。

「飲み物を取りに行きましょうか？」隣りに座っているジュリアナが言った。「レモネードをもう一杯飲まない？　ケーキもおいしそうね。どうかしら？」

「ええ」ガブリエラをはさんで反対側に座っているリリーが、明るい声を出した。「ケーキを食べてレモネードを飲みましょうよ」

ガブリエラはふたりが自分を元気づけようとしているのだとわかった。だがレモネードならもう二杯飲んだし、パウンドケーキの味見もした。ぱさぱさしてあまり味のないケーキだった。ガブリエラは微笑んで首をふった。「わたしは遠慮しておくわ。ふたりでどうぞ」

ジュリアナはかすかに眉根を寄せた。「でもたしかに、やめておいたほうがいいかもしれないわね。いまお菓子なんか食べたら、食事がはいらなくなりそうだわ。ここに座って音楽を楽しみましょう」

「そうね。今夜の四重奏は素晴らしいわ」リリーが言った。

ガブリエラは手をふった。「ふたりともやめてちょうだい。気持ちはとてもありがたいけれど、無理してわたしに付き合ってくれなくてもいいのよ。どうぞ楽しんできて。好きなものを食べてフロアで踊り、ご主人と楽しい時間を過ごすといいわ。わたしのことは気にしないで」

「こうしていても充分楽しいもの」リリーが言った。

「わたしも同じよ。あなたと一緒にいるのがつまらないなんて、思ったこともないわ」ジュリアナが微笑んだ。

「わかってるわ。でもせっかくの舞踏会なんだから、ふたりには楽しんでほしいの。こうしてじっと椅子に腰かけ、わたしの世話を焼かなくてもいいのよ。さあ、行ってちょうだい。わたしなら、少しぐらいひとりでいてもだいじょうぶだから」

「でも……」ジュリアナはためらった。

「行かないと怒るわよ。さあ、早く」

「あなたがそう言うなら」リリーがゆっくりと立ちあがった。「でもあなたが暗い顔をしているのが見えたら、すぐに戻ってくるわ」

「わたしもよ」ジュリアナも立ちあがった。「あなたにみじめな思いをさせるつもりはないから」

「わたしはそんな弱虫じゃないのよ」ガブリエラはにっこり笑ってみせた。「さあ、早く行って！」

ジュリアナとリリーはしぶしぶ歩きだした。ガブリエラはふたりがこちらを見ていないとわかるまで笑みを崩さず、それからふっとため息をついた。

音楽が終わり、まもなく次のダンスが始まった。だがガブリエラの期待を裏切り、誰もダンスを申しこんでこなかった。演奏が始まると、ガブリエラは時計に目をやった。まだ十一時五分前だ。十一時になるとドアが閉まって鍵がかかり、どんなに身分の高い人がやってきて遅れた言い訳をしようとも、なかに入れてもらえなくなる。ガブリエラは退屈をまぎらすため、やはり飲み物でも取りに行こうかと思って顔を上げた。そのとき心臓がひとつ大きく打った。

ワイバーン公爵が入口に立っている。どこか陰のある整った顔立ちは、人間の姿をした悪魔のように美しい。正式な舞踏会にふさわしく、黒いシルクの半ズボンと燕尾服という装いだ。ぱりっとした白いタイの結び目が、引き締まった頰とあごの線を引き立てている。あの人を形容するのに、〝素敵〟という言葉ではとても足りない。なんと色気があるのだろう——最上級のダークチョコレートのように、甘く官能的な魅力にあふれている。

ガブリエラは身震いし、胸に手を当てて深呼吸をしようとした。その瞬間、トニーと目が合い、思わず息が止まりそうになった。

トニーがこちらに向かって歩いてきた。

ガブリエラはそのとき初めて、広間がしんと静まりかえっていることに気づいた。ダンスを踊るのをやめ、公爵をじっと見ている人もいる。レディ・ジャージーとエステルハージ侯爵夫人が口をぽかんと開けてその場に立ちつくし、幻覚ではないことを確かめるように柄付き眼鏡《オペラグラス》を目に当てている。部屋の反対側からリーベン伯爵夫人が小走りにやってきて、トニーがガブリエラのところに着く直前に声をかけた。

「閣下」伯爵夫人は深々とひざを曲げてお辞儀をした。「ご機嫌いかがですか？　今夜はお越しいただけて光栄です」

トニーは足を止め、さっとお辞儀をした。「伯爵夫人」

トニーがそれ以上なにも言わないのを見て、伯爵夫人は言葉を続けた。「それにしても、閣下がお見えになるなんて驚きましたわ。わたくしもほかのレディも、閣下はここにはいらっしゃらないものとあきらめておりました。どうして急に気が変わられたのか、お訊きしてもよろしいでしょうか？」

「ある人のためです」トニーは低く深みのある声で言った。「それで足を運ぶことにいたしました」

そして伯爵夫人の横をすり抜けるようにしてガブリエラの前にやってくると、腰を低くして優雅なお辞儀をした。「ミス・セント・ジョージ、お目にかかれて嬉しく思います。今夜もまたお美しい。もっとも、あなたはいつ見ても美しいですが」

「もったいないお言葉です、閣下」ガブリエラはみんなの視線が自分に注がれていることを感じながら、ひざを曲げてお辞儀をした。上目づかいにトニーを見ると、微笑んで背筋を伸ばした。

「わたしはお世辞は申しません。もしお約束がなければ、次のダンスを踊っていただけませんか？」

ガブリエラはトニーがここにいる大勢の人たちの目を意識し、叔母との一件で立場の悪くなった自分のためにダンスを申しこんでくれたのだとわかっていた。それでも全身で脈が速く打ち、胃のあたりがざわざわするのを抑えられなかった。「ええ、喜んで」そう答えたもののの、あることに気づいてはっとした。「あの、でも次のダンスはワルツのようです。わたしはまだワルツを踊ることを許されていません」

トニーは優雅な動作でふり返り、ふたりの会話を聞いていたリーベン伯爵夫人の顔を見た。そして主催者《パトロネス》のひとりである彼女に向かい、そばで見ているガブリエラまで思わずどきりとするような魅惑的な笑みを浮かべた。「わたしとミス・セント・ジョージが次のダンスを踊るのをお認めいただけるでしょう？　どうかうなずいてください。ほら、もう唇がイエスと動きかけているようだ。さあ、お願いします、マダム」

伯爵夫人はくすくす笑い、少女のようにぽっと頰を染めた。それから軽く手をふった。「ええ、もちろんですとも。彼女がワルツを踊ることを認めますわ。どうぞおふたりで楽しんでいらっしゃい」

「なんて心の広いお方でしょう」トニーは伯爵夫人に向かってもう一度、完璧に礼儀に則《のっと》ったお辞儀をすると、ガブリエラの手を取って自分の腕にかけた。

トニーにエスコートされてフロアに進みながら、ガブリエラはなんとか気持ちを落ち着かせようとしたが、口を開くことはできなかった。フロアの所定の位置に立ってトニーの腕に抱かれてから、ようやく顔を上げて彼の濃いブルーの瞳を見た。「来てくれたのね」

トニーは眉を上げげた。「来ないと思っていたのかい？」

ガブリエラはうなずいた。「ええ、あなたは〈オールマックス〉にはまったく顔を出さないと聞いていたもの。みんなびっくりしているわ」

「それはそうだろう。ぼくが今夜ほかのレディには目もくれず、きみとだけ二回ダンスを踊れば、みんなはますます騒ぐはずだ。新聞の社交欄に記事が載るだろうな。ちゃんと切り抜いておいてくれ」

ガブリエラは吹きだした。「あなたって本当にいけない人ね」

「ああ、そうだ。でもきみはそういうのが嫌いじゃないだろう？」

ええ、嫌いじゃないわ。ガブリエラは心のなかでつぶやいた。わたしはそういう公爵のことが大好きだ。優しくて思いやりがあり、人生を生き抜く力にあふれている。あらためて感謝の気持ちを伝えたいが、礼にはおよばないと言われるだけだろう。

でもわたしが公爵に感じているのは、本当に感謝の気持ちだけなのだろうか？　いや、それだけではないはずだ。彼に触れられると肌が火照ってうずうずし、体じゅうを熱い血が駆けめぐる。わたしをそんなふうにさせるのは彼しかいない。何カ月か前にウェスト・ライディングの屋敷で会ったとき、わたしは公爵への気持ちの正体を確かめたいと思った。あれからいろいろなことが起こり、わたしはいま、それを知ることに恐れすら感じている。

わたしは彼と恋に落ちることを望んでいるのだろうか？　トニーの腕に抱かれ、円を描くようにステップを踏みながら、ガブリエラは自分に問いかけた。そのときトニーが浮かべた笑みに、ひざから力が抜け、脚ががくがくしそうになった。ああ、どうしよう。わたしはもう彼に恋をしてしまったのかもしれない。

10

それから三週間近くたった六月のやや汗ばむほどの夜、トニーはエックフォード邸の広間の奥で柱にもたれかかり、ガブリエラが踊るのを見ていた。陽気な旋律に合わせ、何組ものカップルが決められたステップを踏んでフロアの上を滑るように踊っている。だがトニーの目には、どのレディもガブリエラの魅力の前にはかすんでいるように映った。彼女の動きは優雅で洗練されている。どうやらパートナーの男も同じように感じているらしい。彼の顔に浮かんだうっとりしたような表情を見れば一目瞭然だ。あの若者もうかうかしていると、とんだ道化を演じることになるだろう。といっても、ガブリエラに惹かれているのは彼だけではない。ガブリエラに言い寄ってきている男は、ほかにもたくさんいる。

ぼくが請け合ったとおり、ガブリエラは社交界での立場を取り戻した。人びとは彼女とレディ・マンローのあいだにいざこざがあったことなど、すっかり忘れている。ここまでこぎつけるにはそれなりの努力が必要だったが、いろいろ手を尽くした甲斐《かい》あって、作戦は見事に成功した。ガブリエラの人気はいまやうなぎのぼりだ。ペンドラゴン邸に届く招待状の数が、それをよく物語っている。

そのことを喜ぶべきだろう。

もちろんぼくも嬉しく思っている。

運がよければ今年のシーズン中にも、ガブリエラに誰かいい相手が見つかるかもしれない。あとは彼女に男を見る目があることを祈るだけだ。どんなに外見がよくて魅力的な笑顔をしていても、子犬のようによだれを垂らしてまとわりついてくる、にやけた若者のなかから相手を選んでほしくない。トニーはブランデーをあおり、ガブリエラから視線をそらした。

今夜はもう彼女とダンスをした。みなが興味津々の顔で見ているなか、最初のワルツを踊ったのだ。これまでガブリエラには手助けが必要だったし、ぼくも喜んで力を貸してきた。舞踏会ではダンスの相手をし、オペラや芝居の幕間には腕を組んで劇場内を歩き、一緒に馬に乗り、馬車で外出した。学者であるエルギン卿にも紹介し、彼がギリシャのパルテノン神殿から持ってきた大理石の収蔵品を特別に見せてもらったりもした。ガブリエラと出かけるのは楽しく、一緒にいてもまったく退屈することがない。だがこうした付き合いもそろそろ終わりにし、彼女とのあいだに距離を置くようにしなければならない。

世間ではすでにさまざまな噂が飛び交い、ぼくとガブリエラが結婚するかどうかが賭けの対象になっている。公爵家の継承者であるいとこのレジーまでもがブラック邸を訪ねてきて、自分が爵位を継ぐ話は白紙になるのかと尋ねた。もちろんぼくは、そんなことはないと断言した。いまでも一生独身を貫くつもりに変わりはない。ガブリエラはたしかに明るくて楽しく、人生を充実させようという意欲を持った娘だ。彼女と一緒にいると、世のなかがいままでとは違った角度から見える。でもだからといって、ぼくはガブリエラとの結婚を望んでいるわけではない。だが彼女を求めていないかというと……それはまた別の問題だ。

ガブリエラが近くにいると、欲望を覚えるのを止められない。これまではなんとか自分を抑えてきた。だがレイフの姪でなければ、バージンであろうとなかろうと、彼女を床に押し倒さずにいられる自信がない。

そのときダンスが終わり、ガブリエラがパートナーの若者に微笑みかけた。ふたりが連れだってフロアを離れるのを見ながら、トニーはグラスを持った手にぐっと力を入れた。首を後ろに倒し、のどが焼けるようなブランデーを飲み干した。

「ほどほどになさい、閣下」女性の甘くかすれた声がした。「体によくないわ」

後ろをふり返ると、美しい卵型の顔に明るいグリーンの瞳をした女性が立っていた。「レディ・レプトン。こんなところでなにをしてるんだい？　カードゲームに夢中になっていると思っていたが」

レディ・レプトンは口もとになまめかしい笑みを浮かべ、扇でゆっくりと顔をあおいだ。「ええ、わたしはよくなにかに夢中になるの。でもカードゲームには飽きてきたところよ。もう一杯召しあがる？」一歩前に進んでトニーに近づき、ブランデーグラスを身ぶりで示した。「それとも、なにか別のものがお望みかしら？」

トニーは物知り顔でレディ・レプトンを見た。「なるほど、レプトン卿はまた家を留守にしているらしいな」

「そうよ。ボーニー《ナポレオン》が始めた戦争のせいで、ブリュッセルに行かなくちゃならなくなったの。少なくとも一カ月か二カ月は帰ってこないと思うわ」レディ・レプトンは扇を閉じ、その縁でトニーの胸をなでた。「わたしでよければ、いつでもお相手をするわよ。前回あの人が留守だったとき、ふたりで楽しい時間を過ごしたのを覚えてる？」

「もちろんだ」トニーはつぶやいた。「忘れるわけがないだろう。その前のときもそうだった」

リディア・レプトンは笑い声をあげ、美しい顔を輝かせた。だが彼女はもともとそういう女性だ。相手が夫であれ、たまたま目に留まっただけの男であれ、誰かと戯れるのが好きなのだ。自分と彼女は何年か前から、お互いに決まった相手との関係に飽きたとき、こっそり密会する仲だった。彼女をベッドに連れていけば、この体をうずかせている欲望をつかの間の激しいセックスで満たすことができるだろう。

そう、自分は欲望で身もだえしている。この何週間かはどういうわけか柄にもなく禁欲生活を送り、誰とも関係を持っていない。これまでなら週に何回か、多いときは毎晩、誰かとベッドをともにしていた。それなのに最近は、なぜか積極的に新しい愛人を作ろうとしていない。売春宿は好きではないので、もとより足が向くこともない。リディアの申し出を受け、自宅に送っていけばいいだけの話だ。パーティが終わるまで待ちきれないなら、どこか空いている部屋にこっそり忍びこみ、いますぐ情事を楽しむこともできる。

さあ、首を縦にふるのだ。そうしてはいけない理由はどこにもない。自分は決まった相手のいない自由の身ではないか。

「せっかくだが」トニーは知らず知らずのうちに言っていた。「遠慮しておく」その言葉が口から出たとたん、自分でもひどく驚いた。

自分はいったいどうしたというのだろう。リディアは美しく情熱的で、こちらの欲望を喜んで満たそうとしてくれる奔放な女性だ。それ以上、なにを求めるというのか？　トニーは自問した。だが心の奥底では、自分がなにを求めているのか、というより、誰を求めているのかがわかっていた。そしてそれは、リディア・レプトンではなかった。

トニーの断わりの言葉を聞き、リディアは唇をとがらせた。「本気なの？　でもどうして？　エリカ・ヒューイットとはもう別れたと聞いたわ。彼女は機嫌を損ねているそうよ。別れを切りだしたのは自分だと言っているらしいけど、そうじゃないことは誰だってわかってるわ。女なら、あなたと進んで別れようとはしないはずよ。まさかあなた、彼女とよりを戻したんじゃないでしょうね？」

「いや、それはない」トニーはそっけない口調で否定した。エリカと別れてからというもの、彼女のことはほとんど思いだすこともなかった。

「そうなの」リディアは絵の描かれた扇を広げると、ゆっくりと円を描くようにあおいだ。「だったら、新しい恋人ができたのね?」

トニーはなにも答えず、沈黙の理由をリディアの想像に任せることにした。

まもなく曲が変わり、次のダンスが始まった。トニーは無意識のうちにフロアに目をやり、ガブリエラの姿を探した。ペールイエローのシルクのドレスに身を包んだその姿は、何度見てもはっとするほど美しい。つややかな暗褐色の髪をアップにまとめ、頬をばら色に上気させている。

「最近はあの若い女性をあちこち連れまわしているようだけど、本気で熱を上げているわけじゃないでしょう?」リディアはトニーの視線の先にガブリエラがいることに気づいていた。「みんなあれこれ噂しているわ。でもまさか、そんなことはないわよね」

「ああ、ありえない」トニーはフロアから目をそらした。「彼女はレイフ・ペンドラゴンの姪だ。ぼくがこのところ彼女の相手をしていたのはレイフへの友情からであって、それ以上でもそれ以下でもない」

「ふうん。友情ね」リディアはフロアのほうを向き、ガブリエラを見た。「とてもきれいな娘だわ。でも少しばかり背が高く、やせすぎているわね。でも男性は誰も、そんなことは気にも留めてないみたい」

　トニーはあごをこわばらせた。「へえ、気がつかなかった」

　リディアは笑った。「それは嘘でしょう。無関心なふりをしてるけど、あなたは彼女がたくさんの紳士に言い寄られていることに気づいているはずよ。本当にプロポーズするつもりはないんでしょうね？」

「絶対にない」トニーは早口で否定した。「ぼくは誰とも結婚しないつもりだ」

　だがリディアは納得しなかった。「あら、絶対なんて言葉は使わないほうがいいわ。そんなことを言うと、あとで自分の首を絞めることに……うん、ちょっとばかり困ったことになるかもしれないわよ」

　トニーは苦笑いをした。「心配にはおよばない」

「いまはだいじょうぶだと思っているかもしれないけれど、男性は誰でも、最初は結婚なんかするつもりはないと言うものよ。でもある日気がついたら、花嫁の左手に指輪をはめてるの。あなたが本当に祭壇に立たずにすむかどうか、楽しみにしているわ」

「ぼくはこれまでずっと結婚を避けてきた。これからも同じだ」

「そうね、閣下」リディアは笑みを浮かべ、扇でトニーの胸をぽんと叩いた。「それから例のことだけど、気が変わったらいつでも言ってちょうだい。手紙を送ってくれたら、図書室の通用口の鍵を開けておくわ」

トニーは微笑み、リディアの手を取って甲にキスをし、それからお辞儀をした。「ありがとうございます、レディ・レプトン。わたしにはもったいない申し出です」

「ええ」リディアはグリーンの瞳を曇らせ、ふいにあきらめたような顔をした。「でもあなたは来ないでしょうね。ご機嫌よう《アデュー》、トニー。さようならは言わないでおくわ」

だがその言葉を聞いたとき、トニーは彼女との関係が完全に終わったことを悟った。

ガブリエラはダンスフロアから、トニーがはっと息を呑むほど美しいブロンドの女性と話しているのを見ていた。ステップを踏みながらもふたりから目を離さず、その楽しそうな様子にやきもきした。

あの人は誰なのだろう？　少しばかり公爵に近づきすぎではないか。それにおどけたような仕草で彼の体に触れたり、扇で軽くつついたりしているのも気に入らない。彼女が何者かは知らないが、ふたりが親しい間柄であることは間違いない。問題は、どれくらい親しい仲なのかということだ。

まさか、愛人ということはないだろう。ガブリエラは自分に言い聞かせたが、考えれば考えるほど、そうだという気がしてならなかった。彼に愛人がいることに思いがおよばなかったとは、わたしもつくづくおめでたい。公爵のような男性は、強い欲望を持っているはずだ。そしてそれを喜んで満たそうとしてくれる女性は、世のなかにたくさんいるにちがいない。

わたしは生まれ育った環境のせいで、世間一般の若い娘よりもそうしたことに詳しいほうだ。といっても、男女の仲について熟知しているわけではない。ただ、社交界では人妻や未亡人が愛人を作るのは珍しいことではなく、彼女たちのほとんどが夫以外の相手と肉体関係を結ぶことに、後ろめたさを感じないということぐらいは知っている。

あのブロンドの女性は未亡人だろうか、人妻だろうか？　公爵とはどういう関係なのだろう——いま付き合っている相手なのか、それとも昔の愛人なのか？　どちらにせよ、ふたりを見ていると気持ちがかき乱される。ガブリエラの胸に苦いものがこみあげてきた。

まもなくダンスが終わり、ガブリエラはほっと安堵のため息をついた。そしてにこやかに笑いながら、パートナーの男性にエスコートされてフロアを離れた。何人もの紳士に囲まれて雑談をしていると、カーロー卿が現われた。

カーロー卿は優雅なお辞儀をした。「ミス・セント・ジョージ」

「閣下」ガブリエラは鷹揚《おうよう》に微笑んだ。

「わたしと踊っていただけるときが来るのを、ずっと待っておりました。みなさん、ちょっと失礼いたします。さあ、フロアに参りましょうか？」

その場にいた紳士たちが不満そうな声をあげ、ガブリエラを引き留めようとした。ガブリエラは笑いながらダンスカードを見せ、次のダンスの相手がカーロー卿であることを示した。そしてみんながっかりしたようなため息をつくなか、カーロー卿の腕に手をかけて歩きだした。

　フロアに向かいながら、謎のブロンドの美女をちらりと見た。もうトニーはそばにいなかったものの、彼女を見るとまたもやいやな味が口のなかに広がった。トニーの姿を人混みのなかに探したが、どこにも見当たらずに表情を曇らせた。

「どうかなさいましたか？　少し顔色が悪いようですが」

「いいえ、なんでもありません。ほんの少し頭痛がするだけです。すぐによくなると思いますわ」

「ダンスはやめておきましょうか？　少しそのへんを歩くのもいいかもしれません」

　ガブリエラは顔を上げ、カーロー卿のグレーの瞳を見た。「ええ、そうさせていただいてもよろしいでしょうか」

「もちろんですとも。さあ、行きましょう」

　広間のなかを少し進むと、両開きのドアが外に向かって開けはなたれていた。ガブリエラはなにも考える間もなくカーロー卿に手を引かれ、暗いバルコニーに出た。

「新鮮な空気を吸えば、頭痛がよくなるかと思いまして」カーロー卿が言った。「広間は少し蒸し暑く、息苦しい気がしたものですから。でも、もし戻りたければ――」

「いいえ」ガブリエラはカーロー卿の言葉を聞いて安心した。「閣下のおっしゃるとおりです。外の風に当たれば、気分もよくなるでしょう」

心地よい夜風に吹かれながら、ふたりはにぎやかで明るい広間から離れ、ゆっくりと庭に向かって歩きだした。ポマードや香水に代わり、大地と満開の花のにおいがする。ガブリエラは胸いっぱいに息を吸いこみ、目を閉じてそのにおいを楽しんだ。「まあ、ライラックのにおいだわ！　素晴らしい香りだと思いませんか？」

「ええ、そうですね」カーロー卿は足を止めた。「でもあなたほど素晴らしくはありません」

次の瞬間、カーロー卿に抱きしめられ、ガブリエラはぱっちりと目を開けた。「閣下！　なにをなさってるんですか？」

「ずっと前からしたかったことをしているだけです」

ガブリエラはカーロー卿を押しのけようとしたが、ふと手を止めて考えた。この人とキスをしてみるのもいいかもしれない。別の男性と唇を重ねるとどういう気持ちになるのか、ここで試してみるのもひとつの考えだ。公爵のキスはたしかに夢のように素敵だったが、ほかの人としたことがなければ比較のしようがない。まさかとは思うけれど、もしかするとカーロー卿はあの人よりキスが上手かもしれない。トニーとブロンドの美しい女性のことが頭から離れず、ガブリエラは思いきってキスを許すことにした。そして震えながら、カーロー卿が唇を重ねてくるのを待った。

だが唇と唇が触れたとたん、自分がとんでもない間違いをしてしまったことに気づいた。カーロー卿が情熱的に唇を動かしている。彼のキスも悪くはないし、うまいことはたしかなのだろうが、全身を電流のような衝撃が走ることもなければ、悦びのあまりなにもかもが頭から吹き飛んでしまうこともない。ガブリエラはがっくり肩を落とした。カーロー卿のキスに夢中になれるかもしれないと期待していたのに、頭に浮かぶのは公爵のことばかりだ。あの人に比べると、カーロー卿のキスは足もとにもおよばない。

どうしてこの人じゃだめなのだろう？　彼とトニーとではなにが違うのだろうか？　とにかく、一刻も早くこのばかげた行為をやめなければ。ガブリエラは両手を上げて相手の胸を押し、キスを終わらせようとした。

だがカーロー卿はやめようとしなかった。

そしてガブリエラを抱きしめる腕にぐっと力を入れ、さらに激しいキスをしてきた。ガブリエラの心臓が早鐘のように打ったが、それは欲望からではなかった。もう一度カーロー卿の胸を押し、顔をそらした。

「やめて！」くぐもった叫び声をあげた。「お願い、閣下！」

カーロー卿はガブリエラの言葉を無視し、またもや唇を重ねようとした。だがガブリエラが顔をそむけたため、唇は頬をかすめただけだった。ガブリエラは必死でもがき、カーロー卿の腕から逃れようとした。

「きみはぼくを求めている」カーロー卿は一歩も引かなかった。「うぶなふりはやめて、欲望に身を任せるんだ。それがお互いに望んでいることだろう」

「わたしはそんなこと望んでないわ！　あなたを求めてなんかいない！　放してちょうだい！」

そのときカーロー卿があげた笑い声に、ガブリエラの背筋がぞっとした。わたしはどうしてこの人の本性を見抜けなかったのだろう。こんな状況にわざわざ自分を追いこむなんて、本当にどうかしていた。ガブリエラは悲鳴をあげようと口を開きかけたが、あることに思いいたってはっとした。誰かがここに駆けつけてきたら、わたしの評判は地に落ち、二度と取り戻すことができなくなる。カーロー卿が無理強いしているのであれ、どうであれ、社交界の人たちが問題にするのは、わたしが暗闇で男性と抱き合っているという事実だけだ。わたしの名誉は傷つき、それを回復する手段はたったひとつしかなくなる――カーロー卿との結婚だ！

ガブリエラは激しく抵抗し、足を上げて相手のむこうずねを思いきり蹴《け》った。カーロー卿は痛みでうめくと、ガブリエラをあざ笑うような残酷な表情を浮かべた。そして両腕にさらに力を入れ、彼女の体を息ができなくなるほど締めつけてまたもや唇を重ねた。そしてガブリエラがもがくのにもかまわず、舌で無理やり口をこじ開けた。ガブリエラはカーロー卿の舌を嚙《か》み、あとのことも考えずに精いっぱい大きな悲鳴をあげた。

しばらくのあいだ、心臓が激しく打つ音が耳の奥で聞こえていた。やがてなんの前触れもなくカーロー卿の腕がほどかれたかと思うと、ガブリエラは突然自由の身になり、その勢いで何歩か後ろによろめいた。次の瞬間、こぶしが宙を切り、ごつんというにぶい音がした。

「このろくでなしめ！　殺してやりたいくらいだ！」

〝ワイバーンだわ！〟ああ、駆けつけてくれたのが彼でよかった。

あたりは暗かったが、ガブリエラは見覚えのあるその人影がトニーであることがすぐにわかった。カーロー卿が石造りのバルコニーの床に、大の字になって倒れている。

「起きろ。もう一度殴ってやる」トニーは両のこぶしを握りしめて挑発した。

だがカーロー卿は起きあがろうとせず、口に溜まった血を吐きだした。そしてポケットからハンカチを取りだし、ゆっくりと口もとをぬぐった。

「臆病なやつだ！」

カーロー卿はなにも言い返さなかった。

「本当なら決闘場に呼びだしたいところだが、お前はその価値もない男だ。さあ、とっとと失せろ。早くしないとこちらの気が変わり、決闘を申しこむかもしれないぞ。剣でも拳銃でも、喜んで相手をしてやろう。どちらを使うにしても、結末は目に見えている」

カーロー卿はガブリエラを見ないようにしながら、おずおずと立ちあがった。そして広間には戻らず、屋敷の外壁に沿って歩き去り、夜の闇に消えた。ガブリエラは全身から力が抜け、その場に立ったままがたがた震えだした。

トニーが近づき、ガブリエラを片手でそっと抱き寄せた。「けがはなかったかい？」

ガブリエラはうなずき、がっしりしたトニーの肩にもたれた。外の風は生暖かかったが、寒気がして鳥肌がたっていた。「だいじょうぶよ。もういまはなんともないわ」

トニーはしばらくそのままにしていたが、やがてガブリエラの体を引き離した。「なんてばかなことをしたんだ！　あの男とふたりきりでこんなところに来るなんて、なにを考えていたのか？」

「わたし――」

「きみはなにもわかってなかったようだな」トニーは怒りを抑えられず、低く険しい声で言った。「あいつには注意するように言っただろう？　もしぼくが来なかったらどうなっていたと思うんだ？　キスよりもっとひどいことをされたら、どうするつもりだったのか？」

「少し外の風に当たろうと言われたの」ガブリエラは唇を震わせた。「広間のすぐ外だから、心配する必要はないと思って」

「その考えはとんでもない間違いだっただろう？　もし庭に連れだされたら、なにをされていてもおかしくなかったんだぞ」

ガブリエラの胸が詰まり、涙がひと筋、頬を伝った。続いてもうひと筋の涙がこぼれ、胸もとの肌に落ちた。

トニーは小声で悪態をつき、手を伸ばして涙をぬぐった。「もういい、泣かないでくれ。女性に泣かれるとお手上げだ」

ガブリエラはまたしても涙を流した。「ご――ごめんなさい」

トニーはガブリエラをそっと抱き寄せた。「泣かないでいい、もうだいじょうぶだ」上着の内ポケットに手を入れ、シルクのハンカチを取りだした。「ほら、これで顔をふいて」

ガブリエラは濡れた頬をぬぐい、高ぶった感情を鎮めようとした。洟《はな》を二度ほどすすり、最後にもうひと粒涙をこぼすと、わっと泣きだしたい衝動をなんとか抑えることができた。そのまましばらくトニーの肩にもたれているうちに、だんだん気持ちが落ち着いてきた。

「そろそろ広間に戻れるかい？」トニーが優しい声で尋ねた。

広間ですって？　ガブリエラはそのときまで、屋敷のなかでいまもパーティが続いていることをすっかり忘れていた。彼女の困ったような顔を見て、トニーが言った。「心配しなくていい。レイフとジュリアナには、ぼくがきみを家に送っていくと伝えておこう。きみの気分が優れないからと言うつもりだが、それ自体は本当のことだからな」

「そうしてもらえると嬉しいけれど……本当にいいの？」

「ああ、もちろんだ。さあ、図書室を通って外に出よう。そうすれば召使にしか会わずにすむはずだ」

それから三十分もしないうちに、ガブリエラは豪華な内装のトニーの馬車に乗り、窓側の座席にゆったりともたれかかっていた。窓ガラスの向こうをロンドンの街並みが流れていく。

窓の日よけが半分下ろされ、外からなかをのぞかれないようにしてある。公爵はいつものようにてきぱきと、すべての手筈《てはず》を整えてくれた。そしてわたしを目立たないように屋敷から連れだして馬車に乗せると、レイフとジュリアナに手紙を走り書きし、従僕に預けた。

そして馬車で出発した。

でも彼はまだ怒っているようだ。五分前にエックフォード邸を発ってからというもの、ひと言も口をきこうとしない。ガブリエラは身震いし、ふかふかの座席にさらに深く体を沈めた。高価そうな茶色のベルベットの張り地だが、薄闇のなかではほとんど黒に見える。向かいの座席には、公爵が手足を投げだすようにして座っている。街灯の下を通るときに、顔の下半分がちらりと見えた。弱い光に照らされ、がっしりした男らしいあごがこわばっているのがわかった。

ガブリエラは涙が出そうになったが、ぐっとこらえた。寝室に戻ってから、泣きたいだけ泣けばいい。カーロー卿を信用するなんて、わたしはなんてばかだったのだろう。公爵がまたしても助けにはいってくれたのは、本当に幸運なことだった。

「ごめんなさい」ガブリエラの言葉が気まずい沈黙を破った。「わたしにつくづく嫌気が差したでしょうね。あなたがせっかく苦労してわたしの評判を取り戻してくれたのに、それを台無しにするところだったんですもの。あの人と一緒に庭に出るなんて、ばかなことをしてしまったわ。わたしは世間知らずの愚かな娘よ」

ふたたび沈黙があった。ガブリエラはトニーがなにも言わないのを見て、胸がぎゅっと締めつけられた。

「そんなふうに思っているのかい？」トニーはふいに口を開いた。「きみがぼくの苦労を台無しにするところだったから、怒っているとでも？　きみの幸せが社交界での成功にかかっているのでなければ、世間の評判などどうでもいいことだ。いいかい、ガブリエラ、ぼくが心配しているのはきみのことなんだ。ぼくのプライドのことじゃない。カーローはきみを辱めていたかもしれないんだぞ。きみがあの男になにをされていたかと思うと、心の底からぞっとする」

「でも結局、なにもされなかったわ」トニーが自分を心配してくれたことに、ガブリエラは胸がじんとした。「あなたのおかげよ」

トニーは一瞬ためらったのち、手を差しだした。「こっちにおいで」

ガブリエラはすぐに立ちあがり、トニーの隣りに腰を下ろした。

トニーはガブリエラの手を握り、かすれた声で言った。「きみがあいつの腕のなかでもがいているのを見たときは、心臓が止まりそうだった。あの悪党め。その場で殺してやればよかった」

「いいえ、あなたのしたことは正しかったわ。カーロー卿を止め、追いはらってくれただけで充分よ。あなたの手が彼の血で汚れるのを見たくはなかったもの。あの人にそこまでする価値はないわ」

「きみの言うとおりだ。あいつにその価値はない。だがまたきみに手を出すようなことがあったら、今度はただではおかない」

「でも——」

「だいじょうぶだ。暴力に訴えるようなことはしない。こちらの言いたいことをわからせてやるには、それ以外にも方法がある」

ガブリエラは背筋がぞっとし、トニーを怒らせたのが自分でなくてよかったとつくづく思った。

「それにしても、どうしてあいつと外に出たりしたんだい？」しばらくしてトニーは、努めて穏やかな口調で訊いた。

ガブリエラは一瞬返事に詰まった。「さっき言ったでしょう。外の風に当たろうと思ったの」

「ああ、たしかにそう聞いた。でも理由はそれだけかい？」

「そうよ。少なくともわたしはそれしか考えていなかったわ。まさかカーロー卿があんなことをたくらんでいたなんて、思いもしなかった。わたしはただ、外を散歩するつもりだったのに」

「きみはあいつにキスを許したのか？」

ガブリエラはぎくりとしたが、どうしても嘘をつくことができなかった。「ええ……そうよ、最初はそのつもりだったけど、すぐにやめようとしたわ。それなのに……あの人はやめてくれなかったの」

「それはそうだろう。自分で気づいているかどうか知らないが、きみは信じられないほど美しい。舞踏会に行くと、その場にいる男の半分がきみの気を惹こうと躍起になっている。残りの半分にしても、その勇気が出ないだけだ」

ガブリエラの胸の鼓動が乱れた。「あなたは？　わたしをどう思っているの？」

「ガブリエラ」トニーはたしなめるように言った。

「閣下。ところで、あのブロンドの女性は誰？」

「誰のことだ？」

「あなたと話していたレディのことよ。やけになれなれしくふるまい、あなたのことを扇でつついたりしていたじゃないの」

トニーは考えこむように眉根を寄せたが、すぐにはっとした表情になった。「ああ、彼女のことか。ただの古い知り合いだ。きみには関係ない」

「愛人なの？」

「きみは言葉を選ぶということを知らないらしいな」

ガブリエラはひるまなかった。「どうなの？」

「いや、愛人じゃない」

「でも昔は？」

「まったく、きみの大胆さには閉口する。そういう個人的な質問に答える必要はないだろう」

「ふうん、図星だったみたいね。あの人は昔の愛人なんでしょう」

トニーの濃紺の瞳が、夜の闇のなかで黒っぽく光った。「ああ、たしかにそういうときもあったが、もう昔の話だ」

「いまは？　ほかに誰かいるの？」ガブリエラの脈が速くなった。答えを聞くのが怖かったが、どうしても訊かずにはいられなかった。

長い沈黙があった。「いや、いまは誰とも付き合っていない」

ガブリエラの体からふっと力が抜けた。彼にはいま、愛人がいないのだ。でもどうして誰とも付き合っていないのだろう？　そのことになにか特別な意味はあるのだろうか？

「そろそろ自分の座席に戻ったほうがいい」

そのぶっきらぼうな口調から、ガブリエラはトニーが本気でそう言ったのだとわかった。それにこれ以上、質問攻めにされたくもないらしい。ガブリエラはおとなしく立ちあがろうとした。そのとき突然馬車が揺れ、ガブリエラの体が座席に叩きつけられた。座面は詰め物でふっくらしていたが、それでも上腕と肩に鋭い痛みが走った。

「痛い！」

トニーはまたもや険しい表情になった。「どうしたんだ？　だいじょうぶかい？」

ガブリエラは打った場所をおそるおそるなでた。「たいしたことはないわ。ちょっとあざができているだけよ」

「あざが？　いったいどこで……そうか、あの男か！　ちょっと見せてくれ」

「なにを見せるの？　あざのこと？　でもドレスで隠れていると思うわ。第一、ここでは暗くてよく見えないでしょう」

「いいから見せるんだ」トニーは座席の上で体をずらし、ガブリエラの体に優しく手を添えて窓際に座らせた。そしてドレスの短い袖をそっとめくった。窓から注ぐ街灯の柔らかな光の下で、彼女の白い肌に手の形をした紫色のあざができているのがわかった。

トニーは荒々しく息を吸いながら、あざを親指でなでた。「いまから引き返して、あの男を馬車でひいてやりたい。あいつのしたことに比べたら、それでもまだ生やさしいぐらいだ。きみの体に傷をつけるとは！」

「ただのあざよ。すぐに消えるわ」

「あいつがきみに触れたことが許せない。どうしてそんなことをさせたんだ？」

「確かめたかったの」ガブリエラはつぶやき、浅い息をついた。

トニーはガブリエラの目を見た。「なにを確かめたかったんだい？」

「あなたのキスと同じくらい、彼のキスが素敵かどうか」ガブリエラはごくりとつばを飲んだ。「あなた以外の人の腕に抱かれても、うっとりするかどうかを知りたかったの」

トニーの目が光った。「二度とそんな危険なまねをしないでくれ。というより、もう誰ともキスをするんじゃない」

「誰ともしてはいけないの？」

「そうだ」トニーはぶっきらぼうに言い、ガブリエラの唇に視線を落とした。「誰ともするんじゃない……ぼく以外の男とは」

そしてガブリエラが口を開く前にその体を抱き寄せ、ひざの上に乗せて唇を重ねた。

ガブリエラは小さな声をもらし、悦びに全身を貫かれた。そして本能に命じられるまま、トニーの首に抱きついてキスを返した。彼のくぐもったうめき声に思わず微笑むと、次の瞬間、舌が口のなかにはいってきた。その情熱的な愛撫に胃のあたりがかっと熱くなり、脚ががくがくした。ガブリエラはトニーのなめらかな髪に指を差しこみ、キスがしやすいように頭を支えた。

トニーが両手を下に滑らせ、丸みを帯びた腰のあたりを焦らすようになでると、ガブリエラの全身に震えが走った。優しくヒップをつかまれ、背を弓なりにそらして小さな声をあげた。だがトニーの筋肉質の太ももに座っているうちに、腰に当たった彼のものがどんどん硬く大きくなってくるのを感じた。

ガブリエラのとまどいを感じとったように、トニーが座席にもたれかかって顔を離した。

「ああ、ガブリエラ。きみといるとぼくは理性を失ってしまう。すまなかった。これではカーローと同じだと思われてもしかたがない」

「あなたと彼はぜんぜん違うわ。謝ることなんてなにもないのよ」

「本当にそうだろうか。きみのこととなると、ぼくは自分を抑えられる自信がない」

ガブリエラはトニーの頬に手を当てた。その肌は温かく、伸びはじめたひげで少しざらざらしている。「そんなことはないわ。もしわたしがやめてと言ったら、あなたはすぐにやめてくれるはずよ」

トニーはガブリエラの目をのぞきこんだ。「やめたほうがいいかい?」

「ううん」ガブリエラは小声で言い、いたずらっぽい笑みを浮かべた。

トニーは笑ったが、すぐに低いうめき声をあげてガブリエラを強く抱きしめた。そしてくぐもった声で悪態をつきながら、彼女に唇を重ねて熱く激しいキスをした。

ガブリエラもそれに応えてキスを返した。体じゅうが燃えるように熱くなり、逆らうことのできない情熱の炎に包まれている——もちろんこの情熱に、逆らうつもりなどまったくない。一秒一秒が夢のように過ぎていく。ガブリエラは頭がぼうっとしてきた。トニーが片方の乳房に手を当て、シルクの生地越しに巧みに指を動かすと、彼女の全身を電流のようなものが走った。乳首が硬くなり、つんととがった。

「やりすぎかな？」トニーはかすれた声でささやき、ガブリエラの首筋と頬にゆっくりくちづけた。

「い――いいえ」ガブリエラは震えるため息をついた。

トニーがボディスの下に手を入れ、乳房を直接さすりはじめた。ガブリエラは震えながら唇を噛み、声を出すまいとこらえた。だがふたたびキスをされると、唇から甘いため息がもれた。トニーも快楽のうめき声を出しながら、ガブリエラのあえぎ声を呑みこんだ。まるで特上のシャンパンでも堪能するように、彼女の唇を味わっている。ガブリエラはめまいがした。天上にいるような悦びに、地面が本当にぐるぐるまわっているような錯覚に陥った。

トニーはガブリエラの体を腕で支えて少し後ろに倒すと、震える胸の先端に何度も優しくくちづけながら、空いたほうの手を下にはわせた。ガブリエラは恍惚《こうこつ》となるあまり、トニーがスカートのすそをめくりあげたことにすぐには気がつかなかった。彼の手がひざをなで、むきだしの太ももをさすっている。脚のあいだに熱いものがあふれるのを感じ、ガブリエラは恥ずかしさで身をよじりたくなった。体の奥が激しくうずき、満たされたいと泣いている。まわりの世界がどんどん溶けていく。彼の愛撫が与えてくれる快楽のとりこになり、その手が次にどこに向かうのかということ以外、もうなにも考えられない。

トニーは彼女の太ももに手をはわせると、もう片方の脚に移り、そちらもエロチックな拷問のようにじっくりとなでまわした。次に温かな手のひらで下腹をさすった。ガブリエラは驚きと喜びで、胃がぎゅっとねじれるような感覚に襲われた。トニーがコルセットの下に手を入れ、指が届くぎりぎりのところまで肌をなでている。

ガブリエラの乳首がとがり、脚のあいだがずきずきとうずいた。そのとき砂漠に恵みの雨を降らせるように、トニーがふたたび唇を重ねて甘くとろけるキスをした。そして手を下に持っていき、優しく彼女の脚を開かせた。次の瞬間、ガブリエラははっと息を呑み、キスをしたまま小さな声をあげた。彼の指が熱く濡れた場所に触れている。

ガブリエラは恥ずかしさのあまり体を硬くした。だがトニーは気にしている様子もなく、満足そうなうめき声を出しながら手を動かしつづけた。まもなく指が一本はいってくると、ガブリエラはまたしても衝撃を受けた。自分の熱い部分が、手袋のようにぴたりと彼を包んでいる。

息が苦しくなって唇を離し、タイを締めたトニーの胸に顔をうずめた。そして上着の袖に爪をぐっと食いこませ、彼に促されて脚をさらに大きく開いた。ガブリエラは抵抗しなかった。自分はもう彼の言いなりだ。その愛撫のひとつひとつが、いままで想像したこともなかった悦びを与えてくれている。

トニーが指を抜くと、ガブリエラは哀願するような声を出した。だがすぐに、今度は二本の指がはいってきた。彼がゆっくりと、大きく指を動かしている。ガブリエラは腰を浮かせ、正体のよくわからない激しい欲求に身もだえした。そのときトニーが禁断の場所を親指でさすると、彼女の頭が真っ白になり、快感が稲妻のように全身を貫いた。ガブリエラは陶然として身を震わせた。トニーが荒っぽく唇を重ね、彼女の歓喜の声を呑みこんだ。

ガブリエラは耳の奥で脈が激しく打つのを感じながら、トニーと舌をからませ、彼のにおいと愛撫に酔いしれた。ふと気づくと、トニーもまた震えていた。欲望で肩にぐっと力がはいり、いきりたった硬いものを彼女の腰に押しつけている。

そのとき馬車ががくんと揺れて停まった。ガブリエラは頭がぼうっとし、なにが起きたのかすぐにはわからなかった。だがトニーははっとした表情を浮かべ、小声で悪態をつきながら、すばやく手をひっこめてガブリエラのスカートをもとの位置に戻した。そして彼女をひざから下ろして隣りに座らせると、いったん腰を上げて少し離れた場所に座りなおした。

その数秒後、従僕が馬車の扉を開けた。

〝どうしよう！〟

ガブリエラは目を大きく見開き、困惑しきった顔でトニーを見た。「わ――わたし、どんな顔をしてる？」従僕に聞こえないよう、声をひそめて言った。「だいじょうぶかしら？」

トニーは欲望でとろんとした目で、ガブリエラの全身をさっと見まわした。それから身を乗りだし、ドレスの袖の乱れを指先で軽く整えてささやいた。「だいじょうぶだ、ガブリエラ。心配しなくていい。ぼくときみ以外、さっきのことは誰にもわからない」

ガブリエラはほっとすると同時に、もう一度彼とキスをしたいという衝動に駆られた。自分が公爵以外の男性を求めていないことを、今夜はっきり悟った――このほとばしる情熱は、彼だけに向けられたものなのだ。公爵の瞳も欲望で燃えているが、いまこの場で抱き合うことはできない。

ガブリエラは気持ちが落ち着くまで待ち、トニーの手を借りて馬車から降りた。ペンドラゴン邸の玄関の前で、マーティンが待っているのが見えた。室内に灯されたろうそくの光が、ドアから外にもれている。トニーはガブリエラの手を腕にかけ、屋敷に向かった。

玄関ホールに足を踏み入れながら、執事に声をかけた。「ミス・セント・ジョージは疲れている。侍女に世話を頼んでくれ」

「かしこまりました、閣下」

「さてと」マーティンがいなくなるとトニーは言った。「きみを無事に家まで送り届けたことだし、そろそろ失礼しよう」

ガブリエラはうなずいた。「明日の園遊会《ガーデンパーティ》で会いましょう」

もともと行くつもりにしていたパーティだが、トニーは一瞬、返事をためらった。だがすぐにいつもの表情に戻り、口もとに笑みを浮かべた。「ああ、楽しみにしている。じゃあ、いい夢を」ガブリエラの手を取り、手のひらに長いキスをした。

「おやすみなさい」ガブリエラは小声で言うと、くちづけのあとをとどめておこうとするようにゆるくこぶしを握り、トニーの後ろ姿を見送った。

ええ、今夜はきっとあなたの夢を見るわ。心のなかでつぶやいた。安らかというにはほど遠い、情熱的な夢を見るでしょう。

11

それから二週間が過ぎ、かたちばかりの努力はしたものの、トニーはガブリエラに手を出さずにいるのは無理だということを悟った。

最初のうちは、彼女を守っているのだと自分に言い訳をしていた。ガブリエラが言い寄ってくる男から危ない目にあわされることのないよう見張るのに、自分よりふさわしい人間がいるだろうか？　彼女の身の安全を守ることを、自分以上に固く心に誓った男はいないのだ。だが日がたつにつれ、トニーの決心は揺らいだ。そしていつのまにか、機会さえあればガブリエラを暗い小部屋《アルコーブ》や誰もいない部屋にこっそり連れだし、キスをしたり禁断の甘い愛撫をしたりするようになっていた。それでも、気がつくと彼女の純潔を奪っていたという事態にだけはならないよう、自分を厳しく戒めることは忘れなかった。連日の愛のレッスンでわかったことだが、ガブリエラは熱心で呑みこみの早い生徒だ。

つい最近、戦争が終わったという知らせがロンドンに届いた。ナポレオン最後の戦いが六月なかば、ぬかるんだワーテルローの地で行われ、ウェリントン公爵率いる軍隊がフランス軍を打ち負かした。その報が届いてからというもの、街じゅうが喜びに沸いている。

トニーは勝利を祝って花火大会が開かれると聞いたガブリエラから、連れていってほしいとせがまれた。「ねえ、行きましょうよ！」そう言われたのは、ほんの二日前、夜会で晩餐を一緒にとっていたときのことだ。「花火ほど素敵なものはないわ。大きな音がして、色とりどりの光が夜空を染めるのよ」

「狭い場所に人がいっぱい詰めかけるんだ。酔った連中も多いから、なにをされるかわからないぞ」トニーは眉をしかめた。

「意地悪なことを言わないで、閣下。せっかくの楽しみに水を差すような人は嫌いよ」

「きみはこのところ、ぼくのことが好きでたまらないようだが」トニーはささやいた。そしてテーブルの下でガブリエラのふくらはぎを脚でなで、その頬が赤く染まるのを見て楽しんだ。

だが結局、ガブリエラの頼みを断わることはできなかった。

そして花火の当日になり、ふたりは三十分ほど前に会場のグリーンパークに到着し、お祭り騒ぎをしている人びとの列に加わった。レイフとジュリアナ、イーサンやリリーをはじめ、何人かの親戚や友人も一緒だ。ハンニバルも同行している——人目を引く巨漢の使用人で、不機嫌な顔つきと海賊のような禿げ頭は、泥棒やごろつきを追いはらうだけの迫力がある。

あたりが暗くなったので、もういつ花火が始まってもおかしくない。ガブリエラはグループのいちばん端に立っていた。トニーが暗闇にまぎれ、腕にかかった彼女の手を握っている。そしてガブリエラにすり寄り、腰と腰を密着させた。ガブリエラはトニーの顔をちらりと見て微笑むと、すぐに前を向いてみなの会話を聞いているふりをした。

トニーも会話に集中しようとしたが、蜂蜜のようなガブリエラの肌のにおいが鼻をくすぐり、気が散ってしかたがなかった。自分に少しでも分別があれば、ガブリエラからできるだけ離れようとしていただろう。だがあの日の夜、馬車のなかでめくるめく時間を過ごしてからというもの、彼女と一緒にいたいという気持ちを抑えることができない。ガブリエラはまるで麻薬のようだ。顔を合わせるたびに、ますます彼女が欲しくなる。

そのとき最初の花火が打ちあげられ、大きな音をたてて三回炸裂《さくれつ》した。トニーはふとわれに返って頭上を見あげた。隣りでガブリエラが群衆とともに歓声をあげ、花火が夜空を染めるのを見てはしゃいでいる。トニーはその姿に目を細めた。花火よりもガブリエラを見ているほうがずっと楽しかった。

ふいにガブリエラが横を向き、トニーと目が合うと、はっと驚いたような顔をした。ガブリエラが息を呑んだのが、花火見物の興奮のせいでないことはすぐにわかった。トニーの股間が反応し、体が欲望で火照った。彼女が欲しくてたまらない。もちろん最後の一線を越えるつもりはないが、その肌にいますぐ触れたい。トニーはガブリエラの手を取ってそっと後ろに下がると、花火が上がっていないときを見計らって闇のなかに消えた。

これまでの経験からすると、花火はまだしばらく終わらないはずだ。キスをして彼女の肌を愛撫してから、何食わぬ顔でこっそりみんなのところに戻ればいい。もし誰かになにかを言われたら、ガブリエラに別の角度から花火を見せてやりたかったのだと答えればいいだろう。

トニーは少し離れたところにある大きな木の陰にガブリエラを連れていった。そして彼女に口を開く暇を与えず、いきなり唇を重ねた。ガブリエラの背中を幹に押しつけ、熱くとろけるようなキスをした。ガブリエラは小さな声をもらし、トニーの髪に手を差しこんで情熱的なキスを返した。

トニーはガブリエラの胸を両手でもみ、乳首を硬くとがらせた。耳鳴りがしているが、それが花火の爆音のせいなのか、それとも鼓動が激しく打っているせいなのか、自分でもよくわからない。トニーは体重を前にかけ、ガブリエラに股間を押し当てた。彼女がそれに応え、猫が主人に甘えるように体をすりつけてくると、トニーの全身に震えが走った。

そして両手で愛撫を続けながら、頬やこめかみ、次にほっそりした首筋にくちづけた。ガブリエラは首を力なく倒し、あごから鎖骨に降るキスの雨に甘いため息をついた。

花火が打ちあげられ、頭上で炸裂する音がするたび、まわりから大きな歓声があがっている。トニーは深呼吸をし、意志の力をふりしぼって体を引き離そうとした。「このへんにしておこう。そろそろ戻らないと、みんなに気づかれてしまう」

「もう戻るの？」ガブリエラはがっかりしたような声を出した。「もう一度だけキスをしてからでもいいでしょう？」

そのかすれた声に、トニーの下腹部がずきんとうずいた。うめき声をあげながら、身を前に乗りだした。彼女の言うとおり、最後にもう一度だけキスをしよう。危険であることはわかっているし、ガブリエラに触れれば触れるほど、満たされない欲求でますます苦しくなるが、それでもあの甘美なキスをもう一度味わいたい。あとのことは、あとになってから考えればいい。トニーはガブリエラに唇を重ね、ふたたび悦びに酔いしれた。

やがてまたもや耳鳴りがしはじめた。ガブリエラの唇と肌のにおいは、どれだけ味わっても足りるということがない。彼女が舌をからませ、こちらを誘惑するように華奢な手を胸に当てている。トニーはぼんやりした頭の隅で、炸裂音に続いて観衆が歓声をあげるのを聞いた。だが次の瞬間、音の種類が変わった。悲鳴と怒声が飛び交い、興奮した馬がどこかでいないている。誰かがいきなりぶつかってきたかと思うと、よろよろした足で立ち去った。

いったいなんの騒ぎだ？　トニーはさっと顔を上げてガブリエラを両手でかばい、誰がぶつかってきたのかを確かめようとした。そして暗闇でうごめく人びとの姿をとらえたとき、驚きで目を丸くした――男も女も子どもも、互いの体を押しのけるようにして必死で逃げている。

そのとき銃声が響き、ぞっとするような女性の悲鳴が聞こえたかと思うと、それに大勢の人たちの叫び声が加わった。

〝なんてことだ、暴動だ！〟

「ぼくから離れるんじゃない」トニーはガブリエラを脇に抱き寄せて木のそばを離れ、人混みのなかにレイフたちを探した。だが頭上で花火が上がっているにもかかわらず、みなの姿はどこにも見えなかった。六フィート三インチのトニーよりもずっと背の高い、ハンニバルでさえ見当たらない。トニーは不安と闘いながら、ガブリエラをしっかり脇に抱いて歩きつづけた。だが逃げまどう群衆が波のように押し寄せてきている状況では、みなと合流するのをあきらめるしかなかった。

「あっちに逃げよう」トニーは大声で言い、もみくちゃにされながら別の方角に向かった。

ガブリエラはトニーの目を見てうなずいたが、その顔に浮かんだ表情は驚くほど落ち着いていた。「わたしを離さないでね」

「ああ、絶対に離さない」トニーはさらに強くガブリエラの体を抱き寄せた。そして転倒して人の下敷きになることのないよう、足もとに注意しながら前に進んだ。だが自分たちがどこに向かっているのかもわからないまま、突然人の波に呑みこまれた。みながいっせいに先を急ぎ、ときおり小走りになっている。少し離れたところで老人がつまずき、悲鳴をあげながら人混みに消えるのがトニーの目に映った。助けに向かいたかったが、どう考えても彼のもとまではたどりつけそうになかった。トニーは人混みに背を押されながら、ガブリエラが老人の身に起きた悲劇を見なかったことを祈るしかなかった。

ようやく安全な場所まで逃れると、人の流れが遅くなり、その数も減ってきた。頭上には真っ黒な空が広がり、花火の音も聞こえない。ときどき遠くで誰かの叫び声がするだけだ。

トニーは誰もいない木のそばにガブリエラを連れていくと、立ち止まって彼女をぎゅっと抱いた。なにも言わず、ただ黙ってその体を抱きしめた。ガブリエラも同じようにした。

「助かったのね」しばらくしてガブリエラが口を開いた。「よかった」

「ああ」トニーは暗闇に目を凝らし、場所の目印になるようなものを探したが、なにも見えなかった。

「レイフやジュリアナたちは無事かしら？」

「だいじょうぶに決まっている。レイフとイーサンはどんなときも冷静だ。みんなを無事に避難させているだろう」

「ジュリアナがきっと心配しているわね」

「そうだな。でも彼女もレイフも、ぼくたちが一緒にいることをわかっているはずだ。きみのことはぼくがちゃんと守ると思っているだろう」

「あなたが一緒じゃなかったら、足がすくんで動けなかったかもしれないわ」

「きみならひとりでも逃げられたはずだ。ぼくの知り合いのなかに、きみほど冷静な女性はほかにはいない」

ガブリエラは苦笑いをした。「見せかけよ、閣下。冷静なふりをしていただけ」

トニーは微笑んだ。「このままずっとおしゃべりをしていたい気持ちはやまやまだが、あまりここに長居しないほうがいい。この公園には夜になると、人を殺すことをなんとも思わない強盗やすりが出没する。そんな連中に出くわすのはごめんだ」

ガブリエラはぞっとした。「そうね、今夜はもうこれ以上、怖い目にあいたくないわ。早く行きましょう」

トニーはガブリエラの手を取って歩きだした。途中で大勢の人とすれ違ったが、放心している者もいれば、けがを負っている者もいた。だがほとんどの人たちは、ただひどくくたびれた顔をし、家路を急いでいた。それから十分ばかり過ぎたころ、ふたりはようやく公園の端にたどり着いた。トニーは周囲を見まわし、自分たちが花火会場からだいぶ離れ、ピカデリーの方角に歩いてきたことに気づいた。

公園から通りに出ると、あたりは住宅がほとんどで、遅い時間のせいもあってしんと静まりかえっていた。夜中の住宅街で貸し馬車を見つけるのは、まず無理だろう。近くの屋敷のドアを叩いて従僕にブラック邸まで使いを頼み、馬車で迎えに来させることもできる。だが自分がガブリエラとふたりきりでいるところを、人には見られないほうがいい。ここは歩いてガブリエラをレイフとジュリアナの待つ家に送り届けるのが賢明だ。

「歩けるかい？」

ガブリエラはうなずいた。「ハーフブーツを履いてきたからだいじょうぶよ」

トニーはガブリエラの手をしっかり握って歩きだした。通りは暗かったが、屋敷にぽつぽつとランプの明かりが灯っていた。十五分近く歩いたところで、背後から軽快な馬のひづめの音が近づいてきた。トニーは足を止め、近づいてくる馬車をふり返った。合図をして停めたものかどうか迷っていると、馬車が速度を落としてふたりの横で停止した。そして小さな音をたてて窓が開いた。

「まあ、ワイバーン卿、あなたなの？」

トニーはあごをこわばらせ、うめき声をあげそうになるのをこらえながら、二度と会いたくないと思っていた人物の顔を見た。「こんばんは、レディ・ヒューイット」

「こんなところでなにをしているの？　馬車が事故にでもあったのかしら？」エリカは狡猾《こうかつ》そうな目をガブリエラに向けた。

「グリーンパークの花火大会で、ちょっとした暴動があったんだ」トニーはそれだけ言うと、ガブリエラをかばうようにその前に立った。ガブリエラの顔が闇にまぎれてエリカからはよく見えないことを祈ったが、それがむなしい願いであることはわかっていた。

「なんて恐ろしいの！」エリカはおおげさに驚いてみせた。「それであなたとミス・セント・ジョージは……あなたの後ろにいるのは彼女でしょう？　……歩いて帰るはめになったのね。でも神様はあなたたちに味方したわ」そして馬車の扉を開けた。「さあ、お乗りなさい。送っていってあげるから」

トニーは一瞬、断わろうかと思ったが、いまさら手遅れだろうと観念した。そしてガブリエラの手を腕にかけ、馬車の扉に近づいた。


「ふたりとも無事で本当によかったわ!」それから一時間近くたったころ、ジュリアナがペンドラゴン邸の玄関ホールで叫んだ。トニーとガブリエラ、それにレイフがそばに立っている。「あなたたちがいないことに気づいて、みんなとても心配したのよ。暴動が起こったとき、人に押されてわたしたちからはぐれてしまったのね」

トニーとガブリエラは互いの顔をちらりと見たが、すぐに目をそらした。

「まあそんなところだ。あっという間の出来事だったから、なにが起きたかよく覚えていない」

レイフが胸の前で腕を組み、いぶかしむような顔でトニーを一瞥した。だがジュリアナはそれに気づかず、腕を伸ばしてトニーとガブリエラをもう一度抱きしめた。「どうやってはぐれたかなんて、もうどうでもいいことだわ。こうして無事に戻ってきてくれたんですもの」

「ええ」ガブリエラは言った。「ワイバーンがいなかったら、無傷で帰ってこられたかどうかわからないわ。怖くて動けなかったもの」

「でもきみは、そんなそぶりを見せなかったじゃないか」トニーはガブリエラに微笑みかけた。「びっくりするぐらい冷静だった」

「本当は冷静なんかじゃなかったわ。心のなかは不安でたまらなかったのよ」

「そんなきみもまたかわいい」トニーはつぶやき、ガブリエラのもの言いたげなラベンダー色の瞳をじっと見つめた。顔を上げると、レイフとジュリアナがこちらを見ていた。ジュリアナは口もとに笑みをたたえ、レイフはさっきよりも険しい顔をしている。

トニーは咳払いをした。「さてと、もう夜も更けたし、今夜はみんな疲れただろうからこれで失礼する」

「ああ。おやすみ、トニー。明日〈ブルックス・クラブ〉で会おう」レイフが言った。

トニーは平静を装った顔でレイフを見た。「そうだな」そして女性ふたりに向かってうなずいた。「ジュリアナ、全員無事だったとわかったから、これできみも安心して眠れるだろう。ミス・セント・ジョージ、きみの夢を天使が祝福してくれるように」

「あなたの夢もね、閣下」ガブリエラは手を差しだした。

「いや、それはどうかな」トニーはガブリエラの手を取った。「もう長年、天使とは仲違《なかたが》いしているもんでね」

レイフがふんと鼻を鳴らした。不機嫌そうな顔はしていたものの、それでも唇ににやりとした笑みが浮かんだ。トニーはお辞儀をしてガブリエラの手を放し、後ろに下がった。そしてみなにいとまを告げ、屋敷をあとにした。

外に出たとたん、夜の濃い闇に包まれた。近隣は静まりかえり、ときおり遠くで犬の吠える声がするだけだ。トニーはてっきりレイフが帰りの馬車を用意してくれていると思っていた。だがそこに停まっていたのは、さっき乗ってきたのと同じ馬車だった。トニーの姿を認めると少しだけ前に進み、扉が彼の真横に来たところで停止した。

エリカが開いた窓から身を乗りだすと、その顔がランプの明かりのなかに浮かびあがった。

「ずいぶん遅かったわね。今夜はここに泊まることにしたのかと思っていたところよ」

トニーはポケットに手を入れた。「まだいたのかい、エリカ？　待っててくれなくてもよかったのに」

「ええ、わかってるわ。でも、せっかくあなたとおしゃべりできるチャンスを逃すのはもったいないと思って」エリカの美しい顔に満足そうな表情が浮かんでいる。雌ギツネがまるまると太ったニワトリでいっぱいの鶏小屋を探り当てたときのような顔だ、とトニーは思った。あのらんらんとした目の輝きを見れば、羽根が一本や二本、空中を舞っていても不思議ではない。

「レイフの馬車を断わったのかい？」

「そうよ。馬車は二両もいらないでしょう。さあ乗って、トニー。遅くなってしまうわ」

トニーは一瞬ためらったのち、馬車に乗りこんだ。そして座席にもたれかかり、エリカが口を開くのを待った。

「最後に会ってから、ずいぶんたったわね」馬車がゆっくり動きだすと、エリカは言った。

「一時間ぐらいはたったかな」

エリカは顔をしかめた。「軽口はやめてちょうだい。わたしが言っている意味はわかってるはずよ」

「すまない。たしかにつまらない冗談だった。だがきみも、昔話をするためにぼくを馬車に乗せたわけじゃないだろう」

「そうよ。でも人間は、そう簡単に昔を忘れられるものじゃないでしょう?」エリカは苦い表情を浮かべた。「どんなに努力しても、なかなか思うようにはいかないわ」

「簡単に忘れられる出来事もある」

「人も同じでしょう。たとえばあなたは、わ、わたしのことをいとも簡単に忘れたみたいだし」

トニーはため息を呑んだ。これだから、昔の恋人と再会するのは面倒なのだ。しかも、お互いに納得して別れた相手じゃなければなおさらだ。トニーはズボンの生地越しに親指でひざをなでた。「忘れてなどいない。きみのような女性を忘れられる男がいると思うかい?」

エリカは嬉しそうに小さくあいづちを打ったが、なにも言わなかった。

「ぼくはただ、気持ちを切り替えて新しい人生を歩いているだけだ。きみも同じだろう。最近はプリンプトン卿と会っているようだが」

エリカは優雅な動作で肩をすくめた。「あら、知ってたの？　あの人ったら、すっかりわたしに夢中なのよ。いつも喜ばせてくれるんだから！」

その言葉がトニーを嫉妬させるためのものなら、エリカの狙いははずれた。だがトニーは、彼女がこうした話をする本当の目的が、別のところにあるとわかっていた。

「閣下はこのところ、あのガブリエラ・セント・ジョージという娘のご機嫌取りで忙しいみたいね。無垢《むく》な若い娘にちょっかいを出すなんて、悪い人だわ。しかもペンドラゴン夫妻は、あなたの大切な友人なんでしょう。でも、ちょっとしたお遊びの域は出ていないはずよ。あなたのように女好きな人が、あんな小娘で満足できるはずがないもの」

トニーはエリカの口からガブリエラの名前が出ることに耐えられず、こぶしをぐっと握りしめた。

「それにしても、今夜は危ないところだったわね」エリカはそこでいったん言葉を切り、シルクのスカートをなでつけた。「あなたたちが暗い夜の街をふたりきりで歩いているところをもし誰かが見かけたら、家に飛んで帰ってみんなにそのことを言いふらしていたかもしれないわ。事実がどうであれ、その人の目に彼女はきずものに映ったでしょうね。社交界というものがどういうところかを考えると、いったん噂が広がったら、ミス・セント・ジョージの評判がずたずたになることは間違いないわ」

ようやく核心に触れてきたか。トニーは心のなかでつぶやき、エリカがどんな脅しをかけるつもりか、しばらく様子を見ることにした。

「叔母のレディ・マンローとの一件があったばかりだというのに、またスキャンダルが持ちあがったら、あの娘もさすがにもう終わりでしょう。自分の責任ではないことで社交界から追いだされるなんて、そんな悲劇があるかしら」

トニーは怒りをこらえ、淡々と言った。「ああ。そうなったらたしかに気の毒だ」

「でももちろん、わたしはなにも言うつもりはないわ。今回のことは、わたしたちだけの秘密にしましょう」

「いいのかい？　きみはなんて心の優しい人なんだ！」トニーはのんびりした口調で言ったが、その声にはかすかにあざけるような響きがあった。

「あら、ありがとう」エリカは口もとに小さく勝利の笑みを浮かべた。「われながら寛容だと思うわ。でも人に親切にしたら、見返りがあってもいいと思わない？」

トニーはさらにきつくこぶしを握り、こみあげる怒りを抑えた。「どんな見返りを考えているんだい？」

エリカがあげた短い笑い声が、石板を爪でこする音のようにトニーの神経を逆なでした。

「あなたよ！　あなたに戻ってきてほしいの」

トニーは片方の眉を上げた。「本気で言ってるのか？　プリンプトンのことはどうするつもりだ？」

「あの人がどうしたというの?」エリカは肩をすくめた。「彼は楽しい人だし、わたしを満足させてはくれるけど、あなたにはとてもかなわないもの。いままでいろんな男性と付き合ってきたけれど、あなたほどわたしをベッドで悦ばせてくれる人にはまだお目にかかってないわ。でももちろん、よりを戻すにしても条件付きよ」

「どんな条件だい?」

「そうね、まずはわたしにかしずいてもらおうかしら。しばらくのあいだ、文字どおりわたしにひざまずくのよ。ひざをついたままでも女を悦ばせることはできるでしょう、閣下?」エリカは楽しそうに言った。「条件はほかにもあるわ。いつどこで会うか、どれくらいの頻度で会うかは、わたしに決めさせてちょうだい」

「きみが決めるのかい?」

「ええ、そうよ。それからこれがいちばん大事なことだけど、別れはわたしのほうから切りだすわ。わたしがいいと言うまで、あなたはわたしのものよ。あなたとの関係に飽きて別れたくなったら、みんなが見ている前でそう言うわ。そのときはわたしにひざまずき、別れたくないとすがりついてちょうだい。そうそう、涙を流すのも忘れないでね。もしどうしても泣けないようだったら、手のひらを針で刺すといいわよ」

「きみはずっとそんなことを考えていたのか?」

「あなたにわたしの気持ちはわからないでしょう」エリカはそれまで抑えていた怒りを、ふいにあらわにした。

「冷静に考えてくれ。ぼくは誰かに頭を下げてすがりつくような男じゃない――相手がきみだろうと誰だろうと同じことだ」

「あなたのせいで窮地に陥っている、あのかわいい彼女のためにもできないというのかしら？　それに、あなた自身のことはどうなの？　もし噂が広まったら、あなただって評判を落とすのよ。あなたが自由を手放し、あの娘と結婚しようなどと考えるわけがないもの。きずものになったレディの名誉を取り戻すには、結婚以外に方法はないというのに」

　トニーはひとつ大きく息を吸い、なにも言わなかった。

「あなたのことはこのわたしがいちばんよく知っているわ。どんなに魅力的であっても、デビューしたての若い娘に一生縛られるくらいなら、悪い男だと後ろ指を差されるほうを選ぶはずよ。もともとあなたは放蕩者で有名なんだし、今回のスキャンダルが世間に知られても、またひとつ武勇伝が増えるくらいのものかもしれないわね。でも、レイフとジュリアナは大切な友だちなんでしょう？　自分たち家族の顔を踏みにじられたと知ったら、あのふたりはいったいどう思うかしら？　レイフ・ペンドラゴンはあなたと決闘したいと言いだすかもしれないわよ！　たったひとりの娘のために、何十年も続いた友情が終わるなんて悲しいわね」エリカは甘い声を出し、トニーの太ももをそっとなでた。「わたしの条件を吞んで、よりを戻してくれさえしたら、なにも言わないと約束するわ」

エリカは手を太ももから上にはわせようとした。トニーはさっと手を重ねてそれを止めた。そのままふりはらいたい衝動を抑えてエリカの手を握りしめ、どうして自分は一度でも彼女を欲しいと思ったのだろうと考えた。そして意を決し、嫌悪感を押し殺してその手を口もとに持っていくと、香水のにおいのする肌にくちづけた。

「きみには先を見通す目がある」トニーはささやいた。「昔からそうだった」

「気づいてくれて嬉しいわ」

「きみの言うとおりにするしかなさそうだな」

エリカがにっこり笑うと、薄闇のなかで歯が白く浮かびあがった。「わかってくれればいいのよ」

「だがもう夜も更けてきた。どうやらブラック邸に到着したようだ」

エリカは窓の外を見た。「そうみたいね。これから寄ってもいい？」

トニーは首をふった。「今夜はやめておこう。それに自分の家のなかでは、うまくきみにひざまずけそうにない」

エリカは笑った。「それもそうね。じゃあこれで話は決まりかしら？」

トニーはエリカの手を親指でなで、その感触をしみじみと味わうようなふりをしながら、もう一度手のひらにキスをした。「詳しいことは明日話し合おう……いや、待ってくれ、明日の夜はどうしてもはずせない用事があるんだった。あさってでどうかな？　あさってでもよければ、きみに喜んでもらえるように計画を練っておこう」

　エリカは目を細めた。「まさかわたしをだますつもりじゃないでしょうね？」

「そんなことをしてなんになる？　きみが言ったとおり、ぼくにはもうほかの選択肢は残されていない」

　エリカはしばらく考えこむような顔をしていたが、やがて笑みを浮かべた。「あさってでもいいわ。どんなことを計画しているのか知らないけれど、わたしをかならずあっと言わせてちょうだいね」

「それについては保証しよう」

12

ガブリエラは寝室の長椅子に腰かけ、リリー・アンダートンがこの前ここに来たときに貸してくれたミネルバ出版の小説のページをめくった。雨がしとしと窓を濡らし、今日は陰鬱《いんうつ》な天気だ。屋敷のみんなも、どことなく沈んだ顔をしている。

昨夜、公園で大変な事件に巻きこまれたので、ガブリエラとジュリアナは予定をすべて取りやめて一日じゅう家にいることにした。この天気を考えると、そうして正解だった。レイフは仕事で外出し、ジュリアナは子ども部屋に行っている。ステファニーにお乳をやり、しばらくキャンベルの相手をしてやるらしい。二歳になるおませなキャンベルは、目下「やだ」という言葉が大のお気に入りだ。

ガブリエラは本に視線を落とし、読書に集中しようとしたが、ヒロインに危機が迫る場面であるにもかかわらず、知らず知らずのうちにまた別のことを考えていた。レイフとジュリアナは、わたしとトニーが昨夜みんなから離れてふたりきりでいたことについて、あれっきりなにも言ってこない。だがあの出来事の波紋は、思った以上に大きいのではないかという気がしてならない。

昨夜のレイフの口調はいつになくとげとげしく、トニーを見る目も鋭かった。ジュリアナはわたしたちが無事に帰ってきたことにほっとし、それ以外のことはなにも考えていないようだった。けれども今朝、彼女の顔にはどこか心配そうな表情が浮かんでいた。そしてわたしが見ていることに気づくと、すぐにいつもの顔に戻った。

それにレディ・ヒューイットのこともある。

彼女はわたしとトニーを馬車で送っていこうと親切に申しでてくれたし、馬車のなかでも終始にこやかで、ときおり冗談まで言っていた。だが考えれば考えるほど、レディ・ヒューイットにはなにか別の目的があったのではないかという気がしてくる。わたしは社交界のしきたりにはまだ詳しくないが、レディが男の人とふたりきりでいてはいけないということくらいはわかっている――少なくとも、ふたりきりでいるところを見つかってはいけないのだ。だが少しでも話のわかる人なら、あれはしかたのないことだったとわかってくれるはずだ。わたしたちはよりによって、暴動に巻きこまれてしまったのだから！

あまりくよくよ考えることもないだろう。もし噂になったとしても、数日もすればおさまるにちがいない。ガブリエラは少し気が楽になり、文字を目で追った。それから五分後、ドアをノックする音がした。

「どうぞ」ガブリエラは読みかけのページを指で押さえた。

「失礼します」メイドが言った。「ワイバーン公爵がお見えになりました。応接室でお待ちです」

トニーがここに来ているですって？　ガブリエラは本を脇に置いて立ちあがった。「わかったわ。すぐに行くと伝えてちょうだい」

メイドはお辞儀をして立ち去った。

ガブリエラは姿見の前に立つと、髪が乱れていないかどうか確かめ、あんず色とクリーム色の小枝模様をした綿モスリンのドレスをさっとなでつけた。身なりが整っていることを確認し、部屋を出た。

ジュリアナがひと足先に来ていると思ったが、応接室にはトニーしかいなかった。ガブリエラがなかにはいると、トニーがふり向いた。

「おはよう、閣下。今日は天気も悪いのに、こんな早い時間にあなたが訪ねてくるなんて思ってもみなかったわ。まだ十時にもなってないでしょう」

「ミス・セント・ジョージ」トニーは丁寧なお辞儀をした。ダークグリーンのモーニングコートと淡黄褐色の半ズボンを身に着けた姿は、いつにもまして洗練されていた。豊かなダークブラウンの髪が雨に濡れて輝き、驚くほど青い瞳が浅黒い肌に映えている。

「レイフならあいにく留守よ。ジュリアナは上で子どもたちの世話をしているわ。すぐに呼びに行かせ――」

「いや」トニーはガブリエラの言葉をさえぎった。「ジュリアナは呼ばなくていい。今日はきみに会いに来た」

「まあ」ガブリエラは後ろで手を組んだ。「そうなの?」

トニーの瞳の色が一瞬、濃くなった。「ああ」

ガブリエラは彼のキスや愛撫を思い浮かべてぞくりとした。昨夜も公園で、熱い抱擁を交わしたばかりなのだ。ふたりの仲はどんどん親密になっているが、トニーがこれまでわたしを自宅に訪ねてきたことはない。まるでこの家を聖域かなにかだと思っているようだ——おそらくそれは、ある意味で正しいのだろう。

トニーはガブリエラの横を通りすぎて入口に向かい、かすかな音をたててドアを閉めた。そしてガブリエラのところに戻ってくると、その正面に立った。

いったいどうしたのだろう? ガブリエラはいぶかった。なぜ人目を忍ぶようにしてわたしに会いに来たのだろうか。こちらの心を見透かすようなトニーの目を見て、ガブリエラは柄にもなく緊張した。

「ミス・セント・ジョージ……いや、ガブリエラ、きみにひとつ大事なことを訊きたい」

「なにかしら? 昨夜のことと関係があるんじゃないわよね?」

トニーは片方の眉を上げた。「まったく無関係というわけじゃないが、それはもうどうでもいいことだ。ガブリエラ……」そこでいったん言葉を切って前に進みでると、ガブリエラの手をぎゅっと握りしめた。「うまく言えなかったら許してくれ。これが初めての経験だから、きみが望むような言いかたができるかどうか自信がない」

わたしが望むような言いかたですって？　いったいなんのことだろう。ガブリエラはさっぱり見当がつかなかった。

「唐突に思えるかもしれないが、じっくり考えたすえでの結論だ。こうするのがふたりにとっていちばんいいことだと思う。きみも同意してくれるだろうが、ぼくたちはとても相性がいい」

ガブリエラはきょとんとした。「あらたまってどうしたの？」

「肉体的な相性も抜群だ」トニーはガブリエラにさらに近づき、空いたほうの手を彼女のヒップにはわせると、ウェストで止めた。「きみはぼくを喜んでベッドに迎えてくれると思ってもいいだろうか？」

ガブリエラははっと息を呑んだ。心臓が口から飛びだしそうに激しく打っている。「か——閣下、あの、わ……わたし」しどろもどろになりながら言った。

「イエスかノーかで答えてくれ」トニーは親指でガブリエラの手のひらの下側をなでた。ガブリエラの全身がかっと熱くなったかと思うと、またすぐに冷たくなり、ボディスの下で乳首がとがった。

本当のことを答えられるわけがないわ。ガブリエラは胸のうちでつぶやいた。わたしが心の奥でそんなふしだらなことを求めているなんて、言えるわけがない。でも彼は答えを聞かなくても、わたしの本心をわかっているにちがいない。この二週間というもの、わたしは彼に進んでキスや愛撫を許していたのだから。トニーが返事を促すように、じっとこちらを見ている。「ええ」ガブリエラは蚊《か》の鳴くような声で答えた。そう言ったとたん、自分がどれほど大変なことを口にしてしまったのかに気づいた。

「よかった。ぼくたちはきっとうまくやっていけるだろう」

トニーはなにを言っているの？　まさか……わたしに愛人になってほしいと言っているのだろうか？　わたしは誰の愛人にもなる気はない。それでも……。

「ガブリエラ・セント・ジョージ」トニーは深みのあるなめらかな声で言った。「ぼくの妻になってくれないか？」

ガブリエラは地面に胸を激しく打ちつけたように、一瞬息ができなくなった。目の前がくらくらし、何度かまばたきをした。「いま妻と言ったの？」

「そうだ」

「でもあなたは、誰とも結婚する気がないんでしょう！　社交界のみんながそう思ってるわ」

トニーは片頬で笑った。「だったら、みんなは思いちがいをしている」

ガブリエラの頭が真っ白になった。トニーの言葉の意味を呑みこもうとしながら、彼は本気で言っているのだろうかといぶかった。この数週間というもの、気持ちが激しくかき乱され、トニーのことばかり考えてぼんやりしている。

心の奥底では、いつか彼が結婚を申しこんでくれるのではないかというひそかな望みを抱いていた。とはいっても、まさか本気でプロポーズされるとは思っていなかった。ところがトニーはいまわたしの目の前に立ち、自分の花嫁になってほしいと言っている。このガブリエラ・セント・ジョージが、イングランドじゅうの女性の憧れの的でありながら、いちばん射止めるのがむずかしい男性の心を本当に動かしたのだろうか？　ふたりが惹かれ合っているのはたしかだが、あまりに話がうまくいきすぎているような気がする。

「それで、返事は？」

返事ですって？　ガブリエラは「イエス」と答えたかったが、なにかが頭にひっかかった。そしてかすかに眉根を寄せた。「どうしてなの？」

そんなことを訊かれるとは思っていなかったというように、トニーも眉をしかめた。「さっき言わなかったかな？　ぼくたちはとても相性がいい。それと念のために言っておくが、ぼくはきみに欲望を感じている。きみが欲しくてたまらない」そう言うとガブリエラの体を抱き寄せ、硬くなった股間を押しつけた。

わたしに欲望を感じているということに関しては、彼の言葉に嘘はなさそうだ。ガブリエラは思った。でもわたしをベッドに連れていきたい一心で、結婚までしようというのだろうか？　トニーは愛について、ひと言も口にしていない。

ガブリエラはふいにあふれる想いで胸がいっぱいになった。いまこの瞬間まで、ずっと認めたくなくて目をつぶってきたが、これ以上自分に嘘をつくことはできない。わたしは彼を心の底から愛している！　ここでたったひと言、イエスと答えれば、彼はわたしのものになる。

だがどうしても、その言葉がすんなり出てこなかった。「昨夜のことと関係があるんじゃないでしょう？　まさか、ふたりきりでいるところを見られたから、プロポーズしているわけじゃないわよね？　もしそうだとしたら――」

「そうだとしたら、なんだい？　だったらなおのこと、ぼくたちが結婚するのは理にかなったことじゃないか」トニーが背中に手をはわせ、優しく円を描くようになでると、ガブリエラは猫が甘えるように彼に体をすり寄せた。「きみを幸せにしたいんだ、ガブリエラ。ぼくならそれをかなえられる。ふたりで幸せになろう」

トニーはガブリエラを強く抱きしめて唇を重ね、焦らすようなキスをした。ガブリエラはいつものように頭がぼうっとし、浅い息をついた。

「結婚しよう」トニーは唇をつけたままささやいた。「ぼくの花嫁になってくれ」

トニーの花嫁になる。ガブリエラの胸が躍った。なんて素敵なんだろう！　ほかの誰でもない、彼の花嫁になれるのだ。

ロンドンに戻ってきてからというもの、わたしはたくさんの紳士と知り合った。なかにはなかなか魅力的な人もいた。だがアンソニー・ブラックほどの男性は、誰ひとりとしていなかった——外見もふるまいも人柄も、彼にかなう人はいない。この人はわたしが男性に求めるすべてのものを持っている。知性と思いやりと勇気だ。そしてなにより、世のなかをユーモラスな視点で見ることができる。自分自身も含めて、誰のことも、そしてどんな出来事も、深刻にとらえすぎるということがない。

トニーは幸せという言葉を口にした——わたしと彼自身の幸せだ。それはわたしを愛してくれているということではないだろうか。男性のなかには、相手のことを深く愛していても、そのことを口に出して言えない人がいる。彼もそのひとりで、愛を言葉ではなく行動で示そうとしているのかもしれない。

「さあ」トニーは優しくくちづけた。「答えを聞かせてくれ」

「ええ！」ガブリエラは言った。「答えはイエスよ！　あなたと結婚するわ！」

トニーはつかのま唇を離し、背筋を伸ばした。その瞳の奥に、ガブリエラがそれまで見たことのないような光が宿った。そこには嬉しさともうひとつ、別の感情が浮かんでいるような気がしたが、それがなにかガブリエラにはよくわからなかった。

だが次の瞬間、トニーが情熱的に唇を重ねてきて、ガブリエラの思考は中断された。そして口を開けて彼

リエラはトニーの首にしがみつき、思いのたけをこめてキスを返した。そして口を開けて彼

の舌を招き入れた。熱く甘いキスをされ、体じゅうが燃えるように熱くなっている。トニーが両手を下ろし、ガブリエラの腰のあたりをなでたかと思うと、ヒップを支えてその体を一瞬持ちあげた。それから脚を少し開いて彼女をそのあいだに立たせ、自分の硬くなったものを押しつけて激しい欲望を伝えた。ガブリエラは夢中でトニーの首にしがみついた。

トニーがガブリエラの片方の乳房を手で包み、その乳首が硬くなったとき、ドアの開く聞き慣れた音が部屋に響いた。だがガブリエラは快感のあまりぼうっとし、その音がほとんど耳にはいらなかった。

「お前が友だちじゃなかったら、決闘場に呼びだしているところだ！」空気を切り裂くような鋭い男性の声がした。「いや、やはり今回は決闘を申しこもうか。守るはずの相手に手を出すとは、いったいどういうことだ！　彼女を放せ」

トニーは体をこわばらせ、ガブリエラを抱きしめる腕にぐっと力を入れた。次にゆっくりと顔を離し、両手で彼女をかばうようにした。それからようやくレイフのほうを見た。ガブリエラはレイフの顔をそっと盗み見し、その恐ろしい形相《ぎょうそう》に縮みあがった。

「見境《みさかい》のない男め！　お前にガブリエラを任せるのは、狼にひな鳥を託すようなものだと気づくべきだった。やはり彼女にちょっかいを出さずにはいられなかったんだな」

「ああ、お前の言うとおりだ。でもこちらの話も聞いてくれないか」

「なにを聞けというんだ？　お前が汚れを知らない若い娘を誘惑したことか？　昨夜もなに

かおかしいと思っていたんだ。お前に全幅の信頼を置いていなかったら、もっと早くこのことに気づいていただろう」

「なにに気づいていたの？」ジュリアナが明るい声で言いながら部屋にはいってきた。「いったいなにごとかしら？」そこで言葉を切り、ガブリエラがトニーの腕のなかにいるのを見た。「なるほど、そういうことだったのね」

「そうだ、ふたりは現場を押さえられた。現行犯《エン・フラグランテ》だ」

トニーは片眉を上げた。「そんなことはないだろう。ぼくとガブリエラは、まだ靴ひももほどいていない」

「ぼくが来なかったら、じきに服の半分を脱いでいたはずだ」

なにも恥じることはないとわかっていたものの、ガブリエラは顔を赤らめた。

「ねえ、レイフ」ジュリアナがレイフの腕に手をかけた。「そんなに悪いほうに考えないで。とにかくふたりの話を聞きましょうよ」

「なんの話を聞くんだ？　ぼくはこの目で見たんだぞ。そもそも、きみはどうしてふたりの味方をするのか？　きみもこのことを知っていたのかい？」

「いいえ、確信があったわけじゃないわ。でもうすうす、そういう気がしていたの」

「それなのに、ぼくになにも言わなかったのか？」レイフは気色ばみ、あごをこわばらせた。

「この件についてはまたあとで話そう、マダム」

　ジュリアナは軽く手をふった。「わたしをマダムと呼ぶのはやめてちょうだい、レイフ・ペンドラゴン。あなたがこんなふうに怒ることがわかっていたから、黙ってたほうがいいと思ったのよ。さて、ガブリエラ、トニー、なにか言いたいことがあるでしょう？」

「そうだ」レイフは胸の前で腕を組み、怖い声で言った。「話を聞かせてもらおうじゃないか」

「やれやれ。今回の騒動で、せっかくの発表が台無しになってしまったな。そう思わないかい？」トニーはガブリエラの顔を見て、のんびりした口調で言った。「でもこうなったら、この場でふたりに話すしかないだろう」

「なにを話すというんだ？」レイフは食いしばった歯のあいだから言った。

「たったいま、ガブリエラはぼくの妻になることを了承してくれた。ぼくたちは結婚する」

　レイフは組んだ腕をほどき、体の脇にだらりと下ろした。ジュリアナは一瞬、口をぽかんと開けた。さすがの彼女も、まさかふたりが結婚するとは思っていなかったらしい。「結婚ですって！　本当なの？」

　ガブリエラはうなずいた。「さっきトニーからプロポーズされたの」

「まあ、おめでとう！」ジュリアナはふたりのもとに駆け寄り、まずガブリエラを、それからトニーを抱きしめた。ジュリアナの興奮が伝わってきて、ガブリエラも喜びで胸がいっぱいになった。

だがレイフは、すぐには祝福しようとしなかった。「どうしてだ?」さっきのガブリエラと同じ質問をした。

トニーはまっすぐレイフの目を見ると、ガブリエラの肩を抱き寄せた。「こうするのがいちばんいいと思ったんだ。ぼくたちのどちらも、それを望んでいる。そうだろう、ガブリエラ?」

ガブリエラはこめかみに優しくくちづけされ、またもやうっとりした。「ええ」トニーの目を見ながら答えた。「それがわたしたちの望みよ」

レイフはふっと表情を和らげ、ふたりに歩み寄ってトニーに手を差しだした。「そういうことなら、心からきみたちを祝福しよう。おめでとう。ジュリアナとぼくのように幸せになってくれ」

「もちろんよ」ガブリエラの顔はきらきら輝いていた。「きっと幸せになるわ」

13

ガブリエラはジュリアナの化粧室で、金めっきの施された姿見の前に立っていた。ジュリアナの侍女が、美しく結いあげられたガブリエラの髪にウェストまでの長さの白いベールを留めると、後ろに下がって仕上がりを確認した。「まあ、お嬢様、夢のように美しい花嫁ですわ」

「本当ね、デイジー」ジュリアナが言った。「完璧だわ」

「そうかしら?」ガブリエラはもう一度ちらりと鏡を見ると、付添人のふたりの女性に向きなおった。

リリーはにっこり笑ってうなずいた。「トニーはあなたを見た瞬間、目が釘付けになるでしょう。あなたに触れないようにするのに、ひと苦労するんじゃないかしら」

「そうね」ジュリアナが微笑んだ。「あんなにせっかちな花婿は、いままで見たことがないもの。結婚式の準備に、たった五日しかくれなかったのよ。屋敷じゅうがてんてこ舞いだったわ」

ジュリアナの言うとおりだ、とガブリエラは思った。トニーに突然プロポーズされたときもびっくりしたが、特別許可をもらって一週間以内に結婚しようと言われたときは、本当に驚いた。ジュリアナは準備のことを考えると、そんなことはとても無理だと難色を示した。招待客に通知をすることひとつをとっても、あまりに無謀すぎる。話を聞いたリリーも反対し、ジュリアナとふたりでなんとかトニーを説得しようとしたが、彼は頑として譲らなかった。

「どうして先に延ばす必要があるんだ？」ガブリエラとふたりきりになると、トニーは言った。「ぼくはきみと結婚したい。気持ちが固まっているのに、なぜ待たなくてはいけないのかわからない。正直に言うと、五日でも長すぎる。できたら明日にでも結婚したいぐらいだ」

ガブリエラはその言葉に心がとろけ、自分も先延ばしになどしたくないと思った。早く愛するトニーの妻になりたかった。それに婚約期間が長くなると、そのうち彼の気が変わり、結婚を決めたことを後悔するのではないかという不安も心のどこかにあった。

「それでも、なんとか間に合ったわ」リリーが言った。「ガブリエラのドレスだって、即席で用意したとは思えないほど素晴らしい出来じゃないの」

その場にいたみんなが、いっせいにガブリエラのウェディングドレスに視線を注いだ。光沢のある白いシルクのドレスに、ごく薄いティファニー織りのオーバースカートを重ねてある。繊細なメクリンレースがドレスのすそと短い袖《そで》の縁に縫いつけられ、その葉と花の絡み合う模様が、彼女の黒っぽい髪に散りばめられた小さな白いバラのつぼみにぴったり合っている。「それがもともとはデビュー用のドレスだったなんて、誰も思わないでしょう」

「そうね」ガブリエラは言った。「とても素敵なドレスになったわ。この美しいドレスも、ケーキも、飾りつけも、それから……なにもかも、本当にありがとう。こんなに素晴らしい日が迎えられたのは、ふたりのおかげよ」

ジュリアナがふいに涙ぐんで洟《はな》をすすり、ガブリエラに近づいてその体を抱きしめた。リリーも同じようにした。

「なんだか王女にでもなったような気分だわ」

ジュリアナは時計をちらりと見ると、からかうような口調で言った。「王女というわけにはいかないけれど、あと二十分であなたは公爵夫人よ。それで充分満足でしょう?」

ジュリアナは笑みを浮かべたが、緊張で胃がねじれるような感覚に襲われた。「充分すぎるほどよ。トニーがわたしの夫になるんですもの」

「花婿のところに行きましょうか?」ジュリアナが言った。

ガブリエラは嬉しそうにうなずき、ジュリアナとリリーに連れられて部屋を出た。

トニーは応接室で、式のために飾られた花のそばに立っていた。午前の太陽の光が注ぎこみ、室内を明るく照らしている。バラとライラックの香りがただよい、優しいハープの音が流れていた。かたわらには、花婿の付添人の役目を引き受けてくれたレイフとイーサンが立っている。白髪頭の司祭が祈禱《きとう》書のページをぱらぱらとめくり、三列にこぢんまりと並べられた椅子にごく少数の参列者が腰かけ、小声で話しながら花嫁の到着を待っていた。

トニーはベストのすそを引っぱり、小指にはめたルビーのシグネットリングをくるりとまわした。今朝は濃紺の燕尾服に薄いグレーの半ズボン、真っ白なシャツとタイに磨きこまれた礼装用の黒いエナメル靴という、伝統的な結婚式の装いに身を包んでいる。

あと少しだ。トニーは心のなかでつぶやいた。もうすぐガブリエラがやってくる。そして数分後には、自分は既婚者になっている。ガブリエラと結婚しようと決めたことに後悔はなかったが、トニーの胸が一瞬、ぎゅっと締めつけられた。

エリカ・ヒューイットのことを考えると、こうする以外に方法はなかったのだ。自分はあの出来事のあった日の翌々日、大きな花束とダイヤモンドのブレスレットをエリカに贈り、会う約束をもう少し先に延ばしてほしいと頼んだ。どうしてもはずせない急用ができたと手紙に書き、彼女の屋敷に届けさせた。エリカから届いた返事には、あと二日だけ待つと書いてあった――でも二日たったら、あの夜のことをみんなに話すという。

そこで自分は結婚式が終わるまで、エリカには絶対に知られないよう、ガブリエラとの婚約を徹底的に隠すことにした。信頼できる友だちだけを招待し、うるさい社交界の面々の前ではなく、ごく内輪で結婚式を挙げたいのだと説明した。『モーニング・ポスト』にこのことを知らせたのも、ほんの三十分前のことだ。今回のことが世間に知られるころには、ふたりは夫婦になり、ロンドンを発って馬車に揺られているはずだ。

社交界じゅうが大騒ぎし、しばらく自分たちの話でもちきりになるだろう。明日の朝、怒りで顔を真っ赤にしているエリカの姿が目に浮かぶようだ。きっと新聞をずたずたに引きちぎり、手をインクで黒く汚すにちがいない。ハネムーンはノーフォーク州の小さな地所に行く予定だが、そこまで彼女の叫びが聞こえてくるのではないだろうか。

一刻の猶予もないとわかっていたので、あまりに急すぎるとみんなが驚いて眉をひそめるのもかまわず、今週中に結婚することにした。ガブリエラを説得するのはあっけないくらい簡単だったし、ジュリアナとリリーも最終的にはこちらの気が変わらないうちにと賛成してくれた。だがレイフだけは、ずっと疑わしそうな顔をしていた。

プロポーズした日の夕食のあと、レイフは自分を脇に連れだし、こんなにあわてて結婚するのにはなにか〝差し迫った理由〟があるのではないかと尋ねた。あと何カ月かたったら、びっくりするような事態が起こることを心配していたらしい。だが自分は、そんなことは絶対にないし、ガブリエラは無垢のまま初夜を迎えると請け合った。どうしてもというなら、神に誓ってもいいとすら言った。レイフはこちらが純粋に愛情だけでガブリエラにプロポーズしたのではないとわかっているらしく、まだ納得できない顔をしていたが、それ以上なにも言わなかった。そして自分が付添人になってほしいと頼むと、背中をぽんと叩いて承諾した。

そしていま、自分はこうしてここに立ち、ガブリエラを待っている。トニーが懐中時計で時間を確かめようとしたそのとき、リリーが入口のところに現われた。それからハープ奏者に合図をして曲を変えさせると、レイフに向かってうなずいた。レイフが大またで歩き、廊下で待っているガブリエラを迎えに行った。トニーの心臓がひとつぎこちなく打った。もう一度ベストのすそを引っぱって整え、祭壇の所定の位置についた。

リリーが最初にはいってきて、歩きながらピンクのバラの花びらをまいた。次にジュリアナが、手袋をした手にヒエンソウの花束を持って現われた。目をきらきらさせながら、司祭をはさんでトニーの反対側に立った。最後にガブリエラが白いバラの花束を片手に持ち、もう片方の手をレイフの腕にかけてバージンロードを歩いてきた。

トニーは思わず息を呑んだ。ガブリエラに目が釘付けになり、まわりの光景が瞬時にかすんだ。真っ白なドレスに身を包んだ彼女の姿ほど美しいものは、これまで見たことがない。まるで地上に降りてきた天使そのものだ。ガブリエラがどんどん近づいてきて、すぐ横で立ち止まった。レイフが彼女をそっとトニーに託した。

ガブリエラが上目遣いで恥ずかしそうにトニーを見ると、唇に小さな笑みを浮かべた。トニーの下半身が即座に反応した。ガブリエラと結婚できることが、ふいに嬉しくてたまらなくなった。彼女を手に入れられるのなら、自由を失うこともたいしたことではないように思えてきた。だが結婚式のあいだじゅう、みだらな想像をしているわけにはいかないと自分を叱り、司祭の言葉に集中しようとした。

やがて結婚の誓約をするときがやってきた。トニーの穏やかでよく通る声が、部屋に響いた。ガブリエラも誓いの言葉を口にしたが、その声はトニーに比べるとずいぶん小さかった。トニーはガブリエラのかすかに震える手を取り、四日前に贈ったスクエアカットのダイヤモンドの婚約指輪に重ねるように、シンプルな金の結婚指輪をはめた。数分後、司祭がふたりが夫婦になったことを宣言した。

トニーは参列者が見ているのもかまわず、ガブリエラを抱き寄せて唇を重ね、情熱的なキスをした。頭がくらくらし、体じゅうを熱い血が駆けめぐっている。ガブリエラが小さな声をあげて口を開き、舌をからませてきた。トニーがそれに応え、さらに濃厚なキスをしようとしたとき、大きな男性の手が肩に触れた。

「おいおい、夜まで待てないのか?」イーサンが愉快そうに言った。「レディたちが赤くなってるぞ。花嫁も同じだろう」

トニーが顔を離すと、ガブリエラが困惑したように目をしばたいたが、その顔は明るく輝いていた。そしてイーサンが言ったとおり、みなが見ていることに気づいて頬を赤らめた。トニーがなにが悪いんだというように肩をすくめると、みながどっと笑った。

トニーはガブリエラの手を腕にかけて歩きだした。これから結婚披露の会食がある。ごちそうよりもガブリエラを食べたい気分だったが、いまは料理と飲み物で我慢しなければと自分に言い聞かせた。

それから数時間後、トニーはガブリエラに手を貸して馬車から降ろした。頭上に広がる真っ青な空から、午後の陽射しが降りそそいでいる。明るい外観をしたれんが造りの屋敷のドアが開き、なかから中年の女性が現われると、砂利の敷きつめられた私道をざくざくと踏みながら小走りにやってきた。

「ソーンパークへようこそ！」女中頭は立ち止まって深々とお辞儀をした。「おふたりにお越しいただけて、とても光栄です！　すべて閣下のご指示どおり、準備を整えておきました。部屋は空気を入れ替えてきれいに掃除し、食料貯蔵室には地元でとれた最高の食材をそろえてあります」そこではっとした顔をし、くすくす笑った。「まあ、わたしったら、なかにご案内もせずにぺらぺらおしゃべりしてしまって。さあ、どうぞおはいりください。もしお腹が空いているようでしたら、ピーチレモネードとハムを載せたビスケットを用意してありますのでお申しつけください。もっと強いお飲み物のほうがよろしければ、ワインやウィスキーもございますよ、閣下」

屋敷にはいりながら、トニーは女中頭ににっこり笑いかけた。「レモネードをもらおうか、ミセス・ラムステッド。でもまずは、花嫁を二階に案内して少し休ませてもらえるかな」

「馬車のなかでたっぷり休んだからだいじょうぶよ」ガブリエラは旅の疲れも見せず、上機嫌で微笑んだ。「でも顔を洗って服を着替えたら、さっぱりするでしょうね」

「ええ、もちろんですとも。どうぞこちらへ、奥方様《ユア・グレイス》。ご案内いたします」女中頭が言った。

だがガブリエラは動こうとせず、しばらくのあいだトニーとミセス・ラムステッドの顔を交互に見ていた。そしてふいに目を大きく見開いた。「まあ、わたしのことだったのね！」そしてやれやれというように笑いながら、胸に手を当てた。「〝奥方様〟と呼ばれることに慣れる日が、いつか来るのかしら。なんだか妙な気分だわ」

「いつか慣れるさ」トニーが言った。

ガブリエラは片方の眉を上げた。「生まれてからずっと敬称で呼ばれていたら、慣れっこにもなるでしょうね。でもわたしは〝ミス〟か〝おい、きみ〟としか呼ばれたことがないの。慣れるにはかなり時間がかかると思うわ。いっそのこと、ここのみんなにもわたしのことをガブリエラと呼んでもらったほうがいいかもしれないわね。そうすれば、お互いに混乱しなくてすむでしょうし」

トニーは吹きだした。そして女中頭がガブリエラの気取らない物言いにぽかんと口を開けているのを見て、またもや声をあげて笑った。ガブリエラの手を取り、手のひらに優しくくちづけた。「ぼくの使用人は今日からきみの使用人でもある。きみのことをファーストネームで呼ぶのは、みんな気まずくてできないだろう。残念だが、きみにがんばって慣れてもらうしかない」

「大変そうだけど、なんとかがんばるわ」

トニーはガブリエラの指の付け根にキスをした。「そうだな。さあ、部屋に案内してもらうといい。夕食のときに会おう」そう言うとガブリエラの耳もとに口を寄せてささやいた。「いまのうちに休んでおいてくれ。今夜は結婚して初めての夜だから、遅くまできみを寝かせないつもりだ。眠れるのは何時になるかわからないぞ」

ガブリエラは咲きはじめたボタンのように頬を赤く染め、目に不安と期待の色を浮かべた。小さくうなずいてトニーの腕をほどくと、女中頭のあとについて歩きだした。

トニーはガブリエラの後ろ姿を見送り、引き締まったヒップが階段を上がりながら左右に揺れるさまを楽しんだ。下半身がずきりとし、いますぐ彼女のあとを追い、夜まで待たずに愛し合いたいという衝動に駆られた。だが結婚式と会食のあいだ、なんとか我慢できたのだから、あと数時間ぐらい待てるはずだ。この数週間というもの、自分は必死で欲望を抑えてきた。手に入れるのをこれほど長く待った女性は、ガブリエラが初めてだ。そう、これからはいつでも好きなだけガブリエラを抱き、この激しい欲望を満たすことができる——彼女はいまや自分の妻になったのだから。

夜が待ち遠しくてたまらず、股間がうずいた。

トニーはくるりと後ろを向いて廊下を進み、スコッチウィスキーの置いてある書斎にはいった。そしてタンブラーを取りだし、ウィスキーをなみなみと注いだ。いまはレモネードより、強い酒が飲みたい気分だ。

とうとう既婚者になってしまった。トニーは口いっぱいにウィスキーを含んでごくりと飲んだ。よしあしは別として、ガブリエラと自分は永遠に結ばれたのだ。それでもこれから一カ月、彼女とここでふたりきりで過ごせると思うとわくわくする。田舎の隠れ家としてこの小さな地所を買ったのはもう何年も前のことだが、普段は滅多に訪れることはない。だがハネムーンはどこにしようかと考えているとき、ソーンパークのことがふと頭に浮かんだ――人里離れたこの静かな土地ほど、ハネムーンにふさわしい場所はない。誰にも邪魔されることなく、ガブリエラとふたりで朝寝坊を楽しみ、夜は早くベッドにはいり、日中も好きなように過ごして互いの心と体を満足させることができる。

トニーは最後のひと口を飲みながら、今朝の結婚式のことを考え、うっとりするほど美しかったガブリエラの花嫁姿を思い浮かべた。彼女は自分の妻だ。情熱の炎が燃えているあいだは、彼女を片時も放したくない。いつかお互いの情熱が冷めるときが来ることはわかっているが、たとえそうなっても世間一般の夫婦と同じように、自分たちはそこそこうまくやっていけるだろう。だがいまは、情熱の炎が激しく燃えさかり、ガブリエラが欲しくておかしくなりそうだ。

体を動かせば、この狂おしいほどの欲望をまぎらわすことができるかもしれない。ハネムーンのあいだにガブリエラと乗馬を楽しもうと思い、ローズミードからお気に入りの馬を二頭、ここに連れてこさせてある。馬に乗って全速力《ギャロップ》で駆け、そのあと冷たい風呂にでもはいれば、少しはすっきりするだろう。そうこうしているうちに、ベッドにはいる時間がやってくる——ついにガブリエラを抱けるのだ。

馬に乗るのでなければ、このままウィスキーを飲んでいてもいい。だが新婚初夜だというのに、花婿が酔っているのではガブリエラがかわいそうだ。トニーはクリスタルガラスのタンブラーを置くと、大またで書斎をあとにした。

ガブリエラは主寝室に四つある窓のひとつから外をのぞき、トニーが馬の背にまたがって庭を走り去るのを見ていた。漆黒の種馬が土煙をあげ、草を蹴散らすようにして駆けている。なんて絵になる光景だろう！　トニーを乗せた馬が風を切るように木々の横を通りぬけ、あっという間に緑の野原の向こうに消えていった。

ガブリエラはため息をつき、自分も乗馬に誘ってくれればよかったのにと思った。トニーはわたしが夜に備え、仮眠をとっていると思っているにちがいない。でも、こんな状況でどうして眠ることなどできるだろうか。あの人はさっき、今夜はきみを寝かせないと言ったのだ。

耳もとでささやくトニーの声が脳裏によみがえった。ガブリエラは肌がぞくりとするのを感じ、まぶたを半分閉じた。不安からではなく、期待で胸がどきどきした。

恥ずかしくてとても言えないが、本当は夜が来るのが楽しみでたまらない。男女の営みの謎が、今夜ついに解けるのだ。トニーのキスや愛撫は、めまいのするような悦びをわたしに教えてくれた。でもまだこの先に、わたしが知らない官能の世界があることはわかっている。いままで味わった以上の快感とはどういうものなのか、想像もつかない。とにかく、それも今夜になればわかる。だがそれまでは、まだずいぶん時間がある。

ガブリエラは後ろをふり返り、ミセス・ラムステッドが持ってきてくれたピーチレモネードとビスケットに目を留めた。おいしそうな軽食だったが、あまり食欲がなかった。夕食までにはお腹が空くといいのだけれど、と思った。食が進まなければ、なかなか夕食が終わらない。

やがてあくびが出た。ガブリエラは片手で口をおおい、トニーの言ったとおりかもしれないと考えた。やはり横になって休もうか。この数日は目のまわるような忙しさだったし、今朝の結婚式のときも嬉しさと緊張でそわそわしていたのだから、疲れているのも当然だ。祭壇での情熱的なキスの余韻がまだ残っている。あのときは彼への熱い思いが胸にあふれ、まわりの世界が溶けていった。

その後の会食のときも、隣りに座るトニーを意識するあまり、食事がほとんど手につかなかった。それでも少しは料理をつつき、料理人が苦心して作ってくれた素晴らしいウェディングケーキを半分だけ食べた。それから旅行用ドレスに着替えてみんなに別れの挨拶をすると、温かい祝福を浴びながら、トニーに手を借りて馬車に乗りこんだ。

いまでもどこか、それらがすべて現実に起きたことだとは思えない。ガブリエラは左手の指輪をじっと見つめた。その輝きと重さが、これが夢ではないことを教えてくれている。そして今夜、わたしはトニーの妻になる——名前だけでなく、本当の意味であの人の妻になるのだ。

ガブリエラは身震いし、部屋を横切って呼び鈴を鳴らした。温かいお風呂にはいれば、少しは気持ちが落ち着くかもしれない。家から持ってきたラベンダーの香りの石けんを使い、清潔でいいにおいのする肌にしておこう。髪の毛も洗おうか。タオルでよくふいたあと、窓を開けてしばらく風に当てれば、夕食用のドレスに着替えるころには乾いているだろう。ガブリエラはにわかに元気になり、靴を脱ぎ捨ててメイドが来るのを待った。

14

「ワインのお代わりは？」トニーは食事と一緒に飲んでいる赤ワイン《メルロー》のようになめらかで深みのある声で訊き、デカンターに手を伸ばした。

ガブリエラはグラスの上に手をかぶせた。「もういいわ。これ以上飲んだら、酔ってしまいそうだもの」

トニーは手を止め、椅子にもたれかかった。「酔ったきみもかわいいだろうな。でもたしかに、今日はこのへんでやめておいたほうがよさそうだ。そろそろデザートにしようか？」

ガブリエラはうなずいた。「こんなにお腹がいっぱいなのに、デザートまで食べられるかしら。どの料理もみんなおいしかったわ」

トニーがグラスの縁越しに、熱っぽい視線を送ってきている。ガブリエラの肌がぞくぞくした。トニーがグラスを口に運び、思わせぶりな仕草でワインをすすった。ガブリエラはごくりとつばを飲み、トニーに微笑みかけた。

トニーはグラスを置いた。「それとも、もう寝室に下がるかい？　デザートはあとで食べるからと、ミセス・ラムステッドに伝えようか」

ガブリエラは胃がぎゅっと縮み、ふいにそれまで感じていなかった不安を覚えた。「ええ、そうね。あ――あなたは？」

トニーの瞳の色が濃くなった。「ぼくもワインを飲み終わったらすぐに行く」

ガブリエラはうなずき、ゆっくりと椅子から立った。トニーの横を通りすぎようとしたとき、彼に手をつかまれ、いきなりひざの上に座らされた。

トニーはガブリエラを抱きしめて唇を重ね、ぼくがデザートに欲しいのはきみだといわんばかりに、濃厚なキスをした。舌を彼女の下唇にはわせると、今度は上唇をなめ、それから口のなかに入れた。ガブリエラはなにもかも忘れ、トニーの肩にしがみついて夢中でキスを返した。やがてトニーが唇を離した。

「どうしてこんなところで？」ガブリエラは息を切らしながら訊いた。

「どうしても我慢できなかったんだ。まずはキスでもしておこうと思ってね」トニーはガブリエラのヒップをなでた。「上で待っててくれ。ぼくもあとで行く」

ガブリエラは体を火照らせたまま、トニーの手を借りて立ちあがった。一瞬、足がふらつくのではないかと心配になったが、なんとかまっすぐ歩くことができた。

トニーは名残り惜しそうにガブリエラの後ろ姿を目で追った。ワイングラスを手に取り、中身を一気に飲み干した。

あと十分だ。十分たったら二階に上がり、寝室に隣接した化粧室で服を着替えよう。風呂は乗馬のあとにすませてある。服を脱いでローブを羽織り、もう一度ひげをそって歯を磨こう。あと二十分もあれば、ガブリエラも身支度が整えられるだろう。トニーは立ちあがり、ミセス・ラムステッドを探しに行った。

そしてミセス・ラムステッドにおいしい夕食のお礼を言うと、明日は昼過ぎまで住居棟に来なくていいと告げた。女中頭は目を丸くし、明日の朝目が覚めたとき、お腹が空いていたら困るだろうと言った。だがトニーは、さっき食べなかったデザートと果物やパンなどを適当に用意し、やかんをこんろの上に置いて紅茶の準備をしておいてくれればいい、あとは自分たちでやるからだいじょうぶだと請け合った。そしてなかばあきれ顔のミセス・ラムステッドを残し、階段を上がって寝室に向かった。

そのころガブリエラは寝室で、純白の薄いシルクのネグリジェを身に着け、白いスリッパを履いてトニーを待っていた。彫刻の施されたサクラ材の支柱の大きなベッドに、グリーンのダマスク織りのカーテンがかかっている。シーツと上掛けがこちらを誘うようにめくられ、垂れ布もロマンチックな雰囲気の演出にひと役買っている。さっきメイドに手伝ってもらってネグリジェに着替えたが、それが終わるとメイドはおやすみなさいと微笑み、母屋から離れた使用人用の小さな住居棟に戻っていった。

ガブリエラは化粧室に続くドアにちらりと目をやった。かすかな物音が聞こえ、トニーがドアの向こうにいることがわかった。ガブリエラは胃がねじれるような感覚に襲われた。昼間は不安など感じていなかったのに、どうしていまになってびくびくしているのだろう。相手は気心が知れ、心から信頼しているトニーなのに。わたしの愛する人で、いまや夫となった男性だ。

ガブリエラの呼吸が浅くなった。レイフの書斎でトニーと劇的な出会いを果たした夜のことが脳裏によみがえってきた。あれからまだ数カ月しかたっていないのに、もうずいぶん昔のことのように思える。まるで一生の半分が過ぎてしまったようだ。あれ以来、トニーとわたしはどんどん親しくなり、友だち以上の関係になった。彼に触れられると夢見心地になり、愛撫やキスを受けると悦びでため息が出る。さっきのダイニングルームでの激しいキスで唇がまだ火照っている。早く彼の腕に抱かれたくてたまらない。そしてその願いは、もうすぐかなうのだ。

それなのに、わたしはなにを恐れているのだろう?

ガブリエラのなかから不安が消え、代わりにわくわくした気持ちが湧いてきた。部屋を見まわし、どこで彼を待とうかと考えた。このままぼんやり立っているより、ソファにでも座ろうか。いや、トニーは先にベッドで待っててほしいと思っているかもしれない。でもそれでは、純潔を守ってきた花嫁にしてはあまりに大胆すぎるだろうか。あれこれ悩んだすえ、ガブリエラは考えを決めた。

トニーは懐中時計で時間を確認すると、金のふたを閉めて脇に置いた。あれから四十五分たった。バージンのガブリエラには心の準備を整える時間が必要だろうと思い、少し長めに猶予を与えることにしたのだ。気のせいかもしれないが、夕食のときの彼女はいつもより口数が少なかった。といっても、そのあとのキスはいつものように甘く情熱的だった。

気持ちははやるが、愛の営みはできるだけゆっくり進め、ガブリエラの不安を取り除いてやらなければ。トニーは深呼吸をし、ドアノブをまわして隣接した部屋にはいった。

ドアを開けるまではてっきり寝室が薄闇に包まれ、せいぜい一本か二本のろうそくが灯っているくらいだろうと思っていた。ところがトニーの予想に反し、室内には六、七本のろうそくの明かりが灯り、柔らかな金色の光が官能的な雰囲気を醸しだしていた。

部屋は明るかったものの、トニーはガブリエラがどこにいるか、すぐにはわからなかった。まずソファに目をやり、それから室内を見まわした。次の瞬間、心臓がどきりとした――ガブリエラがつややかな長い髪を枕に広げ、ベッドに横たわっている。ああ、なんて美しいんだろう!

トニーはウールの厚いじゅうたんを裸足で踏みしめ、ガブリエラに近づいた。ベッドの横に立ち、ガブリエラの目を見つめた。

「来たのね」ガブリエラのつぶやく声に、トニーの体がうずいた。

「ああ」トニーはシーツにくるまれた女らしい曲線を目でなぞった。ベッドの足もとに白いシルク生地のなにかが置いてある。目を凝らしてじっと見ると、それがなんであるかわかった。心臓がまたもやひとつ大きく打った。「もしかして裸なのかい?」低くかすれた声で訊いた。

ガブリエラがうなずき、かすかにまつ毛を伏せた。本人は気づいていないようだが、その表情もまた色っぽい。「いけなかったかしら?」

トニーの股間がずきりとした。「いや。そんなことはない」

ガブリエラのすみれ色の瞳が嬉しそうに輝いた。

しばらくしてガブリエラはシーツをめくり、トニーを誘うように裸体をさらけだした。それなりに年齢を重ね、経験も豊富なトニーだったが、若い花嫁のその行動には一瞬言葉を失うほど驚いた。体が即座に反応し、ローブの前がはだけるのではないかと思うほど、男性の部分が大きく突きだした。

トニーがなにも言わないのを見て、ガブリエラはきまりが悪そうな顔をし、シーツで体を隠そうとした。

「隠さないでくれ」

ガブリエラは手を止め、おずおずとトニーの顔を見た。

「そのまま横になるんだ」トニーは優しく言った。「きみの体を見せてほしい」

ガブリエラはなんとか緊張をほぐそうとしながら、トニーに言われたとおりマットレスと羽根枕にもたれかかった。トニーは彼女の体をしげしげとながめた。雪のように白い肌、愛らしい肩や腕、豊かにふくらんだ乳房。ピンクの乳首がつんととがっている。トニーは視線を下に移し、平らなお腹の中央にあるへそのくぼみや、丸みを帯びた腰をじっくり見た。それから形のいい長い脚と、そのあいだにある黒っぽい部分に目を留めた。足の形も完璧だ。いままで生きてきて、これほど美しいものを見たこともなければ、女性にここまで激しい欲望を感じたこともない。

「ああ、ガブリエラ」トニーはかすれ声で言った。「きみがこれほど美しいとは、想像もできなかった。ぼくにはもったいないほどの花嫁だ」

ガブリエラがふたたび口もとに笑みを浮かべると、トニーはキスをしたい衝動に駆られた。

「あの、わたしにも……」

「なんだい？」

「見せてもらえないかしら？」

トニーは片方の眉を高く吊りあげた。彼女はこちらの体を見たいと言っているのか？　男がどんな体をしているのか、興味があるらしい。そういうことだったら、喜んで希望をかなえてやろう。トニーは満面の笑みを浮かべ、これは楽しい夜になりそうだと期待で胸をふくらませた。そしてローブの結び目に手を伸ばした。

ガブリエラは心臓がいまにも胸を破って飛びだすのではないかと思うほど、どきどきしながら待っていた。いまだに自分のしたことが信じられない。トニーもはじめは面食らっていたようだ。でもいまは最初の反応とは裏腹に、嬉しくてたまらないといった顔をしている。

トニーがローブを脱ぎ、ベッドの足もとに投げ捨てた。床に落ちた黒いシルクのローブが、ガブリエラの白いネグリジェとからみあっているように見えた。だがガブリエラはすぐにローブから目をそらし、トニーのほうを見た。目が釘付けになり、口につばが湧いた。

わたしと同じように、トニーも一糸まとわぬ姿だ！　まったく照れる様子もなく、堂々と目の前に立ってこちらの視線を浴びている。たしかにこれほど素晴らしい肉体を持っていれば、気後れする必要などどこにもないだろう。

トニーが背が高く、広い肩幅とがっしりした体をしていることはわかっていたが、これほど筋骨たくましい人だとは知らなかった。骨と筋肉しかないような引き締まった体だ。活力と力強さが全身にみなぎり、顔と同じく浅黒い肌が、柔らかいろうそくの光を受けてつややかな輝きを放っている。

厚い胸に黒っぽい毛が生え、それが下に向かっていったん広がり、みぞおちのあたりで一本の線になっていた。筋肉質の腕や太ももやふくらはぎ、さらには大きな足にもまばらに毛が生えている。

トニーは優しい目でガブリエラを見ると、おもむろに後ろを向いた。ガブリエラははっと息を吞み、下唇を噛みながらトニーの後ろ姿をながめた。彫刻のような肩の線から贅肉《ぜいにく》のない背中に視線を落とし、最後に引き締まったヒップをじっくり見た。やがてトニーが前を向くと、まだ観察していない場所はひとつだけになった。

長くて大きな彼の男性の部分が、上を向くように突きだしている。ガブリエラはその光景に驚き、彼の体と自分の体がいかに違うかを思い知った。そう、女の自分とはまったく違う肉体だ。

そして自分でも気がつかないうちに、手を伸ばしていた。「あの……さわってみてもいい？」

トニーのその部分がぴくりとし、さらに大きくなったかと思うと、赤くふくれた先端が急に濡れたように光った。さっきまでの優しい表情が顔から消え、欲望で瞳の色が濃くなった。トニーはうなずき、まぶたを半分閉じた。「ああ。頼む」うめくように言った。

ガブリエラは体を火照らせ、震えながら身を前に乗りだしてトニーをそっと包んだ。だが彼のものはあまりに大きく、手のひらに完全にはおさまらなかった。ガブリエラはその感触に一瞬、息が止まりそうになった。硬くて温かいが、同時になめらかでもある。そして勇気を出し、ぎこちない手つきでそれをさすりあげた。

トニーの股間がますます硬くなり、反射的に腰が浮いた。ガブリエラは驚いて手をひっこめようとしたが、トニーがそれを制した。「やめないでくれ。ほら、こうやって」そう言うと手を重ね、どういうふうに触れてほしいのかを優しく教えた。

しばらくしてトニーは手を離した。ガブリエラはやりかたがわかって自信がつき、そのまま愛撫を続けた。彼を握る手にほんの少し力を入れ、そっと上下にさすった。トニーの口からうめき声がもれ、全身が震えた。「なんてことだ、ガブリエラ」トニーはわずかに身を引いた。「きみは本当にバージンなのかい？」

ガブリエラは目をしばたいて手をひっこめた。「もちろんよ！　どうしてそんなふうに思うの？」トニーの顔を見つめ、後ろに下がってマットレスにもたれかかった。自分の愛撫はあまりに大胆すぎたのだろうか？　まだ結ばれてもいないうちに、彼を失望させてしまったのだとしたら？「わたしのことを下品で慎みがないと言いたいの？　もしこれがいやだったのなら、すぐに——」

「いやなわけがないだろう」トニーは濃紺の瞳を光らせた。「われを忘れそうになるくらい気持ちがいい。こんなふうに感じたのは、まだ青臭い若者だったころ以来だ。それにきみは下品なんかじゃない。情熱的で自由で、勇気ある女性だ」

ガブリエラは少しほっとした。「それは褒め言葉なの？」

「もちろんそうに決まってるだろう。きみは最高だ。この先もずっと変わらないと約束してくれ、ガブリエラ。いつまでも情熱的で大胆な、いまのままのきみでいてほしい」

ガブリエラはぎこちなく微笑んだ。「努力してみるわ」そして腕を大きく広げた。「抱いてちょうだい、トニー。わたしをあなたの妻にして」

「きみはもうぼくの妻だ」トニーはマットレスにひざをつき、ガブリエラの腕に抱かれた。「今夜からは恋人でもある」

そう言うと燃えるようなキスをしながら、ガブリエラの裸の体に両手をはわせた。ガブリエラは身震いし、官能的なキスでそれに応えた。彼の愛撫を受け、体がどんどん性の悦びに目覚めている。トニーもこちらに触れられることを望んでいるようだ。彼の引き締まった筋肉質の体を両手でなでると、その肌がかすかに震えるのが伝わってきて、ガブリエラは唇を重ねたまま微笑んだ。

トニーは情熱の命じるまま、さらに濃厚なキスをした。ガブリエラはいつものように、脚のあいだがうずくのを感じた。だが今夜は、これまでよりももっと激しい欲望を覚えている。裸の肌と肌が触れ合い、快感と狂おしさで頭がおかしくなりそうだ。

ガブリエラはすすり泣くような声を出してトニーにしがみつき、次になにが起こるのかもわからないまま先を促した。もちろん男女の営みについて、基本的なことは知っている。さっき見た彼の男性の部分をふと思いだし、自分にははいらないのではないかと不安になった。だがトニーにみじんも心配しているそぶりがないので、ガブリエラは不安な気持ちを呑みこみ、彼にすべてを任せることにした。

トニーが乳房を口に含み、歯や舌で乳首を愛撫すると、ガブリエラの思考が停止した。うめき声をあげながら背中をそらし、燃えあがる情熱の炎に身もだえした。彼が片方の乳房を手で包んでさすっている。そして乳首を指先でつまみ、もう片方の乳首を軽く噛んだかと思うと、舌でそっと慰めた。

ガブリエラの腰が浮き、体の奥から熱いものがあふれた。トニーがそこに手を伸ばし、指を一本入れた。ガブリエラはまたもや腰を浮かせ、愛撫をもっとせがむように脚を開いた。

「そうだ」トニーはささやき、彼女の耳と首筋にキスをした。「ぼくにすべてをゆだねてくれ。きみを高みに昇らせてやろう」そして容赦なく指を動かした。ガブリエラは恍惚とし、体が粉々に砕け散ってしまいそうな感覚に襲われた。

もうこれ以上我慢できないと思ったそのとき、トニーが乳首を強く吸った。彼の歯が肌をこすると同時に、もう一本指がなかにはいってきた。次の瞬間、親指で禁断の場所をなでられ、ガブリエラの頭が真っ白になった。

快感の波に呑みこまれ、ガブリエラは背を弓なりにそらして体を震わせた。トニーとその素晴らしい愛撫のこと以外、もうなにも考えられなくなった。

トニーは胸に交互にキスをし、それから唇をだんだん下にはわせた。平らなお腹にくちづけると、へそに舌を入れてそのふちをなめ、ガブリエラをはっとさせた。彼女のなかにはいったままの指を動かしながら、もう片方の手で太ももの内側の柔らかな肌を愛撫した。そして脚をさらに大きく開かせ、そのあいだにひざをついた。

顔を上げ、欲望でぎらぎらした瞳でガブリエラの目を見た。「まだ準備が充分じゃないようだ」

〝充分じゃないですって？〟ガブリエラは困惑した。激しい情熱の炎で身が焦がれ、心臓が早鐘のように打っているのに、これでもまだ足りないというのだろうか。トニーに絶頂に導かれたあとも、たえまないキスと愛撫を受けて体はずっと熱く燃えている。ガブリエラが口を開こうとしたとき、トニーが脚のあいだに顔をうずめた。

唇が触れた瞬間、彼女は大きく目を見開いた。いままでキスをされることなど想像もしなかった場所に、彼がくちづけている。くちづけというより、吸っていると言ったほうがいいだろう。ガブリエラは身をよじって小さな声をあげた。やめてという言葉がのどまで出かかったが、すぐに消えた。トニーが彼女のヒップの下に手を入れて腰を支えると、ごちそうをむさぼるように唇と舌を動かした。

ガブリエラの耳に、トニーの満足そうな声が聞こえてきた。大切な部分を口で愛撫され、熱い頭がどうにかなりそうだ。全身が火照り、肌に汗がにじんでいる。身をくねらせながら、熱いものが体からあふれでてくるのを感じたが、あまりの快感に恥ずかしさも感じなかった。トニーは口と手を動かし、ガブリエラをさらに高みへと昇らせた。そして彼女が限界に達する直前に愛撫をやめた。

ガブリエラは哀願するような声を出し、手を伸ばしてトニーの顔を引き寄せようとした。だがトニーは彼女の手をよけ、上体を起こして座った。それからガブリエラの脚を持ちあげて自分の太ももに乗せると、慎重に体勢を整え、ヒップを両手で支えてなかにはいった。

ガブリエラは衝撃を覚えたが、不快感や痛みはなかった。ただ温かいもので満たされているという、不思議な感覚だけがある。はいらないと心配したのが杞憂《きゆう》だったとわかり、ほっと安堵のため息をついて唇に小さな笑みを浮かべた。だがふとトニーの顔を見上げて驚いた。あごをきつく食いしばり、なにかを必死でこらえているように、かすかに震えている。

そのときトニーが腰を少しだけ奥に進めた。ガブリエラは鋭い痛みに体を貫かれ、ふたりが結ばれている個所に目をやった。そして思わず息を呑んだ。自分たちは完全に結ばれていているわけではなかった。彼はまだ、ほんの少ししかはいっていない。ガブリエラは完全に結ばれ性の部分をまじまじと見つめ、その大きさにふいに恐怖を覚えた。

「トニー、わたし――」

「しっ、いいから」トニーはなだめるような口調で言った。「だいじょうぶだ。体の力を抜き、ぼくを信じてくれ」

信じてくれですって？　彼が動くたびにどんどん痛みが激しくなるのに、だいじょうぶだから信じろと言われても無理だ。トニーがさらに腰を沈めた。一インチも奥に進んでいないはずだが、ガブリエラにはそれが何十インチにも感じられた。唇の端を噛んで目を閉じ、やめてと叫びたい気持ちを抑えてひたすら苦痛に耐えた。もう二度ばかり突かれると、残酷なまでの痛みが走った。それでもガブリエラは、彼がこちらを気遣い、体が慣れるまで待ってくれているのだとわかっていた。ただ、自分はどうやってもこの痛みに慣れそうにない。このままでは結ばれる前に、体が裂けてしまうのではないだろうか。

ガブリエラの目尻からひと筋の涙がこぼれた。

トニーはすまないとつぶやくと、上体をかがめて彼女のこめかみにくちづけ、唇でそっと涙をぬぐった。体勢が変わったせいで、ガブリエラの体は彼をさらに奥まで迎え入れることになった。

「もう少しだ。脚をできるだけ高く上げ、ぼくの背中に巻きつけるといい」トニーは励ますように言い、手を伸ばして彼女の腰の位置を整えた。「ほら、あとひと息だ」そしてもうひと突きしたところ、ふたりは完全に一体になった。

〝これでいいの？　わたしたちはひとつになったのね？〟

トニーに優しいキスをされると、ガブリエラは痛みを忘れ、彼への愛で胸がいっぱいになった。トニーが喜んでくれるのなら、この痛みも我慢できる。彼のためなら耐えてみせよう。

だがキスをされ、両手であちこちなでられているうちに、ガブリエラの体にある変化が起きてきた。痛みが薄れ、代わりに激しい欲望が湧いてきた。

やがてトニーが腰を動かしはじめた。舌をからませながら、彼女を大きく揺すっている。

ガブリエラは背を弓なりにそらして彼の肩にしがみついた。

何度も奥まで貫かれ、ガブリエラははあはあと肩で息をした。トニーが彼女のひそかな願望を読んだように、片方の乳房を手で包んで硬くなった乳首を指先でもてあそび、それから口に含んだ。ガブリエラは乳首を吸われて陶然となり、すべてを忘れた。

トニーに揺さぶられているうちに、それまで知らなかった悦びが体の奥に芽生えた。それがだんだん大きくふくらむにつれ、ガブリエラは夢中で腰を動かした。トニーがガブリエラの変化を感じとったらしく、さらに速く激しく彼女を突いた。

次の瞬間、まわりの世界が砕け散り、ガブリエラは歓喜の叫び声をあげながら、けいれんしたように体を震わせた。快楽の波になすすべもなく呑みこまれ、すっと気が遠くなった。

まもなく徐々に頭がはっきりしてきた。ガブリエラはトニーがまだ両手でヒップを支え、自分を深く貫いていることに気づいた。肌に汗をにじませながら、苦悶にも似た表情を浮かべて腰を動かしている。

そのとき彼がふいに全身をこわばらせ、荒々しい叫び声をあげて絶頂に達した。しばらく震えていたが、やがてガブリエラの上に崩れ落ち、その首筋に顔をうずめた。

そしてうめきながら彼女の上から降りようとした。「重いだろう」

「だいじょうぶよ」ガブリエラは彼と離れたくなくてそう答えた。

だがすぐに心配する必要はなかったとわかった。トニーがあおむけになり、ガブリエラを抱き寄せた。そして髪を優しくなで、こめかみにくちづけた。「眠るんだ」

数分後、ガブリエラは眠りに落ちた。

15

翌朝、寝室に注ぎこむ明るい陽射しでガブリエラは目を覚ました。「トニー?」ねぼけた声でつぶやき、羽毛のマットレスの上で手を伸ばして彼を探した。だが手に触れたのは、冷たいシーツだけだった。

目を開けてあたりを見まわし、部屋に誰もいないことに気づいた。ガブリエラはため息をつき、柔らかなトニーの枕を腕に抱いて顔をうずめ、かすかに残っている彼のにおいを吸いこんだ。

昨夜、あの人はわたしに眠るように言いながら、なかなか寝かせてはくれなかった。夜中に二度、それから明け方にも一度、わたしを起こして官能の世界に連れていった。最後に愛し合ったときは後ろからだった。背中から手が伸びて胸をもまれ、太ももが脚を割ってはいってきたときは、一気に眠気が吹き飛んだ。そして彼に揺さぶられ、わたしは信じられないほどの快感とともに絶頂に達した。そのあとわたしがうとうとしはじめたときも、あの人はまだなかにはいっていた。

ガブリエラが体を動かすと、脚のあいだに痛みが走った。ため息をつき、枕にうつぶしてふたたび眠りに落ちた。

次に目が覚めたとき、紅茶と酵母パン、甘い桃のにおいが鼻をくすぐった。目を開けるとトニーがベッドの反対側に腰かけていた。食べ物の載ったトレーが、部屋の向こうの小さなテーブルの上に置かれている。

「おはよう、ねぼすけの花嫁」トニーは微笑んだ。「それとも、こんにちはと言ったほうがいいかな。もうとっくに昼を過ぎている」

ガブリエラは頬にかかった髪をはらい、トニーの顔を見上げた。ああ、なんてハンサムなんだろう！　髪に寝ぐせがつき、ひげも伸びはじめているが、それでもうっとりするほど素敵だ。ガブリエラはものうげに微笑んだが、ふとさっきのトニーの言葉を思いだした。「昼を過ぎたですって？　嘘でしょう！　いま何時なの？」

トニーはくすくす笑った。「一時半かそこらだ」

「まあ、いつもはこんな時間に起きたりしないのに」

「そうだろうな」トニーはのんびりした口調で言った。「ぼくも普段、あまり寝坊はしないほうだが、たまにはこういうことがあってもいいだろう。なんといっても、いまはハネムーン中だ」身を乗りだし、ガブリエラに甘くとろけるようなキスをすると、しばらくして名残り惜しそうに顔を離した。「食べるかい？」

ガブリエラは一瞬、トニーが彼自身のことを言っているのだと思った。欲望で肌がうずいたが、最後に愛し合ってからまだ数時間しかたっていないのに、体はだいじょうぶだろうかと心配になった。だがすぐにトニーが言っているのは食べ物のことだと気づき、かすかに頰を赤らめた。

「きみの心を読めるといいんだが」トニーはガブリエラの頰を指でなぞった。「なにを考えているんだい、奥方様?」

「あそこにあるのは紅茶かしら」ガブリエラは話をそらそうとした。

トニーは笑いながら立ちあがった。「ああ、持ってきてあげよう」

「わたしがそっちに行くわ」

「いや、そこにいてくれ。ぼくが用意するから、ベッドで食べるといい」

ガブリエラはトニーの言うとおりにすることにした。そして上体を起こすと、枕を重ねて背もたれにし、シーツで胸を隠した。

トニーが紅茶のはいったカップふたつを持ってきて、ナイトテーブルの上に並べた。それから今度はおいしそうなパンやチーズや果物で山盛りの皿を運んできた。皿にはみずみずしい香りのする桃に加え、厚く切られたチョコレートケーキらしきものも載っている。

「ふたりで分けよう」トニーは皿を真ん中に置いた。

「ミセス・ラムステッドが用意してくれたの?」ガブリエラはトニーがふたつに割った硬い

ロールパンに手を伸ばし、バターとジャムを塗った。それを口に運び、独特の甘い風味を楽しんだ。

「昨夜のうちに用意してもらったんだ。彼女には、あとは自分たちでやるからいいと言っておいた」

「でも紅茶はどうしたの？　召使の誰かが淹《い》れてくれたのかしら？」

「いや、ぼくが淹れた」トニーはチェダーチーズをかじった。

「まさか！」

トニーはチーズを飲みこみ、眉を片方上げた。「ああ、そうだ。そんなに驚かなくてもいいだろう。ぼくだってやかんを火にかけることぐらいできる」

ガブリエラはトニーの顔をまじまじと見ていたが、やがてにっこり笑った。「自分で紅茶を淹れられる公爵がいるなんてね。地方の郷士《スクワイア》でも、できない人は多いと思うわ」

「そうかもしれないな。ぼくはいろんな才能を持っているんだ。さあ、飲んでくれ」

ガブリエラはカップと受け皿を受け取ろうと身を乗りだしたが、そのはずみでシーツがはらりと落ち、裸の胸があらわになった。「まあ！」シーツを引きあげて上半身を隠そうかどうしようかと迷った。だがトニーの視線を胸に浴びながら、どうして自分は動揺しているのだろうと考えた。彼にはもう昨夜、すべてを見られているのだ。

「隠さないでくれ」トニーはいたずらっぽい笑みを浮かべた。「なんとも心躍る光景だ」

ガブリエラはいまさら恥ずかしがるのもおかしな話だと思い、そのままの格好でカップを受け取った。そしてゆっくりと口に運んだ。

しばらくしてトニーはようやく視線を上げ、ガブリエラの顔を見た。「ところで、今日はなにをしようか？　きみは体がひりひりしているだろうから、乗馬はやめたほうがよさそうだな」

ガブリエラはトニーをじろりとにらんだ。「あなたって、いつもそんなふうにデリカシーがないの？」

「ぼくはただ正直なだけだ。まわりくどい言いかたをしてなんになる？」

ガブリエラはパンを食べ終えると、ケーキを小さくちぎって口に放りこんだ。

「ずっとベッドのなかで過ごしてもいいが」トニーは桃を半分に切った。「乗馬と同じ理由で、それもやめておいたほうがいいだろう。きみに手を出さずにいられる自信がない」そして切った桃にかぶりついた。「馬車でスワフハムに行こうか。あそこには立派な古い教会がある」

「行ってみたいけれど、スワフハムは上流階級の人たちの避暑地じゃなかったかしら？」

「そのとおりだ。たしかにいまは、きみとの時間を誰にも邪魔されたくないな」トニーは考えこむような顔をし、紅茶をすすった。

「釣りに行きましょうよ。近くに池か川があればの話だけど。釣りは好き？」

トニーは一瞬間を置いてから答えた。「ああ。でもきみが釣りをするとは思わなかった。きっと劇団の仲間から、水のなかに飛びこんで素手で魚を捕まえる方法を教わったんだろう」

ガブリエラはむっとした顔をしてみせると、声をあげて笑った。「違うわ。釣り竿とリールを使う普通の方法よ」そこで少し沈黙した。「それから、教えてくれたのは……その……父なの。ふたりでよく一緒に釣りをしたわ」トニーがなにも言わなかったので、ガブリエラはカップをナイトテーブルに置いた。「ごめんなさい。あの人の話をするんじゃなかったわね」

トニーもカップを置くと、ガブリエラのあごを指でくいと上げ、その目をのぞきこんだ。「いや、そんなことはない。どんな人間だったにせよ、彼がきみの父親であり、きみの人生の一部であることに変わりはない。気にせずにいつでも好きなときに話してくれ」

「わたしは父のしたことを憎んでいるの、トニー。ときどき父自身のことも憎く思えることがあるわ」

「しっ、黙って」トニーはガブリエラを抱きしめた。「みんな終わったことだ。忘れることはできなくても、もう水に流そう。楽しかったことだけを思いだせばいい。彼の犯した罪は、きみにはまったく関係のないことだ」

ガブリエラの鼓動が乱れ、トニーへの愛が胸にあふれた。どうしてもその気持ちを伝えたくなり、愛しているという言葉がのどまで出かかった。だが口を開こうとしたそのとき、トニーが唇を重ねてきた。

長いキスのあと、ふたりは息を切らしながらようやく顔を離した。「服を着替えて釣りに出かけようか？　このままベッドでぐずぐずしていたら、自分を抑えられる自信がない」

ガブリエラは笑った。「わたしもよ。さあ、行きましょう。マスが食べたくなってきたわ」

「マスが食べたいだって？　断言してもいいが、きみは夜になるころにはまったく別のものが欲しくなっているはずだ」

トニーはすっかり満たされ、あおむけになって乱れた呼吸を整えた。隣りに横たわるガブリエラも大きく息をしながら、満足げな顔でこちらに体をすり寄せている。トニーはそのなめらかな髪をなで、彼女が目を閉じてうとうとするのを見ていた。東の空が白みはじめ、部屋が少しずつ明るくなってきた。

この七週間のうちに、何度こうした夜明けを迎えたことだろう。明け方に激しい欲望で目が覚め、ほんの数時間前に体を重ねたばかりなのに、もうガブリエラを抱きたいという欲求を抑えられなくなるのだ。

結婚するとき、ひそかに心に決めたとおり、ぼくは欲望のおもむくままに彼女を愛している。この欲望はとどまるところを知らないようだ。何度も何度も情熱的に求め合い、ふたりでぐったりしてシーツの上に崩れ落ちることもしばしばある。

といっても、愛し合う場所は寝室だけとはかぎらない。最初に水辺に行ったときは純粋に釣りを楽しんだだけだが、二回目のときは違った。何度か竿を投げても魚の当たりがなかったので、リールを脇に置いてガブリエラを葉の生い茂った木の根もとに横たえた。彼女のよがり声が、晩夏の生暖かい風に乗って流れていたのを思いだす。それから二週間後、スワフハム——幸いなことに知り合いには会わなかった——に行ったときも、帰りの馬車のなかで愛し合った。ぼくはガブリエラの口を唇でふさぎ、その歓喜の声を呑みこんだ。それからある日の朝、キッチンで結ばれたこともある。紅茶用のお湯が沸くのを待つあいだ、木でできた細長い作業台の上で抱き合った。やかんからもうもうと立ちのぼる湯気が、隣りの部屋まで流れこんでいた。

だがこれほどまでに強い欲望を覚えているのは、ぼくだけではない。ガブリエラも情熱的な愛の営みを、ぼくと同じくらい楽しんでいる。彼女はすっかり性の悦びに目覚め、女として大きく花開いた。朝が来て新しい一日が始まり、長く甘い夜を迎えるごとに、どんどん自信を深めているようだ。ぼくに導かれるまま、喜んで官能の世界に身を投じている。しかもときおり大胆なことをして、ぼくを驚かせることもある。夜中にふと目覚めると、こちらの体に手をはわせてキスをしていたこともあった。

ガブリエラはまさに理想の恋人だ。たしかに結婚前も彼女に魅力は感じていたが、これほど素晴らしい相手だとは思っていなかった。それに彼女は一緒にいて楽しく、ベッドのなかでも外でも退屈することがない。ガブリエラはぼくを笑わせ、いろいろなことを考えさせてくれる。ものごとをそれまでとはまったく違う角度から見ることを教えてくれるのだ。彼女といると肩の力が抜け、おだやかで満ち足りた気持ちになる。こんな経験は、生まれて初めてではないだろうか。

もちろんこうした気分になるのも、最高のセックスを思う存分楽しんでいるからだろう。二カ月近くもそんな暮らしをしていたら、どんな男でも幸せを感じるに決まっている。このハネムーンはある意味で幻想だ——ぼくたちは誰にも邪魔をされず、ふたりきりの濃密な時間をここ人里離れたソーンパークで過ごし、素晴らしい思い出を作っている。だがもうそれも今日で終わりだ。望もうと望むまいと、夢のようにロマンチックな日々に終止符を打ち、家に帰らなければならない。

すでにローズミードに帰るのを、二度も延期しているのだ。当初の予定だった一カ月が過ぎたとき、ぼくはもう一週間だけここにとどまろうと思った。そしてその約束の一週間がたつと、今度はあと二週間延期することにした。ところが数日前、秘書から手紙が届き、そのどことなくこちらをとがめるような文面を読み、これ以上現実から目をそらしているわけにはいかないと観念した。公爵であるぼくを大勢の人が頼っている。使用人や小作人への責任ひとつを考えても、いつまでもだらだらと快楽におぼれているわけにはいかない。そろそろいつもの生活に戻る潮時だ。たしかにこれからはガブリエラも一緒だが、いったんこの屋敷を出たら、ハネムーンのときと同じというわけにはいかなくなるだろう。それでもふたりのあいだの情熱——そして友情——は、できるだけ長く保ちつづける努力をするつもりだ。世間にはいがみ合っている夫婦が少なくないが、うまくすれば自分たちはそうならずにすむかもしれない。

朝日が部屋に差しこみ、トニーはもうあまり時間がないことを知った。夢のような日々が終わる前に、最後にもう一度だけ愛し合おう。

トニーは両手をガブリエラの体にはわせ、彼女の感じやすい場所を愛撫した。ガブリエラがまだなかば眠ったまま、背中を弓なりにそらしてふた言三言なにかをつぶやき、彼の肩に手を置いた。

トニーはガブリエラに甘くとろけるようなキスをしながら、両手で愛撫を続けた。彼女の乳首がとがり、脚のあいだが熱く濡れている。やがてトニーは我慢できなくなり、ガブリエラをあおむけにして太ももを開いた。そして彼女に体重をかけないよう気をつけながら一気に深く貫いた。ガブリエラはぱっちりと目を開け、すすり泣くような声をもらした。まるで嵐にでも巻きこまれたように、脚をトニーの背中にしっかりからませてしがみついた。

トニーはガブリエラの顔を両手で包んでキスをし、その声とにおい、なめらかな肌や髪の感触を楽しんだ。次の瞬間、彼女が歓喜の叫び声をあげて絶頂に達した。まもなくトニーもシーツをきつく握りしめながらクライマックスを迎えた。ぐったりして目を閉じ、ふたたび眠りに落ちた。

「ローズミードにようこそ、奥方様」その日の夕方、ガブリエラが馬車から降りると、トニーの執事が挨拶した。「奥方様と閣下に結婚のお祝いを申し上げようと、みなが集まっております」年長の執事は微笑んだが、気品を感じさせる端正な顔立ちに、笑顔はなんとなくそぐわないような気がした。

ガブリエラは不安な気持ちを鎮めようと、腰に当てた手を強く握りしめて挨拶を返した。たくさんの人たちがこちらをじっと見ているのに気づいて震えそうになったが、なんとかそれをこらえた。

「ねえ、トニー」花婿がエスコートしようと近づいてくると、背伸びをして耳もとでささやいた。「この人たちはみんなあなたの使用人なの？」

「ああ、全員ではないが、ほとんどそろっているようだ。厩舎係の少年や庭師の助手の姿が見当たらないが、きっと奥に下がっているように言われたんだろう」

全員ではないですって！　ガブリエラは愕然《がくぜん》とした。使用人を全部合わせたら、いったい何人になるのだろうか？　だが土地と建物の大きさを考えれば、少なくともここに並んでいるくらいの人数は必要なのだろう。

さっき初めてこの地所を見たときの衝撃が忘れられない。ワイバーン公爵家の金の紋章がてっぺんに飾られた錬鉄製の大きな門を馬車でくぐったのは、ほんの数分前のことだ。幹の太さが馬車と同じくらいある巨大なカシの木が、何百本も私道の両脇に並び、生い茂った緑の葉がロマンチックで涼しげな木陰を作りだしていた。でも樹齢を経たその木々も、家屋に比べるとたいしたことはない――もっとも、いくつもの翼棟からなり、石と木ときらきら輝くガラスでできたこの建物を〝家屋〟と呼べるかどうかは疑問だ。家屋というより、王の住む宮殿といったほうがふさわしい。

トニーが公爵であることも、ワイバーン家が突出した力を持つ名家であり、先祖が征服王その人に仕えて手柄を立てたということもわかっていた。だがこれまでは彼の地位がどれほどのものであるか、正直なところあまりぴんときていなかった。トニーは裕福な貴族というだけでなく、たくさんの人たちに対する責任を負っているのだ。そしてこれからは、わたしもその責任を負うことになる。

ガブリエラは公爵夫人になることがふいに恐ろしくなり、きびすを返して馬車に飛び乗りたいという衝動に駆られた。それでも自分をなだめ、トニーの腕に手をかけて歩きだした。懸命に愛想のいい笑みを浮かべ、とにかくできるだけのことはしようと心に決めた。

だが使用人ひとりひとりと挨拶を交わしているうちに、不安に思う必要はなかったことがわかった。使用人はみな礼儀正しくて感じがよく、ガブリエラと同じように興味津々の顔をしていた。まもなく挨拶が終わると、ガブリエラは屋敷のなかに案内され、またもや大きく目を瞠《みは》った。

もう少しで首を後ろに倒してその場でくるりとまわり、丸天井に描かれたフレスコ画に見入りそうになった。黒と白の大理石でできた玄関ホールは、普通の人の家そのものよりも大きい。レイフとジュリアナの邸宅《カントリーハウス》も広いと思っていたが、ここは比較にならない。この屋敷に比べたら、ウェスト・ライディングの広大な地所もかすんでしまう。

これほど大きな屋敷をくまなく見てまわるには、いったい何日ぐらいかかるだろうか。もちろん、それが許されればの話だ。だがここはもうわたしの新しい住まいなのだから、自由に歩きまわれないはずがないだろう。そう、今日からここが新しい住まいなのだ！　ガブリエラはその事実をなんとか呑みこもうとした。ほんの数カ月前まで、モードと一緒に暮らしていた小さな屋根裏部屋とは天地ほどの差がある。そのころのことを思いだしてふいにモードが恋しくなり、ガブリエラは胸が締めつけられた。下唇を噛みながら、美しい玄関ホールの内装を見まわした。そのときトニーと目が合った。

トニーはガブリエラの胸のうちを読んだように、優しく微笑んだ。「ミセス・アームストロングがきみを家族用の住居棟に案内し、世話をしてくれる」

ガブリエラは、今度は胃がぎゅっと締めつけられたような気がした。「あなたは一緒に来ないの？」

トニーはかぶりをふった。「ああ、いまは行けない。急ぎの仕事が山積しているんだ。またあとで会おう」

「でもさっき着いたばかりなのよ。とりあえず寝室に行って、さっぱりしたほうがいいんじゃないかしら」

トニーのまぶたが半分閉じ、瞳の色が濃くなった。「残念だが、さ、っ、ぱ、り、するのはもう少しあとになりそうだ」

ガブリエラはつま先立ちになり、トニーの耳もとでささやいた。「そういう意味じゃないことは、あなただってわかってるはずよ。わたしはお風呂にはいったらどうかと思っただけ」

トニーはくすくす笑い、声をひそめて言った。「あとではいるよ。きみも一緒にはいるといい。さあ、行ってくれ。夕食のときに会おう」

女中頭に執事、それに従僕ふたりが、視線をそらしながらもじっとことのなりゆきをうかがっている。到着した初日から口論をするのも気が引けたので、ガブリエラはおとなしくトニーに従うことにした。「わかったわ、閣下」

トニーは微笑み、女中頭が歩きだしたのを見届けると、くるりと後ろを向き、長い廊下を右に曲がっていなくなった。

「さあ、どうぞこちらへ」女中頭が言った。「お部屋にご案内いたします」

ミセス・アームストロングは親しみやすい人柄で、家族用の住居棟に歩いていくあいだ、屋敷と地所のことや、近隣に住んでいる人たちのことについてあれこれ教えてくれた。すでに地元の名士《ジェントリー》が何人か、新婚夫婦に結婚のお祝いを言おうと訪ねてきたらしい。ミセス・アームストロングによると、ふたりが帰ってきたことを聞いたら、みんなまたすぐに訪ねてくるだろうとのことだった。彼らがミセス・アームストロングの言うとおりに気立てのいい人たちなら、会うのが楽しみだ、とガブリエラは思った。

「着きました、奥方様」女中頭は言い、優しいばら色とクリーム色でまとめられた広い居間にはいった。小さなピンクの花と緑のつたの葉の柄をした美しいフロック壁紙や、繊細なシルク生地の張られた備品と軽やかなカーテンが、明るく居心地のいい空間を作りだしている。さまざまな骨董品やオービュッソンじゅうたん、そして二枚の風景画も、優雅な雰囲気の演出にひと役買っていた。

隣接した寝室も同じくらい美しかった。居間よりもいちだんと広く、淡いグリーンとブルーの色調でまとめられた部屋だ。上品なサテンノキの調度品が置かれ、瑠璃色のフラシ天のカーテンがかかっている。大きな羽毛のマットレスのベッドはいかにも寝心地がよさそうだ。部屋の奥には立派な暖炉があり、縁の大理石に彫刻が施されていた。たとえ凍えるような冬の夜でも、あの暖炉の前で過ごせば心も体も暖まりそうだ。

「化粧室と浴室もございます」女中頭が言った。

「ああ、なんて素敵な部屋なの！」ガブリエラはため息をつき、その場でゆっくりとまわってもう一度室内を見まわした。

ミセス・アームストロングは満足そうに微笑み、ふくよかなお腹に手を当てた。「お気に召したようでよかったですわ、奥方様。ハネムーンでロンドンを発つ前に、閣下が部屋の改装を命じられたのです。細かく指示を出され、奥方様がいらっしゃるまでに作業をすべて終わらせるようにとのことでした」

「トニーがそんなことを……知らなかったわ」ガブリエラは感激し、胸に手を当てた。

「公爵夫人の部屋は、もう長いこと使われておりませんでした。閣下は内装が暗くて時代遅れなので、模様替えをしたいとおっしゃったのです」

「最高の部屋よ」

それに思いやりと愛情を感じる部屋だ。ガブリエラはしばし目を閉じた。結婚してからというもの、トニーと自分はどんどん親しくなり、ほとんど片時も離れずに過ごしている。起きているときも寝ているときも一緒だ。だがこれほど親密な関係を築いているにもかかわらず、こちらが聞きたくてたまらない言葉をトニーは言ってくれない。〝愛している〟という言葉が、彼の口から出たことはない。でも……愛情がなければ、とてもここまでのことはできないだろう。この部屋はきっと、彼の愛の証なのだ。

ガブリエラは幸せで胸がいっぱいになり、トニーのもとへ駆けていって首に抱きつき、思いのたけを込めてキスをしたいという衝動に駆られた。それでもなんとかその場に踏みとどまり、公爵夫人はおてんば娘のように家のなか――たとえ自宅であっても――を走ったりしないものだと自分に言い聞かせた。第一、この屋敷はあまりに広すぎて、トニーがどこにいるのか見当もつかない。それに彼には仕事がある。あとでお礼を言えばいい。今夜ベッドのなかで、感謝の気持ちを伝えよう。

「閣下のお部屋はあの向こうです」ミセス・アームストロングが居間の奥にあるドアを指さした。

ガブリエラは一瞬、その言葉の意味がわからなかった。だが考えてみれば、トニーが自分の部屋を持っているのは当たり前のことだ。それでも別に部屋があるからといって、彼がかならずそれを使わなければならないということもないだろう。とくに寝室は、使う必要がないはずだ。

「先日、ロンドンからトランクが届きました。お荷物はすべて片づけてあります。今日ノーフォークからお持ちになったお荷物も、すぐにメイドに整理させましょう。お風呂の用意ができておりますわ。よろしければ、のちほど軽食もお持ちいたします」

「助かるわ。ありがとう」

女中頭はうなずき、出口に向かった。そしてドアの少し手前で、足を止めてふり返った。

「こんなことを申し上げるのは僭越《せんえつ》かもしれませんが、使用人はみな、奥方様をローズミードにお迎えできたことをとても嬉しく思っております。閣下がついに結婚する決心をなさったのは、本当に喜ばしいことでした。使用人のほとんどが、閣下は一生独身を貫くおつもりなのだとがっかりしていたのです。閣下はこれまでいろいろつらい思いもなさってきましたが、あれほど立派なお方には、幸せになる権利があります。こうして奥方様にお目にかかり、閣下が考えを変えられた理由がわかりました」

ミセス・アームストロングはそこでいったん言葉を切り、小さな時計がピンで留めてある胸に手を当てた。「一年か二年のうちに、赤ちゃんが生まれるのを楽しみにしております。育児室がまた使えるようになれば、そんなに嬉しいことはありません。さてと、おしゃべりはこのへんにしておかなければ。長旅でお疲れでしょう。すぐに紅茶を運ばせます」

〝赤ちゃんですって！〟ガブリエラは部屋を出ていく女中頭の後ろ姿を見送りながら、心のなかでつぶやいた。結婚してからまだ七週間しかたっていないのに、子どものことを考えるのはあまりに早すぎるのではないか。もちろん、自分はずっと前から家族が欲しいと思っていた。だからもしすぐに子どもができても、それはそれでちっともかまわない。それにハネムーンのあいだじゅう、ずっとトニーと愛し合っていたことを考えると、すでに身ごもっていたとしてもおかしくない。でもその反面、もう少しのあいだトニーをひとり占めしていたいという気もする。つまり、子どもができていてもいなくても、自分は幸せだ。

まもなくメイドが部屋にやってきて、ガブリエラの思考は中断された。

16

それから四日後、トニーは秘書と一緒に格闘している山のような書類のひとつに署名し、机の端に置いた。あとは無料送達の署名をして出すだけだ。時計をちらりと見ると、もうすぐ昼になろうとしていた。ここらでひと息つき、休憩を取ることにしよう。

羽根ペンを置いて椅子にもたれかかり、ガブリエラのことを考えた。この数日はほとんど新妻の相手をしていないことを思い、後ろめたさでかすかに胸が痛んだ。できるだけ一緒にいようと約束したにもかかわらず、自分はガブリエラを放ったらかしにし、ミセス・アームストロングに屋敷や地所の案内を任せているありさまだ。とはいえ食事のときは一緒だし、夜には激しい欲望を抑えられず、彼女の寝室を訪ねている。

昨夜はガブリエラがこちらの寝室を見てみたいと言いだしたおかげで、いつもとは違う新鮮なひとときを過ごした。そのときのことを思いだし、トニーの口もとがゆるんだ。ガブリエラは室内をざっと見まわすと、〝色調が暗くていかにも男の人の部屋という感じ〟だが、雰囲気があなたによく合っていると言った。そしてベッドに飛び乗ってぽんぽん跳ねながら、子どものように屈託なく笑った。

「羽毛のマットレスがどれくらい柔らかいか試しているだけよ」そういたずらっぽく言ってベッドに横たわったが、その瞳に宿った意味ありげな光は、子どもの持つ無邪気さとはかけ離れていた。自分もすぐにベッドにはいあがり、ガブリエラにマットレスの柔らかさを心ゆくまで味わわせてやった。

彼女が新しい寝室を気に入り、改装を喜んでくれたのも、こちらにとっては嬉しいことだった。自分はすべてを新しく明るいものに替え、ガブリエラのためにモダンな家具や備品を選んで運びこませておいた。とりあえず以前のままの部屋にしておき、あとで本人の好きなように改装させてもよかったのだが、ふたりでともに歩く人生に、新しい気持ちで踏みだしたかったのだ。

ここに着いた最初の日の夜、寝室でお礼のキスを浴びせるガブリエラに、なにか気に入らないものがあったら遠慮せずに言ってくれと伝えた。もし彼女がそう望むなら、内装を最初から全部やりなおしてもいいと思っていた。だがガブリエラは首をふり、カーテンも壁紙もガラス窓も家具も、これ以上ないほど素敵だと答えた。そのときふとなにか別のことを言いたそうな顔をしたが、自分がガウンの下に手を滑りこませた瞬間、ふたりの頭からなにもかもが吹き飛んでしまった。

トニーはもう一度時計に目をやり、頭のなかで計算した。片づけなければならない仕事はまだたくさんあるが、午後に数時間だけガブリエラと屋敷を抜けだしても問題はないだろう。料理人に頼み、バスケットに軽食を詰めてもらおう。そう、ふたりでピクニックに行くのだ。ローズミードを流れる川の近くに、幼いころから慣れ親しんだ小さな丘がある。木が生い茂った美しいその場所で、おいしい食事を楽しもう。そのあとなにが起こるかは、神のみぞ知る、だ。

トニーはうきうきしながら椅子を後ろに引いた。だが立ちあがろうとしたとき、ドアをノックする音がした。「ああ、どうぞ」

執事が部屋にはいってきた。いつも冷静なその顔に、困ったような表情が浮かんでいる。

「失礼します、閣下。お客様がお見えになりました。公爵未亡——」

「いやね、やめてちょうだい、クランプ」軽やかな声がし、美しい装いのレディが部屋にはいってきた。「わたしはお客様じゃないんだから、わざわざ取り次ぐ必要はないわ。しかも相手はわが子なのよ。覚えているとは思うけれど、わたしは昔ここに住んでいたの。あなたはそのころ、たしか従僕だったわね」

「はい、奥方様。もうずいぶん昔のことですが、第一従僕でした」

「そうね、あれからどれくらいたつのかしら。さあ、仕事に戻ってちょうだい。わたしはワイバーン卿に話があるの」

執事はお辞儀をし、部屋を出ていった。トニーは母親の顔をじっと見つめた。本当の年齢を知らない人が見たら、とても五十代とは思わないだろう。

若いころからほとんど変わらず、いまだに美しい女性だ。明るく輝くブロンドの髪には白髪の一本も見当たらない。肌もぴんと張って透明感がある。顔立ちも体型も非の打ちどころがない。聞くところによると、相変わらず愛人には不自由していないらしい。

「それで？」公爵未亡人は部屋の奥に進み、近くにあった椅子に腰を下ろすと、桃色のスカートをなでつけた。「なにか言うことはないの？」

トニーは椅子に深くもたれ、手を尖塔《せんとう》の形に合わせてあごに当てた。「こんにちは。今日はなんの用があって来たんだい？」

公爵未亡人は顔をしかめた。「単刀直入な物言いをするところは、昔からちっとも変わらないわね。父親にそっくりでいらいらするわ」

「幸いなことに、ぼくはいろんな特徴を父から受け継いでいる」

公爵未亡人はまたもや渋面を作ったが、なにも言わなかった。「あなたがあまりに軽はずみなことをしたから、こうして訪ねてきたんじゃないの。誰にもなにも言わずに結婚するなんて、いったいどういうつもり？」

「手紙を送っただろう」トニーは椅子のひじかけに手を置いた。

「ええ、たしかに受け取ったわ。あれを手紙と呼べればの話だけれど。あのときプラハにいたんじゃなければ、もっと早くここに来ていたでしょう。知らせを受けて、すぐにイングランドに発ったのよ」

「どうしてだ？　ぼくが結婚すると聞いただけで、わざわざ予定を切りあげて帰ってきたとは思えないな」

公爵未亡人は一瞬、まつ毛を伏せた。「そろそろ帰国する潮時でもあったのよ。だから少しぐらい予定を早めても、どうということはなかったの」

トニーは眉をぴくりとさせた。「なるほど、愛人を棄てたというわけか。それとも向こうから別れを切りだされたのかい？」

公爵未亡人は肩をこわばらせた。「下品な言いかたをしないでちょうだい。それにわたしが誰と付き合おうと、あなたには関係のないことでしょう」

「それを言うなら、ぼくの結婚についても同じだろう。そもそも、これまでぼくが独身でいることにぶつぶつ文句ばかり言っていたんだから、結婚したと聞いて喜んでくれてもいいんじゃないか」

公爵未亡人の目がきらりと光った。「もちろん、あなたがかたくなに結婚を拒んでいたことに、わたしはずっとやきもきしていたのよ。まったくわが子ながら、頑固で身勝手でいやになるわ」

トニーは右手の指先をじっと見つめた。「ああ、前にもそう言われたことがあったな」

「ええ、そうだったわね。ブラック家の代々の当主と同じく、あなたには家名を継ぐ義務があるの。二十三代にもわたって直系で受け継がれてきた公爵位なのよ。わたしがその気になれば、ずっと前に親戚の誰かに譲ることだってできたのに」

トニーはまたいつもの話が始まったと思い、上の空で聞いていた。

「あなたをこの世に誕生させるために、わたしは自分を犠牲にしたわ。体型が崩れる危険まで冒したのよ。出産で命を落とす女は少なくないし、最悪の場合は太ることだってあるというのにね。でもあなたの父親は跡継ぎを求めたわ。そしてその望みをかなえることが、わたしの義務だったの」

公爵未亡人はそこで言葉を切り、眉根を寄せた。「まさかそれが理由で、その娘と結婚したんじゃないでしょうね？　彼女を妊娠させたの？　もしそうだとしても、安物の宝石と郊外の家でも買ってやればそれですんだでしょう。それからあらためて、そんな卑しい出自の相手じゃなく、公爵家に釣り合う高貴な家柄の娘を探せばよかったのよ。たしかにいつでも離縁はできるでしょうけれど、そんなことをしたらどんなスキャンダルになることか。でも――」

「もういい！」トニーは自分でも驚くほど冷たい声で言った。「言いすぎだ、マダム。これ以上、くだらない話を聞く気はない。ちなみに妻は無垢のままぼくと結婚した。まだ子どもはできていないが、近いうちにそうなることを願っている。結婚はぼくが決めることであって、あなたには関係ない。さあ、もう話は終わりだ。少し休んで疲れが取れたら、自分の屋敷に帰ってくれ」

「わたしを追い返すつもりなの、アンソニー・チャールズ・エドワード・ブラック」公爵未亡人はしばらく黙っていたが、やがて表情をこわばらせ、怒りに燃えた目で言った。「その妻とやらがワイバーン公爵夫人にふさわしくないことは、あなただってよくわかっているはずよ。こっちに戻ってきてから、とんでもない話を耳にしたわ――その娘の母親は女優で、父親は貴族とはいえ、人殺しだそうじゃないの。あなたはさっき、子どもが欲しいと言ったわね。生まれた子どもが異常者だったらどうするつもり？　外見も中身も野卑な人間が生まれるかもしれないのよ。次の公爵が品のないうすのろでもいいの？　ああ、とても我慢できないわ！」

トニーは立ちあがり、机にこぶしをついた。「黙るんだ」険しい声で言った。

だが公爵夫人は興奮した口調でまくしたてた。「あなたがこんなことをした理由はわかっているのよ。わたしのことでしょう。あなたはわたしから不当な仕打ちをされたと思いこみ、いつかひどい目にあわせてやろうとずっと機会をうかがっていたのよね。でもあなたは、なにもわかってないわ。あの人と暮らすのが、どれだけ大変なことだったか。あなたは父親のことを盲目的に崇拝していたけれど、まだ子どもだったから彼の本当の姿が見えなかっただけなのよ。わたしはここに閉じこめられて、息が詰まりそうだった。まだ若いんだし、少しぐらい人生を楽しみたいと思うのは当然のことでしょう。あの人の求めるものは与えてあげたんだから──最愛の息子のあなたをね」そしてひとつ大きく息を吸い、胸に手を当てた。「あなたは一族の名前に泥を塗り、わたしに恥をかかせて、復讐しているつもりなんでしょう」

「ぼくがなにもしなくても、それだけ愛人をとっかえひっかえしていれば、とっくに家名に泥はついているだろう」トニーの声は氷よりも冷たかった。「あなたがどういう人生を送ろうと、ぼくにとってはどうでもいいことだ。だがぼくや妻やこれから生まれてくる子どもの人生に、口出しはしないでくれ。さあ、お茶でも飲んでいくといい。いつでも出発できるよう、クランプに馬車の準備をさせておく」

　母をののしってやりたい気もしたが、自分を生んだその女性に対するトニーの感情は、ずっと前に怒りといったものを通り越していた。肉親としての情もとっくの昔に捨て、いまではあきらめとあわれみしか感じていない。だが、ガブリエラを侮辱したことだけは許せない。よくもあれほどひどいことを言ってくれたものだ。会ったこともない相手を、なぜそこまで悪《あ》しざまに言えるのか。といっても、自分はふたりを会わせるつもりなど毛頭ない。そのとき入口で物音がした。トニーは顔を上げ、ときすでに遅かったことを悟った。

　ガブリエラが気まずそうな顔をして、ドアのところに立っている。なんということだ。母の悪意に満ちた言葉を、どこまで聞かれただろうか。

　人の気配に気づいた公爵未亡人が、椅子に座ったままふり返り、けげんそうな目でガブリエラを見た。「これがあなたの花嫁ね」

「ごめんなさい」ガブリエラは一瞬ためらったのち、部屋のなかにはいってきた。「お邪魔するつもりはなかったんだけど、お客様がお見えになったと聞いたから――」

「謝る必要はない」トニーは椅子を立ち、机をまわってガブリエラのところに行った。「もう話は終わった。母は帰るところだ」

公爵未亡人は立ちあがり、ふたりに向きなおった。「紹介ぐらいしてもらえないかしら」

トニーはガブリエラのウェストに手をかけ、しっかり守るように抱き寄せた。「いいだろう。ガブリエラ、ぼくの母のワイバーン公爵未亡人だ。マダム、こちらがぼくの妻だ」最後の言葉に力を込め、母を牽制《けんせい》した。

ガブリエラはいつものように礼儀を忘れず、笑顔を浮かべて手を差しだした。「はじめまして。ご機嫌いかがですか?」

「あまりいいとは言えないわね」公爵未亡人は差しだされた手を無視し、トニーの顔を見た。「あなたが手を出さずにいられなかったのもわかるわ。まあ少なくとも、子どもの容姿については心配しなくてよさそうね」

ガブリエラの体がこわばった。

トニーはガブリエラのウェストから手を離して母に歩み寄った。いざとなったら、力ずくで追い返すつもりだった。「紹介はすんだ。大嫌いな田舎に長居はしたくないだろう。戦争も終わったことだし、また外国にでも行ったらどうだい」

公爵未亡人は目を細めた。「そうね。手当をあと数千ポンド増やしてくれたら、喜んでそうするわ」

どこまで強欲なんだ、とトニーは胸のうちでつぶやいた。すでに充分すぎるほどの手当を受け取っているのに、どれだけ額を吊りあげても足りないらしい。だが金などどうでもいい。おとなしく帰ってくれるなら、なんでも好きなものをくれてやろう。「わかった。秘書に小切手を送らせよう」

公爵未亡人はうなずき、頼みが聞き入れられたことに満足そうな顔をした。「ではこれで失礼するわ。でもさっき話したことについては、もう一度頭を冷やして考えなさい」

「考えることなどなにもない。さあ、馬車が待っている。外まで送っていこう」

「その必要はないわ、ワイバーン卿。玄関ならひとりで行けるから。さようなら」公爵未亡人はスカートを優雅に揺らし、きぬずれの音とともにいなくなった。

彼女が出ていった部屋は、まるで激しい嵐が通りすぎたあとのようだった。ガブリエラはトニーの目を見た。「トニー、わたし――」

「なにも言わなくていい。母は見てのとおりの人間だから、放っておくのが一番だ。きみがどこまで話を聞いていたか知らないが、すまなかった」

「ほとんど聞いていないわ。それに、邪魔をするつもりは本当になかっ――」

「わかってる」トニーはガブリエラを抱き寄せた。「きみが邪魔なわけがないだろう。ここはきみの家で、きみは公爵夫人なんだ。この屋敷のなかを自由に歩きまわる権利がある」

「あなたの部屋や書斎も？」

ガブリエラがなかばふざけてそう言ったのはわかっていたが、トニーはまじめな顔で答えた。「そうだ。どこでも自由にはいっていい」そして話題を変えようとして言った。「ところで、午後から出かけないか？」

ガブリエラの瞳が輝いた。「お仕事はだいじょうぶなの？」

トニーはうなずいた。「今日はもう終わりだ。ピクニックはどうだろう？」

ガブリエラは満面の笑みを浮かべ、トニーに抱きついた。「素敵だわ！　いつごろ出かけましょうか？」

トニーは微笑んだ。「一時間以内に出発しよう。軽食と馬の用意ができ次第だ」上体をかがめ、短いがうっとりするようなキスをした。キスが終わって体を離すころには、母との言い争いのこともすっかり忘れ、ガブリエラと過ごす午後のことで頭がいっぱいになっていた。


それから五日後の朝、ガブリエラは自分の書斎でミセス・アームストロングと屋敷の運営について話し合っていた。長年にわたり、使用人や日々の業務の管理に見事な手腕を発揮してきた女中頭だが、新参者のガブリエラの意見を心から歓迎しているようだった。

ガブリエラも一生懸命に話を聞いて知恵を絞った。だが自分には屋敷の管理などとても無理ではないかという考えが、ときどき頭をかすめた。なんといってもローズミードに来てからまだ日が浅く、ミセス・アームストロングから話を聞くまで、敷地内に酪農場や養蜂場《ようほう》や醸造所があることも知らなかったのだ。それでもガブリエラはなにか思いついたことがあれば言い、それ以外は経験豊かな女中頭の判断に任せることにした。

「そうですね。ありがとうございます、奥方様」ミセス・アームストロングは言い、帳面に夕食の献立をひとつ書きくわえた。「あんずは閣下の好物ですから、デザートにお出しするのはとてもいい考えだと思います」

「わたしもあんずが大好きなの。楽しみにしているわ」

女中頭がこまごましたことを小さな帳面に書きこんでいるあいだ、ガブリエラはぼんやり物思いにふけった。といっても、頭に浮かぶのはトニーのことばかりだ。

先日の午後のピクニックは、とても楽しかった。葉の生い茂ったニレの木陰に座り、近くに流れる澄んだ川を見ながら、ふたりで食事とおしゃべりを楽しんだ。デザートを食べはじめると、トニーがこちらにちょっかいを出してきた。そうしてじゃれあっているうちに、だんだんふたりともその気になってきた。

最初は自分も誰かが通りかかるのではないかと気が気ではなかったが、キスや愛撫に夢中になって頭がぼうっとし、やがてなにも考えられなくなった。そして家に戻るとそのまま階段を上がって寝室に向かい、夜が更けるまで情熱的に愛し合った。

トニーが母親の訪問についてなにも言わなかったことに気づいたのは、その翌朝になってからだった。あれ以来、彼女のことをひと言も口にせず、なにごともなかったように毎日を送っている。彼になにがあったのかと尋ね、自分を信じてなんでも話してほしいと言ってみようとも思った。だが結局、黙っていることにした。たとえ訊いたところで、なにも心配することはないと言われるような気がしたからだ。

本人にも言ったとおり、トニーと母親の会話はほとんど聞いていない。だがあのときの彼の声は、いま思いだしてもぞっとするほど冷たかった。トニーが母親を嫌っていることはあきらかだ。でもそこにはどんな理由があるのだろう。自分も彼女にいい印象を持ったとはいえないが、どんな家族にもなにかしら問題があるものだ。それでもトニーと母親のあいだには、もっと深刻な確執があるように思えてならない。

「ミセス・アームストロング、あなたはもう長年ローズミードにいるんでしょう?」

女中頭は視線を上げ、しわの寄った顔に誇らしげな笑みを浮かべた。「はい、奥方様。まだ子どもだったころから、こちらでお世話になっております。十二歳のときに見習い女中として働きはじめ、次に二階付きのメイド、それから一階付きのメイドになりました。一時期は育児室にいたこともありましたが、その後、お申し出をいただいて女中頭になる訓練を受けたのです」

ガブリエラの鼓動が速くなった。「ということは、公爵が小さかったときから知ってるのね？」

女中頭の表情がふと和らいだ。「ええ、お生まれになったときから知っておりますわ。おしめも取り替えましたけれど、いまの閣下にそのことを申し上げるのは控えております」そう言ってくすくす笑った。「とても利口で活発なお子様でした」

「お母様はどんな方だったの？　トニーとの仲はどうだったのかしら？」

女中頭の顔から笑みが消えた。「奥方様は……奥方様です。いろんなことに興味をお持ちでしたが、そのなかにお子様の面倒を見ることは含まれておりませんでした。もっとも上流階級の方たちのほとんどは、積極的に子育てにかかわらないものです。けっして公爵未亡人を責めているわけではありません」女中頭は不安そうな目でガブリエラを見た。

「ええ、わかってるわ。お母様は留守がちだったのね？」

「はい。公爵未亡人は都会が大好きで、しょっちゅう公爵――先代の公爵様ですが――にロンドンに連れていってほしいと頼んでいらっしゃいました。ご夫婦で外国に行き、何カ月もお留守になさることもありました」

「トニーは連れていってもらえなかったの？」

「当時の閣下はハウランド卿と呼ばれておりましたが、子守係や使用人と一緒にここでお留守番なさっていました」

「公爵夫妻が帰ってきたときは？」

「それはもうお喜びでしたよ。お父様は閣下をとても可愛がっておいででしたから、ひとりで置いていったことを後悔なさっているようにも見えました。お父様がご在宅のとき、おふたりは毎日一緒でした」

「お母様は？」

ミセス・アームストロングは一瞬ためらった。「そうですね、閣下はお母様のことも愛していらっしゃいました。とてもいい子で、お母様に認められたくていつも一生懸命でした」そこで目を伏せ、気まずそうな表情をした。「申し訳ありません。ついぺらぺらとしゃべりすぎてしまいました」

「いいえ、続けてちょうだい」ガブリエラは優しい声で促した。「わたしはただ知りたいだけなの。何日か前、公爵未亡人が訪ねてきたとき、トニーとのあいだに深い溝があることに気づいたわ」

ミセス・アームストロングは顔を上げてため息をついた。「ええ、そのとおりです。おふたりの関係はうまくいっておりません。閣下はお母様に対し、できるだけ寛大になろうとしておいでです。ですがあのお方には、閣下に優しくされる資格などありません」

「どういうことなの？」

ミセス・アームストロングは話していいものかどうか迷っているように、グレーの眉をしかめた。「その、つまり、公爵未亡人はずっと昔から虚栄心が強く、わがままな方でした。世のなかのすべての人が、自分の思いどおりに動いて当たり前だと思っているようなところがあるのです。それでもローズミードにいらしたばかりのころは、ここでの生活に満足なさっているように見えました。亡くなった公爵様は奥方様を溺愛し、奥方様のためならどんなことでもなさいましたもの。最初のころはおふたりとも幸せだったと思います。ですが奥方様が身ごもったときから、すべてががらりと変わってしまいました。公爵未亡人はお子様ができたことをお喜びにならなかったのです」

「自分の子どもなのに、欲しくなかったというの？」ガブリエラは愕然とした。

「お子様が欲しくなかったというより、妊婦になったことがいやだったようです。お腹がぶざまに突きだしていると嘆き、どうして自分がこんなに大変な思いをしなければならないのかと、いつも不満をもらしておいででした。やがて月が満ち、出産の日を迎えましたが、それがかなりの難産だったのです。公爵未亡人はもう少しで命を落とすところでしたから、それが理由で二度とお子様を作らなかったのでしょう。公爵様はその後も夫婦仲がうまくいっているふりをなさっていましたが、そうでないことは誰の目にもあきらかでした」

「なんて悲しい話かしら！」

女中頭はうなずいた。「そしてそのころから、公爵未亡人の浮気が始まったのです。はじめはご本人も慎重でしたが、そのうちだんだん大胆になり、やがて公爵様はもちろん、誰もが奥方様の不貞を疑わなくなりました。閣下はまだ小さかったので、いつそのことを知ったのかは定かでありません。でもご両親のあいだがうまくいっていないことには、完全に気づいておられました。そうこうしているうち、公爵様が病気になられたのです」

「なにがあったの？」ガブリエラは椅子に座ったまま、かすかに身を前に乗りだした。

「どしゃ降りの雨に打たれ、ひどい風邪にかかられました。二日ほど悪寒が続き、高熱で倒れたのです。なのに公爵未亡人は、お医者様を呼ぼうとはなさいませんでした。ただの風邪なのだから、すぐによくなるとおっしゃって。そしてその足で、恋人に会いに出かけました。父親の病状が深刻なことに気づき、お医者様を呼んだのは閣下でした。でもそのときにはもう手遅れだったのです。公爵様は翌日の夜、閣下にみとられて息を引き取りました」

「そのときトニーはいくつだったの？」

ミセス・アームストロングは悲しみをたたえた目でガブリエラを見た。「たったの十歳です。泣きじゃくりながら公爵様の体を揺すり、目を覚ましてくれと叫んでおられました。いくら説得しても、お父様のそばを離れようとしなかったのです。最後にはとうとう、無理やり部屋から引きずりだし、アヘンチンキを飲ませて眠らせました。閣下はお父様が亡くなったことを、ご自分のせいだと思ったのではないでしょうか。それに、お母様のことも責めていたはずです」

ガブリエラは両親が亡くなったとき、どれほどつらく悲しかったかを思いだし、そっと目尻をぬぐった――しかも自分は、当時のトニーよりずっと年が上だったのだ。

「奥方様は知らせを受け、その二日後にお戻りになりました。ご主人の亡きがらを前にしても涙ひとつこぼさず、そして駆け寄ってきた閣下を……子ども部屋に追い返したのです。でも、それだけではありませんでした」

「どういうこと？　お母様はなにをしたの？」

「閣下を寄宿舎のある学校に行かせることにしたのです。それを閣下に告げたのは、お父様が亡くなってまだ一週間もたたないときでした。ご本人もわたしがその現場を見てしまったことはご存じないと思いますので、こんなことを申し上げるべきではないのかもしれませんが……閣下はここにいたいと懸命に訴えました。お母様の前にひざまずき、どうかローズミードにいさせてほしいと懇願したのです。いい子にして迷惑はかけないし、家庭教師の言うことを聞いて勉強もがんばるから、とおっしゃいました。ママのことを愛している、どうかしばらく旅行はせず、この屋敷にいてほしい、と。そのとき公爵未亡人がわかったわと言うのを聞き、わたしも閣下と同じくらいほっとしたものです。

ですがその翌朝早く……公爵未亡人は、閣下の荷物をまとめ、ご本人を起こして着替えと食事をさせるようわたしたちに命じました。そして愛人と一緒に、閣下を馬車に押しこんだのです。そしてこうおっしゃいました。もうあなたは小さな子どもじゃない、そろそろ大人になるときだわ。公爵になったのだから、その立場に見合ったふるまいをしなさい、と。そのとき閣下の顔に浮かんだ表情を、わたしは一生忘れられないでしょう――裏切られたショックと悲しみでいっぱいの顔でした。でも閣下は涙ひとつ見せませんでした。おそらくあのとき、お母様への愛を捨ててしまったのだと思います。母親は生きていても、閣下は両親をふたりとも失ったようなお気持ちだったでしょう。あの日以来、閣下が公爵未亡人をママと呼ぶことはなくなりました」

ミセス・アームストロングは暗い顔で、ひとつ大きく息を吸った。「閣下を乗せた馬車がいなくなると、公爵未亡人は愛人と一緒にヨーロッパ大陸に発ちました。それから閣下は長いお休みのときでさえ、六年間一度もここにお戻りにならなかったのです。そしてようやく帰ってこられたときは……すっかり成長し、まだ若いとはいえ立派な公爵様になっておいででした」

ガブリエラは椅子にじっと座ったまま、まだ幼く無力だったころのトニーを想像した。彼を心から愛してくれる人は、この世に誰もいなかったのだ――少なくとも、母親である女性からは愛されていなかった。公爵未亡人はどうしてそこまでひどいことができたのだろう。わが子にそれほど心ない仕打ちのできる母親が、本当にいるのだろうか？　トニーが彼女に口をきくことも不思議なくらいだ。自分なら、とてもそんな気にはなれない。それにもしこのことを先週の時点で知っていたら、公爵未亡人が訪ねてきても、毅然と立ち向かって追い返していただろう。トニーはよくそんな人と同じ部屋にいられたものだ！

「話してくれてありがとう、ミセス・アームストロング。トニーはどれほどつらく寂しかったでしょう。公爵未亡人は恐ろしい人ね。ここにもロンドンの屋敷《タウンハウス》にも絶対に招かないわ。紅茶一杯、ふるまうものですか！」

女中頭は微笑んだ。「ああ、奥方様、閣下があなたと結婚なさって本当によかったですわ。閣下には奥方様のような方が必要です。奥方様が閣下を深く愛していらっしゃることは、よくわかりますもの。閣下はまだ子どもだったころから、女性というものを信じていませんでした――だから絶対に結婚しないと決めていたのでしょう。でも奥方様の魅力には勝てなかったんですね。奥方様のほうもそうでしょう？」

「ええ。閣下はとても素敵な人だもの」

ミセス・アームストロングの言ったことは本当だろうか、とガブリエラは思った。トニーがずっと結婚を避けてきたのは、女性を信じられなかったから？　人を好きになるのが怖かったのだろうか？　彼は一生独身を貫くと公言してはばからなかった。にもかかわらず、わたしと結婚したのだ。それ以上の愛の証が、いったいどこにあるだろう。わたしを愛していなかったら、それまでの考えを一変させて結婚しようとは思わなかったはずだ。

それでも彼はまだ、わたしに完全に心を開いてはいない。トニーの心のなかには、誰にも立ち入れない場所がある。でも信頼関係を築くには、時間と忍耐が必要だ。ゆっくり時間をかけてわたしが愛情を示していけば、いつか彼の心の壁も崩れるときが来るだろう。

それにトニーは幸せそうな顔をしている。もっとも、最近はあまり一緒にいられる時間がないのも事実だ。彼には公爵としての仕事があり、わたしはわたしでなんだかんだと忙しくしている。ローズミードの地所のことや公爵夫人が果たすべき務めについて、覚えなければならないことがまだ山のようにある。トニーに自慢の妻だと思ってもらいたいし、わたしと結婚したことを後悔させたくない。それにはまず、屋敷の運営に関する話し合いにもっと身を入れなければ。

「いろいろ教えてくれてありがとう。今日聞いたことは忘れないわ。ところで、さっきは献立について話し合っているところだったわね。話の続きに戻りましょうか？」

「かしこまりました、奥方様」

17

「まあ、よく来てくれたわね！」ガブリエラは玄関の階段を下り、ついさっき到着したばかりの黒い四頭立て四輪馬車に駆け寄った。深紅色のカシミアのマントが十二月の冷たい風に揺れ、空には重い雲が垂れこめていたが、心はうきうきとはずんでいた。

「ガブリエラ！」ジュリアナがレイフの手を借り、地面に降り立った。そしてガブリエラと抱き合い、再会できた喜びに声をあげて笑った。次にレイフがガブリエラをしっかり抱きしめると、いったん腕を離して彼女の顔を見た。

「よかった」レイフは微笑んだ。「元気そうだね」

ガブリエラは微笑み返した。「ええ、とても元気よ。みんなでクリスマスを迎えられるなんて、本当に素敵だわ。イーサンとリリーもさっき着いて、トニーと一緒に屋敷のなかにいるのよ。ほかのみんなももうすぐ着くでしょう。マリスとウィリアム、ハリーも来てくれるんですものね。マリスも旅行ができるくらい体調がいいと聞いて安心したわ。もうすぐ妊娠六カ月だったかしら」

「先週、手紙が来たわ」ジュリアナが言った。「体調は良好ですって。わたしもほっとしたのよ。せっかくのクリスマスなのにここに来られないとなったら、あの子はひどくがっかりしたでしょうから」

そのとき誰かがガブリエラのマントをそっと引っぱった。下を向くと、キャンベル・ペンドラゴンがきらきら輝くグリーンの瞳でこちらを見上げ、抱っこをせがむように両手を上げている。「抱っこして、ガビーおばちゃま」

「こんにちは」ガブリエラは腰をかがめた。「わたしのことを覚えていてくれたのね？」

「もちろんよ」ジュリアナが笑みを浮かべた。「二週間前に、もうすぐガブリエラおばちゃまとトニーおじちゃまのところに行くと聞いてからというもの、キャムはその話しかしないの」

キャムはにこにこしながらガブリエラの首に抱きついた。ガブリエラはキャムを抱きあげたが、その体はほっそりした見た目のわりには驚くほど重かった。「レイフによく似てきたわね」

「ええ、性格もレイフ似なの。頑固なところなんかそっくりよ」ジュリアナは子守係の手から、一歳二カ月になるステファニーを受け取った。

「きみはそんなぼくが好きだと言ってたじゃないか」レイフは怒ったふりをした。

「あなたのことは愛しているわ。でも頑固な性格は……」ジュリアナはわざとらしく肩をすくめると、愛情のこもった視線をレイフと交わした。

「まあ、ステファニー！」ガブリエラが言った。「大きくなったわね！　なんてかわいいのかしら！」

「邪魔して申し訳ないが、話の続きはなかでしたらどうだろう。外は寒いし、いまにも雨が降りだしそうだ」

五人は屋敷に向かった。使用人が何人か、馬車から荷物を降ろして屋敷に運びこんでいる。玄関ホールで、ちょうどみなを迎えにこようとしていたトニーとイーサンとリリーに会った。またひとしきりハグと挨拶の言葉が飛び交い、キャムもいろんな大人の腕に抱かれてご機嫌だった。

二階の居間に行こうと階段に向かいかけたとき、リリーがふいに立ち止まって後ろをふり返った。美しい赤い眉を寄せ、たったいま屋敷に運びこまれてきたバスケットをじっと見ている。「あのバスケットから鳴き声が聞こえる気がするのは、わたしの思いすごしかしら？」

ジュリアナがはっとした顔をし、ステファニーをレイフに渡した。「まあ、大変！　みんなに会えて興奮したものだから、もう少しで忘れるところだったわ」

「なにをだい？」トニーがけげんそうな目でバスケットを見た。

「あなたたちにとっておきのプレゼントがあるの。まあ、正確にはガブリエラにと言ったほうがいいかもしれないわね。でもとにかく、ふたりでかわいがってちょうだい」

トニーはますます顔をしかめた。「かわいがる?」

そのときまたもや鳴き声がした。ガブリエラはそれを聞き、笑みを浮かべて駆け寄った。そして急いでひもをほどいて、バスケットのふたを開けた。「子猫だわ!」そこにはいっていたのは、とびきり愛らしい二匹の子猫だった。一匹は明るい茶色で、もう一匹は真っ黒い毛並みをしている。「ああ、なんてかわいいのかしら」ガブリエラはバスケットに手を入れ、シルクのように柔らかな毛をした子猫を交互になでた。

「アジーがまた子猫を産んだの。新しい飼い主をどうしようかと考えているとき、あなたたちのことを思いだしたのよ。どちらもオスだから、これ以上増える心配はないわ」ジュリアナが言った。

トニーは胸の前で腕組みした。「やれやれ、なんてこった」

ガブリエラはトニーの顔を見た。「せっかくのプレゼントなのに、水を差すようなことを言わないでちょうだい。とてもかわいい子たちじゃないの。気に入ったわ」そしてそっと一匹を抱きあげると、鳴き声がまたしてもあたりに響いた。

「きみがそう言うなら、ありがたく受け取るしかないようだな」トニーは歩み寄り、ふわふわした小さな頭をなでた。

ガブリエラが二匹をバスケットから出して床に下ろしたとき、爪が床をかく音と犬の吠え声が聞こえてきた。マックスとディガーがやってきたらしい。ガブリエラとトニーはとっさに子猫に手を伸ばしたが、もう遅かった。子猫たちが毛を逆立ててうなり、そこから騒動が始まった。二分が過ぎるころ、みなはようやく犬たちを取り押さえ、おびえた子猫を捕まえてバスケットに戻した。

「さてと」トニーは血の出ている手にハンカチを巻いた。「どうやら今年の休暇は退屈せずにすみそうだ」

「ブランデーでもどうだい？」それから二週間後、トニーはイーサンと一緒に書斎にはいった。一月で外の風は冷たかったが、窓から注ぎこむ午後の陽射しのおかげで室内は暖かかった。イーサンはうなずき、暖炉のそばに二脚置かれたウィングチェアの一方に座った。

ほかの招待客たちはみな、数時間前にそれぞれの家に帰っていった。だがイーサンとリリーは出発を一日延ばすことにした。今朝起きたとき、リリーが吐き気を訴えたのだ。

「これまでばたばたしていたせいで、ちゃんとした祝杯をあげられなかった。自分が父親になると知らされることなど、人生でそうそうあることじゃないからな」トニーが言った。

イーサンは相好を崩した。「ああ、たしかにそうだ。しかも初めての子どもだろう。リリーもぼくも嬉しくてたまらない」

トニーはグラスにブランデーを注ぐと、クリスタルのデカンターに栓をし、部屋を横切ってイーサンにグラスを手渡した。そして向かいの椅子に腰を下ろした。「おめでとう、パパ」

乾杯をしながら、この二週間のことを頭に思い浮かべた。今年の休暇は退屈しないどころか、最高に楽しいものとなった。お祭り気分を盛りあげるため、木を切り倒してクリスマス《ユール》の丸太《ログ》にし、ローズミードの屋敷のなかでもいちばん大きな暖炉にくべた。そして家じゅうをリボンや鐘や緑の枝葉で美しく飾りつけた。日中、ぼくは男連中を連れて乗馬や狩りに出かけ、女性たちは家のなかでおしゃべりや刺繍《ししゅう》、読書や水彩画を楽しんだ――もっともガブリエラは、自分の絵が相変わらずひどい出来だと嘆いていた。そして夕食が終わると、全員でひとつの部屋に集まって楽しんだ。歌を歌って楽器を演奏した夜もあれば、カードゲームや韻探《いんさが》しゲーム、言葉当てクイズなどで楽しんだ夜もあった。

クリスマスの二日前、それまで降っていた雨が雪に変わり、地面が輝く白いじゅうたんでおおわれた。ぼくは使用人に命じてそりを準備させ、みんなで寒空の下、雪の積もった地面を滑りおりて楽しんだ。ガブリエラとふたりでそりに乗っていたとき、彼女のすみれ色の瞳がきらきらと輝いていたのを、いまでもはっきりと覚えている。厚いウールの毛布と裏に毛皮のついたマントにくるまれ、頬をばら色に上気させていた。

そり遊びが終わって屋敷に戻ると、全員で熱い紅茶や温かいリンゴジュース、香辛料のはいったケーキを囲んで暖を取った。ふと気づくと、ぼくとガブリエラはヤドリギの下に立っていた。クリスマスにヤドリギの下にいる男女は、キスをするという風習がある。ぼくはすかさずガブリエラを抱き寄せ、まわりがひやかすほど甘いキスをした。

やがて夜が更け、みんなが寝室に下がった。ぼくはさっきの続きをしようとガブリエラの部屋に行き、燃えるようなキスをした。指と唇を巧みに動かし、ガブリエラに何度も絶頂を味わわせた。それからようやく彼女の熱く濡れた部分にはいり、天上にいるような悦びにひたった。

まもなく頭がはっきりしてくると、ぼくは自分が満ち足りた気持ちであることにとまどいを覚えた。結婚して半年近くがたつのだから、いまごろはガブリエラへの欲望も弱まっているはずだった。過去の経験からすると、激しく燃えていた情熱の炎もそろそろ下火になっているころだ。それなのに、彼女への欲望はいっこうに衰える気配がない。そのことにときどき、自分でも不安を感じるほどだ。

そういうわけでローズミードに戻って以来、自分をできるだけ抑制し、ときには仕事を理由にしてガブリエラとのあいだにある程度の距離を置いてきた。ガブリエラは愛人ではなく妻なのだから、彼女のそばを四六時中うろうろし、スカートの下に手を突っこんでいるわけにもいかないだろう。

それでも夜にはかならずガブリエラの寝室に行き、心ゆくまで愛し合っている。なにもしない夜も同じベッドにはいり、彼女の温かな体を隣りに感じながら眠りにつくのだ。

もし今回、人を大勢招いているのでなければ、自分への誓いも破ってクリスマスは一日じゅうガブリエラとベッドで過ごそうと思っていたかもしれない。だがそれはかなわず、彼女が甘いお菓子を食べてワッセル酒を飲みながら、山のようなプレゼントを開けるのを黙って見ているしかなかった。プレゼントのなかには、ぼくがロンドンの宝石店に特別に注文して取り寄せた、ダイヤモンドとアメジストをあしらった首飾りとイヤリングもあった。それを見たガブリエラが感激のあまり大きな声をあげたのを思いだす。その場にいた女性たちが寄ってきて、口々に素晴らしい宝石だと褒めそやした。

ガブリエラからは上質な革の手袋とスタッブズの描いた馬の絵、それに彼女が自分でモノグラムを刺繡したシルクのハンカチを三十枚以上もらった。ぼくはそのなかの一枚を、その場でポケットに入れた。

犬が吠え、子どもが笑い、子猫――ガブリエラが言ったとおり、その愛くるしさでみんなをとりこにした――が紙やリボンで遊ぶなか、彼女がぼくに近づいてきて、さっと短い感謝のキスをした。そしてその日の夜遅く、ふたりきりになったとき、昼間よりも熱く甘いキスをして抱き合った。

今年の休暇はとても素晴らしかった。人生で最高のクリスマスだったと言ってもいいだろう。だがどんなことにも、いつか終わりがやってくる。楽しかった休暇も今日で終わりだ。

トニーはふとわれに返り、イーサンがけげんそうな目でこちらを見ていることに気づいた。

「失礼。ちょっと考えごとをしていた。とにかく、もう一度おめでとうを言わせてくれ。これから生まれてくるきみの息子に乾杯」

「ぼくの息子に」イーサンはグラスを掲げた。「あるいは娘に。本当なら男の子であることを願うべきなんだろうが、じつはひとりめは女の子がいいと思っているんだ——母親にそっくりの、赤い髪とグリーンの目をしたかわいい女の子が欲しい」

「じゃあ、きみの娘に乾杯」

ふたりはグラスを口に運び、ブランデーを飲んだ。

「お前にも早く子どもができて、こうして祝杯をあげられるといいな」イーサンは言い、グラスをサイドテーブルに置いた。

トニーは考えこむような顔をした。「そうだな。でももうしばらくのあいだは、ガブリエラをひとり占めしていたい」

「なるほど、まだまだ新婚気分というわけか。リリーとぼくもそうだった。でも結婚して一年も過ぎれば、そろそろ家族が増えてもいいという気分になる。お前もじきにそう思うようになるだろう。正直に言わせてもらうと、最初は今回の結婚を少し危ぶんでいたんだが、お前たちの仲の良さを見てほっとした。ガブリエラに出会えてよかったな、トニー。お前に愛する人ができたことを、ぼくも心から嬉しく思っている」

〝愛だと！　まさか！〟トニーの心臓がふたつ続けて打った。のどに苦いものがこみあげてきたが、ブランデーのせいで胸やけを起こしたのだと思うことにした。

トニーは眉をしかめた。「愛する人？　いや、それは違う。ガブリエラとぼくは……気が合うし、そのことは幸運だったと思っている。だが、それ以上でもそれ以下でもない。ぼくたちはたんに肉体的に惹かれているだけだ」

「つまりお前は、彼女を愛していないというのか？」イーサンは信じられないという口ぶりで言った。「お前たちを見ていると、愛し合っているようにしか思えないが」

「見かけは当てにならないということだ。お前は自分が恋愛結婚をしたから、誰を見てもそんなふうに思えるんだろう。でもそれは間違っている」〝それとも間違っているのは、自分のほうなのか？〟頭のなかで小さな声がした。トニーはグラスに残っていたブランデーを飲み干した。これ以上飲んだらますます気分が悪くなるかもしれないと思ったが、いまは強い酒が欲しかった。そして迷いをふりはらい、淡々とした口調で言った。「さっきの質問に答えよう。そうだ、ぼくはガブリエラを愛していない」


ドアの向こう側で、ガブリエラは木のドア枠に手をついたまま凍りついていた。呼吸が苦しく、もう少しで止まってしまいそうだ。ふたりの話を立ち聞きするつもりはまったくなかった――でもできることなら時間を巻き戻し、トニーの言葉を耳にする前に戻りたい。

ここに来たのは、リリーの具合がよくなったことをイーサンに伝えるためだった。吐き気がおさまったので、みんなでカードゲームでもしないかと誘いに来たのだ。だが廊下を進み、書斎に近づくにつれ、ぼそぼそした低い男性の話し声が聞こえてきた。そしてドアの前に立ったとき、ふたりの声がはっきり聞こえた。

〝もうしばらくのあいだは、ガブリエラをひとり占めしていたい〟トニーが言った。

その言葉にわたしは思わず笑みを浮かべ、嬉しさで胸をはずませながらドアに手をかけた。だがそのとき、ふたりの話が思わぬ方向に転んだ。

〝愛する人？　いや、それは違う……〟

頭のなかで虫が激しく飛びまわっているような耳鳴りがし、胃がぎゅっとねじれる感覚に襲われた。〝そうだ〟トニーがきっぱりと言うのが聞こえた。〝ぼくはガブリエラを愛していない〟

その瞬間、世界が急速に狭くなり、現実味を持たない奇妙な空間に変わった。まるで凍りついた巨大な川に投げこまれたようだった。耳をふさぎ、いますぐその場を走り去ったほうがいいことはわかっていたが、どうしても足が動かず、そのままふたりの会話を聞いていた。

〝愛していないのなら、どうしてガブリエラと結婚したんだ？〟

しばらく沈黙があった。

〝お前は知らないと思うが、あの花火大会の夜、ガブリエラとぼくはみなとはぐれて途方に暮れていた〟

〝やはりそうだったのか。でもお前は、彼女を無事にレイフとジュリアナの屋敷に送り届けたんだろう？〟

〝エリカ・ヒューイットの馬車で送ってもらったんだ〟

イーサンが小声で悪態をつくのが聞こえた。

〝単刀直入に言うと、エリカはぼくを脅迫した。今夜のことを社交界の連中に知られたくなかったら、自分とよりを戻せと言ってきたんだ。彼女の手にかかったら、話に尾ひれがつくのは間違いない。ぼくにはほかに選択肢がなかった。ガブリエラの将来を台無しにするわけにはいかないだろう。ぼくが結婚しなかったら、ガブリエラに近づいてくるのはろくな男しかいなくなる。彼女が将来、いい結婚相手を見つけるのは絶望的だと思った〟

〝お前はかつての愛人の脅迫から守るため、ガブリエラと結婚したというのか？〟

トニーは一瞬間を置いてから答えた。〝ああ、それにぼくはガブリエラに強い欲望を感じていた。気ままな独身生活をあきらめる決心さえすれば、彼女をベッドに連れていけると思ったんだ。でもそれは、悪い判断じゃなかったよ〟

〝お前にしてみればそうだろうな。でもガブリエラはお前を愛している。そのことに気づいていないのか？〟

ふたたび沈黙があった。

〝それは本当か？〟トニーが口を開いた。〝だが彼女はまだ若いから、そうした感情もそのうち薄れるはずだ。ぼくたちのあいだに燃えている情熱の炎も、いつか消える日がやってくる。もっとも、ガブリエラがぼくに愛情を感じてくれているのなら、結婚生活もしばらくは安泰だろう。じつを言うと、ぼくも子どもがひとりかふたり欲しいと思うようになったんだ。以前は喜んでいとこに爵位を譲るつもりだったが、跡継ぎを作ってもいいという気になってきた。無事に跡継ぎができたあとも、ガブリエラとならそこそこうまくやっていけるだろう。もしかすると友人同士になれるかもしれない。そして何年かたったら、お互いにそれぞれ好きなことをすればいい――もちろん分別をわきまえ、くだらない口論や非難の応酬はなしにするつもりだ〟

お互いに好きなことをするですって！　ガブリエラは心のなかで叫んだ。つまりトニーは、いつかわたしに飽きたら、別の女性をベッドに誘う気でいるのだろうか。そのときはもう、わたしを好きなふりをすることもやめるつもりらしい。わたしにはせいぜい友情しか持てないと言っているのだ。でも少なくとも、彼が身勝手な人間でないのはたしかだ。わたしが別の男性の腕に抱かれてもいいと言っているのだから。ガブリエラは吐き気を覚え、その場で戻してしまうのではないかと思った。

それでもなんとか気持ちを落ち着かせ、足を前に踏みだした。そっと静かにドアの前を離れ、廊下を引き返した。やがて自分の部屋に着いたが、自分がどうやってそこまでたどりついたのかほとんど記憶がなかった。そして居間の壁紙をぼんやりとながめた――トニーが自分のために選んでくれた、バラの柄の壁紙だ。いまこの瞬間まで、バラは大好きな花だった。

そのとき侍女が肩に触れ、ガブリエラははっとした。「奥方様、顔色が悪いですわ。だいじょうぶですか?」

〝だいじょうぶ? いいえ、この悲しみが癒える日は二度と来ないわ〟 ガブリエラはうなずいた。「ええ……ちょっと頭が痛いの。あの……レディ・ヴェッセイに謝っといてもらえるかしら。夕食のときに会いましょうと伝えて」

「かしこまりました。なにかご気分のよくなるものをお持ちしましょうか?」

〝ええ、お願いするわ。さっきの記憶を消し去ってくれるものを持ってきてちょうだい。今朝、トニーの腕のなかで、幸せな気分で起きたときの自分に戻りたいの〟 でもそのときの自分に戻るということは、いつわりの人生を生きるということだ。トニーがしかたなく結婚したのだとも知らず、自分たちが愛情で結ばれていると無邪気に信じていただろう。自分が愛されていると思いこんだまま生きていくことになっていたのだ。トニーがわたしに感じているのは、肉欲とただの好意、そしてあわれみだけなのに。

ああ、これからいったいどうすればいいのだろう? ガブリエラの頬をひと筋の涙が伝い、胸に鋭い痛みが走った。「いいえ。なにもいらないから、ひとりにしてちょうだい」


「レモンタルトをもうひとついかが、リリー?」それから数時間後、ガブリエラは夕食の席に着いていた。「なんといっても、いまはふたり分食べなくちゃならないんだもの」

「どうしようかしら」リリーは笑い、まだ平らなお腹に手を当てた。「でもこのタルトは絶品だったわ」デザートの盛られた大皿をじっと見ながら迷った。「そうね、半分だけいただこうかしら。残りの半分はイーサンに食べてもらうわ。この人ったら、憎たらしいことにいくら食べても太らないんですもの」

「たしかにぼくはじょうぶな胃腸をしている」イーサンは微笑んだ。「だがタルトはきみひとりで食べたらいい。このところ、あまり食欲がなかっただろう」

「だったらカモのローストをもっと食べればよかった。でもここはあなたの言うとおりにしましょう」リリーはにっこり笑い、タルトを皿に取った。

リリーがふたつめのタルトを頬張るのを見ながら、ガブリエラは笑みを浮かべたまま紅茶をすすった。みんなと一緒に夕食をとるため部屋を出て階段を下り、こうしてダイニングルームにやってきたが、自分でもどうしてそんなことができたのかよくわからない。

侍女がいなくなるとベッドにもぐりこみ、横向きになって毛布にくるまった。窓にカーテンが引かれて午後の陽射しがさえぎられ、部屋のなかは暗かった。トニーが様子を見にやってきたが、わたしは目をぎゅっと閉じて眠ったふりをした。やがてドアを閉める音がして彼がいなくなると、またひとしきり涙がこぼれた。

自分がこれほどの女優だとは、今夜まで知らなかった。これなら母と同じように舞台に立つこともできただろう。名女優のミセス・シモンズでも、わたしほどの演技はできないのではないだろうか。

みんなに頭痛はもう治ったからだいじょうぶだと言い、さっきからずっといつもと変わらずおしゃべりをして笑っている。トニーのキスでさえ、黙って受けたのだ。彼はわたしに唇を重ね、いかにもこちらの体調を気遣っているように、そっと優しく髪や頬をなでた。

そのときわたしはトニーを突き飛ばして叫びたい衝動に駆られた。あなたは嘘つきだわ、よくもわたしをだまして結婚し、愛しているふりをしてくれたわね、となじりたかった。でもトニーに愛されているというのは、わたしの勝手な思いこみだったのだ。トニーが愛していると言ったことは、ただの一度もない——その事実が彼の本心を語っていたことに、いまようやく気づいた。

この数カ月、トニーはわたしへの欲望をあらわにし、わたしの体を褒め、わたしがどれだけベッドで彼を悦ばせているかということをしょっちゅう口にしていた。だが愛という言葉だけは、彼の口から出たことがなかった。おそらくトニーの心のなかに、そうした感情は存在しないのだろう。彼はまだ幼かったころ、母親に心をずたずたに引き裂かれたという。おそらくそれが原因で、人を愛することも、女性を信じることもできなくなったにちがいない。おけれども、本当にそうだろうか。人を愛する気持ちは残っているのに、ただわたしのことは愛せないというだけかもしれない。

まもなく夕食が終わり、四人で居間に移動するころになると、ガブリエラの演技にもほころびが見えてきたようだった。

リリーが歩きながらガブリエラの腕に手をかけ、そっと小さな声で尋ねた。「本当にだいじょうぶなの？　なんだか具合が悪そうな顔だわ」

「だいじょうぶよ。ちょっと疲れただけ」

「まさかあなたも、わたしと同じじゃないでしょうね？　わたしもときどき立っているのもやっとなくらい、眠くてたまらないことがあるのよ」

「いいえ、そうじゃないわ」月のものが先週終わったばかりなので、それはまずないはずだ、とガブリエラは思った。それにいま身ごもったりしたら、事態はますます複雑になる。それでも赤ん坊がいたらどんなにいいだろう――わたしにも愛し愛される相手ができるのだ。でもやはり、その可能性は考えられない。

ガブリエラは一瞬、リリーにこの苦しさを打ち明けて楽になりたいという衝動に駆られた。だがいったん口を開いたら、言葉が洪水となってあふれだし、なにもかも話してしまうだろう。そうなるとトニーにも知られてしまう。いくらわざとでないとはいえ、わたしがドアの前でイーサンとの会話を聞いていたことも、トニーの言葉で深く傷ついたことも知られてしまうのだ。いまはまだ、トニーと面と向かってそのことを話す勇気がない。

「なんでもないの。本当よ」ガブリエラは嘘をついた。

やがて夜が更けて寝る時間になった。

ガブリエラは不安でいっぱいの心を押し隠し、侍女に手伝ってもらってネグリジェに着替えた。結婚してからというもの、朝まで身に着けていたことがほとんどないネグリジェだ。そして横向きになって上掛けにくるまり、今夜はトニーが来ないことを願った。

だが当然ながらトニーは現われ、マットレスを沈ませながらベッドにはいってきた。そしてシーツのあいだにもぐりこむと、ガブリエラに近づいて首筋にキスをし、片方の乳房を後ろから手で包んだ。いつもならそこでガブリエラが背中をそらし、ふり返って彼と抱き合うところだった。でもガブリエラは体をこわばらせ、そのまま動こうとしなかった。

トニーは彼女の様子がいつもと違うことに気づいて愛撫をやめると、ひじをついて上体を起こした。「どうしたんだい？　なにかあったのか？」

〝ええ、あったわ〟ガブリエラは心のなかで叫んだ。〝あなたに心を粉々に砕かれたのよ〟

「ううん。少し疲れただけ」

トニーは眉根を寄せた。「また頭痛がするのかい？」

「ええ、そうなの。ご……ごめんなさい」

トニーはガブリエラの髪をなで、こめかみにキスをした。「謝る必要はない。具合が悪くなるのはしかたのないことだろう。侍女を呼ぼうか？　湿布をしたら楽になるかもしれない」

「いいえ……眠ればよくなると思うわ」

「わかった、じゃあこのまま眠ろう」トニーは横になり、枕に頭を乗せた。そしてガブリエラを抱き寄せようとしたが、彼女はそれを拒んだ。

「トニー……あの……やめてちょうだい。頭痛がひどいの。悪いけど、自分の部屋に行ってくれないかしら？　今夜はひとりのほうがよく眠れると思うから」

トニーはしばらくなにも言わなかった。その体が一瞬、凍りついたようにこわばったのがわかったが、ガブリエラには自分の言葉で彼が傷ついたとは思えなかった。そして体を丸めたままじっと動かず、トニーの反応を待った。

「わかった」トニーはかすれた声で言った。「きみがそうしたいのなら。明日の朝、また会おう」

「ええ。おやすみなさい」

「ゆっくりおやすみ、ガブリエラ」

ガブリエラはトニーが部屋を出てドアを静かに閉める気配を感じながら、今夜は一睡もできないだろうと覚悟した。目に涙があふれ、胸がぎゅっと締めつけられた。そしてうつぶせになり、枕に顔をうずめて泣きだした。

18

〝ガブリエラの様子がおかしい〟それから三日後、トニーはニューマーケットに向けて馬車を走らせながら思った。だがいくら考えても、それがなぜなのか、さっぱりわからない。最初はしつこい頭痛のせいだろうと思っていたが、二日前の朝、リリーとイーサンを見送るため一階に下りてきた彼女は、とても元気そうに見えた。満面の笑みを浮かべてふたりとしっかり抱き合うと、私道を走り去っていく馬車に向かって大きく手をふっていた。ところが馬車が見えなくなったとたん、あなたのお仕事の邪魔はしたくないからなどとつぶやき、すぐに二階に戻っていった。

その後の昼食のときも夕食のときも普通にふるまってはいたが、どこか他人行儀でいつもの明るいガブリエラではなかった。どうしたのかと訊くと、まだ体調が悪いので今夜は早く休みたいと答えた。その口調から、彼女がひとりで休みたいと言っているのだとわかった。

どうしてなのか問いただしたかったが、本人の気持ちを尊重し、トニーは二日続けて自分のベッドで寝ることにした。だがその日の夜は彼女のぬくもりが恋しく、いつものように熟睡することができなかった。まだ頭痛が完全に治っていないのだろうとも思ったが、理由はそれだけではないような気がしてならなかった。リリーが身ごもったことを思いだし、もしかするとガブリエラもそうなのではないかという考えが、ちらりと頭をよぎった。彼女のお腹に赤ん坊が宿ったのかもしれないと思うと、嬉しさで胸が躍った。

だが昨夜、夕食の席でそのことを切りだしたところ、ガブリエラはトニーをじっと見つめて首を横にふった。「いいえ、閣下。子どもはできてないわ」

「だったらどうしたんだい、ガブリエラ？　いったいなにがあったんだ？」

ガブリエラの瞳が磨かれたアメジストのように光り、その口が開きかけたように見えた。だが彼女はすぐに目を伏せると、ナプキンを皿に放って椅子を後ろに引いた。「また頭が痛くなってきたわ。先に休ませてもらうわね」

「最近はやけに頭痛がすることが多いんだな」

「ええ、そうなの。よく痛くなるわ」そう言うとガブリエラは背中を向け、ダイニングルームを出ていった。

トニーは彼女のあとを追おうと思ったが、冷静でいられる自信がなかったのでやめることにした。そして落ち着くよう自分に言い聞かせ、どうにか夕食を食べ終えた。

それから三時間近くたったころ、ガブリエラの寝室に行くべきかどうかと逡巡《しゅんじゅん》しながら、階段を上がって二階に向かった。結局、自分は夫なのだから堂々と妻の寝室にはいる権利があるはずだと腹を決め、続き部屋のドアを開け、居間を通りぬけてガブリエラの寝室に足を踏み入れた。彼女は体を丸めるようにしてベッドに横たわっていた。部屋は薄暗く、明かりは暖炉の火だけだった。トニーは一瞬ためらったが、ローブを脱いでベッドにはいった。そしてガブリエラの体に腕をまわして抱き寄せ、首筋と肩にキスをした。

ガブリエラがねぼけまなこでふり返った。「トニー?」

「そうだ。さあ、もう一度眠るといい」だが自分でそう言っておきながら、トニーは我慢できずに彼女のネグリジェの下に手を滑りこませ、柔らかな乳房に触れた。

ガブリエラの背中が弓なりにそり、乳首が愛撫をせがむようにつんととがった。胸をもみながら熱く激しいキスをすると、彼女の唇から甘いため息がもれた。トニーは小さな声で彼女の名前を呼びながら、ネグリジェを頭から脱がせた。そのころになるとガブリエラも目を覚まし、ようやく自分がなにをしているかに気づいたように体を硬くした。

トニーはすかさず乳房を口に含み、ガブリエラのとくに感じやすいところを両手で愛撫した。彼女が身をくねらせ、はあはあと肩で息をしながら、彼の体に手をはわせてきた。

やがて奥まで深く貫くと、ガブリエラがびくりとして腰を浮かせた。そしてトニーの背中にしっかりと脚をからめた。しばらくするとすすり泣くような声が聞こえてきて、彼女がそろそろ限界に近づいていることがわかった。トニーはその声に耳をくすぐられながら、ガブリエラをクライマックスへと導いた。すぐに彼も絶頂に達し、目を閉じて激しくうねる官能の波に呑みこまれた。

そのうち乱れた息が整い、頭もすっきりしてくると、トニーはガブリエラを抱き寄せた。まもなくうとうとしはじめたころ、肩が濡れるのを感じた。最初はそれがなにかわからなかったが、すぐに気づいてはっとした。

「泣いているのかい？　ガブリエラ？　どうしたんだ？」

だがガブリエラはなにも答えず、ただかぶりをふって寝返りを打ち、こちらに背中を向けた。トニーが慰めようと手を伸ばしたところ、彼女はそれを拒んで身を小さく縮めた。

トニーはふと自分が冷血漢になったような気がしたが、ガブリエラが愛の営みに積極的だったことを考えると、なにが原因なのかさっぱり見当がつかなかった。そして仰向けになったまま、じっと耳を澄ませていた。しばらくしてガブリエラの寝息が聞こえてくると、ようやく自分も眠りについた。

今朝、トニーが目を覚ますとガブリエラはすでに起きて着替えをすませ、一階に下りていた。今日の午後、ニューマーケットで馬の繁殖家と会うというずっと前からの約束がなかったら、ガブリエラとじっくり話をし、いったいなにがあったのか聞きだしていただろう。

出がけに短いキスをしたとき、ガブリエラはこちらの目を見ようとしなかった。「なにがあったかは知らないが、帰ったらちゃんと話を聞かせてくれ。夜には戻るから、それから話し合おう」だが彼女はなにも言わなかった。

そしていま、トニーはニューマーケットに向かっていた。今夜こそ、ガブリエラの態度が変わることを祈るだけだ。

〝ここを出ていかなくちゃ！〟ガブリエラは思った。もうこれ以上、この屋敷にいるわけにはいかない。なんといっても昨夜、あんなことがあったのだから。

トニーがベッドにはいってきてキスや愛撫を始めたとき、こちらはまだ眠っていたのだから抵抗できなかったとしてもしかたがない、という言い訳もできるだろう。だがうとうとしながらも、わたしは心の奥で自分がなにをしているのかも、彼を拒まなければということもわかっていた。それなのに、どうしてもやめてという言葉が出てこなかった――あの素晴らしいキスや愛撫に、どうして抗《あらが》うことができただろうか。

そしてそこにわたしのジレンマがある。トニーがわたしを愛していないことはわかっているし、そのことに深く傷ついているのに、それでもなおわたしはあの人を求めている。どんなに心から消し去りたいと思っても、あの人をまだ愛しているのだ。もしこのままここにとどまったら、昨夜のようなことが繰り返し起こるのはわかりきっている。抵抗しようとしても、いったん彼に触れられたら、わたしはなにもかも忘れてしまうだろう。そうなったら、わたしはどうなるのだろうか。きっとプライドさえも失ってしまうにちがいない。そしてそんなことを繰り返しているうちに、やがて身も心もぼろぼろになるのだ。いつかトニーがわたしに飽き、別の女性に心変わりしたら、わたしはもう生きていけないかもしれない。だがいま彼のもとを去れば、少なくともプライドを守ることはできる。

すべてを失い、抜け殻のようになりたくなかったら、いますぐ出ていかなければ。幸いなことに、トニーはニューマーケットに行って終日留守にしている。今日を逃したら、次のチャンスがいつめぐってくるかはわからない——トニーがいるときだと、ひどい口論になるのは目に見えている。

もっとも、あの人はわたしが出ていくと言ってもたいして気に留めないかもしれない。わたしに欲望を感じていると、彼がイーサン・アンダートンに話しているのを聞いたが、その情熱もいつまで続くだろうか。もしかすると、わたしがいなくなってトニーは内心ほっとするかもしれないのだ。

こうなったら、ぐずぐずしてはいられない。ガブリエラは困惑顔の侍女に、身のまわりのものを旅行かばんやトランクに詰めるよう命じた。当然ながらすべてを持ちだすことはできず、必要最小限のものしか入れられなかった。でもこれでなんとか間に合うだろう。以前はもっと少ない持ちもので暮らしていたのだから、これだけあれば充分やっていけるはずだ。

服や洗面用品などがトランクに詰めこまれるのを見ながら、ガブリエラはあることに気づいてはっとした。〝わたしは家を出ようとしている。でも、いったいどこに行けばいいの？〟

レイフとジュリアナのところに行くこともできる。あのふたりならわたしに同情し、追い返そうとはしないだろう。けれどもレイフとジュリアナは、わたしよりずっとトニーとの付き合いが長いのだ。たしかにレイフは伯父ではあるが、あのふたりにトニーとわたしのどちらかを選べと迫るようなことはしたくない。イーサンとリリーについても同じだ。

両親はすでに他界し、かつて一緒に旅回りをしていた劇団の人たちとも、ほとんど連絡をとっていない。ただひとり、モード・ウッドクラフトを除いて。

そうだ、モードがいる！　どうして真っ先に彼女のことを思いつかなかったのだろう。自分たちはとても仲が良かったし、モードは家族のようにわたしによくしてくれた。こんなときに頼れるのは、モード以外にいない。

ガブリエラは行き先を言わないまま、馬車の準備を命じ、旅支度を整えた。

「ただいま、クランプ」日が暮れてまもなく、トニーが屋敷に帰ってきた。重い外套を脱ぎ、控えていた従僕に手渡した。「今日は長い一日だった。ガルに風呂を用意し、夕食用の服をそろえておくよう言ってくれないか。それから、妻にぼくが帰ってきたことを伝えてくれ」トニーはそこでいったん言葉を切り、階段を見上げた。「いや、やっぱりいい。ぼくが自分で伝えよう。彼女はどこにいるかな？」

クランプはひどくおかしな顔をした。どう切りだしていいかわからないというように、口を開けたかと思うと閉じ、またすぐに開けた。「奥方様は……その……いらっしゃいません」

トニーは眉根を寄せた。「なんだって？　いないとはどういうことだ？」

クランプはごくりとのどを鳴らした。「お昼の少し前に、馬車で出ていかれました。これを……あの……閣下にお渡しするようにとのことです」

トニーは執事が差しだした手紙をじっと見つめた。眉をさらにしかめながら、それを受け取って封を開けた。ガブリエラの女らしい流麗な文字が目に飛びこんできた。

〝閣下〟

トニーじゃないのか？　どうして閣下と書いているんだ？　どうやらガブリエラは、こちらが思っていた以上に怒っているらしい。トニーはとにかくその先を読むことにした。

閣下

いろいろ考えましたが、もうこれ以上、あなたと一緒にローズミードで暮らすことはできません。しばらくひとりにしてください。馬車を一台お借りしましたが、目的地に着いたらすぐに送り返します。友だちのところにいるので、危ないことはありません。ですから、どうぞ心配しないでください――もっとも、あなたが心配してくれるかどうかさえ、いまのわたしにはもうわかりません。わたしのことを捜さないでもらえますか。いずれこちらから連絡します。

ガブリエラ

トニーは二度読み返したのち、手紙をくしゃくしゃに握りつぶした。ガブリエラはどういうつもりなのか？　自分と一緒にローズミードでは暮らせないだと？　いったいなぜだ？　しかも、こちらが彼女のことを心配するかどうかさえ、もうわからないと言っている。もちろん心配するに決まっているだろう！　〝わたしのことを捜さないでもらえますか……いずれこちらから連絡します〟そんなに悠長に待てるわけがない。行き先さえわかれば、いますぐ飛んでいきたいところだ。

「行き先は言ってたか？」答えはわかっていたものの、トニーは訊かずにはいられなかった。

執事は首を横にふった。「いいえ、閣下。何度もお尋ねしたのですが、頑としておっしゃいませんでした。御者とわたしとでなんとか思いとどまるよう説得し、せめて閣下がお戻りになるまでは待っていただきたいとお願いしたのです。それでも奥方様は、わたしどもの言うことにはまったく耳を貸そうとなさいませんでした」

「そうだろうな」ガブリエラがいったんこうと決めたら、まわりがなにを言おうと、考えを変えることはまずないのだ。「気にしないでくれ、クランプ。きみが一生懸命やってくれたことはわかっている」

トニーは沈黙し、その場を行ったり来たりしながら考えた。ガブリエラはどこに行ったのか。真っ先に考えられるのは、レイフとジュリアナのところだ。イーサンとリリーの屋敷ということもありうるが、ふたりはほんの数日前にここを発ったのだから、その可能性は低いだろう。あるいはいつか彼女が話していた、自分が知らない友人のところだろうか。自分と出会う前、ガブリエラは波乱万丈の人生を生きていた。それを考えると、行き先はどこであったとしてもおかしくない。

「馬車を用意してくれ。一時間以内にロンドンに発つ」トニーはまずいちばんありえそうな場所から捜すことにした。出発前にイーサンとリリーに手紙を書いておこう。それから従僕に命じ、このあたりの駅馬車宿を片っぱしから調べさせよう。もしかするとガブリエラの足取りがつかめるかもしれない。とにかく、どんなことをしてでも彼女を捜しだすのだ。

トニーは出かける準備をしようと寝室に向かった。そして居間のなかを大またで歩いているとき、開け放たれたドアの向こうに、ガブリエラの部屋がちらりと見えた。ドア枠を握りしめてなかをのぞくと、ふいにみぞおちをこぶしで殴られたように息ができなくなった。

〝ああ、なんということだ、ガブリエラがここを出ていった。しかも最悪なことに、自分にはその理由がわからない〟

それから四日後、ガブリエラの乗った馬車が古い田舎家《コテージ》の前で停まった。そこはシュロップシャー州の西部で、市《いち》の開かれるエルズミアの町からそれほど離れていないところだった。地面と小さな田舎家の屋根を、粉雪が白くおおっている。本当はもっと早く着く予定だったが、この雪のせいで思ったより時間がかかってしまった。れんがでできた煙突から、灰色の煙がゆっくりとらせん状に昇っているのが見えた。

御者が飛び降り、ガブリエラの到着を告げに玄関に向かった。しばらくしてドアが開き、ひとりの女性――モードのいとこのジョセフィーヌにちがいない――が顔を出した。腰の低い位置で赤ん坊を抱え、黒っぽい髪をした別の子どもがスカートにしがみついている。ガブリエラはその女性と御者が言葉を交わすのを見ていた。女性が驚いたような目でちらりとこちらを見た。「なにかの間違いでしょう」彼女の声が冷たい風に乗って運ばれてきた。「わたしに公爵夫人の知り合いがいると思いますか？」

御者がなにか言うと、女性はもう一度かぶりをふった。ガブリエラは従僕の手を借りて馬車を降りた。そのときもうひとりの女性が家から出てくるのが見えた。白髪の交じりはじめた赤褐色の髪の毛が、冬の弱い陽射しを受けて光っている。

〝モードだわ！〟ガブリエラはそちらに向かって歩きだした。だがダークグリーンのベルベット生地にアーミンの毛皮のついたマントを着て帽子をかぶり、おそろいの毛皮のマフに両手を入れているガブリエラのことを、モードはわかっていないようだった。ガブリエラは暗い気持ちになった。

自分はそんなに変わってしまったのだろうか。

「公爵夫人があなたに会いたいと言ってるんですって、モード」ジョセフィーヌのスカートの陰から、また新たにふたりの子どもが顔をのぞかせた。「ごめんなさい、奥様。家をお間違えではないでしょうか」ジョセフィーヌは子どもたちにまとわりつかれながらも、どうにかひざを曲げてお辞儀をした。

「公爵夫人のことは、〝奥方様〟とお呼びしなくてはいけないわ」モードがやんわりと注意し、不思議そうな目でガブリエラを見た。しばらくその顔をまじまじと見ていたが、やがてふいに目を丸くした。「まあ、驚いた！　ガビー？　あなたなの？」

ガブリエラはうなずき、モードに駆け寄ってその腕に飛びこんだ。「そうよ。びっくりさせてごめんなさい。手紙で知らせればよかったんだけど、その時間がなくて」

「いいのよ」モードは手をふった。「またあなたに会えるなんて、こんなに嬉しいことはないわ！　手紙に結婚したと書いてあったわね。しかも相手は公爵ですって！　ああ、信じられない！　あなたったら、すっかり美しいレディになってるんですもの。あまりにきれいだから、すぐにあなただとわからなかったわ」モードは馬車に目をやった。「ご主人も一緒なの？　ご挨拶したいから、降りてきてもらえないかしら」

ガブリエラは首を横にふった。「いいえ、彼は一緒じゃないわ。モード、わたし……ここに泊まってもいい？」

モードは眉を高く上げた。「この家に？」

ガブリエラはうなずいた。「ええ、迷惑じゃなかったら。お金は持ってるから、負担をかけることはないわ」

「そうね、でもこの家は狭いのよ。あなたが住んでいるようなところとは違うの――少なくとも、いま住んでいるお屋敷とはまったく違うわ」

「昔はもっと狭いところに住んでいたもの。お願い」

モードは眉根を寄せ、ガブリエラの体を引き寄せて耳もとでささやいた。「もしかして、なにか大変なことでもあったの？」

「夫のもとを去ったのが大変なことなら、そのとおりよ」

モードはガブリエラの肩を抱いた。「わかったわ。そういうことなら、たとえわたしが床に寝ることになっても、あなたをここに置いてあげる。さあ、なかにはいりましょう。詳しい話を聞かせてちょうだい」


一週間後、ガブリエラは質素な木のキッチンテーブルに着いていた。ジョセフィーヌの子どもが三人、笑いながらあたりを走りまわっている。モードは子どもたちを優しく叱って部屋から出ていかせると、ガブリエラの向かいの席に座ってティーポットに手を伸ばした。そしてカップふたつに熱い紅茶を注ぎ、ビスケットを食べた。

「ジョーの夫が戻ってくるんですって。兵役を終えたという知らせが、今日届いたらしいの。子どもたちには父親が必要だからよかったわ。でも彼が戻ってきて、また子どもが増えたりしないといいんだけど」

「もう八人もいるんですものね。みんなかわいいわ」

「ええ。かわいいけれど、手がかかってしかたがないでしょう。あなたが子育てを手伝ってくれて、ジョーは感謝しているわ。最初はあなたが、自分の身のまわりの世話もしないんじゃないかと心配していたんですって。公爵夫人なのにお高くとまってないとわかって、ほっとしたそうよ」

「子どもの面倒を見るのは楽しいもの」ガブリエラはスプーンで紅茶をかきまぜた。「末っ子のモーラなんて、かわいくて食べてしまいたいくらい」

「そうね。あの子もすっかりあなたになついているわ。あなたが部屋にはいってくると、顔がぱっと明るくなるの。あなたがいなくなったら、とても寂しがるでしょうね」

ガブリエラは表情を曇らせ、かちんという音をたててスプーンを受け皿に置いた。「わたしに出ていけということなの？　みんなとうまくやっていると思っていたのに。あなただって、床に寝る必要はなかったじゃない」

「たしかに寝ているときにひじがぶつかることもあるけれど、ジョーはそんなことは気にしてないわ。彼女もわたしも、あなたがここにいてくれることを嬉しく思っているのよ。でも公爵は、そうじゃないでしょうね」

「さあね。あの人はいまごろ、ロンドンで自由を満喫しているんじゃないかしら」

「そんなことはないと思うわ。男という生き物は、手にはいらないものを欲しがるの。あなたは妻でしょう。それだけでも、手もとに取り戻したいと思うはずよ」

「でもわたしは帰りたくないの。少なくとも、これからどうすればいいかがわかるまでは戻りたくないわ」

「それで、どうするつもりなの？　残念だけど、いつまでもここにいるわけにはいかないわ。それが現実というものよ」

「なにか考えるわ。もう少し時間をちょうだい」

だがガブリエラは、モードの言うとおりだとわかっていた。いくらここでひっそり暮らしたいと思っても、このまま逃げつづけることはできないのだ。わたしが乗ってきた馬車は、もうとっくにローズミードに着いているだろう。トニーは御者や従僕からわたしの居場所を聞きだしているにちがいない。もちろん、それも彼がわたしの居場所に興味があればの話だ。

でもモードが指摘したとおり、トニーのプライドは傷ついているはずだ。それだけの理由でも、わたしを取り戻したいと思うかもしれない。たぶん帰ってこいと手紙をよこすだろう。そのときは、どうすればいいのだろうか。

ガブリエラは暗い気持ちで紅茶をすすった。

「わあ、見て、馬車だよ！」玄関のすぐ横にある居間で、ふたりの男の子が大きな声をあげた。「馬もすごいな。それに扉にかっこいい紋章もついてるよ。いったい誰だろう？」

ガブリエラはモードと顔を見合わせ、胸がぎゅっと締めつけられるのを感じた。それが誰かは、見なくてもわかっている。

まもなく玄関ドアが開閉し、冷たい風がさっと家のなかに吹きこんできた。

「おじさん誰？」男の子のひとりが訊いた。

「きっと公爵だと思うよ」もうひとりが言った。「違うかな？　公爵だよね？」

「ああ、そうだ」聞き覚えのある低い声がした。

「なれなれしい口をきかないの」ジョセフィーヌが子どもたちを叱った。「ふたりとも、二階に行きなさい」

「でもママ――」

「さあ、早く！」

子どもたちの不満そうな声に続き、板張りの階段をどたどたと駆けあがる足音がした。まもなくあたりはしんと静かになった。

「失礼いたしました。ご――ご機嫌いかがですか、か――閣下？」ジョセフィーヌはしどろもどろになりながら言った。

「こんにちは、マダム。お邪魔して申し訳ないが、ここにある人がいると聞いたものでね。わたしの妻のガブリエラ・ブラックだ」

「それは……あの……その――」

「いいのよ」ガブリエラはキッチンから廊下に出ると、すっかりうろたえているジョセフィーヌに向かって言った。「わたしがここにいることは、もうわかっているようだから」そしてトニーの顔を見て、思わず息を呑んだ。髪が風でわずかに乱れ、あごがこわばっている。ひどく疲れ、怒っているようだ。

トニーは印象的なブルーの目でガブリエラの目を見据えた。「このところの吹雪のせいもあって、ここに来るのはひと苦労だった。ふたりきりで話せないか？」

「居間に行きましょう」ガブリエラは身ぶりで部屋を示した。「いいかしら、ジョー？」

「ええ、もちろんよ」

トニーがガブリエラのあとから部屋にはいってきた。ドアの閉まる小さな音に、ガブリエラはぎくりとした。

「さあ、ガブリエラ、いったいどういうことか教えてもらおうか。この真冬の寒い時期に、ぼくはイングランドをほぼ横断してきみをはるばる追ってきたんだぞ」

ガブリエラは肩をこわばらせ、部屋の奥に進んだ。「わざわざ追いかけてこなくてもよかったのに。わたしを捜さないでと手紙に書いていたでしょう」

トニーは目を細めた。「ああ、手紙なら読んだ。だがあいにくぼくは、人の指示に黙って従うたちじゃないもんでね。それがばかげた指示となれば、とくにそうだ。ぼくがきみを放っておき、捜そうともしないと本気で思っていたのかい？」

「あのときはとにかく家を出ることしか頭になくて、ほかのことまで考えられなかったわ」

トニーの顔に浮かんでいた怒りの表情が和らいだ。そして心配そうな、困惑したような表情に変わった。「どうして出ていこうなどと思ったんだ？　ぼくたちはうまくいっていたじゃないか。少なくとも、きみが出ていく数日前まではそうだった。なのにきみは、突然ぼくを避けるようになった。いったいなにがあったというんだい？」トニーはガブリエラに近づき、その体を抱き寄せようとした。「教えてくれ。ぼくにやりなおすチャンスをくれないか」

「やりなおすことなんかできないわ」ガブリエラはトニーの手をふりはらい、後ろに下がった。「あなたの気持ちが変わらないかぎりはね。わたし……聞いてしまったのよ、トニー。あなたがイーサンに話しているのを。それで――」そこで声を詰まらせ、自分の体を両腕で抱いてふいにこみあげてきた涙をこらえた。

トニーは背中をこわばらせ、両手を体の脇に下ろした。「ぼくとイーサンの話だって？　なにを聞いたか知らないが、きみは誤解している」

「誤解なんかじゃないわ。わたしはこの耳ではっきり聞いたのよ。たまたま書斎の前に行ったとき、あなたがわたしと結婚した本当の理由をイーサンに話しているのを聞いたの。なんでもわたしがきずものになったから、同情で結婚したそうね。あなたの愛人のレディ・ヒューイットが、社交界じゅうにわたしたちのことを話すと脅したからなんでしょう」

「もと愛人だ。そのとおり、あの夜ぼくたちが一緒にいるところを彼女に見られてしまっては、きみの評判に取り返しのつかない傷がつくのは間違いないと思った。結婚する以外に道はなかったんだ」

「いいえ、そんなことはないわ。わたしをだまして結婚なんかしなくても、なりゆきに任せておけばよかったのよ。どうりで、あんなに急いで結婚式を挙げようとしたわけね」

「ああ、そうだ。あのときぐずぐずしていたら、きみの評判は、週の終わりにはずたずたになっていた。名家の人たちはきみを避け、当然ながら自宅に招くこともしなくなっていただろう。叔母のレディ・マンローの一件とは比べものにならないくらい、大変なことになっていたはずだ」トニーは厳しい口調で言った。

「だまされるくらいなら、人に無視されるほうがまだましよ」

トニーのあごがぴくりとした。「それでそんなに怒っているのかい？　ぼくがきみに公爵夫人にならないかと言ったから？　特権階級に属して裕福な暮らしを送れるなら、ほとんどの人間はなにを差しだしても惜しくないと思うものだ。きみはそれが不満だったというのか？」

トニーは足を前に踏みだし、ガブリエラの肩をつかんだ。「きみの言うとおり、ぼくはきみをエリカ・ヒューイットの餌食《えじき》にしたくなかった。彼女はぼくを取り戻すためなら、きみを傷つけることなどなんとも思っていなかったんだ。きみを守ろうと思ったことが、そんなにいけないことだったんだろうか。それが同情だと言われれば、たしかにそうなのかもしれない。でもぼくがきみと結婚した本当の理由は、きみを求めていたからだ――きみをベッドに連れていきたかったし、人生をともに歩いてほしかった。強情なきみに腹は立つが、いまでもその気持ちに変わりはない。過去は水に流し、一緒に家に帰ろう」

「それでどうするの？」

「もとの暮らしに戻るんだ。きみは少し前まで、幸せそうな顔をしていたじゃないか」

「目隠しが取れ、真実を知る前に戻れというわけね」

「真実とはなんだ？　ぼくたちはとても気が合うし、ベッドでの相性も最高だろう。世間の大半の夫婦よりも、うまくやっていけるはずだ。きみはどうしていちいち細かいことにこだわるのかい？　ものごとをわざわざ複雑にすることはない」

「やめて！」ガブリエラは後ろに下がり、肩に置かれたトニーの手をはらった。「わたしは聞いたのよ。あなたは、いつかお互いに飽きたとき、それぞれ好きなことをすればいいと言ったわ――もちろん、分別をわきまえたうえでね」

トニーは小声で悪態をついた。

「今日こそあなたがわたしに飽きるんじゃないかと思いながら、毎朝目を覚ますのはごめんだわ」

長い沈黙があった。「たしかにぼくはそうした意味のことを言ったかもしれない。でもそれはずっと先の話だ。それにもしそういうことがあったとしても、お互いに飽きたのならなんの問題もないだろう」

「へえ、そうなの？　もしそうじゃなかったら？　レディ・ヒューイットのことはどうなの？　彼女があんなことをしたのは、それが原因だったんでしょう？　あなたが彼女に飽きたのに、向こうはまだ飽きていなかったからよ。いつかわたしにも飽きたら、宝石でも買い与え、不要になった愛人みたいに棄てるつもりかしら？」

「きみはぼくの妻だ」トニーは食いしばった歯のあいだから言った。「愛人とはわけが違う」

「わたしが別の男性の腕に抱かれても平気だというなら、愛人と同じだわ」

トニーの瞳が怒りで燃えた。「きみを別の男の腕になど抱かせるつもりはない」

「あら、だったらわたしが聞き間違えたのね。お互いにそれぞれ好きなことをすればいいと、あなたが言ったのを聞いたような気がしたんだけど。でも結婚の誓いを破ってもいいのは、あなたひとりだけというわけね」

「ぼくはきみを裏切ってなどいない。きみはそれを聞きたかったのかい？　結婚するずっと前から、きみ以外の女性とは付き合っていなかった。もしそれできみの気がすむなら、別の女性とは二度とベッドをともにしないと約束しよう。今後も誰とも付き合わない」ガブリエラがなにも答えないのを見て、トニーは髪をかきむしった。「わからないな。ぼくにどうしてほしいのかい？　きみの望みはなんだ？」

〝愛してほしいの！〟ガブリエラは心のなかで叫んだ。でもトニーはわたしを愛していない。いままでの会話で、そのことがあらためてよくわかった――彼は愛という言葉を口にせず、それをにおわせるようなことも言ってくれなかった。トニーがわたしを求めているのは本当だろう。ふたりの気が合うのもたしかだ。しかも彼は、わたしを裏切らないと約束してもいいとまで言ってくれた。でもそれだけでは足りないのだ。男女のどちらか一方だけが愛しているなんて、そんな悲劇があるだろうか。もしわたしがそれでもいいと思い、トニーのもとに戻ったら、心も魂も少しずつ蝕《むしば》まれ、やがてむなしさと悲しみに食いつくされてしまうだろう。

〝ああ、わたしはいったいどうすればいいの?〟

ガブリエラはしばらくのあいだ、暖炉で燃えている火を見るともなしに見ていた。「わたしの望みがなにかですって?」やがて静かな声で言った。「ひとつだけあるわ」

「ああ。教えてくれ」

ガブリエラは視線を上げ、トニーの目をまっすぐ見つめた。「閣下、わたしを離縁してちょうだい」

19

「なんだと！」トニーはガブリエラの言葉に、胸を馬に蹴られたような衝撃を受けた。

ガブリエラはあごを上げ、一歩も引かなかった。「聞こえたでしょう。もうあなたの妻でいたくないの」

トニーは激しい怒りを覚え、あごが砕けるのではないかと思うほど強く奥歯を噛みしめた。どうにか自分を抑え、平静を取り戻そうとしながら、体の脇で握りしめたこぶしをほどいた。

「望もうが望むまいが、きみはぼくの妻だ。離婚はしない」

「でも——」

「でもはなしだ！」トニーはガブリエラの言葉をさえぎったが、その声は自分でもぞっとするほど冷たかった。「結婚したとき、死がふたりを分かつまでと誓ったのを忘れたのか。ぼくを無視してもいいし、ののしってもいい。憎んだってかまわない。でもこれだけは覚えておくんだ——ぼくたちは夫婦で、その事実はなにがあっても変わらない」トニーはそこで言葉を切り、深呼吸して気持ちを落ち着かせた。「さあ、荷物をまとめるんだ。家に帰ろう」

ガブリエラの目に動揺の色が浮かんだ。「いやよ！　あなたと一緒に帰りたくなんかない。こんなのひどいわ」

「ぼくも本当にきみを連れて帰りたいのかどうか、よくわからなくなってきた。とにかく、早く荷造りをしてくれ。なんだったら、ぼくが代わりにやってもいい」

ガブリエラはその場に立ちつくし、傍目にもわかるほどわなわなと震えながら、なんとか逃げる方法はないかと考えた。だが結局、どうにもならないと観念して深いため息をつくと、つかつかと出口に向かい、ドアを勢いよく閉めて出ていった。

トニーはひとりになったことにほっとし、近くにあった椅子に深く腰かけた。彼女は自分の妻でいたくないと言った。自分と別れたがっているのだ。トニーは両手で頭を抱え、どうしてこんなことになってしまったのだろうと、長いあいだ考えていた。

帰り道、ふたりは向かい合わせに座り、たまたま同じ馬車に乗り合わせた見知らぬ他人同士のようにまったく口をきかなかった。ガブリエラは泣けたら楽になるだろうと思ったが、心に受けた傷があまりに深すぎ、かえって涙は出なかった。モードやジョセフィーヌ、子どもたちに別れを言うときも、心配顔のみんなに向かって精いっぱい幸せそうな笑顔を作ってみせた。

だがモードは、その笑顔が本物ではないことを見抜いており、肋骨が折れるのではないかと思うほど強くガブリエラを抱きしめてささやいた。「なにかあったら、またいつでもここにいらっしゃい。でも希望を捨ててはだめよ。きっとなにもかもうまくいくわ。あきらめないで」

でも、どうしたらうまくいくというのだろう、とガブリエラは思った。ふたりの関係は完全に冷えきり、挨拶の言葉すらほとんど交わさないありさまなのだ。

帰りの馬車の旅は順調だった。道路の状態はよく、天候も穏やかで、空は青く晴れわたっていた。だが驚いたことに行き先はローズミードではなく、馬車は三日後の夜、ロンドンに到着した。トニーはなかば強引にガブリエラの手を取り、馬車から降ろした。そしてガブリエラが地面に降り立つとすぐに手を放し、彼女のあとからブラック邸の玄関の階段を上がった。

クランプが入口に立っていた。トニーから連絡を受け、あらかじめ人をこちらに送って準備を整えさせていたらしい。そして屋敷にはいるガブリエラを、笑顔で出迎えた。従僕がさっと近づいてきて、ガブリエラからマントを受け取った。

「お帰りなさいませ、奥方様」クランプは言った。「侍女がお部屋で待っております。それから、ただいま夕食を準備しています。お時間は十時でよろしいでしょうか？」

「こんばんは、クランプ。今夜は部屋で食事をしたいから、あとで持ってきてもらえないかしら？」

執事はトニーの顔をちらりと見た。

「そうしてやってくれ。もう時間も遅いことだし、ぼくも書斎で食べることにする」

「かしこまりました、閣下」

トニーは帽子と外套を脱ぐと、くるりと後ろを向いて大またで歩き去った。

ガブリエラはため息を呑みこみ、召使に案内されて初めて見る公爵夫人の部屋に向かった。そこはローズミードの屋敷の寝室ほど広くはないものの、あんず色とクリーム色の淡い色調でまとめられた美しい部屋だった。だがガブリエラは疲労と悲しみのせいで、部屋のなかを見まわすこともほとんどしなかった。

それでもお風呂で温まるとずいぶん気分がよくなり、ビーフスープとバターを塗った酵母パンの夕食を食べ、デザートに絶品のプリンを味わった。夕食がすむとまぶたが重くなり、シーツのあいだにもぐりこんだ。

だが横になってもなかなか眠れず、トニーがやってくるのではないかと、彼の部屋に続くドアをじっと見ていた。鍵をかけることも考えたが、そんなことをしたらトニーがなにをするかわからないと思ったのだ。いまのあの人なら、鍵を壊すか、ドアを蹴破ることもやりかねない。ロンドンに戻ってくるとき、トニーはこちらに近づこうとせず、宿に泊まるときも別々の部屋を頼んでいた。でもこうして自宅に戻ってきたのだから、彼の気が変わったとしてもおかしくない。そのときは、自分はどうすればいいのだろう。

時間が刻々と過ぎ、やがて使用人も部屋に下がって屋敷は静かになった。まもなく一時になろうというころ、隣りの部屋でトニーが近侍と話す声が聞こえたような気がした。ガブリエラは心臓が早鐘のように打つのを感じながら、シーツをぎゅっと握りしめた。トニーはここに来るつもりだろうか？　お願いだから来ないでほしい――けれどそれが本心なのかどうか、自分でもよくわからない。

翌朝、ガブリエラははっとして目を覚ました。トニーの寝室に続くドアは固く閉じられたままで、ベッドには自分以外、誰も寝た形跡がない。これからずっとこうした生活が続くのだと思うと、ガブリエラの頬をひと筋の涙が伝った。

それから二日後、ガブリエラは馬車でレイフとジュリアナの家に向かった。最初はジュリアナがどういう反応をするか不安だったが、屋敷に足を踏み入れて彼女の心配そうな顔を見たとたん、その胸に飛びこんで堰《せき》を切ったように泣きだした。リリーもすでに来ていて、居間で待っていた。ガブリエラはふたりに優しく慰められながら、一部始終を話して聞かせた。

ガブリエラの話を聞き終えると、リリーは怒りで目を光らせた。「イーサンからトニーがなにを言ったか聞いたわ――わたしがそれとなく聞きだしたんだけど。それにしても、トニーはなんてひどい人なの！　あなたのことを愛していないなんて、よくもそんなことが言えたものね！　ローズミードにいたとき、わたしに話してくれればよかったのに。あなたの突然の頭痛のわけが、これでわかったわ」

「そうしようかとも思ったのよ。でもあなたに心配をかけたくなかったの。それに、話したところでどうしようもないでしょう？　あの人の気持ちを無理やり変えることはできないんですもの」

「ああ、腹が立ってしかたがないわ。たしかに友だちではあるけれど、トニーは大ばか者よ。もう口をきくのをやめようかしら」

「お願い、そんなことはしないで。これはわたしとトニーのあいだの問題なの」

「それで、あなたとトニーのあいだはどうなってるの？」ジュリアナが穏やかな声で尋ねた。

「最悪よ。ほとんど話もしないの。ああ、これからいったいどうやってひとつ屋根の下で暮らしていけばいいのかしら。どこか別のところに住みたいけど、わたしはお金を持ってないし。トニーの言うとおりにするしかないわ」

三人は黙り、しばらく考えこんだ。

「トニーの言うとおりにすることはないんじゃないかしら」リリーがつぶやいた。「屋敷《タウンハウス》が必要なんでしょう？」

「ええ、そうよ。でもわたしにはとても買えないもの」

「買う必要はないわ。わたしはこのすぐ近くに、とても素敵なタウンハウスを持ってるの。イーサンと売ろうかと話していたんだけれど、あなたに譲るわ。まあ、あげるかどうかはともかく、よかったら使ってちょうだい。もちろん家賃はただよ」

「まあ、そんなの悪いわ――」

「悪いなんて思わないで。せっかくの素晴らしい家なのに、家具に布をかけたまま、誰も住まないのはもったいないと思っていたところなの。荷物をまとめてそこに引っ越しなさいよ」

ガブリエラは唇の端を噛んだ。「でもきっと噂になるわ。トニーは激怒するでしょうね」

「別にいいじゃないの。あなたは彼に離縁してほしいと言ったのよ。それを考えたら、いまさら噂なんて気にすることはないでしょう。それに別居している夫婦なんて、世間にははいて捨てるほどいるわ。みんなすぐに忘れるわよ」

ガブリエラはジュリアナを見た。

「たしかに社交界は大騒ぎになるでしょうね」ジュリアナは言った。「でも社交界の人たちというのは、もともと他人の噂話ばかりしているものよ。トニーと一緒にいたくないのなら、別居がいちばんいい方法だと思うわ」

ガブリエラは、はたしてそんなにうまくいくだろうかと不安だった。だがリリーの申し出はありがたいし、なにより魅力的だ。トニーとのあいだに流れる冷たい空気には、これ以上耐えられそうにない。自分に住むところさえあれば、彼の不機嫌そうな顔を見ることも、けっして手にはいらない愛を求めて悲しくなることもないのだ。ひとりでも一生懸命生きていけば、幸せとはいかないまでも、それなりに充実した人生が送れるかもしれない。ガブリエラは心を決めた。「ええ、わかったわ」

「話は決まりね」リリーが言った。

「使用人をどうしよう――」

「まかせておいて。ジュリアナとわたしも手伝うから、一緒に優秀な人を探しましょう」

「ああ、やっぱりだめだわ。お給料が払えないもの」

「だいじょうぶよ」ジュリアナが言った。「トニーに請求書を送ればいいの。もし払わなかったら、ますます社交界の噂になるわ。それがいやなら、黙って払ってくれるはずよ」

リリーがふいに話題を変えた。「そういえば、もうすぐ社交シーズンが始まるわね。あなたも新しいドレスが必要でしょう。引っ越しがすんだら、三人で買い物に行きましょうよ！」

ガブリエラは久しぶりに笑顔になった。

トニーは顔をしかめ、手に持った書簡を見下ろした。五日前にブラック邸に帰ってきてから届いた、数多い書簡のうちの一通だ。だが彼が不機嫌な顔をしているのは、書簡のせいではなかった。その原因はひとえにガブリエラにある。

やはりローズミードに戻るべきだったのかもしれない。もともと冬が終わるまでは、向こうに滞在する予定だったのだ。少なくともガブリエラが出ていき、こちらと別れたいと言うまでは、そのつもりだった。

トニーはそのときのことを思いだしてかっとし、羊皮紙の書簡をくしゃくしゃに握りつぶした。胸に宿った怒りの炎は消えることがないが、それでもなんとか自分を抑え、感情を爆発させることはしていない。だがそれより深刻な問題は、怒りとはまた別に、心が激しくかき乱されていることだ。ガブリエラはたしかに自分を傷つけた――そして傷ついたのは、プライドだけではない。

彼女がこちらに愛想を尽かして逃げたことなど、どうということはないと思おうとしたがだめだった。自分は自由をあきらめてまでガブリエラと結婚し、彼女に精いっぱい尽くしてきた。なのにその見返りがこれなのか。それにしても、よりによってイーサンとの会話を聞かれてしまうとは！　だがいくら悔やんでも、起きてしまったことは取り消せない。あとはどうにかして前に進む方法を見つけるだけだ。

こうした地獄のような生活を続けるぐらいなら、ガブリエラともう一度話をし、妥協点を見つける努力をしたほうがいいのだろう。なにを言えばいいのか自分でもよくわからないが、とにかく試してみる価値はある。

そのときどすんという大きな音がした。

残響に続き、玄関ホールからざわざわした声が聞こえてきた。トニーはなにごとだろうといぶかり、書簡を机に置いて出口に向かった。

玄関ホールに行ってみると、ドアが開け放たれ、見知らぬふたりの従僕が重そうなトランクを持って階段を下りていた。外では別の男たちが、山のような荷物を荷馬車に積みこんでいる。そしてそのすぐ後ろに、黒い四輪馬車が停まっている。

トニーはこぶしを腰に当ててその光景を見ていた。「いったいどういうことだ?」

落ち着かない顔をしたクランプが、トニーのそばにやってきた。「ちょうど閣下を捜しにまいるところでした。どうやら奥方様が――」

「なんだ?」トニーは眉をしかめた。「彼女がどうしたんだい?」

「出ていくのよ」ガブリエラの声がした。

声のしたほうを見上げると、階段の踊り場にガブリエラが立っていた。深紅色のカシミアのドレスと温かそうなウールの外套《ペリース》に身を包んだ彼女は、いつにもまして美しかった。そしてボンド・ストリートに買い物にでもいくような軽やかな足取りで、階段を下りてきた。

「出ていく、出ていくとはどういう意味だ?」トニーはガブリエラをにらみ、胸の前で腕組みした。

「これから荷物を持って、新しい住所に引っ越すの。そういう意味よ」

「またこの前の友だちのところに行くつもりなら、やめておいたほうがいい」

ガブリエラは手袋をはめた。「行き先はロンドン市内よ。正確に言うと、ブルームズベリー・スクエア」

「レイフとジュリアナのところに行くつもりなのか？」

「いいえ、わたしの新しい住まいよ。もっとも、伯父夫婦の屋敷の目と鼻の先だけど」

トニーは組んだ腕をほどいた。「目と鼻の先だと？　いったいどうやって——そうか、リリーだな！　これは彼女が仕組んだことなのか？」

「違うわ。すべてわたしが仕組んだことよ。さてと、荷物が全部積みこまれたようね。ではこれで失礼するわ、閣下」

トニーはガブリエラの腕をつかんだ。「そんなことはさせないぞ。おい、きみたち」顔も名前も知らない従僕に向かって言った。「馬車から荷物を降ろし、ここに戻してくれ。さあ、早く！」

「この人の言うことに従ったら、その場で解雇するわよ。荷物はそのままにしておいてちょうだい」

男たちは迷っているようだったが、結局その場を動かなかった。

トニーは血管が切れそうなほどの激しい怒りに駆られた。「こっちに来るんだ」

ガブリエラは一瞬ためらったが、やがて肩をすくめ、トニーと一緒におとなしく書斎に向かった。といっても腕をしっかりつかまれている状態では、ほかに選択肢はないも同然だった。トニーは書斎のドアを閉めるとすぐにガブリエラの腕を放した。そうしないと、自分でもなにをしてしまうかわからず怖かった。「さて」ふたたび胸の前で腕を組んだ。「この茶番のわけを教えてもらおうか」

「茶番なんかじゃないわ。わたしは新しい家に引っ越すことに決めたの」

「きみの家はここだ。子どものようにだだをこねて、衝動的な行動を起こすのはいい加減にやめてくれないか」

ガブリエラは背筋をまっすぐ伸ばした。「衝動的な行動じゃないわ。よくよく考えたすえの結論よ。これを結婚と呼べればの話だけれど、わたしたちの結婚はいつわりそのものじゃないの。ここであなたといがみあいながら、針のむしろに座るような気持ちで暮らすのはまっぴらごめんだわ」

「それはきみの言い分だろう。そもそもけんかを始めたのはきみのほうだ。きみが考えをあらためれば、ぼくたちはまたうまくやっていける」

ガブリエラは唇をかすかに震わせた。「うまくやっていけるですって？　あなたがわたしに飽きるまで、従順なかわいい妻を演じろということかしら？　悪いけど、わたしは嘘をつくのが苦手なの」

トニーは全身からさっと血の気が引くのを感じた。「なるほど、きみはぼくと別居したいというんだな？　いいだろう。遅かれ早かれ、いつかはそういう日が来ていたかもしれない。行きたければ行けばいい。生活費はぼくが出すから、請求書をまわしてくれ。こちらで払っておこう」

りだったわ」

ガブリエラは両手を握り合わせた。「ありがとう。でもどのみち、そうさせてもらうつも
トニーは目を細め、ガブリエラの顔を見た。

ガブリエラはトニーの顔を見つめ返した。こわばっていたその体からふいに力が抜け、瞳に悲しみの色が浮かんだ。「トニー、わたし――」

トニーはとうとう感情を爆発させた。「なんだ？　きみはここを出ていきたいと言ったじゃないか。だったら、いますぐ出ていってくれ！」〝そう、早く行ってくれ〟胸のうちで叫んだ。〝そうしないと、この場できみを抱きかかえてどこかの部屋に閉じこめ、二度とぼくから離れられないようにしてしまうかもしれない〟

ガブリエラはまたもや唇を震わせた。「さようなら、トニー」

「ごきげんよう、奥方様」

ガブリエラはすみれ色の目に涙をため、逃げるように書斎を出ていった。

トニーは大声で悪態をつくと、窓の前に行き、ガブリエラを乗せた馬車と荷物を積んだ荷馬車が通りを走り去るのを見ていた。

「いったい何杯飲んだんだ？」一週間後、レイフ・ペンドラゴンは〈ブルックス・クラブ〉で、トニーの向かいの椅子に腰を下ろした。

トニーはウィスキーのタンブラーの縁越しに、レイフをじろりと見た。「こうして話ができるぐらいだから、飲みすぎとは言えないだろう」そして通りかかった給仕に合図してお代わりを頼むと、残っていたウィスキーを飲み干してグラスをテーブルに置いた。

「あんまり飲むと頭が痛くなるぞ」

頭が痛くなるくらいなんともない、とトニーは思った。体のほかの部分がうずくより、そのほうがずっとましだ。「ぼくの頭だ。好きにさせてくれ」

レイフは肩をすくめた。「そうだな。ぼくも昔はしょっちゅう悲しみを酒でまぎらせていた。お前にとやかく言えた義理じゃない」

トニーは給仕が持ってきた新しいグラスを掲げてみせた。「悲しいから飲んでるんじゃない。これは祝杯だ。晴れて独身に戻ったも同然だからな」そう言うとウィスキーをぐいとあおった。「ところで、新しい隣人は引っ越してきたかい？」皮肉交じりの口調で訊いた。

「ガブリエラのことか？」レイフはいったん言葉を切り、給仕から酒を受け取った。「ああ、リリーが昔住んでいた屋敷に引っ越してきた。ジュリアナが毎日、子どもたちを連れて訪ねている」そこでわずかに身を前に乗りだした。「聞いてくれ、トニー。お前たちふたりのことだが、ぼくは――」

「なにも言わないでくれ」トニーはレイフの言葉をさえぎった。「お前は彼女の伯父だから、心配するのも当然のことだろう。でも、このことには口をはさまないでくれないか。これはガブリエラとぼくの問題だ。たしかにいまは一緒に暮らしていないが、ガブリエラがまだぼくの妻であることを、お前には友人として忘れてほしくない」

レイフはブランデーをすすった。「ああ、ぼくは友人としてお前の気持ちを尊重するつもりだ。だがガブリエラの伯父として、ふたりがなんとか和解してくれることを願っている。まだ貴族の半分も領地から戻ってきていないというのに、社交界はいまやお前たちの噂でもちきりだ。みんなふた言目には、ワイバーン公爵夫妻のことを話している――あっという間に結婚し、あっという間に別居した、と。新聞の社交欄も、お前たちの記事ばかりだ」

「幸い、ぼくは社交欄を読まないんでね」トニーはものうげに言い、グラスを握った手にぐっと力を入れた。そして残っていたウィスキーを一気に飲み干した。「本当の家にいつでも戻ってくるよう、お前の姪に伝えてくれないか。一方的に出ていったのは彼女のほうだ」

「ふたりで話し合ったら――」

「話し合いならとっくにした」トニーは空のグラスを乱暴にテーブルに置いた。「なにかほかの話題はないのか？」

レイフは一瞬間を置き、わかったというようにうなずいた。

「やあ、どうも。そんなに深刻な顔をして、なにを話しているんだい？」そこにイーサンがやってきた。

トニーはイーサンに鋭い一瞥《いちべつ》をくれた。「ぼくの妻の住まい以外の話題に移ろうとしていたところだ。だがお前が現われたとなれば、ひとつ言っておきたいことがある」

　イーサンは出口に目をやった。「ぼくは帰ったほうが――」

「いや、ここに座ってくれ」トニーは空いた椅子を手で示した。

「なあ、聞いてくれ、トニー――」イーサンは椅子にもたれながら言った。

「なにを聞けというんだ。お前の妻がぼくの妻をブルームズベリーの屋敷に住まわせているんだぞ。お前はなにを考えているのか？」

「ぼくはなにもしていない。リリーが自分で考えて決めたことだ。もし事前に相談を受けていたら、よけいなことはするなと――」

「そのとおりだ！」

「でもリリーはぼくに相談しなかった。そしてガブリエラに家を貸すと申しでて、ガブリエラもそれを受けた」

「リリーに申し出を取り消すように言い、ガブリエラにもばかげた考えを捨てるよう忠告してくれればよかったんだ。妻をもっとしっかり管理したほうがいいぞ、ヴェッセイ」

「ほう、お前を見習えというわけか、ワイバーン？」イーサンは給仕からポートワインのはいったグラスを受け取った。給仕はレイフとトニーのグラスにもそれぞれお代わりを注いだ。

「こいつは一本取られたな」トニーは注がれたばかりのウィスキーのほとんどを一気にあおった。

「トニー、ガブリエラとのことは、ぼくも本当に残念に思っている」イーサンはワインをすすった。「でもぼくはこのことに関してはお手上げだ――もし屋敷を貸すことに強く反対したら、リリーはぼくに出ていけと言うだろう。彼女はお前にひどく腹を立てている」

トニーは眉根を寄せた。「そうなのかい？　ぼくがなにをしたというんだ？」

「ガブリエラはあの日たまたま立ち聞きしたことを、リリーとジュリアナに洗いざらい話したらしい。リリーは……その……お前が自分の気持ちを見つめなおすべきだと言っている」

「そんな必要はない。自分の気持ちは自分がいちばんよくわかっている」

「なるほど。でももしそうなら、こうして浴びるほど酒を飲んでいる理由を聞かせてくれないか」

トニーはイーサンに向けて指を突きだした。「彼女はシュロップシャーに逃げ、今度は家を出てお前の細君の屋敷に住みはじめた。しかもレイフのご丁寧な報告によると、今回のことは社交界の連中のあいだで格好の噂の種になっているらしい。酒を飲みたくもなるだろう」

イーサンはレイフと顔を見合わせた。「まあ、それもそうだな」

トニーは残っていたウィスキーを飲んだ。「それにガブリエラは別居しておきながら、まだぼくに忠誠の誓いを守ることを求めているらしい。そんなもの、いまさら守る必要があるだろうか。気を悪くしないでくれ、レイフ。ジュリアナがもしガブリエラと同じことをしたら、お前だってそういう気持ちになるはずだ」

レイフはうなずいた。「ああ、きっとそうだな。だがさっきお前に言われたとおり、この件に関しては、ぼくがこれ以上口をはさむのはやめておこう。そろそろ別の話題に移らないか？　馬の話でもどうだ？」

イーサンが安堵の表情を浮かべた。トニーはウィスキーを飲みながら、レイフとイーサンの話を上の空で聞いていた。あれだけのことをされておきながら、まだガブリエラに欲望を感じている自分がいまいましい。

夜はベッドにはいってもほとんど眠れず、彼女のことで頭がいっぱいになって体がずきずきうずく。日中も仕事に身がはいらず、なにをしていても彼女のことを思いだしてしまう。イーサンは、ぼくが心の部分でガブリエラに惹かれているのではないかと言った……だが、それは違う。そんなことがあるわけがない。彼女がいなくても、ぼくは充分楽しくやっていけるのだ。

それでも体の部分では、ガブリエラを強く求めている。彼女が欲しくて頭がおかしくなりそうだ。もう何週間もガブリエラを抱いていない。最後に愛し合ったのは、ローズミードにいるとき、彼女の態度がおかしくなる前のことだった。あれからずいぶん時間がたち、ぼくの我慢も限界に達している。

ガブリエラの屋敷に行き、夫としての権利を行使しようか。トニーはウィスキーをすすりながら考えた。レイフにも言ったとおり、ガブリエラは家を出ていったかもしれないが、いまでもぼくの妻であることに変わりはないのだ。別居したからといって、こちらの欲望が消えたわけではない。ガブリエラが妻としての義務を果たさないつもりなら、誰か別の女を相手に、この激しい欲望を満たすしかないだろう。ただ問題は、ほかの女ではだめなことだ――ぼくが欲しいのはガブリエラだけなのだ。そうだ、やはりなんとしても彼女をベッドに連れていこう！

トニーはウィスキーが飛び散るほど乱暴にグラスをテーブルに置き、勢いよく立ちあがった。というより、立ちあがろうとした。だがすぐに足もとがよろけ、椅子に崩れ落ちた。周囲の景色がぐるぐるまわり、イーサンとレイフがこちらを見ている。

なんてことだ、すっかり酔っぱらってしまったらしい。今夜ガブリエラの屋敷に行くのは、やめておいたほうがよさそうだ。こんな酩酊《めいてい》状態では、あとで後悔するような言動をしてしまうかもしれない。それに彼女をベッドに連れていったとしても、この状態では結ばれる前に意識を失う可能性が高いだろう。たしかに酔ってはいるが、ガブリエラのところに行くときはしらふのほうがいいと思うくらいの理性は残っている。今日はおとなしく家に帰って頭を冷やそう。だが明日になったら……そう、この状況をかならず変えてみせる。

20

ガブリエラは古い帽子から羽根飾りを一本もぎ取った。手もとに置かれた茶色い紙袋には、昨日リリーと一緒に服飾品店で買ってきたレースとリボンがはいっている。これからそれを使って帽子の飾りを新しくするつもりだ。いつものわたしなら、そうした作業を楽しんでいただろう。だが最近は、なにをしても楽しいと感じられなくなっている。

いつまでもふさぎこんでいるのは自分らしくないと思い、毎日いろんな予定を詰めこんで忙しくしている。そうすればトニーのことを思いださずにすむと考えたからだ。だがトニーのことを忘れるのも、彼への愛を捨てるのも無理だということが、だんだんわかってきた。トニーはわたしの心に住みついている。どんなにそうしたいと願っても、その事実を変えることはできない。わたしは別居することで、彼を自分の生活から追いだした。でも、心のなかから追いだすことはできそうにない。

ガブリエラはため息をつき、もう一本羽根をもぎ取ると、はさみを手にとってすりきれたベルベットの縁飾りを切った。布くずを拾い集めているとき、ドアをノックする音がした。

「失礼します、奥方様」執事が言った。「ワイバーン公爵がお見えになりました。お通ししてもよろしいでしょうか？」

ガブリエラの手から力が抜け、布くずやリボンが床に落ちた。「閣下がここに？　ええ、通してちょうだい」ガブリエラがあわててごみを片づけ、アームチェアに腰を下ろすと同時に、執事がトニーを連れて戻ってきた。

トニーは執事が口を開く前に言った。「形式ばったことは必要ない。公爵夫人とわたしは夫婦で、お互いによく知った仲だ」

執事はうやうやしくお辞儀をし、ドアを閉めて出ていった。

「フォードにやつあたりすることはないじゃないの。彼は自分のやるべきことをやっているだけよ」

「そうだな」トニーは窓際に立ち、外の景色に目をやった。そしてしばらくしてから居間のなかを見まわした。「なかなかいい屋敷だ」

「ええ、とても住み心地がいいわ。ここを選ぶなんて、リリーは目が高いわね」

トニーはあごをこわばらせたが、それ以上なにも言わず、さっきとは別の窓の前に立ってまたもや外をながめた。

部屋に流れる気まずい空気に、ガブリエラはため息を呑みこんだ。「わたしの住んでいるところを見にきたの？」

トニーはふり返り、ガブリエラの目をまっすぐ見た。「いや、そうじゃない。今日はまったく別の用があって来た。もうそろそろいいだろう。ブラック邸に戻ってきてくれないか。これは頼みというより命令だ」

ガブリエラは大きなため息をついた。「申し訳ないけれど、お断わりするわ。わたしたちのあいだのことはなにひとつ変わっていないし、帰らなくちゃならない理由はないでしょう。わたしはいままでどおりここで暮らしたいの」

トニーはガブリエラに近づいた。「ぼくの妻であるということだけでも、帰らなければならない理由としては充分だろう。そもそも、きみが家から出ていくのを許したのが間違いだった」

「あなたが許すとか許さないといった問題じゃないわ」

「それは違う。最近気づいたことだが、きみはぼくの夫としての権利を踏みにじっている」

ガブリエラは目を丸くした。「なんですって？」

「知ってのとおり、ぼくは健全な欲求を持った大人の男だ。きみが家を出たからといって、その欲求が消えるわけではない。少なくとも、ぼくに忠誠を求めるなら、きみがそれを満たす必要があるはずだ」

ガブリエラは真っ赤になった。

トニーはガブリエラの顔を見据えた。「それに、仮にきみがぼくの不倫を認めたとしても、きみでなければできないことがある」

「あら、そう。いったいなにかしら？」ガブリエラは腕組みした。

「子どもだ」トニーはガブリエラの向かいに置かれたソファの背に、こぶしをついた。「ぼくには跡継ぎを求める権利があり、きみには妻としてその要求にこたえる義務がある。子どもがふたりは欲しい。もちろん、女の子は数のうちにはいらないから、男の子がふたり、無事に生まれるまではがんばってもらうことになる」

ガブリエラは背筋が寒くなるのを感じた。トニーの口調は冷静でひどくそっけなく、まるで仕事の話でもしているようだ。おそらく彼にとってはそういうことなのだろう。肉体的な欲求を満たし、公爵としての責任を果たす話をしているのだ。わたしはなんと愚かだったのだろうか！　トニーがあのドアからはいってきたとき、一瞬、きみがいなくなってとても寂しい、どうか家に帰ってきてほしいと言われる――命令ではなく――のではないかと淡い期待を抱いてしまった。トニーの口から、あれからいろいろ考え、きみを愛していることがようやくわかった、という言葉が出ることを期待していたのだ。でも彼が求めているのは、わたしの体だけだった。これから先も、それが変わることはないだろう。そこに今度は、子どもが加わっただけのことだ。

「つまりあなたは、わたしに情婦と繁殖用の牝馬《ひんば》の役目を果たせと言っているのね」

ガブリエラの挑発的な言葉に、トニーは目を細めて険しい顔をした。「ぼくが欲しいのは、夫のベッドの相手を喜んで務め、子どもを産んでくれる妻だ――そのふたつは、もともと切り離せないものだろう。それを考えると、ぼくがきみに求めているのはしごく当たり前のことじゃないか。それともきみのお腹には、もう赤ん坊が宿っているのかい？　もしそうだとしたら、ぼくの要求のひとつはすでにかなえられたことになる」

ガブリエラは両手をこぶしに握ったが、冷たさが指先まで広がるのを感じた。

「それで、どうなんだ？」

ガブリエラはあごを上げ、トニーの目を見た。「なんのこと？」

「きみは身ごもっているのか？　ぼくたちが最後に結ばれてから、もう何週間もたった。そのあいだに子どもができたことがわかったんじゃないのか？」

つい先日、月のものが終わったばかりなので、身ごもっていないことはたしかだった。

「いいえ、子どもはできていないわ」

トニーの目がきらりと光った。「だったら話は決まりだ。家に帰ろう」

「いやよ」ガブリエラは感情のこもらない声で言った。

「なんだって？　いいから帰るんだ。今日じゅうに荷物をブラック邸に運びこませよう。そうじゃなければ、もともと予定していたとおり、あと一カ月か二カ月ばかりローズミードで過ごしてもいい。子どもを作るつもりなら、なるべく長い時間をふたりきりで過ごす必要がある」

　トニーにしてみれば、それですべてが丸くおさまるのだろう、とガブリエラは思った。だがわたしにしてみれば、またふりだしに戻るだけのことだ。彼の意のままになって暮らしているうちに、やがて心もプライドも、なにもかも失ってしまうにちがいない。それでも、跡継ぎを産むことは拒めないだろうし、わたし自身も子どもを望んでいないわけではない。正直に言うと、子どもが欲しくてたまらず、まだ身ごもっていないのが残念でならないほどだ。このままトニーを拒否しつづけるということは、子どもができる望みを絶つことを意味する。わたしもそれは望んでいない。

　そしてもうひとつの……ベッドの相手をしろという要求は……トニーの言うとおり、子どもを作ることと一対になっている。彼に体を許さなければ赤ん坊はできず、わたしも愛の営み自体がいやというわけではない。なんといってもベッドでのトニーは素晴らしく、毎回、信じられないほどの快楽を味わわせてくれる。それでも、彼に自分のすべてを譲りわたしたくはない。なにかひとつ、最後のとりでのようなものを取っておきたい。

　ガブリエラは深呼吸し、心を決めて切りだした。「子どもは作るわ。でも一緒に暮らすのはごめんよ」

　トニーはソファの背に浅く腰かけて腕組みした。「それでどうやって子どもができるというのかな」

「ここに通えばいいわ」

「なんだって?」

「そうよ」ガブリエラの口調が熱を帯びた。「あなたがこの屋敷に通ってくるの。わたしとここで関係を持ち、終わったら帰るのよ」

「ばかげている!」

「どうして? わたしにはとてもいい考えに思えるけれど。愛人を持つのとなにも変わらないじゃないの。いままでだって愛人を自宅に住まわせたりせず、ただ情事を楽しんでいたんでしょう? それとまったく同じことだわ。ただひとつ違うのは、妊娠の心配をしなくていいことよ。わたしたちの目的は、子どもを作ることなんだから」

「そんなことができるわけがないだろう」トニーは声を荒げた。「ぼくがここに通ったりしたら、人にますますあれこれ言われるだけだ。ただでさえ、ぼくたちのことは世間の噂になっている」

「言いたい人には言わせておけばいいじゃない。昔は社交界での評判なんて気にしたこともなかったくせに、どうしていまになってこだわるのかしら? それに、もしその話題になったとしても、みんなにはわたしとの仲を修復するよう努力しているところだとでも言えばいいわ。わたしたちが子作りのために会っていることは、ほかの人には関係のないことでしょう」

トニーはガブリエラをにらみつけると、いったん窓の前に行き、すぐにまた戻ってきた。

「気に入らないな」

ガブリエラは無造作に肩をすくめたが、本当は心臓がどきどきし、いまにも口から飛びしそうだった。「それがわたしの条件よ。呑むかどうかは、あなた次第だわ」

トニーは奥歯をぎりぎりと嚙み、体の脇でこぶしを握りしめた。「つまりきみは、愛人のまねをするというわけか？」ぞっとするような声で言った。

「あなたと一緒に暮らしたくないの」ガブリエラも負けてはいなかった。「そのためなら、愛人のまねだってなんだってするわ」

トニーはガブリエラが座っている椅子のひじかけに両手をついて身をかがめ、その大きな体で彼女を圧倒した。「きみの条件を呑むとしても、ぼくは遠慮するつもりはない。ぼくが望むときは、いつでも相手をしてもらう。今夜は一回だけだとか、急に頭が痛くなったからやめようなどとは言わせないから、覚悟しておいてくれ」

ガブリエラの頰が赤くなった。「あなたの望むようにするわ。でもわたしにも、いろいろ予定があるの。一日じゅうあなたとベッドで過ごすわけにはいかないのよ」

トニーはガブリエラの胸に視線を落とした。「心配しなくていい。愛し合う場所は、なにもベッドだけとはかぎらない。どこかほかにも適当な場所を見つけることにしよう」

ガブリエラはベッド以外の場所で抱き合うさまを思い浮かべ、ごくりとつばを飲んだ。腹立たしいことに、脚のあいだに熱いものがあふれてきた。「じゃあこれで決まりね。わたしはこのままここに住み、あなたはブラック邸に住むの。そしてここに通ってくるのよ」

トニーはしばらくのあいだ、じっとガブリエラの目を見ていた。「ああ、いいだろう」

「わかったわ。それで、いつから始めるの？」

いまからと言われたらどうしよう？　ガブリエラはうろたえた。もしそう言われても、わたしは断わることができない。まさかこのまま椅子から立つなと命じられるのではないだろうか？　彼はスカートをまくりあげてわたしの体を手前に引き寄せ、ひざをついて椅子の上で奪おうとするかもしれない。ガブリエラの乳首がつんととがった。

「今夜からだ。残念だが、午後はどうしてもはずせない用事がある。それがなかったら、このままここにとどまり、きみが想像しているようなことをしたかったんだが」

「わたしはなにも想像なんかしてないわ」ガブリエラは懸命に平静を装った。「このへんでわたしを解放し、帰ってもらえないかしら」

トニーは背筋を伸ばし、一歩後ろに下がった。口もとに笑みが浮かんでいたものの、目は笑っていなかった。「おおせのとおりにしよう、マダム。だがあと何時間かして戻ってきたときは、きみをしばらく解放しないつもりだ」

「じゃあこれで」ガブリエラは努めてさりげなく言った。「これからこの帽子の飾りをつけなおさなくちゃならないし、人と会う約束もふたつあるの。そろそろ社交界の人たちがロンドンに戻ってきているでしょう」

「楽しい午後を」トニーは言った。「ああ、そうだ。ここの合鍵をぼくの屋敷に届けさせてくれ。昼だろうと夜だろうと、来るたびにいちいちノックをするのは面倒だ」

「わかったわ、閣下」

トニーはうなずき、大またで部屋を出ていった。彼が立ち去ったとたん、ガブリエラはがくがく震えだした。ひざに力がはいらず、椅子から立ちあがることもできなかった。そして胸に手を当て、自分はいったいなにをしてしまったのだろうと考えた。

ガブリエラは結局、外出も帽子の飾りのつけかえもせず、リボンなどの材料を帽子と一緒に箱にしまって片づけた。昼寝をしようと横になったが、眠ることができず、侍女を呼んで温かいお風呂を用意してもらった。

浴槽《よくそう》にもたれながら、トニーに夕食を用意したほうがいいだろうかと考えた。だが彼は何時に来るか言わなかったのだから、食事の心配をする必要はないだろう。第一、あの人は食事と会話を楽しみにここに来るわけではないのだ。トニーの目的は欲望を満たし、跡継ぎを作ることにある。わたしはたくさんいる女性のなかで、たまたま都合のいい相手であるにすぎない。たったひとつ、ほかの女性と違うのは、結婚指輪をしていることだ――でもその指輪でさえ、いまとなってはたいした意味を持たない。わたしはトニーの愛人で、跡継ぎを産む道具でしかないのだから。

まもなく日が暮れ、ガブリエラはそわそわしはじめた。だが十時になっても十一時になっても、トニーは現われなかった。やがて十二時になると、ガブリエラはトニーの気が変わったのだと思い、待つのをやめて二階の寝室に向かった。

そして一時になり、ナイトテーブルに置かれたろうそくの火を消そうとしているとき、寝室のドアが開いた。顔を上げるとトニーが入口に立っていた。筋肉質の男らしい体が、いつもよりもますます大きく、力強さを増したように見える。

ガブリエラの眠気が一気に吹き飛び、困惑と欲望で全身がかっと火照った。これほど腹を立てているのに、そうした反応をしてしまう自分の体も、トニーのこととなると弱さを見せる心もいまいましい。

トニーは毎晩その部屋で寝ているような慣れた足取りでなかにはいると、静かにドアを閉めた。そしてゆっくりと奥に進み、服を脱ぎはじめた。上着とベストを椅子の背もたれにかけ、次にタイを取った。それからカフスボタンをはずして靴を脱ぎ捨てると、シャツと靴下を脱いでズボンのボタンに手を伸ばした。

ガブリエラはなにも言わず、トニーが全裸になるのをじっと見ていた。大きく突きだした下半身が、彼の激しい欲望を物語っている。ガブリエラの視線を感じ、その部分がぴくりと動いてますます大きくなった。トニーは裸足のままじゅうたんの上を横切り、シーツをめくってベッドにはいってきた。

「遅かったじゃないの」ガブリエラは責めるような口調で言った。

トニーは一瞬ためらったのち、首筋にキスをした。「時間を約束した覚えはない」そう言うとガブリエラの耳たぶに鼻をすり寄せた。「ぼくはこちらの都合のいいときに訪ねると言ったはずだ」舌で耳の線をなぞり、そっと息を吹きかけた。「今夜はこの時間しか来られなかった」

ガブリエラは相変わらずうっとりするような彼の愛撫に、身震いしそうになるのをこらえた。「だったら、手紙でそう知らせてくれればよかったのに。もう来ないんじゃないかと思ってたのよ」

「ぼくを待ちわびていたのかい？」

「いいえ、そうじゃないわ」ガブリエラはそっけなく言った。「わたしはただ、疲れているときに待たされるのが嫌いなだけよ。さあ、早く終わらせましょう。そうすればあなたも家に帰れるし、わたしもやっと眠れるわ」

トニーは片ひじをついて上体を起こした。「ネグリジェをまくりあげ、さっさと終わらせてくれというのかな？　それではきみは楽しめないだろう」

ガブリエラは枕の上でわざとらしく反対側を向き、トニーから目をそらした。「あなたに都合よく利用されているだけなのに、楽しめるわけがないじゃないの」

トニーはガブリエラのあごを優しくつかみ、自分のほうを向かせた。「ぼくを怒らせようとしてるのかい？　そうすればぼくが考えを変え、きみとベッドをともにするのをやめるとでも？」

「とにかく、早く終わらせて帰ってちょうだい」ガブリエラはそう言ったが、自分の大胆さに内心で驚いていた。「それとちょうどいい機会だから、ふたつほど話しておきたいことがあるの」

「なんだい？」トニーはかすれた声で訊いた。

「あなたがこうしてここに通ってくる期間よ。わたしが身ごもったら、来るのをやめてもらえるかしら。少なくとも子どもが生まれるまでは、会うのをやめましょう」

トニーは一瞬体をこわばらせると、ネグリジェの生地越しにガブリエラの乳房を手のひらで包んだ。「つまり子どもができたら」乳首を探り当て、親指と人差し指でつまんだ。「こうしたこともしないでくれというわけか？」

「ええ」ガブリエラは快感でぞくぞくしながら答えた。「そうよ」

「赤ん坊のせいで体調が優れないときは、きみの言うとおりにしよう。だがそれ以外の理由で、九カ月間まるまるきみに触れないと約束することはできない。ぼくにも欲望というものがある」そう言うと硬くなった股間をガブリエラの腰にぐっと押しつけた。

ガブリエラは反論したかったが、これ以上なにか言っても無駄だろうとあきらめた。

「さっき、ふたつほど話したいことがあると言っただろう。もうひとつの話とはなんだ？」

「それは……」トニーにあきれられるかもしれないと思い、ガブリエラは口ごもった。「子猫と一緒に暮らしたいの。あの子たちをローズミードに置いてきてしまったけど、使用人にわざわざ連れてくるよう頼むのも気が引けて。あなたにお願いできないかしら」

険しかったトニーの表情が少しだけ和らいだ。「ひとりで寂しいんだろう？　家に帰ってくればいいじゃないか」

「いまはここがわたしの家よ。だからあの子たちを連れてきたいの。動物のいない家なんて家じゃないわ。お願い、いいでしょう？」

「ああ、わかった。そんなことならお安いご用だ。馬車とバスケットの用意ができたら、すぐに迎えに行かせよう。さて、話はこれで終わりかな？」

ガブリエラの脈が乱れた。「ええ、終わりよ。早く続きをしましょう」

トニーはしばらくのあいだ、じっとガブリエラを見ていた。ろうそくの光に照らされた彼の顔に、どこかあざけるような表情が浮かんでいる。やがてトニーは身をかがめてガブリエラに唇を重ね、いつものように情熱的で激しいキスをした。だがガブリエラは必死で自分を抑え、快楽に呑みこまれまいとした。

愛の営みを楽しむぐらいはいいだろうと昼間は思ったが、彼がここにいる理由がどうしても頭から離れない。トニーはわたしという人間ではなく、わたしの体を求めている。そして愛するわが子ではなく、跡継ぎを望んでいるのだ。彼の欲望は満たしてやっても、自分の欲望に屈するわけにはいかない。ガブリエラはわざと別のことを考え、トニーのキスや愛撫から気をそらそうとした。

トニーがふいに顔を上げた。「どうしたんだ？　心ここにあらずじゃないか」

「そんなことはないわ。ちゃんとこうしてあなたの相手をしているじゃないの」

「ああ、でもきみは別のことを考えている。キスも返していないだろう」

「わたしからもなにかしなくちゃいけないなんて、知らなかったわ」

トニーは目を細めた。「なるほど。そうやって被害者でも演じているつもりかな」

「いいえ、繁殖馬を演じているのよ」ガブリエラの胸に、忘れていた怒りがよみがえってきた。

トニーのあごがぴくりとした。「言っておくが、きみは今夜、その言葉を後悔することになるだろう」

「あらそう？　どんなことをする気かしら？」ガブリエラは挑発するように言ったが、トニーの濃いブルーの瞳がきらりと光ったのを見て怖気《おじけ》づいた。そして自分がどんなに虚勢を張ったところで、トニーが本気になったら勝てるわけがないのだと悟った。

ガブリエラはごくりとつばを飲んだ。「トニー、わたし――」

「なんだ？　ぼくが欲しくないと言い張るつもりか？　いいだろう、それが本当かどうか確かめてみよう」

トニーはガブリエラのネグリジェをつかんだ。だがそれを頭から脱がせるのではなく、縫い目の部分を引っぱって生地を裂きはじめた。繊細なシルクの生地がびりびりと大きな音をたててまっぷたつに裂けた。トニーがそれを放ると、破れたネグリジェが床に舞い落ちて淡いピンクの塊になった。

「これからはネグリジェを着るのはやめたほうがいいぞ。そうでないと、一枚残らずだめになってしまうだろう。もっとも、夜の女たちのあいだで最近人気が出ている下着なら着てもいい。真ん中が割れているやつだ。それからストッキングも穿《は》いたままにしておいてくれ。だが上半身は裸だ」トニーはガブリエラの乳房を両手で包んだ。「これはむきだしのほうがいい」

「トニー!」ガブリエラは悲鳴のような声をあげた。心臓が胸を破りそうに激しく打っている。

「四つん這《ば》いになるんだ」

「なんですって?」

「きみはぼくから繁殖馬のように扱われていると言っただろう。だったら、そのことばどおりのことをしようじゃないか」

「いやよ!」ガブリエラはトニーが自分を侮辱し、さっきの言葉や態度を後悔させようとしているのだと気づいた。

「さあ」トニーはガブリエラのヒップを軽く叩いた。「手とひざをついてくれ。早く」

「トニー、やめて」

「なにをやめるんだい？」トニーは力ずくでガブリエラを四つん這いにさせた。それでもガブリエラには、彼がこちらを傷つけないよう注意してくれているのがわかった。少なくとも、肉体的には傷つける気がないらしい。「きみはさっき早く終わらせてくれとは言ったが、どんな体位でとは言わなかっただろう。ぼくはこの体位がいい」

ガブリエラはおののき、どうしてすべてがここまで狂ってしまったのだろうと考えた。覚悟を決めて体勢を整えたが、トニーははいってこなかった。その代わりに上からおおいかぶさるようにして、彼女の肌を愛撫しはじめた。肩や背中にキスの雨を降らせながら、胸やお腹をゆっくりと焦らすようになでた。

「これでも感じないかい？」乳房を手で包み、硬くなった乳首を指先でもてあそんだ。

ガブリエラの全身に震えが走り、乳首がさらに硬くとがった。

「ほう、きみはやっぱり嘘をついているようだ。もう少し詳しく調べてみよう」

トニーは彼女にやめてと言う暇を与えず、下腹から太もも、そして脚のあいだのもっとも敏感な部分に手をはわせた。ガブリエラの肌がうずき、体の奥から熱いものがあふれた。トニーの愛撫とキスを受けながら、彼が自分への罰としてなにをしようとしているのか、ふいにわかった。

懇願させようとしているのだ。

ガブリエラはぐっと唇を噛み、うめき声をこらえた。だがトニーはガブリエラの髪を手首に巻きつけて顔を上に向けさせると、降伏を迫るように激しいキスをした。口を開かせ、甘いキャンディでもなめるように舌をからませている。ガブリエラは我慢できず、唇を重ねたまま、すすり泣くような声をもらした。トニーはにやりとし、さらに濃厚なキスをした。

その間もずっと指を使ったエロティックな拷問は続いていた。ガブリエラは恍惚《こうこつ》とし、知らず知らずのうちに身をくねらせていた。全身が快感に包まれ、汗ばんだ肌がぞくぞくしている。

そしてトニーにもう一度大切な部分をさすられた瞬間、絶頂に達した。体を震わせながら、ぐったりしたまま官能の波間をただよった。手足から力が抜けてそのまま崩れ落ちそうになったが、トニーはそれを許さず、ガブリエラの体を支えてふたたびキスと愛撫を始めた。

「まだだめだ。きみに何度も何度も絶頂を味わわせてやる」

トニーはその言葉どおり、容赦ないキスと愛撫で繰り返しガブリエラをクライマックスへと導いた。

もうこれ以上は無理だとガブリエラが思ったころ、トニーはいったん上体を起こし、彼女の脚をひざで大きく押し広げた。そしてガブリエラの両手をしっかりマットレスにつかせると、ウエストに手をまわしてその体を支えた。

それから首筋にキスをしてささやいた。「種馬を見たことがあるかい？　牝馬の準備が整うと、こうやって後ろから奪うんだ。ときには牝馬が動かないよう、首を噛むこともある。きみはキスをされるのと噛まれるのと、どっちがいいかな？」

ガブリエラははっと息を呑んだ。そしてトニーに貫かれると同時に肩を噛まれ、大きな声をあげた。全身が炎に包まれたように燃えあがっている。腰をぐっと後ろに突きだすと、彼が信じられないほど奥まではいってきた。速く深く突かれ、ガブリエラは激しい快感に身もだえした。シーツをぐっと握りしめ、ますます激しくなるトニーの動きに合わせながら悦びに打ち震えた。

次の瞬間、ガブリエラは歓喜の叫び声をあげて絶頂に達した。体のなかを電流のようなものが駆けめぐり、頭が真っ白になった。

まもなくトニーもうめき声とともにクライマックスを迎えた。ふたりはぐったりし、手足をからませるようにしてマットレスに崩れ落ちた。ガブリエラは肩で息をし、なかばぼうっとしたままトニーのたくましい胸に顔をうずめ、そのにおいを吸いこんだ。しばらくしてトニーがあおむけになり、少しでも離れたくないというようにガブリエラを抱き寄せた。

〝体だけでなく、心もこんなふうに愛してほしいのに！〟　ガブリエラは胸のうちで叫んだが、それがかなわない願いであることはわかっていた。そして次に目が覚めたとき、トニーがまだ隣りにいてくれることを祈りながら眠りについた。

朝のまぶしい光が差しこみ、ガブリエラは夢も見ないほどの深い眠りから覚めた。洗面器に水を注ぐかすかな音がしている。「ガウンを出しておいてもらえるかしら、ジャネット?」眠気の残る声でつぶやいた。「もう少しだけ横になり、それから起きるわ」

「一日じゅうベッドで寝ていてもいいぞ」低い男性の声がした。「それと、ジャネットならさっきお湯を持ってきてくれたが、ぼくが下がらせた。用があるなら呼び鈴を鳴らして呼ぶといい」

ガブリエラの眠気が一気に吹き飛び、昨夜の出来事が脳裏によみがえってきた。体の向きを変えてあたりを見まわすと、トニーが部屋の奥にある洗面台の前に立っているのが見えた。ズボンだけは穿いているものの、上半身は裸のままだ。

胸に生えた毛が水滴で光り、顔も濡れていることからすると、身支度の途中だったのだろう。ゆっくりとした手つきでまずは顔を、それから胸もとや上腕をタオルでふいている。

「もう帰ったかと思ってたわ」ガブリエラはシーツを引きあげて胸を隠した。

トニーはタオルを首にかけ、ガブリエラに近づいた。「いや、まだだ。今朝は少し時間がある。朝食を一緒にとらないか」

「朝食ですって?」ガブリエラはさりげない口調で言ったが、心臓の鼓動は乱れていた。

「料理人に頼めば喜んで用意してくれるでしょう。でもわたしはこれから約束があるの。出かける準備をしなくちゃならないから、紅茶だけにしておくわ」

ガブリエラが起きあがる前に、トニーは彼女の体をわざと押すようにしてベッドに腰を下ろした。

「もう少し横になるんじゃなかったのかい？」

「ええ、そのつもりだったけど、ジュリアナの買い物に付き合う約束をしていたのを思いだしたの。一緒にお昼を食べてから、お店に行くことになってるのよ」

トニーは身を乗りだし、ガブリエラの体の両脇に腕をついた。「昼食にはまだ早い。時間ならあるだろう」

ガブリエラはしばらくのあいだ、じっとトニーの目を見ていた。その青く透きとおるような瞳の奥で、情熱の炎が燃えている。ガブリエラは肌を火照らせながら、ふいに湧きあがってきた欲望をふりはらおうとするように、横を向いて目をそらした。「そうね」枕を軽くこぶしで叩いた。「たしかにまだ時間があるわ。一時間後に起こしてくれるよう、ジャネットに伝えてもらえるかしら」そう言うとトニーを無視し、ぎゅっと目を閉じた。

だがトニーはその場を動こうとしなかった。

「帰って、トニー」優に一分が過ぎたころ、ガブリエラはまぶたを固く閉じたまま言った。

「今夜また会えるでしょう」

「まだ帰りたくない。昨夜のように、ぼくがきみの体を目覚めさせてやろうか」トニーはガブリエラの肩にキスをし、軽く嚙んだ。

ガブリエラはぱっちり目を開け、トニーの顔を見た。「いいえ、その必要はないわ」

「そうかい？」

ガブリエラは寝返りを打ち、あおむけになった。「ひげをそってないでしょう」

「かみそりを持ってこなかったんだ。ほかに必要なものと一緒に、あとでここに届けさせよう」トニーはシーツの端に指をかけてそっとめくり、ガブリエラの乳房をむきだしにした。

つれない態度とは裏腹に、乳首が硬くとがった。「どうするの？」ガブリエラはかすれた声で訊いた。「やっぱり朝食を食べる？」

トニーの口もとに笑みが浮かんだ。「ああ、もちろん。でもぼくが食べたいのはきみだ」

ふたりはしばらく互いの目を見つめていた。やがてガブリエラは腹立たしげなため息をつき、手を伸ばしてトニーの顔を引き寄せると、情熱的なキスをした。

21

開け放たれた居間の窓から、気持ちのいいそよ風がはいってきた。三月後半だというのに、今日は驚くほど暖かな日だ。ガブリエラは紫檀《したん》の書き物机の前に座り、赤い胸をしたコマドリが眼下にある小さな裏庭の芝生の上を跳ねまわるのを見ながら、春の訪れを感じていた。

社交シーズンの到来とともに、上流階級の人びとがこぞって領地から戻ってくると、ロンドンの街は一気ににぎやかになった。あちこちでパーティや舞踏会が開かれ、この屋敷にも毎日たくさんの招待状が届いている。トニーとの別居――いまのふたりが〝別居〟しているといえるならの話だ――についての噂は相変わらず盛んだが、そのことがガブリエラの社会的な成功に影を落とすことはなかった。新ワイバーン公爵夫人は社交界でとても人気がある。ただのミス・ガブリエラ・セント・ジョージだったころとは、比べものにならないほどだ。

ガブリエラは今朝届いたばかりの招待状の束をぱらぱらめくると、それを脇に置いてモードへの手紙の続きを書きはじめた。言葉を慎重に選びながら、おおよその近況を書きつづった。といっても、自分の人生にいまなにが起きているのか、自分でもよくわかっていない気がする。なんの期待も先の見通しもなく、毎日をただやりすごしているだけだ。わたしはトニーの妻だが、いろんな意味で妻ではない。愛人でありながら、正確には愛人ではない。その正反対ともいえるふたつの立場を行き来しながら、毎日が過ぎていく。

二カ月前、トニーとふたたび抱き合ったあの忘れられない夜――そして朝も――以来、彼を拒むのはもうやめた。ベッドでのトニーは本当に素晴らしく、彼が与えてくれる悦びに抗うことは無理だとわかったのだ。そもそも、わたしも彼との営みを楽しんでいるのに、拒む必要がどこにあるだろう。

それ以外の問題については、わたしがトニーを一方的に愛していることも含め、いまはあえて考えないことにしている。そのうちいやでも現実を直視し、どんなに求めても手にはいらないものを想って悲しむ日々がやってくる。

それでも、寝室ではトニーに完全に降伏しているが、住むところだけはどうしても譲れない。トニーからは、いい加減に強情を張るのをやめて、一緒にブラック邸に帰ろうと何度も言われたが、そのつど断わった。たしかにわたしは彼に体を許している。子どもも産むと約束した。そのうえ、心までも彼に奪われているが、自分の意志とわずかに残ったプライドだけは失いたくない。たとえかけらほどの尊厳でも、生きていくために必要となる日がいつかきっと来るはずだ。だからいまは目の前のことだけに集中し、一日一日を過ごすことにしている。

ガブリエラは手紙を書き終え、赤い蠟を溶かして封をしようとした。そのとき飼い猫のハムレットが机に飛び乗ってきた。明るい茶色の尻尾をぴんと上げ、いったん立ち止まって大きな声で鳴いたかと思うと、ふたの開いたインクのびんと封蠟を溶かすのに使ったろうそくに近づこうとした。ガブリエラはあわててびんにふたをし、ろうそくの火を消した。そのとき間一髪で、黒い毛をした兄弟猫のオセロも机に乗ってきた。

トニーは約束どおり、子猫たちをすぐにここに連れてきてくれた。元気いっぱいの二匹が従僕の手でロンドンに届けられたのは、ガブリエラがトニーに頼んでからわずか二日後のことだ。それから二カ月がたち、子猫たちは毎日すくすくと成長し、いまではすっかりこの屋敷になじんでいる。高級な家具の上にお気に入りの場所を見つけ、ガブリエラがひとりで退屈なときは、いい遊び相手になってくれる。

ガブリエラは足跡をつけられないよう、手紙を安全な場所に置いた。二匹が机から飛び下り、部屋じゅうを走りまわりながら追いかけっこを始めた。そして入口に現われたトニーの足に、あやうくぶつかりそうになった。

トニーは笑いながら、二匹が廊下に駆けだしていくのを見ていた。「猫たちがあの調子で暴れまわっているのに、よくものが壊れないな」そう言って部屋にはいってきた。

「あの子たちは身のこなしがとてもすばやいの。でもたしかに先週、キッチンでお皿を割ったことがあったわね。それはともかく、ちょうどいいところに来てくれたわ」ガブリエラは椅子の上でわずかに体の向きを変えた。「この手紙に無料送達の署名をしてくれないかしら」

トニーはガブリエラの前で立ち止まった。「きみのお役に立てて光栄だ」片方の眉を上げ、からかうような口調で言った。そして机の上に身をかがめると、ペン先をインクつぼにひたし、手紙の上の隅に自分の名前を書いた。「さあ、これでいいだろう。頼みをちゃんと聞いたんだから、お礼をしてもらおうか」

「ありがとう」

「それだけじゃ足りない」

ガブリエラは一瞬黙り、いたずらっぽい笑みを浮かべた。「どうもありがとう」

「まったく、きみという人は」トニーは笑った。それからガブリエラを椅子から立たせて抱きしめた。「もっと別のお礼がいい」

ガブリエラがトニーの頬を両手で包み、唇と舌を使って濃厚なキスをすると、彼ののどからうめき声がもれた。「これでどうかしら?」ガブリエラは顔を離して訊いた。

「なかなか悪くない」トニーは両手を下に滑らせ、ガブリエラの柔らかなヒップをぎゅっとつかんだ。「でもほかにもいい方法があるはずだ」

ガブリエラはトニーの背中に腕をまわした。「ええ、そうね、でもその方法はもう少し待ってちょうだい。午後は予定があるの」

「変更すればいい」トニーはガブリエラの首筋にゆっくりと唇をはわせた。

「無理よ。そろそろ服を着替えないと間に合わないわ」

「脱ぐのを手伝ってあげよう」トニーはガブリエラにくちづけ、きみはぼくのものだと言わんばかりに背中やヒップをなでまわした。「少しぐらい遅れてもいいだろう」

「講義を受けに行くの。遅れたら内容がわからなくなるでしょう」

「だったら最初から行かなければいい。講義なんてものは恐ろしく退屈だ。誰かにノートを取ってきてもらえばいいじゃないか」トニーはキスをしながら、ガブリエラのスカートをまくりあげた。ガブリエラの脈が乱れはじめた。

「使用人がはいってくるかもしれないわ」息遣いがだんだん荒くなってきた。

「だいじょうぶだ。先週、ダイニングルームの壁にきみの背中を押しつけて愛し合っている現場を、従僕に見られたことがあっただろう。あの一件があってから、みんなこちらから呼ばれないかぎり、部屋にははいらないほうがいいとわかったはずだ――少なくとも、ぼくが来ているときは」

　ガブリエラはそのときのことを思いだして真っ赤になった。従僕の仰天した顔をいまでもはっきりと覚えている。自分はトニーの肩に顔をうずめて目をぎゅっとつぶった。一方のトニーは、早くドアを閉めてでていけと大声で命じた。そして腰を動かし、こちらの欲望にふたたび火をつけた。やがて自分は絶頂に達し、あまりに激しい快感に、恥ずかしさもなにもかも忘れてしまった。

「じゃあ少しだけ遅れることにするわ。寝室に行きましょうか」

「そうだな、でも――ちょっと待ってくれ、これはなんだ？」

〝ああ、どうしよう、すっかり忘れていたわ！〟「なんでもないってば」ガブリエラはトニーの腕から逃れようともがいた。だがそのときはもう遅く、トニーの手はすでにスカートの下にあるものに触れていた。

「下着《パンタレット》を穿いているのかい？」トニーはシルクの下着をなでると、その下に手を入れた。

ガブリエラはトニーに言われて少し前からパンタレットを着けるようになっていたが、それはベッドのなかだけにかぎられていた。どうして今日は昼間から穿いてみようなどと思ったのか、自分でもよくわからない。腰に押し当てられた彼の下半身が硬くなった。ガブリエラはベッドではなく、ここで抱き合うことになるだろうと観念した。「せめてドアは閉めてちょうだい」蚊の鳴くような声で言った。

トニーは下着の切れ目のあいだから両手を入れ、ガブリエラのヒップを支えると、その体を持ちあげた。そしてそのまま出口に向かい、勢いよくドアを蹴った。ドアが屋敷じゅうに響きわたるほどの大きな音をたてて閉まった。だがガブリエラはトニーのキスにすっかり夢中になり、そのことにほとんど意識が向かなかった。彼が両手を脚のあいだに滑りこませ、大切な部分を愛撫している。

前に想像したとおりのことが始まり、ガブリエラの全身がぞくぞくした。トニーが彼女をアームチェアに下ろしてスカートをまくりあげると、パンタレットを穿いたままの脚を大きく開かせた。ひざをついてその体を手前に引き寄せたが、ガブリエラの予想に反し、トニーは大きくなったもので貫く代わりに唇と舌を使って大切な部分を愛撫した。ガブリエラはこらえきれずに歓喜の叫び声をあげながら、体を震わせて何度も絶頂に達した。まもなくトニーがズボンを脱ぎ、彼女のなかにはいってきた。

やがてふたりは場所を椅子から床に移し、ガブリエラがトニーの上に乗る格好で愛し合った。ガブリエラは手足から力が抜けてぐったりし、あまりの気持ちよさにまともにしゃべることすらできなかった。頭がぼうっとし、講義のことなどすっかり忘れて彼の胸にもたれかかった。しばらくしてトニーがガブリエラを寝室に連れていった。そしてふたりは太陽が西の空に沈んで夜が更けるまで、ずっとベッドのなかで過ごした。

トニーは羽根枕にもたれかかって伸びをし、ガブリエラが服を着るのを見ていた。侍女にはボタンやコルセットの締めひもなど、人の手が必要なものは自分が手伝うからいいと言っておいた。ガブリエラが白いシルクのストッキングの片方を、すらりとした長い脚に穿いている。ついさっき愛し合ったばかりなのに、トニーの体がもう反応した。

「このままだと、きみをまたベッドに連れ戻したくなりそうだ」

ガブリエラはトニーをちらりと見た。「どうしてそんなに体力があるのかしら」そして穿き終わったストッキングをリボンのついたガーターで留め、もう片方に手を伸ばした。「あなたの欲望の強さには感心するわ、閣下」

「われながらそう思うよ」トニーは満ち足りた気分でにっこり笑った。昨夜もいつもどおりここに泊まった。ここしばらくは滅多に自分の屋敷に帰らず、毎日のようにガブリエラのベッドで朝を迎えている。

トニーはかすかに眉をひそめた。最近はガブリエラのいない自宅に戻ると、ひどく寂しくなるのだ。彼女がブラック邸に住んでいたのはほんの短い期間だったのに、どうしてそんなふうに感じるのだろう。「午後からハミルトン夫妻のパーティに行くのかい？」トニーはそれ以上深く考えるのをやめ、シーツの上で体を伸ばした。

ガブリエラはうなずいた。「ええ、そうよ。ジュリアナとリリーと向こうで落ち合う約束をしているから、引き留めないでちょうだい」

「そのつもりはない。というより」トニーは頬づえをついた。「ぼくがきみをエスコートしようかと思って」

ガブリエラはトニーを見た。「エスコートですって？」

別居を始めてからというもの、トニーがガブリエラをどこかにエスコートしたことは一度もなかった。おおやけの場ではいつも別々に行動し、会うのは彼女の屋敷だけだ。

「ああ。三時に迎えに来ようと思うが、どうだろう？」

とになってるの」
「あの、ありがたい申し出だけど、その必要はないわ。ディッキーに連れていってもらうこ
トニーはさっと上体を起こした。「ディッキー？　ミルトンのことかい？」
「ええ。最近はときどきパーティにエスコートしてくれるの。ねえ、お願い」ガブリエラは
シュミーズを着るとベッドに近づいた。「コルセットを締めるのを手伝ってもらえるかしら」
ガブリエラがシルクと鯨ひげでできたコルセットを胴に当てると、トニーがひもを一本ず
つきつく締めはじめた。「なるほど、愛人《シシスベオ》ができたというわけか」
「あら、彼のことをそんな目で見たことはないわ」ガブリエラは心底驚いた顔をした。「デ
ィッキーとわたしはただの友だちよ」
友だちだと？　トニーは胸のうちでつぶやいた。ミルトンも同じように思っているのだろ
うか？　いや、それはどうも怪しい。とはいえ、彼はゴシップとファッションに取りつかれ
た男だ。たぶん面白半分でガブリエラを誘っているのだろう。だがもしかすると、ゆくゆく
は彼女を誘惑してベッドに引きずりこむつもりでいるのかもしれない。ひもを引っぱるトニ
ーの手に思わず力がはいり、ガブリエラが悲鳴をあげた。
「気をつけてちょうだい。コルセットはぴったりしているほうが好きだけど、きつすぎると
息ができないわ」
「すまない」トニーはつぶやき、慎重にひもを締めた。

肌着を着け終えたので、ガブリエラはたんすに向かい、小枝模様をしたライラック色のデイドレスを取りだした。頭からかぶって着ると、ドレスの柔らかなひだがふわりと広がった。トニーはボタンを留めるのを手伝おうとベッドを出た。だがすぐにはボタンに手をかけず、ガブリエラの体を抱き寄せた。そして首をかがめて唇を重ね、濃厚なキスをした。やがて顔を離したとき、ガブリエラの口もとには夢を見ているような笑みが浮かんでいた。

「どういう風の吹きまわしなの？」

「ただキスがしたかっただけだ」トニーはガブリエラの背中に手をはわせた。「ぼくはきみのキスが好きなんだ。これからエスコートが必要なときは、ぼくに言ってほしい。できるだけ都合をつけるようにする」

ガブリエラの目に驚きの色が浮かんだ。「あら、そう……わかったわ。あなたがそう言うなら」

「よし、決まりだ。さあ、ボタンを留めてあげよう」

それから半日後、トニーはハミルトン邸の広間の隅で柱にもたれかかり、カナリー諸島産の白ワインを片手に、こっそりガブリエラを見ていた。ジュリアナと少しお腹の目立ちはじめたリリー、それにもうひとり、どうしても名前が思いだせないレディと四人で話をしている。誰かが言った言葉に、ガブリエラがおかしそうに笑っている。その顔に浮かんだ愛らしい笑みを見て、トニーは夜が待ち遠しくなった。といっても、夜のことを考えて期待で胸が躍るのは、なにも今日だけのことではない。

グラスを口に運び、ワインをごくりと飲んだ。しかも楽しいのは、夜だけとはかぎらない。昼だろうと夜だろうと、ガブリエラと一緒ならどんなときも楽しいのだ。最近はかならずしも一緒にいる必要がないときでも、彼女と過ごすことが増えている。

たとえば今日の午後は厩舎に行くこともできた。ダービーで走らせようと考えている牝馬のことなど、いくつか調教師と話し合っておかなければならないことがある。だが結局、厩舎には行かず、こうしてパーティにやってきた。今朝、ガブリエラにエスコートを申し出たのはふとした思いつきだったが、ディッキー・ミルトンが同伴すると聞いては、どうしても顔を出さずにはいられなかった。

ガブリエラにもっと強く、自分がエスコートすると言ってもよかったのだが、そうすれば彼女が不思議に思うことは目に見えていた。正直に言うと、自分でもどうしてここに来たのか首をひねっているありさまだ。前にガブリエラが愛人を持つことについて触れたことがあるが、彼女にいま、ほかに付き合っている男がいないことは間違いない。ぼくはガブリエラの体をひとり占めにし、日によっては何度も抱いている。ガブリエラには愛人を持つ時間も体力も残っていないはずだ。それにぼくは彼女のことを信頼している。愛人を作ってこちらを裏切るようなことは、ガブリエラにかぎって絶対にないだろう。

だとしたら、なぜこれほどまでに心が騒ぐのか。いまの生活はぼくにとってまさに理想ではないか。面倒な義務からはいっさい解放され、結婚のいいところだけをつまみ食いしている。ガブリエラの屋敷に行くのは、愛人の家に通っているようなものだ――しかも彼女は、いままでで最高の愛人だ。ベテランの高級娼婦のようにぼくを満足させ、高みに昇らせてくれる。経験豊富なぼくだが、これほど深い悦びが味わえるとは想像もしていなかった。しかもふたりの関係には、なんら後ろめたいところがない。なんといってもガブリエラは愛人ではなく妻なのだ。

よくよく考えたら、これほどうまい話はない。ぼくは欲しいと思っていたものをすべて手に入れた。好きなときに好きなだけ極上のセックスを楽しみ、爵位を継がせる嫡出子を産んでくれる女性を確保した。これ以上、いったいなにを求めるというのだろう。なにかが足りないような気がしてならないのは、どういうわけだろうか。最近は自分でも自分のことがよくわからない。だがそもそも、ガブリエラが別居などというばかげたことをしたのが間違っていたのだ。自分たちはいまではふたたび一緒に暮らしているも同然だ。彼女が我《が》を張るのをやめて家に戻ってさえくれれば、すべてがうまくいくに決まっている。

だが本当にそう言いきれるのか？

ぼくが別の女性に興味がないことは、彼女にもわかるはずだ。ガブリエラは以前、こちらが彼女のことを繁殖馬のように扱っていると言った。だがその言い分はあまりにばかげている。ぼくは子どもよりなにより、彼女が欲しいのだ。そしてそれはなにも、セックスのことだけを指しているのではない。ぼくはずっと前からガブリエラが好きだった。彼女と一緒だと笑顔が絶えず、退屈することがない。ふたりでいるときがいちばん満ち足りた気持ちになれる。離れていると、彼女に会いたくてたまらなくなる。

トニーはガブリエラをちらりと見た。なぜか胸が苦しくなったが、昼食にこってりしたものを食べすぎたせいだと思うことにした。そのとき、ディッキー・ミルトンが彼女に近づくのが目にはいってきた。ガブリエラの手を取ってキスをし、なにかをささやいている。その言葉にガブリエラがくすくす笑った。トニーは顔をしかめ、グラスに残ったワインを飲み干した。

ふたりを見ながら、分別さえわきまえてくれればガブリエラを自由にさせるつもりだと、前にイーサンに言ったことを思いだした。だがいま、それがとんでもない間違いだったことがわかった。自分は彼女を手放したくない。誰かがガブリエラに触れるようなことがあれば、その男を徹底的に打ちのめしてやる。トニーは従僕からもう一杯ワインを受け取り、それをすすってじっと様子をうかがった。

それから三十分近くたったころ、ミルトンが部屋を出ていこうとしているのが見えた。トニーはグラスを置き、そのあとを追った。

「ミルトン」周囲の人たちに声が聞こえないところまで来てから呼びかけた。「ちょっと話がある」

「やあ、ワイバーン。まだいたんだな。昼食のときにきみが来ていることに気づいたが、もう帰ったと思っていたよ」

「いや、ずっといたさ。広間のなかがよく見わたせる場所にいたんだ」

ミルトンはけげんそうな顔でトニーを見た。「だったら、話の輪にはいってくればよかったのに。レディたちが最近行ったある舞踏会の話をしてくれたんだが、とても興味深かったよ。びっくりするようなエピソードも披露してもらった」

「そうだな、きみがやけに楽しそうにしているのが、こちらからも見えていた。ぼくの妻と話すときは、とくに生き生きしていたじゃないか」

ミルトンはトニーの鋭い視線にもまったくたじろがず、平然とした顔で答えた。「公爵夫人は愛すべき女性だ。一緒にいるとこちらも楽しい気分になれる」

「そうか、残念だが、これからはそうした気分も味わえなくなるだろう。今日は妻をエスコートしてくれたそうだな。だが今後、その必要はない」

「彼女に近づくなと警告しているのかい？」ミルトンは唖然《あぜん》としたように言った。

「そのとおりだ。妻とはもう会わないでほしい。でもぼくがそう言ったことは、彼女には黙っててくれ。なにか適当な理由をそっちで考えてもらえないか」

ミルトンはしばらくじっとトニーの顔を見ていたが、やがてげらげら笑いだした。その声がトニーの神経を逆なでした。「いやはや、こいつは信じられないな」

トニーは胸の前で腕組みした。「なにが信じられないんだ?」

「きみが嫉妬していることだよ! ぼくはこれまで、きみたちが大慌てで結婚したのは恋に落ちたからだなどという話をまったく信じていなかった。きみがある日突然愛する人に出会い、さっと抱きあげたりすることなどありえない、せいぜい肉欲に負けたか、あるいはなにか特別な事情があったんだろう、と思っていたんだ。だがその〝特別な事情〟は、どうやら一部の連中が噂していたような計算の合わない赤ん坊ではなかったらしい」

ミルトンは懐中時計についたひもを指でもてあそびながら先を続けた。「きみたちが別居したと聞いたとき、ぼくはやはり自分の考えが正しかったと思った。いままで付き合ってきた女性同様、きみが彼女に飽きたんだろうとぴんと来たんだ。だがまもなく、きみは公爵夫人の住まいを訪ねるようになった――なんとも複雑でおもしろい話じゃないか。これでやっと真実がわかったよ」

「ほう」トニーは不機嫌な声で言った。「その真実とやらがなにか、聞かせてもらおうか」

「きみが本当に彼女を愛していることだ。社交界きっての放蕩者で鳴らしたアンソニー・ブラックが、ひとりの女性の前にひれ伏すとはな。たしかに彼女は美しく、魅力的でウィットに富んでいるが、それでも女性であることに変わりはない。みんなが気づく前に、〈ホワイツ・クラブ〉で大金を賭けることにしよう」

トニーの心臓がどきりとし、ミルトンの言葉が雷鳴のように頭のなかで鳴り響いた。〝ガブリエラを愛している？　まさか、そんなはずがない〟　だが考えれば考えるほど、それが真実だという気がしてくる。ガブリエラを愛しているのだとすれば、これまでの自分の不可解な言動にもすべて説明がつく。怒りや絶望を感じたり、柄にもなく感情を爆発させたりした。体だけでなく、心もすっかり彼女に取りつかれている。自分にはガブリエラが必要なのだ。彼女がいなければ、体の一部をもぎ取られたような気分になるだろう。

ミルトンの言うとおりだ。自分は間違いなくガブリエラを愛している。これほど簡単なことに、どうしていままで気がつかなかったのだろうか。

「賭けをしたいならすればいい」トニーはミルトンに言った。「だがガブリエラには近づかないでくれ」

ミルトンはまたもや声をあげて笑った。「公爵夫人とぼくはただの友だちだと言っただろう」

「でもきみは、心の奥底ではそれ以上のことを望んでいるはずだ」

「ああ、たしかに。彼女のように素晴らしい女性を手に入れられて、きみは幸せな男だ。もっとも、いまはあまりうまくいってないんだろう？　きみたちが別居しているのを見ればすぐにわかる。まあ、がんばって彼女の心を取り戻してくれ。これはぼくの勘だが、公爵夫人はきみに愛されているとはつゆほども思っていないようだ」

「いや、それは彼女の誤解だ。さあ、そろそろ邪魔者は消えてくれないか」

ミルトンは気を悪くした様子もなく、くすくす笑いながら歩き去った。

22

ガブリエラはトニーに寄り添った。じっくり時間をかけた愛の営みで、体はすっかり温まって満たされている。トニーはいつもすみずみまでわたしを愛撫し、充分に満足させてから自分も絶頂を迎えるのだ。

トニーがディッキー・ミルトンは急用ができたらしいなどとつぶやき、自分が家まで送っていこうと言ってきたときには驚いた。

馬車のなかの彼は、いつになく真剣な表情をしていた。なにかを言いかけたように見えたことも何度かあったが、彼はそのつど言葉を呑みこんでわたしにキスをした。そしていつもどおり、ふたりの抱擁はどんどん激しさを増した。家に着くころには完全に欲望に火がつき、階段をのぼって寝室に行くのも待ちきれずに互いの体を激しくむさぼった。そしていったん体を離して二階に向かうと、裸になってシーツのあいだにもぐりこみ、もう一度最初から愛し合った。ただ最初のときとは違い、トニーはゆっくりわたしを官能の世界に連れていき、魂まで揺さぶられるような素晴らしいクライマックスに導いてくれた。

そしていま、すっかり夜も更けて外は闇に包まれている。ガブリエラは舞踏会に行く予定だったことも忘れ、トニーとベッドに横たわっていた。

「お腹が空いたでしょう?」トニーの胸に手をはわせた。「夕食を食べなかったんですものね。料理人に言えば、簡単な料理を作ってくれると思うわ。それか自分たちで食料貯蔵室に行き、なにか適当につまんでもいいし」

トニーはガブリエラの手をつかんで口もとに持っていった。「そうだな、なにか食べることにしよう。でもその前に、ひとつ言っておきたいことがある。本当ならもっと前にきみに伝えるべきだった」

「そうなの? なにかしら?」

「ガブリエラ」トニーはガブリエラの目をまっすぐのぞきこんだ。「愛している」

ガブリエラは、いまのは聞き間違いだろうと思った。きっと自分はまだ夢のなかにいるのだ。「なんですって?」

「きみを愛している。自分でもいままでそのことに気がつかなかった。もしわかっていたら、もっと早く伝えていただろう」

ガブリエラはごくりとつばを飲んだ。心臓が口から飛びだしそうにどきどきし、嬉しさで胸がいっぱいになった。「いつわかったの?」そう訊いたが、言葉が出たことにわれながら驚いた。

「今日だ。これまで自分はそんな気持ちとは無縁だと思っていたから、気づくのが遅れてしまった。でもこれがぼくの本心だ。家に帰ってきてくれないか」

胸に灯ったかすかな希望の光が消えた。ガブリエラはふいに全身が冷たくなるのを感じながら起きあがった。「家ですって?」

「そうだ」トニーはささやき、ガブリエラの裸の背中をなでた。「こうして仲直りできたんだから、きみがここにいる理由はもうないだろう。明日の朝、使用人に命じて荷物をまとめさせることにしよう」

ガブリエラはシーツをふりはらうと、ベッドを出て部屋を横切り、たんすからガウンを取りだした。それを羽織ってぐっと前を合わせ、凍りついた体を温めようとしたが、なかなか寒気はおさまりそうになかった。そしてウェストの位置でひもを結びながら言った。「よくもそんなことを軽々しく言ってくれるわね、閣下。荷物はどこにも運ぶつもりはないわ。さあ、なにか食べに行きましょうか?」

トニーは眉根を寄せて起きあがった。「ぼくの言ったことが聞こえなかったのかい? 愛してる、ガブリエラ。きみと一緒にいたいんだ」

「いいえ、あなたは前々から言っていたように、わたしを家に連れ戻したいだけよ。その話はもう終わったでしょう。いまさら蒸し返さないでちょうだい」

トニーは愕然とした。「ぼくの言葉が信じられないのか?」ガブリエラがなにも答えないのを見て言葉を続けた。「そうなんだな。でもどうしてだ?」

「あなたがヴェッセイ卿に正反対のことを言うのをこの耳で聞いたのに、どうして信じられるというの? 〝愛する人? いや、それは違う〟」ガブリエラはトニーの口調をまねた。「〝ぼくはガブリエラを愛していない〟 あなたはあの日、はっきりそう言ったのよ。なのに今度は、気持ちが一八〇度変わったことを信じてくれですって?」

トニーのあごがこわばり、目のまわりの筋肉がぴくりと動いた。「ああ、そうだ」

「つまりこういうことなんでしょう」ガブリエラはこみあげる怒りで寒さを忘れた。「あなたはわたしに言うことを聞かせて、今回のスキャンダルを終わらせるためなら、どんなことでもしようと思っているのよ。そのためなら嘘をつくことだっていとわないの。わたしを誘惑し、うまくだまして結婚させたように、今回も同じことをしようとしているのね。でもも、う、そんなことはさせないわ。わたしが聞きたくてたまらない言葉を餌にして、わたしの気持ちを利用するのはやめてちょうだい」

「きみの気持ちだって?」トニーは静かな声で言った。「ということは、きみはぼくを愛してくれているのかい?」

「そうに決まってるじゃないの!」ガブリエラは声を震わせた。「いままで知らなかったとは言わせないわ。そうでなかったら、そもそも結婚なんてするわけがないでしょう。あなたがイーサンに言ったことを聞いて、わたしがどれだけ傷ついたと思っているの。あなたを愛していなければ、幸せな暮らしを捨てて家を出たりしなかったわ。もっとも、その幸せもわたしの幻想だったわけだけど」

　ガブリエラは涙がこぼれそうになり、声を詰まらせた。だがなんとか泣くのを我慢して先を続けた。「あなたの嘘にはだまされないし、家にも帰らない。いまはここがわたしの家なの」そう言って床を指さした。「だからずっとここに住むわ」

「ガブリエラ、ぼくは――」

「もうやめて。わたしはあなたをもう一度ベッドに迎え入れたわ。そしてあなたに言われるまま、この……この関係を続けてきたの。子どもを産む約束はちゃんと果たすつもりよ。でももう、こんなことはやめてもらえるかしら。わたしはブラック邸にもローズミードにも戻る気はないわ。愛してるなどという嘘は二度とつかないで」

「嘘じゃない」トニーは声を荒げた。「本当に愛しているんだ」

　ガブリエラはしばらくのあいだ、じっとトニーの顔を見つめていた。彼の言葉を信じ、その胸に飛びこみたい。それなのに、どうしてもその勇気が出ない。ここでトニーを信じ、またしても裏切られたら、自分はもう二度と立ちなおれないだろう。ガブリエラはすっと目をそらした。「わたしは一階に行ってなにか食べるわ。あなたもよかったらどうぞ」

　だがトニーはベッドに座ったまま動こうとしなかった。いつもは浅黒い肌がひどく青ざめて見える。きっとろうそくの光のせいだろう、とガブリエラは思った。あるいは嘘を見破られたことへの苛立ちを、必死で抑えているのかもしれない。トニーがなにを考えているのかは知らないが、ここで弱気になってはいけない。彼にふりまわされるのはもうごめんだ。ガブリエラは上靴を履き、ドアを開けて廊下に出た。

それから十分後、ガブリエラはダイニングルームのテーブルに着き、欲しくもない食事を待っていた。そのとき床がきしむ音がし、トニーが階段を下りるかすかな足音が聞こえてきた。ガブリエラは緊張で背中をこわばらせた。だが足音はダイニングルームに向かってくるのではなく、しだいに遠ざかっていった。まもなく従僕のぼそぼそした声と、玄関ドアを開閉する音がした。トニーが出ていったのだ。

これでよかったのよ。ガブリエラはそう自分に言い聞かせた。でも自分で自分の胸を切り裂いたような気がするのはなぜだろう。それまでこらえていた涙があふれだし、ガブリエラの頬を濡らした。


トニーは自宅に着くとすぐ、若くて元気のいい馬に鞍をつけて背中にまたがり、目的地も決めずに走りだした。もう遅い時間だが、このまま寝室に向かってもとても眠れそうにない。ガブリエラがいない屋敷もベッドも、どれだけがらんとして寂しく感じられることだろう。

ぼくは生まれて初めて恋に落ちた。だが愛する女性は、ぼくを信じていない。トニーは運命の皮肉を乾いた声で笑うと、馬を駆る速度を上げ、料金所の番人に硬貨を放るように渡して幹線道路を北に向かった。

〝愛する人？　いや、それは違う。ぼくはガブリエラを愛していない〟　ガブリエラが今夜繰り返してみせた自分の言葉が、頭から離れない。長い眠りから覚めたように、いまようやくわかった。ぼくはあのときすでにガブリエラを愛していたのだ。彼女への愛は、おそらくそのずっと前から心に宿っていたにちがいない。だがぼくはかたくなになるあまり、目の前にあるその簡単な真実が見えなかった。ガブリエラはぼくを愛しているが、もう信じることはできないという。ぼくは知らないうちに彼女の愛を手にし、それを踏みにじった——ガブリエラ自身をずたずたに引き裂いてしまったのだ。そしていま、その報いを受けている。こうなったらガブリエラの好きなようにさせ、黙って身を引くのがいいのかもしれない。彼女が以前望んだように、離縁してやるのがいちばんいいのだろう。それでも身勝手と言われようが、どうしてもガブリエラを手放したくない。

トニーはロンドンをあとにし、全速力で馬を走らせた。四月の冷たい夜風が上着の袖を通して肌を刺し、髪を乱している。やがて馬が疲れてきたのがわかり、並足に速度を落とした。そのとき初めて、ローズミードまであと半分のところまで来ていることに気づいた。このまま領地に向かおうか、それともロンドンに戻ろうか。トニーはしばらく考えたのち、ガブリエラがいるロンドンに帰ることに決めた。そして馬に優しく指示を出して方向転換し、たったいま来た道を引き返した。

ガブリエラはその夜も翌日の夜もほとんど眠れず、心身ともにぐったりして目覚めた。あれ以来トニーからはなんの音沙汰《おとさた》もない。きっともう終わったのだろう。彼はついにわたしのことをあきらめたにちがいない。

ガブリエラは呼び鈴を鳴らして侍女を呼ぶと、ブルーと白の縞柄のデイドレスに着替え、紅茶を飲もうと朝食室に向かった。食べ物はトースト一枚もはいりそうにない。胃がむかむかし、食欲がほとんどないのだ。それから十五分後、紅茶を前にぼんやりしていると、フォードが入口に現われた。

「おはようございます、奥方様。ただいまこちらが届きました。二階にお持ちしたほうがよろしいかと思いまして」

ガブリエラはフォードの抱えた花束を見て目を丸くした。三、四十本はあろうかという、くきの長い真っ赤なバラだ——芳醇《ほうじゅん》な赤ワインにも似たあざやかな色をしている。甘美なにおいがあたりにただよい、ガブリエラは深く息を吸いこんでその香りを楽しんだ。

〝なんて素敵な香りなの〟うっとりしてため息をついた。

「カードが添えられておりました」フォードは花束の活けられた花びんをテーブルに置くと、ガブリエラに小さな白いカードを手渡した。そしてお辞儀をして出ていった。

ガブリエラは心臓が激しく打つのを感じながら、カードを開いた。

この花はきみに似ている。愛らしく情熱的で、このうえなく美しい。きみがけがをしないよう、とげはすべて抜いてある。ぼくはもうきみを充分すぎるほど傷つけた。どうか許してほしい。

敬具《ユア・サーバント》
トニー

ガブリエラはカードを持った手を力なくひざに下ろし、バラをじっと見つめた。トニーは許してほしいと書いている。でもなにを許してくれと言っているのだろう。愛していると嘘をついたことだろうか。それとも、これまでふたりのあいだに起きたすべてのことを指しているのか。手紙の結びには〝敬具〟と書かれ、〝愛を込めて〟などの言葉は並んでいない。彼の真意はなんなのだろう。

これまでトニーからはたくさんの贈りものをもらったが、花をもらったのは初めてだ。もしかすると、これが最初で最後ではないだろうか。トニーはこの花束を、別れのしるしとして贈ってきたのかもしれない。ガブリエラは混乱し、なにをどう考えていいかわからずにカードをぎゅっと握りつぶした。だがすぐに手を開いてカードのしわを伸ばし、もう一度紙面に目を走らせた。

そして衝動的に立ちあがり、花びんに近づいた。花のひとつをそっと手のひらで包み、顔を寄せて目を閉じた。トニーのことを想いながら、バラの香りを胸いっぱいに吸いこんだ。

翌日の午後、ふたたび花束が届いた。今度は目の覚めるようなピンクのバラで、やはりカードが添えられている。

どんなにきれいな花も、きみの足もとにもおよばない。

敬具

トニー

ガブリエラはその花を前日に届いた花の隣りに置き、もうすぐトニーが訪ねてくるのではないかとそわそわした。

だがトニーは来なかった。その日の夜、レイフとジュリアナと一緒に劇場に行ったときも、トニーの姿は見当たらなかった。ガブリエラは芝居のあいだじゅう、トニーのボックス席にちらちら目をやったが、彼が現われることはなかった。

ところが翌朝、またしても贈りものが届いた――今度は花束ではなく箱だ。フォードが二階に運んできたその箱を、ガブリエラは朝食用のテーブルに置いた。そしてフォードがいなくなるやいなや、黄色いシルクのリボンをほどいてふたを開けた。箱のなかにはお菓子の詰め合わせがはいっていた。砂糖漬けの果物、繊細なメレンゲ、マジパン、コンフィッツ、キャラメル、小さな蜂蜜ケーキなどがぎっしり並んでいる。

甘いお菓子を、もっと甘くて素敵なきみへ。

敬具
トニー

トニーはどういうつもりなのだろう。まさか、またわたしを口説こうとしているのだろうか？　ガブリエラは思わず蜂蜜ケーキに手を伸ばした。そしてそれを食べながら、お菓子の誘惑には負けてしまったが、トニーの誘惑には屈するまいと心に誓った。

その翌週も、毎日トニーからの贈りものが届いた。添えられたカードには、やはり〝敬具〟と記されていた。だが八日目のカードは、それまでと少し文面が違った。

訪ねていってもいいだろうか？

トニー

ガブリエラは椅子に座ったまま、長いあいだ迷っていた。やがてカードを裏返し、「どうぞ」とひと言書いた。

翌日の午後、トニーはガブリエラの屋敷の前で馬車を停めた。地面に降り立つとベストのすそを引っぱり、高ぶる気持ちを鎮めようとした。

いままで生きてきて、女性を訪ねるのにこれほど緊張したことはない。しかも、その相手は自分の妻なのだ。トニーは馬車の座席に手を伸ばし、ガブリエラのために用意した小さな花束を握りしめ、玄関の階段を駆けあがった。

合鍵は使わず、フォードにドアを開けてもらってなかにはいった。ふた言三言、挨拶の言葉を交わしたあと、フォードからガブリエラが居間で待っていると告げられた。トニーはもう一度ベストのすそを引っぱって整え、ガブリエラの待つ部屋に向かった。

ガブリエラは四月のまぶしい陽光のなか、椅子に腰かけていた。物思いに沈んだ表情で眼下の庭をぼんやりながめている。顔を上げて入口にトニーの姿を認めると、その瞳が一瞬輝いた。「トニー」

「ガブリエラ。今日のきみは絵画のように美しい」その言葉は嘘ではなかった。透きとおるような白い肌に、短い袖を繊細なレースが縁どった淡いピンクのシルクのドレスがよく映えている。以前よりもいちだんと美しくなったように感じるのは、きっと一週間以上会わなかったせいだろう。「新しいドレスかい?」トニーは沈黙に耐えられずに言った。

「ええ、春のドレスを何枚か新調したの。これはリリーとジュリアナが選んでくれたのよ」ガブリエラは立ちあがり、胸の前で両手を重ね合わせた。「無駄遣いをしてしまったかしら――」

「そんなことはない。そのドレスを見るかぎり、きみはいい買い物をしたようだ」

ガブリエラはほっとした表情を浮かべ、両手を体の脇に下ろした。

「これをきみに持ってきた」トニーはガブリエラに歩み寄り、花束を差しだした。

「スミレだわ！　まあ、なんてきれいなのかしら！」ガブリエラはそれを両手で受け取り、顔に近づけて香りを吸った。「まだスミレの季節には早いのに、どこで見つけたの？」

「ぼくには優秀な園芸家の知り合いがいる。これくらい朝飯前だ」本当はこれほど大量のスミレを見つけるのは骨が折れたが、ガブリエラにそれを言う必要はないだろうとトニーは思った。「きみの瞳の色を引き立てる花だと思ったんだ。でもきみの瞳のほうが、ずっと深みのあるきれいな色をしている」

ガブリエラは花束に視線を落とした。「トニー、いったいどういうつもりなの？」

「なんのことだい？」

「花束やお菓子のことよ」

「気に入らなかったかい？　もしよかったらほかのものを――」

「もちろん気に入ったに決まってるわ。でも……どうしてなの？」

「説明が必要かな？」

ガブリエラはしばらく黙っていた。「ええ、教えてちょうだい」

「わかった。言葉がだめなら、別の方法でぼくの気持ちを伝えられないかと思ったんだ。考えてみると、ぼくはこれまで正式にきみに求愛したことがなかった。最初からやりなおさせてもらえないだろうか」トニーはガブリエラの手を取り、甲にくちづけた。「ガブリエラ、どうかぼくと付き合ってほしい」

ガブリエラはかすかに表情をこわばらせ、さっと手をひっこめた。「あなたはわたしを口説いたわ。しょっちゅう一緒に出かけたし、普通のカップルがするようなことはみんなしたじゃないの」

「いや、ぼくたちはそのまねごとをしていただけだ。ぼくがきみにしたのは、求愛ではなく誘惑だった。きみがそのことでぼくを責めるのは、当然のことだと思っている。さあ、もうこの話はやめよう。外套《ペリース》を着てきてくれ。馬車に乗りに行こう」

「いまから？」

「ああ、いまからだ。今日は座席の高い軽四輪馬車《フェートン》に乗ってきた。それでロンドンの町を走るのも、楽しいんじゃないかと思ってね。きみがそうしたいなら公園に行ってもいいが、たぶん混んでいるはずだ。まだ社交シーズンが始まったばかりなのに、公園は上流階級の連中でごった返している」

ガブリエラがためらっているのを見て、トニーは不安になった。まさか、彼女は断わるつもりではないだろうか？　だが次の瞬間、ガブリエラがうなずき、トニーはほっと胸をなでおろした。「すぐに戻るわ」

トニーはガブリエラのあとを追いたい気持ちをこらえ、その場にとどまった。最初から求愛のやりなおしをすると決めたものの、欲望を抑えるのは容易なことではなさそうだ。でもそれでガブリエラの愛と信頼を取り戻せるなら、我慢するしかない。

もし自分がそうさせてくれと言えば、ガブリエラはふたたび寝室にはいるのを許してくれるだろう。彼女は子どもを産む約束を果たすつもりだとはっきり言ったのだ。それでもいま寝室に行けば、ガブリエラはこちらの目的が体だけで、愛しているという言葉もただの肉欲から出たものだと思うにちがいない。だがそれが間違いであることを、なんとかして彼女にわかってもらわなければ。ガブリエラは自分を愛していると言ってくれた。まだ望みは残っているはずだ。

やがて静かな足音が聞こえ、ガブリエラが戻ってきたことがわかった。トニーは入口をふり返り、ガブリエラの美しさに思わず息を呑んだ。羽根飾りのついた帽子をかぶり、春用の白い薄手の外套を羽織っている。いつものように欲望を覚え、体がかっと火照ったが、それとはまた別の感情が湧きあがってきた。肉欲とはまったく関係のない感情だ。

どうしていままでわからなかったのだろう。これほど深く彼女を愛していることに気がつかなかったとは、われながら驚きだ。ガブリエラはいまや自分にとって空気と同じように欠かせない存在になっている。それなのに自分は、彼女を傷つけて遠ざけてしまった。だがこの関係をかならず変えてみせる。そのためには、ガブリエラの気持ちをなんとかしてほぐさなければならない。

トニーはガブリエラに歩み寄り、腕を差しだした。「行こうか?」

ガブリエラは手袋をした手をトニーの腕にかけた。「ええ、行きましょう」

それから毎朝、ガブリエラはベッドから起きあがるたびに、今日こそトニーの誘いを断わって、このばかげた〝求愛〟をやめさせようと思った。だがトニーが花束やお菓子や宝石などの贈りものを持って玄関先に現われると、その決意も揺らぎ、誘いを受けずにはいられなかった。

馬車で出かけたり公園で馬に乗ったりしたこともあれば、アストリー劇場や大英博物館に行ったこともある。ある日の午後などは、トニーがボンド・ストリートでの買い物に付き合ってくれたこともあった。ガブリエラはトニーに荷物を持たせ、テーブルクロスやナプキン、玄関ホールに飾る銀のろうそく立てなどをぶらぶら見てまわった。さすがの彼もそれで懲りるだろうと思ったが、どれにしようか迷っているガブリエラの横で、トニーはいつまでも辛抱強く待っていた。

夜は夜で、舞踏会や夜会やパーティにガブリエラをエスコートするのが常だった。そして最低でも二回はダンスを踊り、彼女がうんと言えば晩餐もともにした。芝居やオペラにも同行し、ワイバーン公爵指定のボックス席にガブリエラを座らせた。ある日の夜はふたりでカールトン・ハウスに行き、摂政皇太子と豪華な晩餐をした。

もうすぐお開きというころ、摂政皇太子がトニーの背中をぽんと叩き、どうしてそこまで妻の歓心を買おうとするのか、普通の夫婦はそんなことはしないものだろう、と言った。

するとトニーは横を向き、ガブリエラの目をまっすぐ見た。「殿下、わたしは妻に愛を伝えようとしているだけです。彼女はわたしの愛しているという言葉を、信じてくれないものですから」

摂政皇太子は吹きだした。「これまでのきみの女性関係を考えれば、彼女が疑いを持つのもしかたのないことだろう。公爵夫人は賢明だ」

「はい、妻は賢い女性です。ですがこのことに関してだけは、そうとも言いきれません」

その言葉に摂政皇太子は愉快そうに笑い、ガブリエラは眉をしかめた。

〝わたしは間違っているのかしら?〟その日の深夜、ガブリエラはひとりのベッドのなかで考えた。トニーの愛は本物なのに、わたしは彼のことを信じられず、お互いを不幸にしているだけなのか。それとも摂政皇太子の言うとおり、トニーを信用しないほうが無難なのだろうか。そのふたつの考えが頭のなかをぐるぐる駆けめぐり、その夜はほとんど眠れなかった。

　そしてそれから時間は流れ、今日から六月が始まった。ガブリエラは朝食の紅茶をすすりながら、物思いにふけっていた。状況が大きく変わったのだから、そろそろトニーとのことをどうするか決めなければならない。お腹に子どもが宿っていることがわかったのだ。

　この二週間近く、うすうすそういう予感がしていたが、あまり気にせずにしばらく様子を見ることにしていた。だが月のものが二回続けて来なかったので、間違いないと確信した。それに、ほかにも兆候がある――最近はいつになく疲れやすく、乳房が張り、胃がむかむかして朝はたいてい薄い紅茶ぐらいしか口にできない。

　身ごもったこと自体は嬉しくてたまらないが、トニーはどういう反応をするだろう。そして子どもができたことで、自分たちの関係はどう変わるのだろうか。ふたりのことだけでなく、子どものことも考えたら、たとえ彼の言葉が信じられなくても、ここはおとなしくブラック邸に帰るべきなのかもしれない。

　本当のことを言うと、そうしたい気持ちでいっぱいだ。いつわりの生活でもいいから、妻としてトニーのそばにいたい。そうすればこれ以上、寂しい思いをしなくてすむ。毎日会ってはいるものの、トニーのいない夜はひどく長くて孤独だ。最初はトニーがすぐにベッドに戻ってくると思っていたが、やりきれない口論をしたあの夜以来、彼は二度とわたしに触れようとしなくなった。わたしへのお仕置きのつもりなのか、それとも自分たちふたりへの罰なのだろうか。もしかすると、わたしが彼に情熱を感じなくなったと思っているのかもしれない。

それにもうひとつ、あまり考えたくない可能性もある。トニーのわたしへの欲望が消えたということだ。だがもしそうだとしたら、このところの彼の行動の説明がつかない。もっとも、わたしを自分の思いどおりにさせたい一心で、機嫌を取っているのだとしたら話は別だ。でも本人が言うとおり、彼の愛が本物だったらどうすればいいのだろう。

ガブリエラは頭が混乱し、ティーカップを乱暴に受け皿に置いた。とにかく、わたしのお腹にはトニーの子どもが宿っている。これから先、なにがあったとしても、わたしにはこの子がいるのだ。

それから二日後の夜、陽気な音楽が鳴りやみ、ガブリエラとトニーはワルツを踊り終えた。まわりにいるたくさんのカップルが、フロアを離れはじめている。ガブリエラはトニーの腕をほどいたが、急にめまいに襲われ、放したばかりの腕をまたつかんだ。

「どうしたんだ?」トニーがガブリエラの体に手を添えた。

だがめまいはすぐに消え、頭もはっきりして足もとのふらつきもおさまった。ガブリエラは、いまのはなんだったのだろうといぶかった。そして次の瞬間、赤ん坊のせいだとひらめいた。子どものことはまだトニーに言っていないが、混んだ広間はそうした報告をするのにおよそふさわしい場所ではない。もちろん彼には伝えるつもりだったが、いつにするかはまだ決めていなかった。

「さあ、どうしたのかしら」ガブリエラはとぼけた。「たぶん暑さのせいね。今夜は人が多すぎると思わない？」

トニーは心配そうにガブリエラを見た。「ああ、でも社交界の集まりは、いつもこれぐらい混んでいるだろう。本当にだいじょうぶかい？」

「ええ、だいじょうぶよ」

「どこか具合が悪いのなら――」

「冷たい飲み物を飲んで、なにか食べれば元気になるわ。ダンスのせいでお腹がぺこぺこよ」その言葉は本当だった。このところ朝は吐き気がして食べられないので、夜になるとお腹が空いてたまらないのだ。自分がこうなってみて、リリーの気持ちがよくわかる。

「本当かい？」

「ええ」ガブリエラはにっこり笑ってみせた。「なんともないわ」その言葉も本当だった。お腹に子どものいる女性としては、どこも悪いところはない。

トニーは納得したらしく、ガブリエラに微笑み返した。「今夜の主催者のことだから、そろそろビュッフェを用意しているころだろう。少し早いが、ダイニングルームをのぞいてみようか？」

ガブリエラはうなずいた。「そうしましょう」

トニーの言ったとおり、すでに料理が並んでいた。ふたりが席に着いて食べはじめてから数分もしないうちに、ほかの招待客もちらほらとダイニングルームにやってきた。

それから一時間以上たって夕食が終わるころ、空腹が満たされたガブリエラは、あくびを何度もかみ殺していた。ダイニングルームを出るとき、トニーが耳もとでささやいた。「いまにもまぶたがくっつきそうじゃないか。馬車を呼んで送っていこう」

ガブリエラはあくびの出かかった口を手でおおい、潤んだ目でうなずいた。

馬車のなかでトニーはガブリエラを抱き寄せ、肩を枕代わりにするよう促した。ガブリエラはおとなしく言われたとおりにし、ほっとため息をついて彼の肩にもたれた。最後にトニーの腕に抱かれて眠ったとき以来、初めて心から安心できたような気がする。

次に目を覚ましたとき、馬車は停止していた。ガブリエラははっとし、自分がどこにいるか気づいた。トニーがこちらの体に腕をまわし、優しく包むように抱いてくれている。「家に着いたのね？」

「ああ、でもあわてる必要はない」

「どれくらい前に着いて――」

「ほんの少し前だ。あんまり気持ちよさそうに眠っていたから、起こしたくなかった」トニーはガブリエラの顔にかかった髪をそっと指ではらった。「まるで天使のような寝顔だった」

ガブリエラはトニーの彫りの深い顔と濃いブルーの目をのぞきこんだ。薄闇のなかで、瞳がかぎりなく黒に近い色になっている。ガブリエラはふいに欲望を感じた。「キスしてちょうだい、トニー」

トニーは口もとにかすかな笑みを浮かべた。「喜んで」

そう言うとガブリエラをぐっと抱き寄せ、甘く情熱的だが、どこか遠慮がちなキスをした。唇を吸われて舌で愛撫されると、ガブリエラの全身が火照り、胸の鼓動が激しくなった。

トニーの髪に手を差しこんでキスを返し、湧きあがる情熱を伝えた。口を開いて彼の舌を奥まで招き入れ、さらに激しいキスをしているうちに、ふたりとも息が苦しくなってきた。

ガブリエラはこんなことをしていていいのだろうかとぼんやり思ったが、体に完全に火がつき、止めることができなかった――もうキスだけでは我慢できない。体がその先を求めて泣いている。

「寄っていく?」トニーに手で乳房を優しく愛撫され、ガブリエラは身震いした。

トニーはもう二度ばかりキスをすると、頰やのどにくちづけて舌をはわせた。「きみはそうしてほしいのかい?」

「ええ」ガブリエラはかすれた声で答えた。「あなたのいないベッドは寂しいわ」

トニーは顔を上げ、嬉しそうな目でガブリエラを見た。「それはつまり、ぼくのことを信じられるようになったということかな? ぼくの愛を信じてくれるんだね? そうだ、ガブリエラ。ぼくはきみを心から愛している」

ガブリエラの情熱の炎が弱まり、胸に迷いが生じた。トニーの目をじっと見つめながら考えた。ここで首を縦にふり、ふたりで新しい人生に踏みだしたほうがいいのだろう。本当かどうかはともかく、あなたを信じていると言えばいい。だがガブリエラはどうしてもそのひと言が言えずに沈黙していた。

トニーの目から輝きが消えた。ガブリエラの体を放し、ごくりとのどを鳴らして目をそらした。「そうか。少しあせりすぎてしまったようだな。さあ、なかにはいってゆっくり休むといい」トニーのこわばった表情は、まるで痛みに耐えているようだった。

「トニー」

トニーは扉を開けて地面に飛び降りた。そしてガブリエラに手を差し伸べ、馬車から降りるのを手伝った。ガブリエラは無言のまま、トニーに手を握られて屋敷に向かった。

玄関前に着くとトニーはさっとお辞儀をした。「おやすみ、マダム。いい夢を」

「トニー、お願い。なかで話しましょう」

トニーは鋭い目でガブリエラを見た。「なにを話すんだい？　お互いに言いたいことはもう言ったじゃないか」

従僕が玄関ドアを開けると、トニーはくるりと後ろを向いて馬車に向かい、御者にぶっきらぼうに出発を命じた。御者が手綱をふり、馬車が動きだした。

ガブリエラは馬車が見えなくなるまでその場にとどまり、それからようやく屋敷にはいった。鉛のように重い足で階段をのぼり、寝室に向かった。トニーは帰ってしまった。今夜もまたわたしはひとりぼっちだ。寝室にはいるとベッドに体を投げだし、トニーの顔に浮かんでいた表情を心に思い浮かべた。あれは……心臓にナイフでも突き立てられたような、苦悶の表情だった。彼があんな顔をしたのは、わたしのせいなのだろうか？　わたしはそれほど深くあの人を傷つけてしまったのか。もしそうだとしたら、それはひとつのことを意味している。トニーは本当にわたしを愛しているのだ！

ああ、わたしはなんということをしてしまったのだろう。

23

それから二日後の朝、トニーは思いつめた顔でペンドラゴン邸の二階の居間のなかを行ったり来たりしていた。

「紅茶でもどう?」ジュリアナが言った。「それとも、もっと強い飲み物のほうがいいかしら? ブランデーを持ってこさせましょうか?」

トニーはすぐには答えず、ふいに立ち止まってジュリアナの顔を見た。「いや、結構だ。酒ではこの苦しい気持ちはまぎれない」

ジュリアナはかすかに眉をひそめた。「せめて紅茶とお菓子ぐらい口にしてちょうだい。なにか食べて横になったほうがいいわ。最後に寝たのはいつ?」

「さあ、昨日だったかな」トニーは無造作に手をふった。「だがいまは、そんなことはどうでもいい。ぼくがここに来たのは、ほかに誰に相談していいかわからなかったからだ。きみは彼女の友人であり、叔母でもあるだろう。彼女のことなら誰よりも詳しいと思ってね」

ジュリアナはひざの上で両手を握り合わせた。「〝彼女〟というのがガブリエラのことなら、わたしより友人のモードのほうがよく知っていると思うわ。でも、ミス・ウッドクラフトに連絡を取るまで待てないんでしょう？」

「ああ。それに彼女はきっとぼくをののしり、即座に追い返すだろう」

「そこまでのことはしないと思うけど」ジュリアナはにやりとした。「どちらにせよ、あまり歓迎はされないでしょうね。でもいったいなにがあったの？　別居以外にもまた問題が起きたのかしら？」

トニーは大またで部屋を横切って窓際に立ち、通りの向こうにあるヴェッセイ家の屋敷——いまはガブリエラの屋敷だ——に目をやった。ガブリエラの姿が見えないかとしばらく目を凝らしていたが、やがてふり返った。「ガブリエラはぼくを信用していない。愛していると言ったのに、まったく信じてくれないんだ」

トニーはそこでいったん言葉を切ると、ジュリアナのほうに戻ってきて椅子にどさりと腰を下ろし、ぼさぼさの髪を手ですいた。「もうどうしていいかわからない。思いついたことはなんでもやってみたよ。花束や甘いものや宝石も贈ったし、手紙や詩も書いた。この一カ月というもの、恋わずらいにかかった若者のように、あの手この手でガブリエラの機嫌を取ろうとしてきた。恋わずらいという言葉は、まさにぼくのためにあるようなものだ」

長い沈黙ののち、ジュリアナが口を開いた。「そうだったの。本気でガブリエラを愛しているのね」

トニーはぱっと顔を上げた。「ああ、そうだ！　彼女を愛している。きみまでぼくのことを疑っているんだな。いったいどうすれば信じてもらえるんだ？」

「わたしはあなたを信じているわ」ジュリアナはなだめるように言った。「でもあなたがイーサンに言ったことを考えたら、ガブリエラがなかなか疑いを捨てられないのもしかたがないんじゃないかしら」

「ちくしょう！」トニーは思わず悪態をついたが、すぐにはっとして謝った。「頼むからもうその話はしないでくれ。あの日に戻り、自分の言葉を撤回できたらどんなにいいだろうと思うよ。そうすればなにもかもうまくいくはずだ」だが実際は、自分たちの仲は完全にこじれている。しかもその原因を作ったのはこの自分なのだ！

トニーの胸にじわじわと絶望感が湧きあがり、いままで感じたことのない深い悲しみが体を貫いた。「ガブリエラの望みどおり、別れてやったほうがいいのかもしれない。結婚生活の失敗をいさぎよく認め、彼女を自由にするべきなんだろう。ぼくがいなくなれば、ガブリエラは自由に自分の幸せを見つけられる。彼女には幸せになってもらいたい。それがぼくのなによりの願いだ」

「あなたと別れても、ガブリエラは幸せになんかなれないわ。いまは試練のときを迎えているかもしれないけど、ガブリエラがあなたを愛していることはたしかよ。あなたに離縁されたら、きっと立ちなおれないでしょうね」

トニーの胸にかすかな希望の光が灯った。「だったらなぜ、ぼくを信じてくれないんだ？ ぼくが本気であることをガブリエラにわかってもらうには、どうしたらいいのかい？ ぼくは真剣に彼女を愛している。自分がこれほど本気で誰かを愛するようになるとは、思ってもいなかった。最近は、ガブリエラのいない家にいるのも耐えられないくらいだ」

ジュリアナは微笑んだ。「だったらガブリエラにあなたの気持ちをわからせ、家に帰ってきてもらう方法を考えなくちゃ。彼女はおびえているだけなのよ。また傷つくのが怖いの」

「もう二度と彼女を傷つけたりしない。チャンスさえくれたら、そのことを証明してみせる」

「さてと」ジュリアナは指であごをとんとん叩いた。「贈りものや甘い言葉は通用しないみたいだから、もっと思いきった手段が必要ね。ガブリエラが拒んだり無視したりできないような方法を考えないと」

「どんな方法だい？ そもそも、心をどうやって証明するんだ？」

「普通は言葉や態度で示すものよ。でもこういう非常事態には、いつもならやらないようなことをやってみるの。少しおおげさすぎるぐらいのことをして、気持ちを伝えなくては」

「おおげさすぎることだって？ 具体的には？」

「あら、それはわたしじゃなくてあなたが決めることだわ。でもあなたなら、きっとなにか思いつくはずよ。人を説得することにかけては、ずば抜けた才能があるもの。ガブリエラがあなたを愛していることを忘れないで、トニー。そうすればすべてがうまくいくでしょう」

〝だいじょうぶ、きっとうまくいくわ〟　五日後、ガブリエラはラエバーン公爵邸の混んだ広間に足を踏み入れながら、自分に言い聞かせた。今夜の舞踏会は、今年の社交シーズンきってのおおがかりな祝祭の催しで、上流階級の人びとの半分以上が出席するという——数日前に誰かが得意げに話しているのを小耳にはさんだが、貴族のなかでもとくに評判の高い人たちが招かれているそうだ。

だがガブリエラはあまり気が進まなかった。ジュリアナに行くのをよそうかと思っていると話したところ、考えなおすよう説得された。

「行きましょうよ。みんな出席するんですもの。公爵の婚約者のレディ・ジーネットの希望で、花火も打ちあげられるという噂よ。見逃す手はないわ」

「どうしようかしら。楽しそうだけど、最近はあまりにぎやかな場所に行く気分になれなくて」

「そうね、最近のあなたは全然元気がないものね。でもそういうときだからこそ、なおさらパーティに行くべきよ。いやとは言わせないわ。レイフとわたしが馬車に乗せていってあげるから、思いきり楽しみましょう」

そしていま、ガブリエラはラエバーン邸の広間を奥に進んでいた。やはり今夜はとてもパーティなど楽しめそうにない。もちろん、ジュリアナの言うとおりであることはわかっている。いつまでもくよくよしていないで、憂鬱な気分を吹き飛ばしたほうがいいのだろう。もともと明るい性格のわたしだが、最近はすっかりふさぎこんでいる。そこに朝の吐き気と前触れもなく襲ってくる疲労感が加わり、心身ともに調子は最悪だ。でもわたしが気落ちしているいちばんの原因は、トニーのことにある。

馬車で送ってもらったあの夜以来、彼の傷ついたような目が脳裏に焼きついて離れない。愛していると言ってくれた言葉が、繰り返し頭のなかで鳴り響いている。わたしがトニーの心を引き裂いてしまったことは間違いない。あれから彼はぱたりと屋敷を訪ねてこなくなった。贈りものやカードも届かなくなったことを考えると、トニーはわたしから信用されていないことに深く傷つき、ついに別れる決心をしたのではないかという気がする。それでも最後にもう一度、壊れかけた夫婦関係を修復する努力をしなくてはならない。

ある日、ほとんど眠れぬまま朝を迎え、わたしは覚悟を決めた。自分がなにをどう思うかということはもう関係ない。わたしはトニーを愛している。あの人を信じ、献身的に愛を捧げるのだ。彼がわたしを本当に愛していたら、それですべてが丸くおさまる。だがもし愛していなかったとしても、これから一生かけて彼の愛を勝ち取るようにすればいい。わたしの人生は誓いの言葉どおり、良いときも悪いときもトニーとともにある。トニーにやりなおしたいと伝えよう――彼の腕に抱かれ、ベッドで愛し合い、ともに人生を歩いていきたい。

今夜の舞踏会に出席することにした理由のひとつは、トニーと話ができるかもしれないと思ったからだ。ブラック邸に行くことも考えたが、どうしてもその勇気が出なかった。もしもトニーとふたりきりになる機会がなければ、家まで送ってほしいと頼むつもりだ。そしてそこでわたしの想いのすべてを伝え、子どもができたことを打ち明けよう。彼には自分が父親になったことを知る権利がある。誰にもその権利を奪うことはできない。

ガブリエラはテーブルの前で立ち止まり、飲み物に手を伸ばそうとした。

「ライムパンチがおいしいですよ」すぐ近くで恥ずかしそうな声がした。ふり返ると、眼鏡をかけたブロンドの若い美女が立っていた。質素な白いドレスのひだの奥に、両手を隠すように押しこんでいる。

「レディ・ジーネットでしたわね?」

女性は首をふった。「いいえ、わたしはバイオレットです。あ——姉はあちらにいます」バイオレットは広間の向こうを身ぶりで示した。金色の髪を結いあげ、洗練されたドレスに身を包んだ驚くほど美しいレディが、取り巻きに囲まれてちやほやされている。ガブリエラはバイオレットの横顔が、その女性にそっくりであることに気づいた。眼鏡がなければ、見分けがつかないくらいそっくりだ。

「おふたりは双子だったんですね。お姉様には入口で出迎えていただいたとき、ほんの一瞬お目にかかっただけだったものですから」

「ラエバーン卿は？　姉の婚約者にはお会いになりましたか？」バイオレットは広間の反対側に立っている、背の高いハンサムな男性に目をやった。本人は気づいていないのだろうが、公爵を見つめるその瞳にはうっとりしたような輝きが宿っている。

まさか彼女は、ラエバーン公爵のことが好きなのだろうか？　ガブリエラは驚いたが、いまは人のことを心配している場合ではないと自分に言い聞かせた。「お勧めはライムパンチでしたっけ？」

バイオレットはふり向いた。「は――はい。申し訳ありません、奥方様。ついでしゃばってしまって」

「いいえ、そんな。どうぞ気になさらないで」ガブリエラはカップを手に取った。バイオレットの言ったとおり、パンチはさっぱりしておいしかった。「お腹の突きでたリリーを連れ、広間にはいってきたのが見えた。しばらくしてイーサンが大きくお腹の突きでたリリーを連れ、広間にはいってきたのが見えた。「お話しできて楽しかったですわ。友だちが到着したようなので、これで失礼します」そう言ってカップをテーブルに置いた。

「ええ。わたしの友人のイライザも来たようです」バイオレットは野暮ったい黄緑色のドレスを着た地味な女性に向かって手をふった。相手の女性も手をふり返した。

ガブリエラはバイオレットと別れ、イーサンとリリーのほうに向かって歩いていった。ふたりと合流してまもなく、トニーが現われた。トニーが優雅なお辞儀をすると、ガブリエラの鼓動が乱れた。

「ガブリエラ」トニーはウィスキーのように深みのある声で言った。「次のダンスを踊ってもらえるかな?」

「ええ、喜んで」

イーサンたちと二、三分立ち話をしたあと、ガブリエラとトニーはダンスフロアに向かった。まもなく音楽が鳴り、ワルツが始まった。久しぶりにトニーの腕に抱かれ、ガブリエラは夢見心地だった。無言のまま踊りながら、さまざまな考えや思いが頭を駆けめぐり、トニーにちゃんと自分の気持ちを伝えられるのか不安になった。

「トニー、あの……あとで話ができないかしら。その……あなたに言わなくちゃならないことがあるの」

「ぼくからもきみに話がある。花火が始まる前に庭で会おう」

ガブリエラはうなずき、胸が締めつけられるのを感じた。

だがそれから二時間後、バルコニーでトニーを待ちながら、ガブリエラはここで会うことにしたのは失敗だったのではないかと考えていた。もうすぐ花火が始まるので、招待客たちがぞろぞろ外に出てきている。誰にも邪魔をされず、ふたりきりで話をすることなどできそうにない。それにトニーは自分からも話があると言っていた。いったいどんな話なのだろう。まさか別れようと言うつもりではないだろうか? もしそうだとしたら、いったいどうすればいいのだろう。別れないでと懇願するしかないのだろうか。

そのときトニーがバルコニーに現われ、ガブリエラの思考は中断された。屋敷からもれてくる明かりを受け、もともと整った彼の顔立ちがひときわ端正に見える。トニーが近づいてきて、ガブリエラに手を伸ばした。ガブリエラはとっさにそれをよけようとしたが、トニーは彼女の腕をつかんで手前に引き寄せた。窓からの明かりが、舞台の脚光のようにふたりに当たっている。

「トニー、なかに戻りましょう」

「いや、まだだめだ」トニーは庭のほうを向いて片手を挙げ、みなの注意を引いた。「みなさん、ちょっとよろしいでしょうか。これからとても大切な話をしますので、みなさんに証人になっていただきたいのです」

〝証人になってほしいですって！　トニーはなにをしようとしているの？〟ガブリエラは驚きと動揺で凍りついた。かすかに身をよじってトニーの手をふりほどこうとしたが、彼はしっかりガブリエラの手を握って放さなかった。ガブリエラは震えながらその場に立ちすくんでいた。心臓が激しく打ち、いまにも胸を破って飛びだしそうだ。

「みなさんもご存じのとおり、わたしと妻は現在、別々に暮らしています」

「トニー」ガブリエラは小声で抗議した。「やめてちょうだい！　どういうつもりなの？」

だがトニーはそれを無視し、ガブリエラの手を握りしめたまま言葉を続けた。「わたししたち夫婦は試練のときを迎えました。ですがわたしは今夜、この状況に終止符を打ちたいと思っています」

〝終止符を打つ？　ああ、どうしよう、トニーはみんなの前でわたしとの別れを宣言するつもりかしら？〟ガブリエラは目を閉じ、気をしっかり保とうとした。そのときトニーが動く気配を感じ、目を開けて思わず息を呑んだ。トニーがこちらの手を握ったまま、片ひざをついている。

「いとしいガブリエラ。みんなが見ている前で、きみに本当の気持ちを伝えたい。ふたりのあいだにもうこれ以上、誤解や行き違いのないよう、ぼくは恥もプライドも捨てることにした。自分の存在のすべて、そして持てるもののすべてをかけ、きみに愛を告白したい。きみと出会ってから、ほかの女性はまったく目にはいらなかった。ぼくにはきみしかいない。きみはぼくが心から愛するたったひとりの女性だ」

ガブリエラは息をすることも忘れ、驚きのあまりぽかんと口を開けた。

「ぼくは相手が誰であれ、他人に頭を下げるようなことは絶対にしないとつねづね言っていた。だが今夜、こうしてきみの前にひざまずいている。きみを傷つけてしまったことを許してほしい。ぼくの愛しているという言葉を、どうか信じてもらえないだろうか。きみがいなければ、ぼくはもう一日も生きていけない。きみがどこにいても、ぼくの心はきみとともにある。きみがいるところが、ぼくのいるべき場所だ。きみがもうぼくの顔も見たくないと思っているなら、いまこの場でそう言ってくれ。ぼくは黙って身を引くことにしよう。でももしできることなら、ぼくの愛を受け止めてくれないだろうか」

ガブリエラははっと息を吞んだ。「ああ、トニー。なんて言ったらいいの」そうつぶやき、トニーを立たせてその胸に顔をうずめた。「ええ、もちろん。わたしはずっとあなたのものよ」

トニーがガブリエラに唇を重ねて情熱的なキスをすると、人びとのあいだから割れんばかりの拍手が沸き起こった。だがガブリエラは嬉しさと安堵のあまり、拍手の音もほとんど聞こえなかった。

しばらくしてトニーが顔を離し、頰を寄せてささやいた。「恥ずかしい思いをさせてしまったなら謝る。でもこれ以外に、きみに気持ちを伝える方法を思いつかなかったんだ」

「ううん、いいの。わたしのほうこそ、あまりにかたくなだったわ。今夜あなたが言ってくれた美しい言葉のひとつひとつを、わたしはきっと一生忘れないでしょう。でももう少し待ってくれれば、わたしのほうからあなたに愛の告白をしていたのに。ブラック邸に帰らせてほしいと言うつもりだったのよ」

トニーはガブリエラをさらに強く抱きしめた。「帰ってきてくれるんだね」

「わたしもあなたとずっと一緒にいたいの。あなたがせっかく気持ちを打ち明けてくれたのに、それを信じようとしないわたしが悪かったわ。本当にごめんなさい」

「謝らないでくれ。きみがぼくを信じられなかったのは当然だ。きみはなにも悪くない。ぼくがばかだったんだ！」

ガブリエラは微笑み、トニーの頰をなでた。「ふたりともばかだったのよ」

「おい、そこのおふたりさん。もういいかな？」イーサンがにっこり笑った。「主催者がそろそろ花火を始めたいそうだ」

「あと少しだけ待つように言ってくれ。もうひとつやることが残っている」トニーはベストの内ポケットに手を入れ、黒いベルベット張りの小箱《こばこ》を取りだした。そしてガブリエラに向きなおり、その手を取った。「最初のとき、これをきちんとやっていなかった。ぼくたちは愛を確かめることもせず、あわてて祭壇に立っただろう」そう言うと箱を開け、ほのかに輝く金の指輪を取りだした。「ガブリエラ・セント・ジョージ・ブラック、ぼくともう一度結婚してくれないか？　今回は愛のために結婚したい。お互いを信じられずに苦しむことはもうなしだ。もしきみがそう望むなら、結婚予告をし、大きな教会で式を挙げてもいい」

ガブリエラの頰を涙が伝った。「そんな必要はないわ。わたしはあなたがいればそれでいいの。でもプロポーズの答えはイエスよ。もうすぐ結婚一周年でしょう。そのときにあらためて結婚するというのはどうかしら」

トニーはガブリエラの濡れた頰を親指でぬぐい、優しくくちづけた。「銘刻を読んでくれ」

ガブリエラは指輪を受け取り、薄明かりのなかで裏に彫られた文字に目を凝らした。〝ぼくの心は永遠にきみのもの〞　そしてトニーの首に抱きつき、人が大勢見ているのもかまわずキスをした。

優に一分が過ぎたころ、ふたりはようやく顔を離した。トニーがガブリエラの手から古い指輪をはずし、代わりに新しい指輪をはめた。ガブリエラはうっとりした顔でそれをながめていたが、ふいにあることを思いだした。「まあ、うっかり忘れるところだったわ」

「なんのことだい？」

「あなたに報告したいことがあるの。でもふたりきりになるまで待つことにするわ」

「もう待つのはごめんだ」トニーはガブリエラのウェストに腕をまわした。「いますぐ教えてくれ」

「トニー、あなたはもうすぐ父親になるのよ」

「なんだって！　子どもができたのかい？」

ガブリエラは満面の笑みを浮かべてうなずいた。「ええ。だから最近、舞踏会に行ってもめまいがしたり眠気に襲われたりしていたの」

トニーが大きな叫び声をあげると、人びとがいっせいに顔を上げ、ふたたびふたりのほうを見た。トニーはガブリエラを抱きかかえ、ふたりで声をあげて笑いながら、円を描くように何度もくるくるまわった。そして首をかがめ、ガブリエラに甘くとろけるようなキスをした。頭上では花火が打ちあげられ、色とりどりのあざやかな光が夜空を明るく染めている。

だがガブリエラとトニーは空を見上げることもなく、ふたりだけの喜びの世界にひたっていた。

24

一八一七年一月、イングランド、ベッドフォードシャー州ローズミード

「なにをしてるんだい？」トニーは小声で優しく叱った。「横になってると約束したじゃないか」

ガブリエラが顔を上げると、トニーが部屋にはいってきて隣りに立った。ふたりの前には、凝った彫刻の施された紫檀材の揺りかごが置かれている。二百年にわたり、ワイバーン家の子どもたちが代々使ってきた揺りかごだ。「さっきまで寝てたのよ。でもこの子の様子が気になって」ガブリエラは昨日生まれたばかりの男の赤ん坊の頰をそっとなでた。赤ん坊はなにかを吸うような仕草をしたが、すぐにすやすやと眠りはじめた。「なんてかわいいのかしら。この子が生まれてきたのが、いまでもまだ信じられない思いだわ」

トニーはガブリエラのウェストに手をまわしてその体を抱き寄せ、こめかみにキスをした。「ああ、ぼくたちのかわいいジョナサンだ。でもお産は大変だったな。ぼくも心配でたまら

なかった。これまでの人生で、あんなに不安だったのは初めてだ。それにしても、きみはとても立派だった。どんな兵士よりも勇敢だったよ」

「がんばるしかなかったもの。こちらの状況にはおかまいなしに、お産は始まるものでしょう。でもあなたがずっとそばにいてくれて、とても心強かったわ。お医者様の言うことを無視し、わたしに付き添ってくれたんですものね」

「医者がなんと言おうと、出ていくつもりはなかった。レイフもイーサンも、妻のお産に立ち会ったんだ。ぼくだけそうしないわけにはいかないだろう」トニーはガブリエラにそっとくちづけた。「ぼくたちの子どもを産んでくれてありがとう」

ガブリエラは微笑み、キスを返した。

しばらくして寝室のドアを遠慮がちにノックする音がし、ジュリアナが顔をのぞかせた。

「やっぱり起きていたのね。声が聞こえたような気がしたから来てみたの」そう言うと部屋の奥に進み、揺りかごの前で立ち止まった。「新ハウランド侯爵のご機嫌はどう？　あら、眠ってるわ！　赤ちゃんの寝顔は本当にかわいいわね」ジュリアナはそこでいったん言葉を切り、トニーとガブリエラとともにジョナサンの寝顔をじっと見た。「トニー、この子の鼻はあなたにそっくりだわ」

「ワイバーン一族の血だ。公爵位の継承者はみな同じ形の鼻をしている。肖像画の回廊に行くと、そっくりの鼻をした先祖の肖像画でいっぱいだ。ジョナサンもどうやらその血を受け継いだらしい」

「ええ、よかったわ。きれいな形の鼻だもの」ガブリエラが言った。

「りりしいと言ってくれ」トニーはにやりと笑った。

「みんなで赤ちゃんを見ているの？」リリーが足音を忍ばせて部屋にはいってきた。「ガブリエラは寝ているとばかり思ってたわ」

「そうするように言ったんだが」トニーはガブリエラをちらりと見た。

「この一カ月、おとなしく座っているか、よたよた歩くしかできなかったのよ。しばらくこうして立っていたいの。でもみんなが今年もクリスマスと十二夜のお祝いにローズミードに来てくれて、本当に嬉しいわ。みんなと一緒だととても楽しいもの」

「なにがあっても飛んでくるに決まってるじゃない」ジュリアナが言った。リリーもうなずいた。

「なんの話をしているんだい？」イーサンが小声で言い、部屋にやってきた。そのあとからレイフもはいってきた。

「ここでのクリスマスの話よ」リリーが言った。

「ああ、なるほど。たしかにここで過ごす休暇は楽しいものだ。新年の乾杯をしているとき、ガブリエラがシラバブ（牛乳にお酒を加えた甘い飲み物）のカップを置いてお産が始まりそうだと言っただろう。なんといっても、あのときのトニーの青ざめた顔は見ものだったな」

トニーはイーサンをにらんだ。「お前もリリーに子どもが生まれるとき、似たようなものだったんじゃないか」

リリーがくすくす笑った。「そのとおりよ。ブランデーをたっぷり飲んで気持ちを落ち着かせてからじゃないと、寝室に来られなかったらしいわ」

「でもそうして正解だっただろう？　ルイーズが生まれるとき、ぼくは落ち着いていたはずだ」

リリーはイーサンの手を取った。「ええ、そうね。あなたは冷静そのものだったわ」

イーサンはリリーにさっとキスをした。「ところで、ぼくたちのかわいい娘はどこにいるんだい？　上の子ども部屋かな？」

リリーはうなずいた。「十分ばかり前にお乳をあげ、寝かしつけてきたわ」

「ステファニーとキャムも寝ているはずよ」ジュリアナが言った。「でもキャムは昼寝の時間なのに、こっそり遊戯室に行って遊ぶことがあるの。そうそう、レイフ、さっきガブリエラの赤ちゃんのことをキャムに話したら、ぼくにはいつ弟ができるのかと訊かれたわ。おもちゃの兵隊で遊ぶのに、ステファニーが相手じゃつまらないみたい」

レイフは微笑み、ジュリアナのウェストに手をまわした。「そうか、キャムの願いとなると、かなえないわけにはいかないな」そう言ってにっこり笑った。「このへんで失礼して、キャムの要望に応えるよう努力しようか」

「レイフ！」とがめるような口調とは裏腹に、ジュリアナの目は輝いていた。

レイフがくすくす笑った。

「でもレイフの言うとおりだわ。そろそろ失礼し、ガブリエラを休ませてあげましょう」

「ええ、そうね」リリーがうなずいた。「出産は重労働だもの。またあとでね、ガビー」

みなが出ていくと、トニーはガブリエラをベッドに寝かせた。そしてシーツと毛布をガブリエラの肩まで引きあげ、そっと優しくくちづけてささやいた。「ゆっくりおやすみ。しばらくしたらまた様子を見に来る」

「行かないで」ガブリエラは手を伸ばしてトニーを引き留めた。「ここにいてちょうだい。あなたがいてくれたほうがよく眠れるの」

その言葉は本当だった。昨年の六月に仲直りして以来、ふたりはひと晩も離れて過ごしたことがなかった。ガブリエラのお腹が大きく突きだし、なかなか熟睡できずにしょっちゅう寝返りを打っているときも、トニーは安眠を妨げられるのを承知で彼女と同じベッドに寝ていた。昨夜の出産のあとも一緒だった。トニーの腕のなかで、ガブリエラは幸福感と疲労感に包まれて眠りに落ちた。いまもほんの仮眠程度しか取れないことはわかっているが、やはりトニーの腕に抱かれて眠りたい。

トニーは一瞬ためらったのち、ベッドの反対側にまわった。そして靴を脱ぎ、ガブリエラの隣りにもぐりこんでその体を抱き寄せた。「さあ、眠るんだ。すぐにジョナサンがお腹を空かせて目を覚ますだろう。寝られるときに寝ておいたほうがいい」

ガブリエラはトニーの肩に頭を乗せてまぶたを閉じたが、しばらくして目を開けた。「あなたに言わなかったけど、じつはお母様から手紙が届いたの」

短い沈黙があった。「なにかきみを怒らせるようなことを書いてきたんじゃないだろうな？」

「いいえ。その反対で、とてもいい手紙だったわ。わたしをちゃんと家族として迎えようとしなかったことを謝り、近いうちに赤ちゃんに会いに行ってもいいかと書いてあったのよ。いまは自宅にいらっしゃるみたい。まだ返事を書いてないんだけど、どうしたらいいかしら？」

「きみはどうしたいんだい？」

ガブリエラは黙り、トニーのベストについた金のボタンを指でなぞった。「よくわからないの。お母様はあなたにとてもひどいことをしたし――もしあなたがいやだと言うなら、お呼びしようとは思わないわ。でも彼女はジョナサンのお祖母《ばあ》様でしょう。やはりひと目会わせてあげたい気もするの」

「ぼくはどちらでもいい。ぼくにはきみがいる。過去のことはもう終わったことだ。きみがぼくを愛し、ともに人生を歩いてくれたら、それ以上望むことはなにもない。きみさえいやな思いをしなければ、母に訪ねてきてもらってもぼくはかまわない」

「じゃあ来ていただくことにするわ。でもあと数日たち、もう少しわたしの体力が回復してからね。なんだかんだ言っても、お母様は家族なんですもの。家族は許し合うものでしょう」

「きみの好きなときに呼べばいい。それときみの言うとおり、たとえ衝突することがあっても、家族はお互い許し合うものだ。さあ、おしゃべりはこのへんにしよう。少し寝たほうがいい」

「わかったわ」ガブリエラはつぶやき、トニーの肩にもたれかかった。だがそれから一分がたったころ、またしても口を開いた。「トニー？」

「今度はなんだい？」トニーはやれやれという口調で言った。

「愛してるわ」

トニーはガブリエラのあごをくいと上げ、その目をのぞきこんだ。「ぼくも愛している。きみとジョナサンは、ぼくの人生で最高の宝物だ。昔はずっと独身でいたいと思っていたが、そうすれば本当の意味で幸せになることはなかっただろう。毎朝、きみの顔を見ることから一日が始まる喜びも、きみをこうして腕に抱くことの幸せも知らずにいた。きみはぼくにとって世界のすべてだ、ガブリエラ。ほかにはなにもいらない」

「わたしもよ」ガブリエラは微笑み、まばたきをして嬉し涙をこらえた。トニーが唇を重ねてきて、うっとりするようなキスをした。しばらくして顔を離すと、ガブリエラはトニーの肩にもたれて眠ろうとした。だが目を閉じてほっとひと息ついたとたん、赤ん坊が泣きはじめた。

「だから寝られるときに寝ておくように言っただろう?」

赤ん坊の元気な泣き声が部屋に響くなか、ガブリエラはトニーに手伝ってもらって起きあがった。「あとでちゃんと寝るわ。いまはあなたとジョナサンがそばにいてくれたら、それだけでいいの」

訳者あとがき

『昼下がりの密会』『月明りのくちづけ』に続く、ミストレス三部作の最終話をお届けいたします。

ヒロインのガブリエラは大好きだった父の仇を討つため、夜の闇にまぎれて憎きレイフ・ペンドラゴンの屋敷に忍びこみます。書斎の隅に身をひそめてじっと待っていたところ、現われたのはレイフ本人ではなく、その友人のトニーことワイバーン公爵でした。トニーはガブリエラの一瞬のすきをついて銃を奪い取ると、遅れてやってきたレイフとともに、彼女の父、ミドルトン子爵の死の真相を話して聞かせます。子爵は異母兄であるレイフを憎悪し、悪行のかぎりを尽くしたすえ、みずから破滅への道を突き進んでしまったのです。優しかったはずの父親の本当の姿を知って激しく動揺するガブリエラでしたが、トニーとレイフの言葉には真実だけが持つ重みがありました。そんなガブリエラに、伯父であるレイフはひとつの提案をします。それは家族の一員として、自分たちと一緒に暮らさないかというものでした。ガブリエラはいったんは断わりますが、ほかに頼るべき肉親もなく、結局はその申し出を受けることにします。

ペンドラゴン男爵夫妻の姪として社交界にデビューし、どんどん輝きを増していくガブリエラ。そんな彼女をトニーはまぶしそうに見つめます。もともとレイフの書斎で劇的な出会いをしたときから、ガブリエラの美しさに強く惹かれていたのでした。ですが相手はまだ十七歳の無垢な娘で、しかも親友の血のつながった姪です。絶対に触れてはならない相手だと、トニーは繰り返し自分に言い聞かせますが、放蕩者の彼が欲望に屈するのは時間の問題でした。一方のガブリエラも、優しくて頼りがいのあるトニーに、いつのまにか恋をしてしまっていました。こうしてふたりは周囲の目を盗み、秘密の甘いひとときを過ごすようになります。ところがそんなある日、思わぬピンチが訪れ、トニーはガブリエラを守るためについに独身主義を捨てる決心をするのでした。家族や友人の祝福を受け、無事にハッピーエンドを迎えたかに見えたふたり。ですが愛を信じられないトニーと、ひたむきに愛を求めるガブリエラのあいだには、最初から目に見えない深い溝が横たわっていたのです。

ヒロインのガブリエラは、シリーズ一作目に登場した悪役の子爵と、女優である愛人のあいだに生まれた子どもです。庶子として恵まれない暮らしを送りながらも、人生をけっしてあきらめない勇気と明るさを持った女性に育ちました。そんなガブリエラがひとまわり以上も年の離れたトニーと出会い、素直な思いをぶつけていく場面はとても微笑ましく、どうかこの恋が成就しますようにと祈るような気持ちにさせられます。そして恋愛ゲームに長《た》けたはずのトニーも、ガブリエラを前にするとなぜかいつもの冷静さを失い、知らず知らずのうちに彼女にのめりこんでいきます。こうして物語は中盤まで甘くロマンチックに進行しますが、トニーが自分と結婚した本当の理由がわかってからというもの、ガブリエラの心は固く閉ざされ、後半は一転して胸が締めつけられるようなせつない展開が待っています。前後半の落差の激しさはウォレン作品の特徴のひとつですが、丁寧な心理描写で読者を引きこむその筆力は、作品を重ねるごとに磨かれているような印象を受けました。

また、シリーズ最終話にふさわしく、前二作のヒーローとヒロインが随所に出てきてその後の幸せな姿を見せてくれるのはもちろんのこと、作者の処女作『あやまちは愛』のヒロインも最後にちらりと登場します。前シリーズから読んでくださっている読者の方なら、きっとなつかしい友人に再会したような気分になるのではないでしょうか。そのあたりに作者の茶目っ気とサービス精神を感じ、訳者も思わず嬉しくなりました。作者とはときおりメールでやりとりしていますが、人気作家になったいまも、親切で気取らない人柄は以前とまったく変わりません。それが作品にもよく表われていると思います。

さて、本国アメリカでは、すでに次のシリーズが刊行されています。新しいシリーズは、伯爵家の個性豊かな兄弟の恋と結婚がテーマです。こんなに次々とバラエティ豊かな物語を紡ぎだしてみせるウォレンという作家は、頭のなかにいったいどれだけの引き出しを持っているのでしょうか。これからの活躍がますます期待される作家のひとりであることは間違いありません。

今回もまた、二見書房編集部のみなさんには大変お世話になりました。この場をお借りして心よりお礼申し上げます。

二〇一〇年五月

ザ・ミステリ・コレクション

甘《あま》い蜜《みつ》に溺《おぼ》れて

著者　トレイシー・アン・ウォレン
訳者　久野郁子《くのいくこ》

発行所　株式会社 二見書房
東京都千代田区三崎町2-18-11
電話 03(3515)2311［営業］
03(3515)2313［編集］
振替 00170-4-2639

印刷　株式会社 堀内印刷所
製本　合資会社 村上製本所

落丁・乱丁本はお取り替えいたします。
定価は、カバーに表示してあります。

ISBN978-4-576-10083-8
http://www.futami.co.jp/

夜の炎
キャサリン・コールター
高橋佳奈子［訳］

若き未亡人アリエルは、かつて淡い恋心を抱いた伯爵と再会するが、夫との辛い過去から心を開けず…。全米ヒストリカルロマンスファンを魅了した「夜《ナイト》トリロジー」第一弾！

夜の絆
キャサリン・コールター
高橋佳奈子［訳］

クールなプレイボーイの子爵ナイトは、ひょんなことからいとこの美貌の未亡人と、三人の子供の面倒を見るハメになるが…。『夜の炎』に続く「夜《ナイト》トリロジー」第二弾！

夜の嵐
キャサリン・コールター
高橋佳奈子［訳］

実家の造船所を立て直そうと奮闘する娘ジェーンは、英国人貴族のアレックに資金援助を求めるが…!? 嵐のような展開を見せる「夜《ナイト》トリロジー」待望の第三弾！

黄昏に輝く瞳
キャサリン・コールター
栗木さつき［訳］

世間知らずの令嬢ジアナと若き海運王。ローマの娼館で出会った波瀾の愛の行方は……? C・コールターが贈る怒濤のノンストップヒストリカル、スターシリーズ第一弾！

涙の色はうつろいで
キャサリン・コールター
山田香里［訳］

父を死に追いやった男への復讐を胸に、ロンドンからはるかサンフランシスコへと旅立ったエリザベス。それは危険でせつない運命の始まりだった……! スターシリーズ第二弾

忘れられない面影
キャサリン・コールター
栗木さつき［訳］

街角で出逢って以来忘れられずにいた男、ブレントと船上で思わぬ再会を果たしたバイロニー。大きく動きはじめた運命を前にお互いとまどいを隠せずにいたが…。

愛を刻んでほしい
ロレイン・ヒース
栗原百代［訳］

南北戦争で夫を亡くしたメグは、兵役を拒否して生き延びたクレイを憎んでいた。しかし、彼の強さと優しさに惹かれるようになって……。RITA賞受賞の感動作！

あなたのそばで見る夢は
ロレイン・ヒース
旦紀子［訳］

十九世紀後半、テキサス。婚約者の元へやってきたアメリアを迎えたのは顔に傷を負った、彼の弟だった…。心に傷を負った男女の愛をRITA賞作家が描くヒストリカルロマンス

夜風はひそやかに
ジャッキー・ダレサンドロ
宮崎槙［訳］

十九世紀、英国。いつしか愛をあきらめた女と、人には告げられぬ秘密を持つ侯爵。情熱を捨てたはずの二人がたどり着く先は…？　メイフェア・シリーズ第一弾！

琥珀色の月の夜に
ジャッキー・ダレサンドロ
宮崎槙［訳］

亡き夫に永遠の貞節を誓ったはずの子爵未亡人キャロリン。だが、仮面舞踏会で再会したサットン伯爵から熱い口づけを受け、いつしか心惹かれ……メイフェア・シリーズ第二弾！

真夜中にワルツを
ジャッキー・ダレサンドロ
酒井裕美［訳］

伯爵令嬢が一介の巡査と身分を越えた激しい恋に落ちたとき……彼女には意にそまぬ公爵との結婚の日が二週間後に迫っていた。好評のメイフェア・シリーズ第三弾！

バラの香りに魅せられて
ジャッキー・ダレサンドロ
嵯峨静江［訳］

かつて熱いキスを交わしながらも別れた、美貌の伯爵令嬢と英国元スパイ。ふたりが再会を果たしたとき、美しいコーンウォールの海辺を舞台に恋と冒険の駆け引きが始まる！

灼熱の風に抱かれて
ロレッタ・チェイス
上野元美［訳］

一八二一年、カイロ。若き未亡人ダフネは、誘拐された兄を救うため、獄中の英国貴族ルパートを保釈金代わりに雇う。異国情緒あふれる魅惑のヒストリカルロマンス！

悪の華にくちづけを
ロレッタ・チェイス
小林浩子［訳］

自堕落な生活を送る弟を連れ戻すため、パリを訪れたイギリス貴族の娘ジェシカは、野性味あふれる男ディンに出会う。全米読者投票一位に輝くロマンスの金字塔

黄昏に待つ君を
ロレッタ・チェイス
飯島奈美［訳］

ハーゲイト伯爵家の放蕩息子として自立を迫られたアリステアは、友人とともに運河建設にとりくむことになる。だが建設に反対する領主の娘ミラベルと出会い…

見つめずにいられない
スーザン・イーノック
井野上悦子［訳］

ちょっと意地悪な謎の美女と完全無欠でハンサムな侯爵。イングランドの片田舎で出会ったふたりの、前代未聞の恋の行方は…？　ユーモア溢れるノンストップ・ロマンス！

いたずらな恋心
スーザン・イーノック
那波かおり［訳］

青年と偽り父の仕事を手伝うクリスティンに任されたのは冷静沈着でハンサムな英国人伯爵のお屋敷に潜入すること…。英仏をめぐるとびきりキュートなラブストーリー

ほほえみを待ちわびて
スーザン・イーノック
阿尾正子［訳］

家庭教師のアレクサンドラは、ある事情から悪名高き伯爵ルシアンの屋敷に雇われる。つれないアレクサンドラに、伯爵は本気で恋に落ちてゆくが…。新シリーズ第一弾！